城市与狗

| 略萨作品：精装珍藏版 |

Mario Vargas Llosa

LA CIUDAD Y LOS PERROS

〔秘鲁〕马里奥·巴尔加斯·略萨——著

赵德明——译

人民文学出版社
PEOPLE'S LITERATURE PUBLISHING HOUSE

著作权合同登记号　图字 **01-2025-2127**

Mario Vargas Llosa
La ciudad y los perros

图书在版编目(CIP)数据

城市与狗/(秘)马里奥·巴尔加斯·略萨著；赵德明译.
—北京：人民文学出版社，2021(2025.6 重印)
(略萨作品:精装珍藏版)
ISBN 978-7-02-015952-9

Ⅰ.①城…　Ⅱ.①马…　②赵…　Ⅲ.①长篇小说—秘鲁—现代
Ⅳ.①I778.45

中国版本图书馆 CIP 数据核字(2019)第 298261 号

责任编辑：**卜艳冰　欧雪勤**
装帧设计：**汪佳诗**

出版发行　**人民文学出版社**
社　　址　**北京市朝内大街 166 号**
邮政编码　**100705**

印　　制　**凸版艺彩(东莞)印刷有限公司**
经　　销　**全国新华书店等**

字　　数　**225 千字**
开　　本　**889 毫米×1194 毫米　1/32**
印　　张　**13.5**
版　　次　**2017 年 11 月北京第 1 版**
印　　次　**2025 年 6 月第 7 次印刷**

书　　号　**978-7-02-015952-9**
定　　价　**98.00 元**

如有印装质量问题，请与本社图书销售中心调换。电话：010-65233595

前　言

一九五八年秋天我开始写作《城市与狗》时是在马德里梅嫩德斯·佩拉约①大街上一家名叫“小蜗牛”的酒馆，那里面向静修公园。完成的时间是一九六一年冬天，地点在巴黎的一处顶楼里。为了编写故事，我首先得成为孩童时期的阿尔贝托、“美洲豹”、山里人卡瓦、“奴隶”（那个莱昂西奥·普拉多军校的士官生）、快乐区米拉芙洛尔大街上的孩子和卡亚俄港珍珠区的邻居②。少年时期，我阅读过大量惊险故事书，相信过法国大作家萨特关于承诺文学的主张，狼吞虎咽了法国大作家马尔罗的长篇小说，无限钦佩过美国“迷惘的一代”小说家的作品，钦佩他们每一位，尤其钦佩福克纳。我用所有这些东西糅成了《城市与狗》需要的泥巴，再加上青年时期的想象力、种种幻想以及福楼拜的教导。

《城市与狗》的手稿像个鬼魂一样从一家出版社到了另外一家出版社。最后，多亏我的朋友、法国西班牙语文化学者克洛德·库丰的帮助，手稿送到了巴塞罗那诗人卡洛斯·巴拉尔手中，那时他领导着塞依斯·巴拉尔出版社。他设法让《城市与狗》获得简明丛书奖，设法让这部作品避开佛朗哥政府的书刊检查，促成作品的问世并被翻译成多种外国文字。这是一本给我送来许多惊

---

① Menéndez y Pelayo（1856—1912），西班牙文学评论家、历史学家。

② 均为《城市与狗》中的人物。

喜的书。多亏这部作品，我开始觉得自己从穿短裤时怀抱的将来要当作家的梦想变成了现实。

马里奥·巴尔加斯·略萨

一九九七年八月于富施

目录

前　言　i

第一部　001

第二部　203

尾　声　393

第一部

凯恩说："有人扮演英雄，因为他是怯懦的。有人扮演圣徒，因为他是凶恶的。有人扮演杀人犯，因为他有强烈的害人欲望。人们之所以欺骗，是因为生来便是说谎的。"

——让-保尔·萨特

一

“四!”“美洲豹”说道。

在摇曳不定的灯光下，几个人的脸色都缓和下来。一盏电灯，灯泡上较为干净的部分洒下光芒，照射着这个房间。除去波菲里奥·卡瓦之外，对其他的人来说，危险已经过去。两个骰子已经停住不动，上面露出“三”和“幺”。雪白的骰子和肮脏的地面形成鲜明的对照。

“四!”“美洲豹”又重复了一遍，“谁?”

“是我，”卡瓦低声说，“我说的是‘四’。”

“那就行动吧!”“美洲豹”下令道，“要记住，是左边第二块。”

卡瓦觉得浑身发冷。洗脸间在寝室的旁边，中间由一扇薄薄的木门隔开，那里没有窗户。前几年，冬天的冷风还只能从玻璃破碎的铁窗钻进士官生的宿舍。但如今寒风凛冽，学校里几乎没有一个角落能够避开冬风；到夜晚，甚至会一直吹到洗脸间里，把日间积下的臭气扫个精光，温暖的空气也随之被吹散。不过，卡瓦出生在山区，是在那里长大的，冬天的气候他早就习以为常。现在，使他毛骨悚然的是恐惧。

“结束了吗？我可以回去睡觉啦？”博阿说道。他是一个身材高大、嗓门洪亮的家伙，隆起的大脑袋上长着一窝油腻腻的头发，面孔却很小，由于缺乏睡眠而两眼深陷。他张着嘴巴，突起的下唇上挂着一丝烟草。“美洲豹”已经转过身来望着他。

“我一点钟站岗，”博阿说，“我打算睡一会儿。”

“你们都走吧，”“美洲豹”说，“我五点钟叫醒你们。”

博阿和鲁罗斯向外走去，经过门槛时，有一个绊了一下，传来一声咒骂。

“你一回来，就叫醒我，”“美洲豹”命令说，“不要耽搁很长时间。马上要十二点了。”

“好吧。”卡瓦答应道。他的面孔经常是一副深不可测的样子，现在则露出倦容。“我去穿衣服。”

他们走出洗脸间。寝室里漆黑一团，但是卡瓦不必细看，就可以凭着两排床柱识别方向；他非常熟悉这个又长层高又高的房间。这时，房里一片寂静，只是间或响起阵阵的鼾声和梦呓。卡瓦走到自己的床边——那是进门右手一米远处第二个床位的下铺——悄悄地从衣橱里摸出裤子、卡其衬衫和短统靴。这时，他感觉到巴亚诺充满烟草味的呼吸吹过耳旁。这个黑人睡在上铺。卡瓦在黑暗中看到他的两排雪白的大牙，使他想起一种啮齿动物。他毫无声息地慢慢脱下法兰绒睡衣，换了军服，套上呢子外衣，随后就踮起脚尖——因为穿着靴子走起来咯吱作响——慢慢踩着地板，向“美洲豹”那张床走去。“美洲豹”睡在房间的另一端，隔壁便是洗脸间。

“‘美洲豹’。”

“哎，拿着！”

卡瓦伸出手去，触到两件冷冰冰的东西，其中一件很粗糙。他把电筒拿在手里，那把钢锉则放进军服口袋。

“谁在站岗？”卡瓦问道。

“我和诗人。”

“你？”

“‘奴隶’在替我站。”

“别的班谁是哨兵？”

“你害怕啦？”

卡瓦没有回答，踮起脚尖向门口滑去。他小心翼翼地推开一扇门，可是门轴仍然吱吱地响起来。

“有小偷！”黑暗中有人喊道，“站岗的，打死他！”

卡瓦没有听出那是谁的声音。他望望外面：院子里空荡荡的，检阅场上的那排电灯发出昏黄的光线。检阅场位于宿舍与一片草地之间。浓雾把五年级士官生居住的三座水泥建筑物的轮廓弄得模糊不清，甚至面目全非。卡瓦来到屋外，身体贴着宿舍的墙壁，镇定了一下，什么也不考虑。现在，他谁也不能指望，“美洲豹”也置身事外了。卡瓦羡慕那些正在梦乡里的士官生，羡慕那些尉官，羡慕体育场对面大棚子下面的那些麻木不仁的士兵。他预感到如果再不行动，恐惧就会使他无法前进。他估计了一下距离。他必须穿过院子和检阅场；然后在草地阴影的掩护下，绕过食堂、办公楼、军官宿舍，再穿过一座水泥铺地的小庭院，便到了教学楼。那时大概就没有危险了，因为巡逻队不到那里去。之后便是回来的路了。他心情慌乱，试图不靠毅力和设想，就像一架盲目的机器那样去执行计划。平时，他整天都是按规定的作息制度随波逐流，几乎没有考虑过自己的行动，仿佛是任人推着去做的。现在则大不相同了，他已经晓得今晚事情的含义，感到大脑格外清醒。

他贴着墙壁开始向前走。他并没有直接穿过院子，而是沿着五年级宿舍的弧形墙壁迂回过去。走到尽头，他惴惴不安地望了一下：检阅场仿佛无边无际，异常神秘，一排等距离安装的电灯标明着它的范围，灯光周围裹着一团团的浓雾。灯光之外，在重重的黑影里，便是绿草如茵的开阔草地。天气不冷的时候，哨兵们常常躺在那里，或者睡觉，或者聊天。他确信今天晚上会有一场赌博，把他们吸引到某个洗脸间里去。借助左边建筑物的阴影，他快步走着，竭力避开明亮的地段。学校前面的悬崖脚下伸展着大海，海涛拍岸与浪花飞溅的响声，盖住了靴子的声音。经过军官宿舍楼的时候，他打了一个冷战，急忙加快步伐，迅速穿过检阅场，一头钻进草地的黑影里。紧接着，一个意料不到的情况使他退了一步，仿佛有个拳头把他打了一下，刹那间，恐惧开始占了上风。他犹豫了：一米之外，一只小羊驼的眼睛好像萤火虫似的在闪闪发光，温顺而胆怯地望着他。“滚开！”他恼怒地吼道。那畜生冷漠地站着不动。“这该死的东西从来不睡觉，”卡瓦想，“也不吃东西，为什么不会死掉？”他又朝前走着。两年半以前，为了继续读书，他来到利马。刚一到这里，他就惊讶地看到这只山区特有的动物在莱昂西奥·普拉多军事学校这些墙面由于潮湿而剥落的一道道灰墙中间毫不畏惧地漫步。是谁把这只小羊驼带到学校里来的？是从安第斯山哪个地方来的？士官生们常常拿它当作投掷石块的靶子来打赌。它被石头打中时，毫不惊慌，而是露出一副无可奈何的表情，慢腾腾地躲开扔石块的人们。卡瓦心里想：“它很像印第安人。”一踏上教学楼的台阶，他就不再担心靴子的声音，因为那里除去板凳、书桌、风声和黑影外，没有任何人。他大踏步地走过楼道，最后停下来。电筒快要熄灭的灯光帮助他找到了那扇窗户。“美洲豹”说过是“左边第二块”。果然，那块玻璃是松动的。他用钢锉把玻璃四边的油灰挖掉，用另一只手收集起来。他发现那只手是湿漉漉的。接着，他小心谨慎地把玻璃取下来，轻轻放在地上。随后，他伸手进去，顺着窗框摸到了插销。轻轻一推，窗户开了。卡瓦钻进房间之后，用手电向四面八方照了一下：房间里有张桌子，上面放着油印机，旁边有三叠纸，上面写着：“五年级化学双月试卷。考试时间：四十分钟。”考卷是这天下午印好的，墨迹还未干。他连忙把题目抄到一个本子上，丝毫不懂上面写的是什么。他抄罢考题，熄掉手电，回到窗口，爬上窗台，纵身跳下。只听得哗啦一声，地上那块玻璃被他踩得粉碎。“他妈的！”他暗暗骂了一声，慌忙蹲下身来。但是，耳边并未传来长官们连珠炮似的吼声，也没有那预料中的野蛮咆哮。他听到的只是自己由于害怕而引起的急促呼吸。他又等待了几秒钟。接着，他忘记用电筒照，便动手收拾散落在砖地上的碎玻璃，装进制服口袋。然后他不加戒备地向宿舍走去。他只想快点回到屋里，爬到床上，闭上眼睛。经过草地扔掉碎玻璃的时候，他把手划破了。走到宿舍门口，他停下脚步，感到浑身疲惫无力。这时，一个黑影出来接他。

“到手啦？”“美洲豹”问他。

“嗯。”

“到洗脸间去。”

“美洲豹”走在前头，他用两手推开洗脸间的门，走了进去。在室内昏黄的灯光下，卡瓦发现“美洲豹”赤裸着双脚。那脚丫很大，呈乳白色，指甲既长又脏，散发着臭气。

“我打碎了一块玻璃。”卡瓦低声说。

“美洲豹”的双手像两颗白色的流星朝他扑来，揪住了他的制服翻领，军装被弄得皱成一团。卡瓦虽然不住地被摇晃，但在“美洲豹”充满怒火的逼视下，并没低头。

“山沟里来的笨蛋，”“美洲豹”咬牙切齿地说，“你真是个山里人。咱们的事万一被发现，我发誓要……”

他紧紧揪住卡瓦的领子不放。后者把手放在“美洲豹”手上企图掰开它们，但并未十分用力。

“放下手!”“美洲豹”命令说。卡瓦觉得脸上喷来一阵细雨。“山沟里的!”

卡瓦把双手放了下来。

“院子里没有人，”他嘟哝道，“谁也没有发现我。”

“美洲豹”把卡瓦松开，觉得右手背上有些刺疼。

“‘美洲豹’，我不是坏事的人。”卡瓦低声说，“假如咱们被发现，我一个人承担，你不必担心。”

“美洲豹”上上下下打量着他，接着放声笑起来。

“山沟里的胆小鬼，”他说，“瞧你吓得尿了一裤子。”

他已经忘记了新马格达莱纳区萨拉贝利大街上的那所房子。从他首次来到利马的那个夜晚起，便住在那里。那一天，他坐在汽车里旅行了十八个小时。废墟上的村落、荒漠的原野、狭窄的谷地、时而隐现的大海、一片片的棉田，然后又是村落、荒原、谷地……一一从他眼前闪过。他的脸一直紧贴着小玻璃窗，全身被亢奋状态弄得十分紧张：“我就要看到利马了。”母亲不时地把他搂在怀里，低声啜泣：“里奇，小里卡多。”他暗暗纳闷：“她干吗要哭呀?”其他乘客有的在打盹，有的在看书，司机则快乐地、一小时接一小时地哼着同一支老调。里卡多从早晨开始，经过整个下午，一直坚持到夜幕降临，视线一刻也没有离开过地平线。他期待着利马城的灯火会像火炬游行似的突然出现在眼前。困倦逐渐使他的四肢失去感觉，视听觉也变得迟钝起来。蒙眬中，他咬紧牙关，反复告诉自己：“千万别入睡。”突然间，有人温柔地推他。“里奇，醒一醒，咱们就要到家了。”这时，他正坐在母亲怀里，脑袋倚着她的肩头，因为他觉得冷。两片熟悉的嘴唇吻在他的嘴上。他有这样的幻觉：在梦中，他好像变成了一只小猫。汽车缓缓地行驶着。模糊不清的建筑、灯光、树木、一条比契克拉约城里主要街道还长的大街，一一从他眼前闪过。过了不久，他才发觉别的乘客早已下车。司机的哼唱已经不大起劲。他暗自在想：“这是怎么回事？”他再次感到三天前的那种烦躁，当时母亲为了不让阿德利娜姨妈听到他们的谈话，把他拉到无人的地方说：“你爸爸没有死，那是胡说。他刚刚从很远的地方旅行回来，正在利马等着咱们呢。”“我们到了。”母亲这时说了一声。“如果我没有弄错，是去萨拉贝利大街吧？”司机拉着长腔问道。“是的，三十八号。”母亲回答说。他闭上眼睛，装成入睡的样子。母亲再次吻吻他。“她干吗亲我的嘴？”里卡多想着，一面用右手紧紧抓住座位。车子拐了许多个弯之后，终于停下不动了。他仍然闭着眼睛，缩在妈妈的怀里。忽然，母亲挺直了身体。就听一个声音在叫：“贝亚特丽丝！”有人把车门拉开了。他觉得自己被人举了起来，接着被放到地上。由于失去依靠，他便睁开了眼睛。他看到母亲正在跟一个男人接吻，司机早就不唱歌了。大街上空荡荡、静悄悄的。他定睛望着他们，口中数着，计算着时间。母亲随后离开那个人，转身对他说：“里奇，这是你爸爸，快来亲亲他。”那双粗壮的陌生臂膀再次把他抱起来。一张壮年人的面孔靠近他的脸，一个低沉的声音呼唤着他的名字，两片干燥的嘴唇贴在他的脸蛋上。他呢，却严肃地板着面孔。

那一夜其余的事，他都忘记了，忘记了那陌生床上的被单，忘记了他曾极力想要驱散的孤独。那时，他睁大眼睛，试图从黑暗中抓住某个东西，抓住一丝光明，抓住那像颗锋利的铁钉刺激着心灵的凄惶。“夜幕降临的时候，塞秋拉沙漠上的狐狸像魔鬼一样地嗥叫。你知道那是为什么吗？是为了打破那使它们感到害怕的寂静。”有一次，阿德利娜姨妈这样告诉他。他很想大喊一声，让房间里有些生气，因为周围是死一样的沉寂。他从床上爬起来，赤着脚，半裸着身体，浑身在颤抖。他担心，如果有人突然进来看见他这样站在地上，他会感到怎样的难堪和慌乱呀。他走到门口，把脸贴到门上，结果什么也没有听到。接着他又回到床上，双手捂着嘴巴呜咽起来。当阳光照进房里，街上传来喧闹声时，他的两眼依然睁着，两耳十分警觉。又过了很长一段时间之后，他听到隔壁有动静：他们在低声交谈，传到耳中的是一阵阵难以猜测的沙沙声。接着是一阵阵笑声，一系列模模糊糊的动作声。不久，他听到了开门声和脚步声。有个人走到他的床前，一双熟悉的手把被子给他拉到颈部。他觉得有股热气喷到脸上，便睁开了眼睛：他看见母亲在微笑。“早晨好。”她温柔地说道，“你不亲亲妈妈吗？”“不。”他说。

“我本来可以去他那里，对他说，给我二十索尔。我想他会流出热泪的，说不定会给我四十或五十。不过，那就等于对他说，我原谅了你对我母亲干的那些事，也就是说，只要你多给我几个零用钱，你就可以去逛妓院。”阿尔贝托缩在几个月前母亲送给他的羊毛围巾里，嘴唇无声地翕动着。制服和一直戴到耳根的军帽难于抵挡寒气。

他的身体对步枪的重量已经习惯，现在几乎不觉得那有什么分量了。“去对她说，如果一个条件也不接受，咱们又能捞到什么呢？还是让他每个月给咱们汇点钱，直到他悔改认罪，重新回家为止。可是，我看她一定会哭的。她会说，还是像耶稣基督那样心甘情愿地背着十字架吧。不用管他过多长时间再和解了。这样一来，明天我可是拿不到二十索尔了。”按照军规，夜间值勤必须在所属年级的院落里以及检阅场上巡逻。可是他值班的时候仅仅在宿舍后面，顺着那保护学校主要建筑物的褪色高栅栏旁边走一走。从那里，穿过斑马条纹似的铁栏杆，可以看到栅栏下面盘旋而上的柏油马路，以及海岸悬崖的边缘；从那里，可以听到大海的涛声；如果雾气不浓，还可以用锐利的目光认出远处拉普达温泉疗养院的堰墙，像一道防波堤似的伸到大海里。向另外一侧看去，可以望见米拉芙洛尔区的扇形灯火，遮住了远处的港湾。他的家就在那里。值星官每隔两小时查哨一次。一点钟的时候，值星官发现他正在岗位上。可是阿尔贝托心里却正在盘算星期六放假外出的事。“大概总有十来个家伙做梦也在想着那样的电影吧。他们想看那些穿短裤的女人，那些雪白的大腿，那些肚皮，那些……于是，就会求我写小说，说不定会先付钱给我。可是，明天要考化学，我什么时间给他们写呢？为了那些试题，我得付钱给‘美洲豹’。除非巴亚诺肯提示一下，可是又得替他写情书；再说谁能信任一个黑人呢。他们也许要我代写书信，可是星期三那天大家就把最后几个钱花在‘珍珠’小店里和赌博中了，到了将近周末的时候，谁能付现钱呢？如果挨罚留校的人当中有人托我代买香烟，我就先花他们二十索尔，然后再用代写书信或是编写小说的办法还账。要是在饭厅、教室或者厕所里捡到一个钱包，里面有二十索尔，我就有钱花了。要么现在就钻进三年级狗崽子们的宿舍，打开衣橱，找它二十索尔用一用；要么每只衣橱只拿五十生太伏，免得引人注意；只要打开四十只衣橱，不惊醒任何人，每只里面找五十生太伏就够用了。要么找个准尉，中尉也行，对他说，请您借给我二十索尔，我也想去找那个‘金脚’女人玩玩；我已经长大成人啦。是谁他妈的在那里喊叫呢？……”

阿尔贝托迟疑了片刻才听出了那个声音，想起那是离他较远的另一个哨兵。他又一次听到了喊声，这一次声音更大。“那个士官生出什么事情了？”这一回他有些不安。于是，像站在拥挤的人群中那样，他抬起头向警卫室那边望去，看见了坐在板凳上的几个士兵和那个高举出鞘的剑怒指浓雾和夜空的英雄塑像①。他想象着惩戒簿上自己的名字，心在狂跳；他感到恐惧，舌头与嘴巴难以察觉地颤抖着：他看见不到五米的地方，在他和英雄铜像之间，雷米希奥·瓦里纳中尉两手叉腰正在盯着他。

“您在这里做什么？”

中尉向阿尔贝托走来。后者越过这位军官的肩膀，仿佛看到英雄铜像的石头底座上有片苔藓染黑的污迹。准确地说，那片污迹是他想象出来的，或者说是他臆造出来的。因为恰巧这一天值日的士兵已经把底座刷洗过了。

中尉站在他面前问道：“怎么？有什么事情吗？”

阿尔贝托把右手举到帽檐上，纹丝不动，神情紧张，全神贯注。在这个双手叉腰静止不动的模糊不清的矮小身影面前，他一句话也说不出来。

---

① 即莱昂西奥·普拉多将军的塑像。普拉多（1853—1883）为秘鲁总统马利亚洛·伊格纳西奥·普拉多之子，十二岁当兵入伍，1883 年在抵抗智利入侵的战斗中被俘，后英勇就义。

“报告中尉，我想向您请教一件事。”阿尔贝托终于开口道（我可以向他发誓说，我的胃疼得要死，我想要一片阿司匹林之类的药；或者我母亲重病垂危；或者有人把小羊驼宰了；或者可以求他……），“我是想说，请教一个精神方面的问题。”

“你说什么？”

“我有个问题。”阿尔贝托一本正经地说道（就说我父亲是将军，是海军少将，是元帅。我可以发誓，每记过一次，就会迟升级一年，可能……），“是我个人的事。”他停顿一下，犹豫了片刻，撒谎道：“上校有一次说过，我们可以向军官请教。我要说的是关于个人的问题。”

“你叫什么名字？哪个班的？”中尉问道，把双手从腰上放下来，显得越发瘦小了。中尉向前跨近一步，阿尔贝托于是看到一双皱着眉头的眼睛、小气的嘴巴和鼻子、青蛙似的扁脸——整个面孔由于假装严厉的神情而变得扭曲了，结果更使人反感。正是这位军官，在选派哨兵时，用了这样的一种“发明”：“士官生们，所有带三和三的倍数、再加上六的人，出列！”

“阿尔贝托·费尔南德斯，五年级一班。”

“说正题吧。”中尉命令道，“说吧。”

“中尉，我觉得自己病了。我是说脑袋里面，不是身上。我每天晚上都做噩梦。”阿尔贝托垂下眼睑，装出恭顺的模样，十分缓慢地讲着。因为心中无底，他只好让嘴巴和舌头任意活动，编织一张蜘蛛网，造起一个迷魂阵，使这个癞蛤蟆摸不着边际。“都是些可怕的事，中尉。我有时梦见在杀人，有时梦见长着人脸的动物在追我。醒来时，浑身冷汗，全身发抖。中尉，我向您发誓，那真是可怕极了。”

军官审视着士官生的这张脸。阿尔贝托发现这个癞蛤蟆的眼睛有了生气。那两颗眼珠仿佛是即将熄灭的火星，从里面闪出不信任和惊奇的神色。（他可能会笑、会哭、会叫喊起来，说不定会跑掉。）瓦里纳中尉审视完毕，突然向后一退，吼道：

“我又不是神父，真他妈的！去找你父亲或母亲讨教这种神经上的毛病吧！”

“报告中尉，我本不想打搅您。”阿尔贝托嘟哝道。

“喂，你的臂章是干什么的？”军官睁大眼睛，把脸凑近说，“你是在站岗吗？”

“是的，中尉。”

“你不知道，除非死掉，否则不能擅离职守吗？”

“是，中尉。”

“请教精神问题？你是个神经病！”阿尔贝托屏住呼吸听着。雷米希奥·瓦里纳中尉脸上那副怪模样消失了。他咧开嘴巴，眯缝着眼睛，前额上堆起了皱纹，接着，便哈哈笑起来：“你是个精神病人。到屋里值勤去吧。算你走运，这件事我不给你记在惩戒簿上。”

“谢谢中尉。”

阿尔贝托敬罢礼，转过身去。仓促间，他看见了躬身坐在警卫室板凳上的那些士兵。他听到身后在说：“真他妈的，我们又不是神父。”在他的左前方，矗立着三座水泥建筑物：五年级的宿舍，然后是四年级的，最后是三年级狗崽子们的。再过去就是那冷冷清清、毫无生气的体育场：足球场已经被茂密的杂草所淹没，跑道上坑坑洼洼，木制的看台由于潮湿而损坏了。体育场的远处，经过一座破烂的建筑物——士兵住的棚子之后，有一道灰色的院墙，至此，莱昂西奥·普拉多军事学校的天地便到了尽头。墙外的世界，是拉白尔拉区的大片旷野。“瓦里纳那时要是低头看见我脚上这双靴子的话，那可……假如‘美洲豹’没有弄到化学试题呢……就算他弄到了手，可是又不愿意卖给我呢……如果我到‘金脚’女人那里，告诉她我是莱昂西奥·普拉多的，是第一次来玩，给你带好运气来了……要是我回到米拉芙洛尔区，跟哪位朋友借二十索尔呢……若是把手表当掉呢……万一弄不到化学试题呢……如果明天检查军容风纪的时候我没有鞋带的话，先生，我可就要倒霉了。”阿尔贝托慢慢地向前走着，脚步拖拖拉拉，每走一步，靴子就有甩掉的危险。一个星期以前，他的鞋带就不见了。从五年级的宿舍到英雄塑像之间的路，他已经走了一半。两年前，宿舍的分配与现在不同：那时五年级的士官生住在靠近体育场的宿舍里，三年级的狗崽子们离警卫室最近，四年级一向居中，处于两面受敌的位置。学校更换校长的时候，新来的上校决定按现在这样分配。在一次训话时，他是这样解释的：“应当把睡在这样一位伟人身旁——学校就是以他的名字命名的——作为一种荣誉去争取。从今以后，三年级的士官生住在最远的那幢楼房里。然后随着升级逐渐住到莱昂西奥·普拉多的塑像身旁来。我希望你们在离开学校的时候，能够像他那样生活。他曾经为那时尚且不叫秘鲁的这样一个国家的自由而战斗。士官生们，在军队里，必须尊重这个象征。那是很了不起的呀！”

“假如我要偷阿罗斯毕德的鞋带呢，惹怒一个米拉芙洛尔区的人，是要倒霉的。班上有许多山里人，他们成年累月关在学校里不上街，好像害怕外出似的；他们大概会有鞋带。不行，另找一个人吧。要是偷‘圈子’里某个人的呢，鲁罗斯或博阿那个野人的，怎么样？可是化学考试千万别再来个不及格。如果偷‘奴隶’的怎么样，那可实在有意思，以前我对巴亚诺说过：真的，除非你是气极了，否则不会揍了一个死人，还自以为挺勇敢。从巴亚诺眼里可以看出，他跟所有的黑人一样，也是个胆小鬼。瞧他那两只眼睛，那种害怕的神情，那副发抖的模样。我要宰了那个偷我睡衣的人，我要宰了他。中尉来了，准尉们也来了。你们把睡衣还给我！这个周末我还要上街呢。我没有挑衅，我没有骂他妈的，我没有骂人，我只是说：怎么回事？出什么事情了？就在出早操的时候，光天化日之下让人从手里把睡衣抢走了。一声不吭，那可不行。'奴隶'需要别人把他打一顿，才能消除恐惧。还是偷巴亚诺的鞋带吧。"

阿尔贝托走到通向五年级宿舍的走廊。在这潮湿的夜晚，在涛声震天的空间，他想象着水泥墙壁后面漆黑一团的寝室中，一个个蜷曲在床上的身体。"他大概在宿舍里，也许在哪个洗脸间里，可能在草地上。'美洲豹'这个该死的，你钻到什么地方去了？"空荡荡的院子，在昏黄的路灯照射下，仿佛是村庄中央的一个小广场。眼前一个岗哨也没有。"他们一定在什么地方聚赌。假如我有一个索尔，只要他妈的一个索尔，就可以赚到那二十索尔，也许会更多。'美洲豹'大概在赌钱。希望他能把考试题先赊给我，我可以为他代写情书和编写小说。三年来，他什么事情也没有求过我，真他妈的奇怪。看来这回化学考试，我要砸锅了。"他经过走廊，没有遇到任何人，接着拐进一班和二班的宿舍。洗脸间里空无一人，其中一间散发着恶臭。他把别的寝室的洗脸间一一查过去。他那踢踢踏踏的脚步声响了一路，传遍了整个宿舍。幸亏士官生们平静或狂热的呼吸没有丝毫变化。走近五班的洗脸间之前，他站住了。有人在说梦话，在一长串含混不清的话里，勉强可以听出一个女人的名字。"莉迪雅。莉迪雅？好像是那个阿雷基帕省人的女朋友，他的姑娘叫莉迪雅。他经常把收到的信和照片拿给我看。他对我诉说过心中的烦恼，他让我好好给她写封信，就说他非常爱她。真他妈的，我又不是神父，您倒是个精神病人。是莉迪雅吗？”在七班，就在小便池旁边，有一群人影，一个个缩在绿色的军装里，仿佛都是驼背。地面上扔着八支步枪，只有一支靠在墙上。洗脸间的门敞着，阿尔贝托一走进寝室，就从远处认出了这群人。他刚往前一走，有个黑影便出来拦住了他。

“谁？干什么？”

“是上校。谁让你们赌钱的？除非死掉，否则不许擅离职守。”

阿尔贝托走进洗脸间。十几张疲倦的面孔抬起来看着他。里面烟雾腾腾，好像在哨兵们头上张起了一片布篷。一个熟人也没有，都是些粗糙黝黑的脸。

“你们看见‘美洲豹’了吗？”

“他没有到这里来。”

“你们在玩什么？”

“打小百分。来一把吗？要玩，就得先望风一刻钟。”

“我不和山里人一块玩。”阿尔贝托说着，一面把两只手放到两腿中间，“我只是这样玩他们。”

“去吧，诗人，别捣乱了。”有个人说道。

“我去报告上尉，”阿尔贝托边说边朝外面走，“山里人值勤的时候玩扑克赌钱。”

他听到后面有人在骂他。回到院子里，他犹豫片刻，便向操场走去。“‘美洲豹’会不会正睡在草地上，会不会在我站岗的时候，他已经偷了考试题呢，狗东西。也许他跳墙外出了吧……”他穿过草地，一直走到学校后面的围墙下。违反校规的人常常从这里跳墙，因为墙外边是平地，向下跳的时候，没有摔断腿的危险。有一个时期，每天晚上都有黑影从这里越墙而过，黎明时分再赶回来。但是，新校长一到，就开除了四名四年级的士官生，他们是在往外跳的时候被发现的。从那时起，学校派了两个士兵在墙外彻夜巡逻。跳墙的人数骤减，他们不再从那里出入了。阿尔贝托转身向回走，远处是五年级的院子，那里空空荡荡，模模糊糊。他看见在操场中央有一点火星，便朝那里走去。

“是‘美洲豹’吗?”

没有回答。阿尔贝托掏出手电——夜间哨兵除去步枪，还带着手电，并需佩戴紫黑色的臂章——手电射出的光柱照在一张疲惫的脸上，照在柔和细嫩的皮肤上，照在由于胆怯而眯缝起来的眼睛上。

“你在这里干什么?”

“奴隶”举起一只手挡住射来的光线。阿尔贝托于是关上手电。

“我在站岗。”

阿尔贝托笑起来，笑声好像打嗝，在夜空里振荡。过了片刻，这一味嘲弄而不带笑意的声音重新响起来。

“你是在替‘美洲豹’站岗，”阿尔贝托说道，“这真让我扫兴。”

“奴隶”温和地说：“你在模仿‘美洲豹’的笑声。那大概更让你扫兴吧。”

“我在模仿你妈。”阿尔贝托说着，把手中的步枪放在草地上，然后，竖起军服翻领，搓搓双手，在“奴隶”身旁坐下，“有烟吗?”

一只汗腻的手碰到他的手上，丢下一支两头已经掉空烟丝的香烟，就立刻缩了回去。阿尔贝托划着一根火柴。“小心!”“奴隶”耳语道，“巡逻兵会看见你的。”“他妈的，烧手了。”阿尔贝托说了一声。灯光闪烁的检阅场伸展在他们的前方，好像浓雾笼罩下市中心的林荫大道。

“你的烟为什么能抽到今天?”阿尔贝托问他，“我最多抽到星期三就完了。”

“我抽得不多。”

“你为什么这样窝囊?替‘美洲豹’站岗，你不觉得害臊吗?”阿尔贝托说道。

“我自己乐意。跟你有什么关系?”“奴隶”反驳说。

“他对待你就像对待奴隶一样。大家也都把你当成奴隶看待。真他妈的，你怎么这样胆小呢?”

“可我就是不怕你。”

阿尔贝托笑了。他猛然收住笑声，说：“的确。我的笑法很像‘美洲豹’。为什么人人都在模仿他呢?”

“我就不学他那个样子。”“奴隶”说道。

“你好像是他的一条狗。”阿尔贝托说，“他经常欺负你。”

阿尔贝托扔掉烟蒂。火星在他两脚中间的草地上挣扎了一会儿，随后就熄灭了。五年级的院子里依然空空荡荡。

阿尔贝托重复道：“对，他经常欺负你。”他张开嘴巴又闭拢。一只手伸到舌尖上，用两个手指拿下一丝烟草。他用指甲掐断，把两小段放到嘴唇上吹掉。“你从来也没有打过架吗?啊?”

“只打过一次架。”

“在这里吗?”

“不。那是从前的事。”

“正因为如此，所以你总是受欺负。”阿尔贝托说，“大家都知道你胆子小。要想让别人尊重你，就得经常不断地挥老拳。不然的话，你就得一辈子受气。”

“我不想永远当兵。”

“我也不想。可是眼下，不管你乐意不乐意，你得先当着。在军队里，要紧的是必须像个男子汉，手里要有铁拳头，明白吗？要么你吃人，要么让人家吃掉，没有其他选择。我可不愿意人家吃掉我。”

“奴隶”说：“我不想打架。说确切点，我也不会打架。”

“那用不着学。只要想打就行。”阿尔贝托说道。

“甘博亚中尉有一次也是这么说的。”

“这的确是真话，对吗？我并不愿意当兵，不过，在这里却可以锻炼得像个男子汉大丈夫。可以学会自卫，可以认识人生。”

“奴隶”说：“你并不爱打架。可是别人也不敢欺负你。”

“我是装疯卖傻。这一手也管用，人家制不服你。假若你不张牙舞爪地自卫，马上就会有人扑上来。”

“你将来要做诗人吗？”“奴隶”问道。

“你真是个傻瓜？我要做工程师。我父亲准备送我去美国念书。我替别人写情书、编小说，是为了赚钱买香烟。那没有什么意思。你呢，将来干什么？”

“我一度想当海员，”“奴隶”说，“可是现在已经不想了。我不喜欢军队生活。也许我也想当个工程师。”

夜雾越发浓重，路灯显得也更小，灯光也更微弱。阿尔贝托在衣袋里摸索着。两天前他就没有香烟了，但是，每当他想吸烟的时候，两只手便下意识地重复这个动作。

“你还有烟吗？”

“奴隶”没有作声。可是几秒钟后，阿尔贝托感到有只胳膊伸到胸前。他触到一只手，手里递过来满满一包烟。他抽出一支，叼在嘴上，用舌尖舔舔那芬芳的烟丝。他点燃一根火柴，火焰在双手围成的小洞里轻轻地摇曳。他把火光凑近“奴隶”的面孔。

“你他妈的哭什么?”阿尔贝托说道，一面张开手，让火柴头落下去，“他妈的，又烫了一下。”

他又划了一根火柴，点燃香烟，吸了一口，然后从口鼻中把烟喷出来。

“你怎么啦?”他问。

“没有什么。”

阿尔贝托又吸了一口。火星闪闪发亮，香烟与雾气混合在一起。这时浓雾压得很低，几乎到了地面。五年级的院子已经模糊不清，宿舍那片建筑成了黑魆魆的一团。

“是不是他们欺负你了？伙计，不要哭嘛!”阿尔贝托说。

“我的军装……”“奴隶”说，“他们捣鬼，想不让我外出。”

阿尔贝托扭头望望，看见“奴隶”身上穿着卡其衬衣，上面套着一件栗色毛背心。

“奴隶”说：“本来明天我可以离校上街。可是他们把我的军装给撕坏了。”

“你知道是谁干的吗?”

“不知道。他们是从衣橱里拿走的。”

“会让你赔一百索尔，也许还要多。”

“这个我倒不怕。明天有检查，甘博亚会把我记到惩戒簿上。我已经有两个星期没有上街了。”

“几点钟了?”

“十二点四十五分，”“奴隶”说，“可以回去了。”

“等一下，”阿尔贝托站起来说，“还有时间，咱们去掏一件军装。”

“奴隶”像弹簧似的跳起来，但是一步也没有迈出，只是站在原地不动，仿佛期待着什么即将来临而又无法躲避的东西一样。

“快点!”阿尔贝托催促道。

“那夜间哨兵……”“奴隶”低声耳语道。

阿尔贝托说：“真见鬼！你没看见为了给你搞一件军装，我可能丢掉外出的假日吗？我讨厌胆小鬼。夜间哨兵都在七班的洗澡间里。他们在那里赌钱。”

“奴隶”跟在他后面。夜雾越发浓重了。他们一直向看不清的寝室走去，靴子上的铁钉踏弯了潮湿的野草。海风伴着有节奏的涛声呜呜地吼着，吹进教室和军官宿舍之间那些没有门窗的建筑物里。

“咱们到九班或十班去，”“奴隶”说道，“小家伙们睡觉像死猪。”

“你缺什么？制服还是短大衣？”阿尔贝托问道，“那么到三班去吧。”

他俩来到本年级的走廊里。阿尔贝托用一只手轻轻推推门，房门无声地开了。他伸进脑袋，像只窥探洞穴的野兽。漆黑的寝室里静悄悄的。房门在他们身后关上了。“他会不会拔腿跑掉呢？他会不会发抖？会不会失声哭起来？然后怎么跑开呢？如果真的是‘美洲豹’拿了他的制服，他会急得出汗吗？万一现在电灯亮了，我怎么脱身呢？”阿尔贝托的嘴唇贴近“奴隶”的面颊，低声说：“到里面去。那边有个离床远的衣橱。”“什么？”“奴隶”问道，一动也不动。阿尔贝托说：“他妈的，过来!”他们踮着脚尖，像慢镜头动作那样穿过房间，两手向前探出，免得遇到障碍。“假若我是个瞎子，就把眼珠挖出来，对那个‘金脚’女人说，我把眼珠给你，赊给我一次吧。爸爸，好啦，别再去逛妓院了。算了吧，什么除非死掉，否则不得擅离职守。”他们在衣橱旁边站住。阿尔贝托用手指摸索着橱壁，然后把手伸进衣袋，掏出一把撬锁的铁钩。他一只手摸准挂锁，闭上眼睛，咬紧了牙关。“万一出事，我就说，中尉，我发誓，我是来取书的，因为明天要考化学。‘奴隶’，我发誓，我永远不会原谅你那些眼泪，也不会原谅你为了一件军装宰了我。”那把铁钩伸进锁孔，滑入铁槽，勾了一下，向前动动，向后动动，向左动动，向右动动，向里面又捅了一下，铁钩不动了，轻轻一顶，锁头就开了。阿尔贝托又摆弄了一阵，方才把铁钩抽出。衣橱的门慢慢开了。从寝室某个角落传来一串不连贯的呓语。“奴隶”的手紧紧抓住阿尔贝托的胳膊。“镇静!”阿尔贝托低声说，“要不然我就宰了你。”“什么?”对方问道。阿尔贝托用手在里面摸索着，他小心翼翼地抚摸着那几平方厘米毛茸茸的军装，仿佛抚摸着爱人的脸庞或头发，仿佛只要一接触那周围的空气，就可以体会到触觉所产生的快感。阿尔贝托说：“解下两根鞋带。我要用。”“奴隶”解下一根，弯着腰，悄悄地走开了。阿尔贝托把军装从衣钩上摘下来，接着，为了不发出声音，他把锁头推进锁孔，用手紧紧一压，便锁好了。他向门口挪去。“奴隶”迎上来，拍拍他的肩膀，两人就出去了。

“上面有标记吗?”

“奴隶”用手电仔细查看着军装。

“没有。”

“到洗脸间去。看看是不是有污点。再检查一下纽扣，注意可别是另外一种颜色的。”

“马上一点钟了。”“奴隶”说。

阿尔贝托点点头。走到一班门口的时候，他转身问他的伙伴：

“鞋带呢?”

“我只解下一根。”“奴隶”说道，犹豫了一下，又说，“真对不起。”

阿尔贝托狠狠地盯了他一眼，但是既没有责骂，也没有嘲笑，只耸了耸肩膀。

“谢谢。”“奴隶”说道。他把手再次放到阿尔贝托胳膊上，脸上掠过一丝怯生生的微笑，同时望着阿尔贝托的眼睛。

“我这样做，不过是为了解闷罢了。”阿尔贝托说。他立刻又继续说道：“你拿到考试题了吗？我对化学可是一窍不通。”

“奴隶”说：“没有拿到。不过‘圈子’大概搞到了。卡瓦刚才从这里走过，他到教学楼那边去了。他们现在一定在解题呢。”

“我没有钱了。‘美洲豹’那小子是个强盗。”

“我借给你一些好吗？”“奴隶”问道。

“你有钱？”

“有一点。”

“借给我二十索尔，可以吗？”

“二十索尔，可以。”

阿尔贝托拍了对方一下，说：

“好极了，好极了。我一个铜板也没有了。你要是同意的话，我可以用写小说还账。”

“奴隶”低下头说：“不。最好是用写信。”

“写信？你？恋爱啦？”

“还没有，”“奴隶”说道，“不过将来也许会有的。”

“好吧，伙计。我替你写二十封。说定了，可是你得把她的信给我看看，了解一下风格嘛。”

几间寝室好像又有了生气。从五年级各班的宿舍里传出脚步声、开关衣橱声，甚至还有骂人声。

“该交接班了，”阿尔贝托说，“咱们走吧。”

他们走进寝室。阿尔贝托走到巴亚诺床边，弯腰解下一根鞋带，然后用双手推推黑人。

“你妈的，你妈的！”巴亚诺暴怒地叫起来。

“一点钟了。该你的班了。”阿尔贝托说。

“要是你提前叫醒我，我就揍你屁股。”

寝室那一端，博阿在骂“奴隶”，他也是刚刚被叫醒的。

“步枪和手电在这里，”阿尔贝托说，“你如果愿意，就继续睡下去。不过我可以告诉你，查哨的就在二班呢。”

“真的吗？”巴亚诺说着坐了起来。

阿尔贝托走到自己床边，开始脱衣服。

“这里的人可太有意思了，太有意思了。”巴亚诺叫起来。

“出什么事情了？”阿尔贝托问道。

“有人偷了我一根鞋带。”

“安静点！”有人喊道，“值班的，叫这些狗娘养的闭上嘴！”

阿尔贝托听到巴亚诺踮着脚走过来，接着便是一阵翻东西的声音。

“有人在偷鞋带！”他叫喊起来。

“诗人，总有一天，我要敲碎你的脑壳。”巴亚诺打着呵欠说道。

几分钟以后，值班军官的哨声划破了夜空，阿尔贝托没有听见；他已进入梦乡。

迭戈·费雷这条街的长度不足三百米。初次走过这里的行人，会以为它是条死胡同。确实，从与拉尔科大街交叉的路口上一望，过了两个街区，就到了这条街道的尽头。尽头有一幢两层楼的建筑，楼前有一个带绿色栅栏的小花园。这幢楼从远处看去仿佛堵住了迭戈·费雷街的去路，但实际上它是波尔塔巷。这条小巷与迭戈·费雷街交叉，横断了后者的去路。在拉尔科大街与波尔塔巷中间，还有另外两条平行的街道：科隆街和奥乔兰街。它们把迭戈·费雷街一共切成三段。科隆街和奥乔兰街横切迭戈·费雷街之后，向西伸展大约二百米，在防波堤上猛然截止。这道红砖的海堤环抱着米拉芙洛尔区，是城市的边缘，它刚好建在悬崖之上，沐浴在利马湾那奔腾咆哮的碧绿海水之中。

在拉尔科大街、防波堤和波尔塔巷所包括的地段里，有六个街区，共有一百多所住宅、两三家食品店、一家药房、一座冷饮亭、一家鞋铺（一半藏在汽车修理间中），还有开设在一道围墙后面的秘密洗衣店。东西走向的那几条街的两侧，全种有树木。迭戈·费雷这条街则没有。上述那些店铺统治着这里的经济生活。这片地方没有名字。为了参加每年一度的特拉萨斯俱乐部冠军赛，小伙子们组织足球队的时候，就用“快乐区”这个名字去报名。但是比赛一结束，这个名字便弃之不用了。因为，桃色新闻上经常把那条妓女街，即瓦底卡·德·拉·维多利亚大街的一部分称作“快乐区”，这同样的名字实在令人难堪。所以小伙子们只用“区里”二字。至于人家问哪个区，为了有别于米拉芙洛尔区、七月二十八日区、雷杜多区、法国大道区、阿尔甘弗莱斯区，便说：迭戈·费雷区。

阿尔贝托的家位于迭戈·费雷街左边第二个街区的第三个门里。他见到这所住宅的时候正是夜间。那时他们刚刚把家具从圣伊希德罗大街搬到这里。他觉得这套房子比从前那套大得多，而且明显地有两个好处：他的卧室离开父母的房间远得多；另外，这所住宅后面有座花园，父母大概会同意他养狗。但是，新房子也有不便利的地方。从前住在圣伊希德罗大街的时候，每天早晨有位同学的父亲用车把他俩送到拉萨叶中学。今后，他就得乘直达快车，在威尔逊大街那一站下车了。从那里差不多要穿过十个街区才能到达阿里卡大街。尽管拉萨叶是体面人家子弟的学校，却坐落在勃莱纳区的中心，而这里恰恰是黑人与工人居住的所在。早晨，他只好起得更早一些；中午，就得边吃边去上学。他家在圣伊希德罗大街住的时候，对面有家书店，老板经常让他在柜台后面阅读《贝内卡斯》① 和《毕依金》②，有时还允许他借回家看一天，不过，不能撕坏或弄脏。此外，迁居之后还剥夺了他一件颇有刺激性的娱乐：爬上屋顶去看纳哈尔家的院落。每天早晨，那一家人都打网球；有阳光的时候，便在花格阳伞下面吃午饭；夜晚常有舞会，他可以偷看一对对男女在网球场上悄悄接吻的情景。

搬家那一天，他起得很早，心情愉快地到学校去了。中午便直接去新住宅。他在萨拉萨尔公园那一站下了快车，那时候他还不晓得这座临海花园的名字。随后，他走进迭戈·费雷街，街上没有行人。一进家门，他听见母亲在威吓女佣，说如果她在这里仍然和四邻的厨娘与司机来往，就会被辞退。午饭刚刚吃罢，父亲就说：“我得出门，有件要紧的事。”母亲吵嚷道：“你又在骗我，你敢正视我的眼睛吗?”后来，在男女佣的陪同下，她开始仔细检查在搬家的过程中是否遗失或损坏了什么。阿尔贝托则上楼跑到自己的房间里，往床上一躺，心不在焉地在书皮上画来画去。过了不大一会工夫，窗户外面传来孩子们的嬉戏声。喊声时断时续，还有足球撞在门上

---

① *Penecas*，智利儿童读物。

② *Billiken*，阿根廷儿童读物。

弹回来的咚咚声、木门被打中的砰砰声、应声而起的叫声。他立刻从床上跳下来，跑到阳台上去看。一个孩子穿着惹人注目的红黄相间的衬衫，另一个穿着白色绸衫，没有系纽扣。前者是高个子，黄头发，说话和看人的样子都很狂妄。后者矮胖，一头黑鬈发，行动却十分灵活。黄头发的站在汽车库门前当守门员，黑头发的用一个崭新的足球在射门。“接住，普鲁托。”黑头发的喊道。普鲁托弯着腰，像演戏那样做着鬼脸，摆着架子，双手擦擦前额和鼻子，装出一副准备扑球的模样。如果接住一个点射，他便哈哈狂笑，说道：“你真是个善心的老妈妈，蒂戈。我只要用鼻子就能截住你的罚球。”黑头发熟练地用脚把球截住，放在罚球点上，看好方向，举脚猛踢，几乎每球必中。蒂戈嘲笑说：“你这个漏勺，是个花蝴蝶罢了。这个球事先告诉你：右上角，重炮。”起初，阿尔贝托冷眼旁观，他们也装出视而不见的样子。渐渐地阿尔贝托露出仅仅对体育本身感兴趣的神情；蒂戈每次射中，或者普鲁托接住球，他便像个行家那样面不带笑地点点头。接着他又注意起两人之间的玩笑来，脸上的表情也相应地有所变化。两个玩球的人也不时地表示他们已承认他的光临：两人扭头望望他，好像要请他来裁判。他们双方通过目光、微笑和点头，很快就建立起一种无声的交流。突然，普鲁托用脚挡住蒂戈的一个猛射。那球一下子飞得很远，蒂戈连忙跑去捡球。普鲁托抬头望望阿尔贝托，招呼道：“你好。”

“你好。”阿尔贝托答道。

普鲁托双手插在口袋里，像职业运动员在比赛前那样在原地跳动着，以便让四肢灵活。

“以后你就住在这里啦?”普鲁托问道。

“嗯。我们是今天才搬来的。”

普鲁托点点头。蒂戈这时已经把球捡了回来，他把足球扛在肩上，一只手扶住它。他看看阿尔贝托，双方相对一笑。普鲁托瞅着蒂戈说：

“刚搬来的，以后就在这里住下了。”

“噢。”蒂戈应道。

“你们都住在附近吗?”阿尔贝托问道。

“他住在迭戈·费雷街的第一个街区，”普鲁托说，“我住在那边拐弯的地方，奥乔兰街。”

“咱们区又多了一个人。”蒂戈说道。

“人家管我叫普鲁托。管他叫蒂戈，他踢起球来像个老妈妈。”

“你父亲是好人吗?”蒂戈问。

“不好不坏。你为什么问这个?”阿尔贝托说道。

“这条街的人到处赶我们，抢走足球，不让我们玩。”普鲁托说。

蒂戈像玩篮球那样在地上拍起球来。

“下来，”普鲁托说，“咱们玩射门。等人来多了，就分拨比赛。”

“好吧，”阿尔贝托说，“不过，我可得先说明，我踢得不好。”

卡瓦告诉我们：士兵棚子后面有母鸡。山里人，你撒谎，那不是真的。我起誓，我亲眼看见的。吃罢饭，我们去了。为了躲开宿舍，我们绕了一圈，还像战地演习那样匍匐前进了一段。看见了吗?你们看见没有?那个可厌的山里人说。那里有一个白色的鸡窝，里面有芦花母鸡，你们要什么?你们还想什么?咱们偷那只黑毛鸡?还是偷黄毛鸡?黄毛鸡更肥一些。傻瓜，你还等什么?我抓住它，我按住两个翅膀。博阿，你堵住它的嘴。你别以为那么容易。不行，你别想跑，小爪子，来，来!它怕他，它看他长得丑。你们看，它冲他晃尾巴呢。那个可恶的东西说道。可是它真的啄了我的手指头。咱们到操场去，你们把这家伙的嘴巴一下子堵住。假如鲁罗斯爬到那小伙子身上，会出什么事呢？“美洲豹”说：“最好把它的爪子和嘴巴都捆住。”翅膀怎么办？如果它用翅膀扇了某个人的话，你们会说什么呢？博阿，它可跟你没缘分。山里人，你能肯定吗？你也干啦？没有。不过，我是亲眼看见的。我拿什么捆住它呢？真笨，真笨！一只母鸡不过是个小东西，小玩意罢了，如果是小羊驼呢！假如鲁罗斯爬到那小伙子身上，那会出什么事呢？那时，我们正在教室外面的露天地里抽烟。把灯拿下来，臭蝙蝠！“美洲豹”来精神了，好像刚让人玩过一样。“美洲豹”，好了吗？成功啦？成功啦？安静点，切着我的手了，我得集中注意力。爪子，好了吗？好了吗？鲁罗斯说：咱们玩那个胖子怎么样？谁？九班的那个胖子。你没拧过他的屁股吗？哎哟。这个主意不坏，可是他让干不让干？有人告诉我，拉尼亚斯值班的时候玩过他。哎哟，总算完了。那个可恶的东西问：好了吗？好了吗？谁头一个？这么乱哄哄的我可没有兴致了。这儿有根细线可以拴嘴巴。山里人，别松手，说不定它会飞掉。有自告奋勇的吗？卡瓦抓住屁股；鲁罗斯，别让它的嘴巴动弹，无论如何也要把它堵住；我来捆住爪子。咱们最好还是抽签吧，谁有火柴？把一根火柴的头去掉，其他的火柴给我看一下，我是个老手了，别想弄虚作假。该轮到鲁罗斯。喂，你知道它让干不让干呀？我可没把握。这笑声像是在啄什么东西：“鲁罗斯，我答应了，不过仅仅玩玩而已。”假如它不让干呢？安静，好像是准尉来了。幸亏他从远处过去了，我可是个男子汉。要是咱们玩准尉一下怎么样？那个可恶的东西说，博阿干过母狗。他干吗不玩那个胖子呢，他至少是个人呀。他被关禁闭了，刚才我看见他在饭厅，正在饭桌上打瞌年级的八个狗崽子。也许它不让干。谁说害怕？有人说害怕吗？我把一个班的胖子一个一个地玩一遍，他们一个个像莴苣那么鲜嫩。“美洲豹”说：“咱们订个计划，这事很容易。”是谁抽到那根签了？母鸡静静地躺在地上喘气。那个山里人卡瓦抽上那根签了。你们没发现他已经准备试一试了吗？母鸡已经死了，没有用了。最好让博阿玩一下，他的家伙早就着急了。已经抽过签了，没什么可说的，这母鸡你玩不玩？要么我们就像你们村里那样干你一通。没有小小说吗？把诗人叫来，让他讲一段故事怎么样？纯粹瞎编，伙计们，我只要一想那玩意儿，就急了，只要心里想。喂，我如果染上病怎么办？我的心肝，你怎么啦？小乡下佬，你怎么啦？你从什么时候起往后缩啦？你知道博阿玩过那个玛尔巴贝阿达母狗之后，比你妈还健康。小跳蚤，说说你的胡思乱想吧，你没听说过母鸡比母狗要干净卫生吗？哪怕弄死了，我们也心甘情愿。巡逻队呢？是瓦里纳那个笨蛋值班，星期六的巡逻队是官样文章。如果有人告密呢？那“圈子”就开会研究：被玩过的士官生会不会是告密分子？可是你能张嘴说，你被人玩过啦？咱们出去吧，要吹熄灯号了。混蛋，把灯拿下来。那可恶的东西说，好吧。它可要独自留下了。把它递给我。你拿着。我吗？就是你。你能肯定母鸡后面有窟窿吗？除非这只小嫩鸡还是个雏儿。你们看，它还在动弹呐，说不定是只肥公鸡。别笑，对不起，别出声。这笑声真让人讨厌。你们看见山里人那只手了吗？你在抚摸它呀，强盗。我正在找那个说“别动我”的人。我已经找到了。伙计，他说什么？有窟窿吗？请安静，看在各位圣徒的面上，你们别笑了！大家睡着了。真笨！我弟弟说，山里人是坏蛋，比什么都坏。叛徒，胆小鬼，连心肝都是歪的。堵上他的嘴，婊子养的！甘博亚中尉，这里有人正在玩母鸡。鲁罗斯说，十点多了，快十点一刻了。你们看看有没有哨兵？我也玩一个哨兵。你什么东西都干，我看你胃口不坏，你起誓，你没玩过你那神圣的母亲吗？寝室里没有哨兵，但是在二班可有，咱们不穿鞋出去吧。我要冻死了，说不定感冒了。我坦白，只要听到哨声，我拔腿就跑。咱们上楼梯吧，弯着腰，警卫室能看得见。真的吗？咱们悄悄进寝室。“美洲豹”，鬼东西，你说什么只有两个哨兵？那边有十多个侏儒呢。那么跑吗？谁？你知道哪个是他的床。你过去，我们不会玩别人的。这是第三只鸡了，你们没闻到有股馋人的味道吗？羽毛都掉了，我看它已经死了。死没死？说呀！你总是干得那么快，还是仅仅玩母鸡的时候如此？你们瞧瞧这个婊子，我想是那个山里人把它弄死的。我吗？它没法呼吸，所有的窟窿都堵死了。假如它还在动的话，我起誓那是在垂死挣扎。你们认为动物会有感觉吗？感觉什么？傻瓜，莫非它们有灵魂吗？我是说它们会有快感吗，就像女人那样？玛尔巴贝阿达那只母狗跟女人一个样。博阿，你真叫人恶心。瞧瞧你干的那种事。喂，那娘儿们站起来了。它开了心，还想干吗，怎么样？它走起来像喝醉了似的。现在咱们当真要吃掉它吗？你们别忘记那山里人在鸡里留种了，谁要吃了，会下蛋的。我不知道人家怎么宰母鸡。安静点，用火一烧，细菌就死了。你揪住它的脖子，提起来一拧。博阿，你按住它，我来开刀，你抓住它。好的，先生，举高点，爪子放好。现在它可完蛋了，好家伙，全拧碎了。好家伙，全拧碎了，闻着爪子上的这股臭味，谁能吃它呢？你起誓，火烧可以杀死细菌吗？咱们去点个火堆，不过得远一点，到围墙后边更隐蔽一些。安静点，我把你分成四块。快爬上来，抓紧，笨蛋。那个侏儒在怎样地跳脚呀，你还等什么，还不赶快爬上来，你没看见他睡得像头死猪一样吗？喂，博阿，你别那样捂住他的脸，他会闷死的。

鲁罗斯说，现在把我推倒了，我只好擦擦手，你别动，我宰了你，我把你捏成粉末，我对你进行轰炸。你又踢又跳，还想干什么。咱们快躲开吧，侏儒们起床了，我没告诉你吗，臭货，所有的侏儒都起床了，这里要血流成河了。点灯的那个人是个流氓。那个人大声喊：他们在玩一个同学，快去打呀，伙计们！那个这么喊的人也是个流氓。他们玩我的时候，也干过点灯的事，所以我才松开他的嘴巴？弟兄们，救救我吧！这样的喊声，我只听过一次，那是我母亲把椅子朝我弟弟头上摔去时，弟弟喊的。侏儒们，有人邀请你们来的吗，你们都起床干什么？难道有人下令点灯的吗？下令的是班长吗？我们不能允许你们对这个小伙子干这种事，你们这群色鬼。我发疯了，我在做梦，从什么时候起开始这样对士官生说话的？立正！你喊什么？你没看到这是一场玩笑吗？你们等着，我把那些侏儒踩扁几个。"美洲豹"还在笑，我记得我玩那些侏儒的时候，也听到他这样笑。现在咱们走吧，不过，你们听着，别忘了：假如谁要张嘴告密的话，咱们就把整个寝室的人都揍一遍。不要跟侏儒打交道，他们都是些心理变态的人，不懂得开玩笑。要下楼梯，咱们还得弯腰吗？鲁罗斯啃着骨头说：呸，这肉有股烟熏火燎的味道，上面还带毛呢。

二

晨风吹进拉白尔拉区，把浓雾推向大海。莱昂西奥·普拉多军事学校这块地方，仿佛是一个刚打开窗户的充满烟雾的房间，逐渐明亮起来。这时，一个不知名的士兵出现在棚子门口，他一面打呵欠，一面揉眼睛，向士官生的宿舍走去。他手中握着的铜号，随着身体一起摆动，在晨曦中闪着金光。他走到三年级的院子里，在四面距离相等的院中央站住。他那件深绿色的军装，在残余的雾气里褪去了颜色。这个士兵看上去像个幽灵。他慢慢地行动起来：挺起胸膛，摩擦双手，吐口唾沫，接着便吹响了军号。随后昂首听着军号的回音。几分钟后，传来了三年级狗崽子们的谩骂声。他们把由于夜晚结束而产生的愤怒全都发泄在他的身上。在渐渐远去的骂声中，他向四年级的宿舍走去。最后一班夜间哨兵从门口迎出来，他们从狗崽子们的起床声中知道这个号兵要到了，于是便出来嘲笑他，骂他，有时还朝他扔石头。之后，号兵就转身向五年级的院子走去。那里空无一人，他的步伐也格外有力。那里还没有动静，因为这些有经验的学生都知道，从起床号到集合哨要十五分钟，其中一半的时间可以泡在床上。号兵一路摩擦着双手，吐着口水，回到棚子。三年级狗崽子们的愤怒、四年级士官生的火气，丝毫吓不住他，他几乎不予理睬。但是周末除外，这一天因为有野战演习，起床号要提前一小时吹响，号兵们都害怕在这一天值班。五点钟，天空还仍然漆黑的时候，士官生们就得睡眼惺忪地爬起来，所以十分恼火，纷纷从窗口射出各种炮弹，轰击号兵。因此，每到星期六，号兵们便违反规定站在检阅场上远离宿舍的地方吹号，而且吹得很快。

周末，五年级的士官生只能在床上多待两三分钟。因为不是十五分钟，而是在不到八分钟内要洗漱、穿衣、铺床、集合完毕。但是本星期六例外，由于五年级要考化学，所以他们的出操取消了。六点钟，这些高年级学生听到起床号的时候，三年级的狗崽子和四年级的士官生已经齐步走出学校大门，向着联结拉白尔拉区和卡亚俄港之间的荒地走去。

起床号吹过不久，阿尔贝托还没有睁开眼睛，心里盘算着："今天是外出的日子。"不晓得谁说了一声："差一刻六点了。该用石头打那个可恶的东西了。"接着寝室又安静下来。他睁开眼睛：一缕灰白色的阳光从窗户上射进房间。"周末应当出太阳。"洗脸间的门开了。阿尔贝托看见"奴隶"那张苍白的面孔出现了。往前一走，双层床便遮住了他的头部。他已经刮脸、梳洗完毕。阿尔贝托想："他起床号前就下床，好在集合时第一个站好。"然后他又闭上了眼睛。他觉得"奴隶"来到他床头停住，拍拍他的肩膀。他半睁开眼睛，看到"奴隶"的脑袋以及那裹在蓝色睡衣里骨瘦如柴的身体。

"甘博亚中尉值班。"

“我知道，”阿尔贝托回答说，“来得及。”

“奴隶”说：“好吧。我以为你还睡着呢。”

他微微一笑就走开了。阿尔贝托想：“他想做我的朋友。”他再度合上眼睛，精神却很兴奋：迭戈·费雷街的路面由于洒过水而闪闪发光，波尔塔小巷和奥乔兰街的人行道上落满了夜风吹下的树叶。一个衣着华丽的青年走在那条街上，嘴里叼着一支吉士牌香烟。“我发誓今天一定要去玩妓女。”

“还有七分钟。”巴亚诺站在寝室门口，扯着嗓子大吼一声。室内立刻骚动起来。生锈的双层床吱吱咯咯地响起来，衣橱的小门在轧轧作响。接着，鞋跟敲打着地面；两人相撞或擦身而过，发出一阵阵嚓嚓声。但是谩骂加威胁压倒了任何一种声音，仿佛居于浓烟之上的火舌。那众多的喉咙喷吐出一阵阵咒骂，不过并没有固定明确的靶子，只是抽象地瞄准上帝、军官和老娘。看来士官生之所以这样做，与其说为了话中的含义，不如说为了骂声中的音乐感。

阿尔贝托从床上跳下，穿上袜子和依然没有鞋带的靴子，张口骂了一句。他穿好鞋袜的时候，大部分士官生已经铺好床，开始穿衣服。巴亚诺喊道：“‘奴隶’，唱点什么听听。我洗脸的时候，愿意听你唱歌。”阿罗斯毕德吼起来：“值班的，有人偷了我的鞋带。你有责任。你要受罚的，鬼东西。”有一个人说：“那是‘奴隶’干的。我起誓，我看见了。”巴亚诺建议说：“应该报告上尉。我们寝室里不要小偷。”一个嘶哑的声音说：“啊，这位黑美人害怕小偷呀！”几张喉咙唱道：“哎呀呀，哎呀呀。”整个寝室都跟着嚎起来。巴亚诺狠狠地说：“都是他妈的婊子养的。”说罢把门一摔，出去了。阿尔贝托穿好衣服，连忙跑到洗脸间去。隔壁的洗手池上，“美洲豹”已经梳洗完毕。

“化学这门课我需要五十分，”阿尔贝托说，嘴里充满牙膏沫，“要多少钱?”

“诗人，这次你要不及格了。”“美洲豹”对着镜子极力梳平头发，但是那些刺猬毛既硬又黄，梳子一过就又竖起来。“没有考卷，没去弄。”

“没有弄到考卷吗?”

“没有呀。我们连这种打算都没有。”

集合哨响了。从洗脸间和寝室里传出的嗡嗡声越发高涨，随后便戛然而止。甘博亚中尉的吼声仿佛雷鸣般地从院子里传进来：

“各班班长，把最后三名记下来!”

沸腾的人声重新响起来，又沉落下去。阿尔贝托拔腿便跑，一路上把牙刷和梳子放进衣袋，又把毛巾像腰带似的系在军装与衬衣之间。人们正在站队。他向前一扑撞在前面一个人身上，不知何人又从后面把他拉住了。阿尔贝托紧紧抓住巴亚诺的皮带，他轻轻跳动着，免得后到的人踢着他。那些人横冲猛撞，企图搞乱队形，占据一个位置。“混蛋，别推呀!”巴亚诺喊道。排头渐渐有了秩序。班长开始让报数检查实到人数。排尾你推我搡仍然混乱一团，迟到的几个极力威胁他人，用胳膊肘挤着，企图争夺一席之地。甘博亚中尉站在检阅场的边沿，注视着集合的情况。他长得高大壮实，军帽微斜，显出一副傲慢的神气。他轻轻摇摇头，闪过一丝嘲笑。

“肃静!”他高声喝道。

士官生们不再作声。中尉原来双手叉腰，这时放了下来，两手一晃垂直不动了。他向队列走去，脸色阴沉，板着面孔，毫无表情。三名准尉——巴鲁阿、莫尔特、佩索阿——跟在他后面三步远的地方走着。甘博亚停下来看看手表。

“三分钟。”他说。他的目光从头到尾扫视一遍，仿佛牧羊人在查看羊群。“狗崽子们集合只用两分半钟。”

低沉的笑声像波浪一样传遍整个连队。甘博亚扬起脸，皱着眉头——全连立刻肃静下来。

“我的意思是说，三年级的士官生们。”

又是一阵笑声，这次更为大胆。士官生们的面孔依旧保持严肃的神情，那笑声发自胸腔，到了唇边就已煞住，目光和表情却毫无变化。甘博亚迅速把手叉到腰部，全队立刻又安静下来。队列整齐得像刀切过一样。准尉们直瞪着甘博亚，似乎个个服过安眠药。“他今天情绪不错。”巴亚诺低声说道。

“各班班长，出列！”甘博亚下令道。

最后这一句他加重了语气。说话时，他的睫毛微微眨动着。连队如释重负地舒了一口气。甘博亚立刻向前跨进一步，他的眼睛紧盯着士官生们纹丝不动的行列。

“把最后迟到的三名叫出队伍。”他补充说道。

队列里立刻响起一阵轻微的低语声。各班班长手持纸笔，钻进各自的排尾。嗡嗡声颤抖着，仿佛一群飞蛾争先恐后地躲避那粘虫的纸片。阿尔贝托用眼睛的余光寻找着一班的牺牲品，他们是：乌里奥斯特、努涅斯、雷维亚。雷维亚一声低语传到他的耳中：“‘猴子’，你已经被关了一个月，再罚上六分又能把你怎么样呢？你的位置给我吧。”那个叫“猴子”的说：“要十个索尔。”“我没有现钱。要是你同意，我先欠你的。”“不行，你自认倒霉吧。”

“谁在那里说话？”中尉喝道。低语声继续了片刻，随即减弱，接着便消逝了。

“肃静！”甘博亚大吼一声，“肃静！他妈的！”

这道命令见效了。各班班长走出队列，在离准尉们两米远的地方立定，一碰靴跟，敬礼；交出纸张后，他们低声说："报告准尉，请求入列。"准尉或者点点头，或者说："入列！"班长们便快步回到各自的班里。接着，准尉把纸片送给甘博亚。这位中尉戏剧性地一碰鞋跟；他有自己独特的敬礼方式，不是把手举到太阳穴上，而是放到额前，这样一来手掌就挡住了右眼。士官生们看到名单交上去了，个个神情紧张起来。纸张在甘博亚手中像扇子那样晃动着。他为什么不下令出发？他的眼睛戏弄地审视着连队。突然，他微笑一下，说：

"是罚六分，还是站直角？"

立刻响起一片掌声。有人甚至喊了一声："甘博亚万岁！"

"是我发昏了，还是有人在队列里说话？"中尉问道。士官生们立刻静下来。甘博亚双手叉腰，踱到班长们面前。

"最后三名站到这里来，"他喊道，"快！一个班一个班地站。"

乌里奥斯特、努涅斯和雷维亚跑步离开队尾。经过巴亚诺身边时，他对他们说："小鸽子们，算你们走运，赶上甘博亚值班。"三名士官生立正站在中尉面前。

甘博亚说："是站直角，还是罚六分，随你们的便，可以自由选择。"

三人回答说："站直角。"中尉点点头，耸耸肩膀，"我了解你们，就像了解我亲生的儿子一样。"他翕动着嘴唇说。努涅斯、乌里奥斯特和雷维亚感激地笑笑。甘博亚下令道："站直角！"

三人的身体像门窗上的合页那样弯下腰去，上半身与地面平行。甘博亚望望他们，用胳膊把雷维亚的脑袋向下压一压，然后指示说：

"用双手捂住裤裆。"

接着，他向准尉佩索阿打了一个手势。这是一个肌肉发达的矮个子混血种，他有一张食人猛兽般的大嘴巴。他的足球踢得十分出色，脚头上颇为有力。佩索阿快步走过去，他微微一侧身，飞起右脚，一道闪光从地上腾起，啪的一声踢了出去。雷维亚立刻发出一声哀叫。甘博亚命令这个士官生归队。

然后，他说：“哎呀，佩索阿，你的力气呢？你没有踢动他呀！”

这位准尉的脸色发白了。他那两只斜眼紧盯在努涅斯身上。这一次他运足力气用脚尖猛然一踢。那个士官生发出一声刺耳的尖叫，弹出两米，跌倒在地上。佩索阿忐忑不安地瞅瞅甘博亚。中尉微微一笑。士官生们笑了。努涅斯这时已经爬了起来，他用两手揉揉屁股，也笑了。佩索阿再次用足力气踢过去。乌里奥斯特是一班、也许是全校身体最结实的士官生。他微微叉开双腿以便更好地保持平衡。这一脚飞去，他基本上没动。

甘博亚命令说：“二班的三个人。”

接着，轮到其他各班。到八班、九班和十班的时候，由于他们个子矮小，准尉一脚踢去，便一一滚到检阅场里去了。甘博亚对任何人都没有忘记发问，是站直角，还是罚六分。他对每个人都说了这么一句：“你们可以自由选择。”

阿尔贝托只注意观看前几个站直角的，随后便努力回忆最近那几节化学课上的内容。他的脑海里只飘浮着几条模糊的公式和几个零散的专用名词。“巴亚诺复习了没有？”“美洲豹”跟别人换了位置，现在就在他身边。阿尔贝托低声说：“‘美洲豹’，我至少需要二十分。要多少钱？”“美洲豹”答道：“你是傻瓜怎么的？我对你说过了，我们没有考题。你别再说这件事了。这是为你好。”

“各班带回！”甘博亚下令说。

队伍一走进食堂就解散了。士官生们脱掉军帽，高声交谈着走向各自的座位。每十个人占一桌。五年级的坐前排。三年级一进饭厅，值日官便吹响第一声哨子。士官生们立正站在椅子前面。第二声一响，全体坐下。吃正餐的时候，扩音器里播送军乐或者秘鲁音乐、海岸华尔兹舞曲和水手舞曲、山区的瓦依纳民歌。早餐则只有士官生们无尽无休的吵嚷声："我说世道变了，不然的话，我的士官生，这样的牛排怎么能整块吃呢?""给我们一小块肉好不好?""我说，跟着他们就是受罪。""喂，费尔南德斯，你为什么就给我打这么一点汤呀？你为什么就给我这么一点肉呀？怎么这样一点冰糕呀?""喂，别往饭菜里吐唾沫!""你看见他那副嘴脸了吗?""狗娘养的，你别跟我来这一套。""我说，要是那些狗崽子把鼻涕流到汤里，我和阿罗斯毕德就叫他们光着屁股学鸭子走，否则就扇耳刮子。""我说，尊敬的狗崽子。""您还要牛排吗，士官生?""谁今天给我铺的床?""我，士官生。""谁今天请我吸烟来着?""我，士官生。""谁请我在'珍珠'小店喝的'印加'可乐?""我，士官生。""我说，今天谁吃我的甲鱼？谁?"

五年级进来入座。四分之三的桌子是空位，餐厅显得相当宽敞。一班占了三张桌子。从窗户望出去，草地在闪闪发亮。那只小羊驼一动不动地站在草丛里，两耳直直地竖着，两只湿润的大眼睛凝视着远方。"你以为没有人看见，可我就看见你像个成年人那样用胳膊肘开路，好在我身旁坐下。你以为不可能，可是当巴亚诺问谁打饭时，大家都喊'奴隶'，我才说为什么不是你们的爹妈，说说看为什么？他们于是唱起'哎呀呀'来。我看见你放下一只手，差一点碰到我的膝盖上。"八个像笛子似的尖嗓门继续模仿女人的声音，"哎呀呀”地唱着。几个兴奋过度的家伙把拇指和食指捏拢，将面包圈推向阿尔贝托。“我是两性人？”阿尔贝托问道，“如果我脱下裤子，会怎么样？”“哎呀呀，哎呀呀，哎呀呀。”“奴隶”站起来给大家倒牛奶。众人纷纷威胁说：“假如你倒少了，我们就把你给阉了！”阿尔贝托转身问巴亚诺：“黑人，你的化学行吗？”

“不行。”

“你提示我好吗？要多少？”

巴亚诺转动着突出的鱼眼睛，向四周不放心地看看，低声说：

“五封信。”

“你妈妈呢？”阿尔贝托问，“她好吗？”

“还好。”巴亚诺说，“你要觉得合适，就告诉我。”

“奴隶”刚刚坐下，伸手去拿面包，阿罗斯毕德就在他手上打了一巴掌。面包在桌上跳了一下，滚到地下去了。阿罗斯毕德哈哈大笑，弯腰去捡。这时众人的笑声停住了。他重新坐正的时候，脸色变了，立刻站起来，伸出胳膊，一把揪住巴亚诺的衣领。“我说，光天化日之下，要看清各种东西的颜色，不能装傻，否则算你生不逢时，命运不济。我说，要想偷东西，就得手疾眼快，哪怕是一根鞋带、一针一线。”“假若阿罗斯毕德把他打出脑浆来，那会怎么样？白人跟黑人打架，结果会怎么样？”“我根本没想到我是黑人。”巴亚诺说着，从靴子上解下一根鞋带。阿罗斯毕德接过来，方才息怒。他说：“要是你不给我，我就揍扁了你，黑鬼。”大家扯着喉咙，使劲而热烈地嚎着：“哎呀呀呀。”巴亚诺想：“呸！我发誓，毕业之前我一定把你的衣橱掏光。”他说：“现在我需要一根鞋带。卡瓦，你卖给我一根。你总是有存货的。喂，你没看见我是在对你说话吗？臭跳蚤，你是怎么回事？”卡瓦猛然从空碗上抬起头来，害怕地望望巴亚诺，忙问："什么？什么？"阿尔贝托低声问"奴隶"："昨天晚上你肯定看到卡瓦了吗？"

"对，肯定是他。""奴隶"说。

"最好别对任何人说你看见他了。一定发生了什么事情。'美洲豹'说，他们没弄到考卷。你看那山里人的脸色。"

大家一听见哨子响，立刻起身向草地跑去。甘博亚正在那里等候他们，他双臂抱在胸前，口中叼着哨子。大批人群拥进草地的时候，那只小羊驼吓得撒腿就跑。"我会对她说，'金脚'，你没看见由于你的缘故，我化学不及格了？你没看见我为你得了相思病吗？你没看见吗？拿着这二十索尔吧。这是'奴隶'借给我的。你如果愿意，我可以给你写信。但是你别捣乱，别吓唬我，别让我化学不及格。你没看见'美洲豹'连一分都不愿意卖给我吗？你没看见我比那个玛尔巴贝阿达母狗还要穷吗？"各班班长又查过人数，报告给准尉，准尉报告给甘博亚。天上开始下起毛毛雨来。阿尔贝托用脚碰碰巴亚诺的腿，后者斜视了他一眼。

"黑人，三封信。"

"四封。"

"好吧，四封。"

巴亚诺点点头，伸出舌头舔舔嘴边的面包屑。

一班的教室位于新楼的第二层。这座教学楼由于潮湿已经污染褪色了。它的旁边矗立着影剧厅，这是新楼的附属建筑，里面有些粗制的板凳，每周给士官生放映一次电影。蒙蒙细雨把检阅场变成一面无底的镜子。靴子踏在那闪亮发光的路面上，伴着哨声，落下又弹回。队伍一上楼梯，齐步走换成小步跑，靴子飞快地移动着，准尉们高声叫骂着。从教室里向下望去，有片水泥铺的院子。三、四年级的士官生向自己所属的楼房走去时，随时都可能受到五年级投掷的东西或唾液的袭击。有一次，黑人巴亚诺扔下一块木头，立刻传来一声尖叫。接着，三年级一个狗崽子双手捂住耳朵，一路呻吟着穿过院子，一缕鲜血从指缝间汩汩地流出，把军装染红了一片。全班被处罚两周不准离校外出，但是肇事者没有被发现。两周过去后，可以外出的第一天，巴亚诺给三十个士官生带来两包香烟。黑人不高兴地说："好家伙，代价太高了。为那个脑壳，一包烟就够了。""美洲豹"和他手下的人立刻警告说："两包。否则'圈子'开会。"

"只给二十分。一分也不多给。我可不想为了几封信拿自己的脑袋开玩笑。"巴亚诺说。

阿尔贝托回答说："不行。至少三十分。题目我来点。另外，不要口述，给我看考卷。"

"我给你口述。"

一张书桌坐两个人。阿尔贝托和巴亚诺坐在最后一排。他俩前面是博阿和卡瓦。这两个人的宽大的后背是躲避监视的良好屏障。

"难道像上次那样？那一回恰恰很糟。"

巴亚诺放声笑了。

他说："四封信。每封两页纸。"

准尉佩索阿端着高高一叠考卷出现在门口。他眨动着不怀好意的小眼睛，环顾着众人，不时地舔着那唇边稀疏的胡须。

他说："凡是抄书或偷看同桌的人，考试无效。另外，还要在惩戒簿里记上六分。班长，分发考卷。"

"老鼠。"

准尉生气地猛一转身，脸色通红，眼睛上好像有两块伤疤；他那孩子般的小手紧紧地揪住衬衫。

阿尔贝托说："协定作废。我没想到是老鼠来监考。我想抄书。"

阿罗斯毕德在分发考卷。准尉看看手表，说：

"八点整。考四十分钟。"

"老鼠。"

佩索阿吼道："这不是一个人在喊。我想看看这位一直在叫老鼠的勇敢分子。"

座位上开始活跃起来。书桌离开地面几厘米，然后落下来，起初噼里啪啦毫无节奏，随后便协调起来，与此同时大家还齐声喊着："老——鼠，老——鼠。"

"肃静，鬼东西们！"准尉怒喝一声。

甘博亚中尉和化学教师出现在教室门口。化学教师是个消瘦猥琐的矮个子。他与那个高大健壮的甘博亚站在一道，加上又穿着一套过于肥大的服装，就更加显得无足轻重。

"佩索阿，发生什么事情了？"

准尉敬罢礼，说："报告中尉，他们在起哄。"

全班纹丝不动，室内静得出奇。

"啊，是吗？"甘博亚说，"佩索阿，你到二班去，我来照看这些年轻人。"

佩索阿又敬了个礼，就走开了。化学老师跟在他后面也走了，好像害怕待在这一大群穿军装的人中间。

阿尔贝托低声说："巴亚诺，协定有效。"

黑人摇摇头，并不看着他，只用手指在脖子上抹了一下，仿佛上了断头台一样。阿罗斯毕德这时已经把考卷分发完毕。士官生们都赶忙埋头看起试题来。“十五加五，加三，加五，空位，加三，空位，哎呀，空位，加三，不对，空位，一共多少？三十一。到气管里面去了。但愿他能中途走开。希望有人来找他。要么出点什么事情，他就得走开。‘金脚’女人呀！”阿尔贝托用印刷体慢慢地在答题。甘博亚的鞋后跟敲击着瓷砖地。当某个士官生从考卷上抬起头时，总会遇到中尉那嘲讽的眼色，并且听到他在说：“你想让我提示你？低下头去！只有我的老婆和女仆才能看我。”

阿尔贝托把会做的试题解答完毕之后，望了巴亚诺一眼：黑人正咬着下唇刷刷地写着。他极其小心地环视一圈教室：一些人拿笔在离开纸面几毫米的空中晃动着，假装在答题。他把考卷重新看了一遍，又答了两道题，那答案是似是而非的。从远处隐隐约约传来一点声音。士官生们在座位上不安地动起来。空气变得紧张了。有个肉眼看不见的东西，飘浮在这些埋头答题的脑袋里，似乎是一团温暖而不可捉摸的东西、一片乌云、一个无影无形的怪物、一阵露水在洒过。怎样才能使中尉的警惕性放松一点呢？怎样才能躲开他的监视呢？

甘博亚笑了。他停住脚步，站在教室中央，双臂交叉；奶油色的衬衣里，显出发达的胸肌。他的目光扫视着全班，仿佛在野战演习中指挥他的连队穿越沼泽和草地、攀登岩峰那样，只需一个简单的手势、一下短促的哨声就够了。他手下的士官生看到其他连队的官兵最后被包围、被伏击、被歼灭时那副激怒恼火的神情，感到十分得意。面对那占据山头和峡谷以及控制着滩头悬崖的无形敌人，甘博亚异常镇定而无畏；在早晨的阳光下，他戴着闪闪发亮的钢盔；当他指着一段高墙，下令“小鸟们，飞过去！”的时候，一连的士官生便像流星般地冲出去。他们高举着明晃晃的刺刀，心头充满了无限的勇气，朝一片农田冲去。当他们脚下无情地践踏着禾苗的时候，“啊，假如这是智利人或厄瓜多尔人的脑袋，那该多好啊！若是靴底下能溅出鲜血来，入侵者都死掉，那该多好啊！”他们跑到高墙脚下，气喘吁吁，喊声不迭；接着，把步枪往身后一背，伸出发胀的双手抓住砖缝，身体贴住墙壁笔直向上爬去，两眼紧盯着渐渐接近的墙头，随后便曲腿弓腰纵身而下。落地后，只听到一片叫骂声和胸口与太阳穴里热血沸腾激荡的声音。这时甘博亚却已经站在他们前方一块几乎难以立足的岩石上，呼吸着海风，又在计划着什么了。士官生们有的蹲着，有的卧倒，大家全都注视着甘博亚，似乎生死都取决于他那两片嘴唇。突然，他目光一扫，生气地发现小鸟已变成了昆虫。“散开！怎么能像臭虫那样挤在一块。”昆虫们急忙爬起来，向四面散开。那千疮百孔的野战军服随风飘荡，一块块补丁好像伤疤一样地外露着。他们回到泥沼中，混杂在草丛里。但是眼睛依然顺从而哀求地望着甘博亚，就像在那个可诅咒的黑夜，中尉扼杀“圈子”时那样。

“圈子”的诞生是随着士官生的生活一道开始的。他们脱掉便服，一个个被校内的理发师推成光头，穿上了卡其军装。然后，在哨子和吆喝声中，全体崭新发亮地首次集合在操场上。四十八小时以后，就发生了那件事。那是夏季的最后一天。海滩被炭火般的阳光暴晒了三个月之后，利马的天空蒙上了白云，城市进入了昏昏欲睡的时期。他们来自秘鲁各地，以往素不相识，现在集合在一起，站在那陌生的水泥建筑物的门前。加里多上尉高声宣布说，他们已经结束了老百姓的生活；他们要过三年军队生活；在这里他们要成长为真正的人；军人的生活是由三个要素组成的：服从、勤劳和勇敢。但是不久以后，就发生了那件事。那是吃罢学校的第一顿午饭后，当他们终于摆脱了军官和准尉们的监护走出饭厅的时候发生的。那时他们正混杂在四年级和五年级的士官生中间，略带恐惧、好奇甚至有些好感地望着那些高年级的学生。

那时“奴隶”独自一人正从饭厅的楼梯下来，向草地走去。突然，两只铁钳似的大手抓住了他的胳膊。一个声音在他耳旁说：“跟我们走！狗崽子。”他露出一丝微笑，顺从地跟他们走了。在他周围，很多早晨刚刚认识的同学也被拦截，随即带过草地，向四年级的寝室走去。那一天没有上课。从中午到吃晚饭，三年级的狗崽子在四年级学生手中待了八个多小时。“奴隶”不记得是哪个班的什么人把他带走的。只记得那个房间里烟气腾腾，站满了穿军装的人；只听到阵阵笑声和喊声。起初进门的时候，他嘴边还挂着微笑。突然，他的背上重重地挨了一击，扑通一声摔倒在地。他一个翻身，脸朝上躺在地上。他想坐起来，但是不行，有只脚踏在他的胸口上。十张陌生的面孔像欣赏小虫似的望着他。他们的身影挡住了天花板。有个人说：

“先用墨西哥民歌的调子唱一百遍‘我是一个狗崽子’。”

他已经吓呆了，唱不出来。两只眼睛好像要夺眶而出，喉咙里干渴得要烧起来。胸口上那只脚在逐渐加大压力。

“他不想唱。这狗崽子不想唱。”那个声音说。

于是，那些面孔张开嘴巴，朝他啐起来。不是啐一次，而是许多次，使他不得不紧闭双眼。唾啐一停，那个像轴承一样滚动的无名声音又一次响起来：“用墨西哥民歌的调子，唱一百遍‘我是一个狗崽子’。”

这一次他服从了，用《在那边牧场上》的调子，喉咙嘶哑地唱出命令他唱的那句话。那是很不容易的事。去掉原来的歌词，那和谐的旋律霎时变成了难听的尖叫。但是，对他们来说，这好像无关紧要，他们认真地听着。

“够了，”那个声音说道，“现在用西班牙博莱罗舞曲再唱。”

随后又用古巴曼波舞曲和克里奥约华尔兹舞曲唱下去。最后那声音命令道：

“站起来！”

他从地上爬起来，用手擦擦脸，又掸掸臀部上的尘土。这时，那个声音质问说：

“谁叫你擦嘴的？没让你擦呀！”

那几张嘴又喷吐起来。他连忙闭上眼睛，直到那阵细雨停住方才睁开。这时，那个声音又响起来：“狗崽子，你身旁有两个士官生。立正站好！对，就这样。他们两个打了赌，由你来做裁判。”

右边的士官生首先猛击一拳，“奴隶”立刻感到前臂上火辣辣地痛。左边的马上也打了过来。

“好，哪一个打得重？”那个声音问道。

“左边这个。”

另外一个声音立刻叫起来：“啊，什么？这么说我是笨蛋？好吧，咱们再试试，你注意点。”

又一拳击来，“奴隶”摇晃一下，但是没有跌倒，围着他的士官生伸手挡住，又把他送回了原地。“这次你感觉怎么样？谁打得痛？”

“两个人打得一样重。”

“这么说是不分胜负啰？”那个声音追问说，“那么他们还得打破平局。”

过了片刻，那个不知疲倦的声音又问道：

"啊，对了，狗崽子，你的胳膊痛不痛?"

"不痛。""奴隶"说。

真的，他已经失去了时间的概念和疼痛的感觉。他的心正陶醉在欣赏埃腾港那没有浪涛的海水上，他听到母亲对他说："小心鳐鱼，小里卡多。"她一面伸出长长的胳膊为他遮挡刺眼的阳光。

"撒谎!"那个声音吼道，"既然不疼，你为什么要哭？狗东西。"

他心里想："大概要结束了。"可是实际上那仅仅是开始。

"你是狗还是人?"那个声音问道。

"报告士官生，是狗。"

"那你站着干什么？狗是四只脚走路的。"

当他弯下身子双手触地的时候，立刻感到胳膊上火辣辣地疼。忽然，他发现身边另外一个小伙子也四肢着地趴在那里。

这时只听得那个声音说道："好啦，两条狗在街上相遇的时候，它们会怎么样？士官生，你回答！我是在跟你说话呐。"

"奴隶"的屁股上挨了一脚。他立即回答说：

"报告士官生，我不知道。"

"狗咬狗。"那个声音说，"它们会互相狂叫、扑打、撕咬。"

"奴隶"不记得那个和他一起接受新生"洗礼"的少年的面庞。大概是八、九、十班中的某个新生，因为他身材矮小。由于恐惧，那张脸已经变了形。那个声音刚一停，小伙子便朝他扑过来，一面狂叫着，一面喷吐着白沫。突然，"奴隶"感到肩膀上被疯狗咬了一口，这时，他的身体才有了反应。他在边叫边咬的同时，以为自己真的长了一身皮毛，嘴巴也是既长又尖的，好像真的有条尾巴像皮鞭一样在背上甩来甩去。

"行了，"那个声音说道，"你赢了。可是那小个子骗了我们。他不是公的，是母的。你们知道，公狗和母狗在街上相遇会怎么样吗？”

“报告士官生，不知道。”“奴隶”答道。

“它们互相舔来舔去。一开始，它们亲热地闻一闻，然后就舔起来。”

后来，他被拉到室外，带到体育场上。他已经记不清那是白天，还是夜幕正在降临。在那里，他被脱光了衣服。那个声音命令他在跑道上围着足球场“仰泳”一圈。接着，他又被弄回寝室，命令他铺好床，站在衣橱上唱歌、跳舞，模仿电影演员的动作，擦拭短靴，舔净地板，用力骑压在枕头上，喝尿……总之，是一连串狂热的神经错乱。忽然，他回到了自己的班里，躺倒在自己的床上。他想：“我发誓，一定要逃走，明天就跑。”寝室里静悄悄的。小伙子们面面相觑，尽管他们个个被殴打、唾骂、涂抹，甚至被尿浇过，却显得严肃与拘谨。就在那个夜晚，熄灯号吹过之后，“圈子”诞生了。

那时众人都已经上床，但是没有人能够入睡。号兵刚刚从院子走开，突然，一个黑影下了床，穿过寝室，跑进洗脸间，身后留下两扇门在继续扇动。不久，响起了哇哇的作呕声，接着便是惊心动魄的呕吐传了进来。几乎在同一时间里，所有的人都从床上跳下，赤着脚跑到洗脸间去。只见高大而消瘦的巴亚诺正站在灯光昏黄的房子中央，双手揉着腹部。他们没有上前，只是注视着那黑人呕吐时涨红的面孔。终于，巴亚诺走到洗手池边，漱了一下口。只是在这时，众人方才万分激动地开口讲起来，大家七嘴八舌，用最脏的话咒骂四年级。

“咱们不能这样下去，必须行动起来。”阿罗斯毕德说。他那白皙的面孔在这群有着古铜色方脸的小伙子中间显得十分突出。他非常气愤，用力在空中挥动着拳头。

“我去把那个叫‘美洲豹’的喊来吧。”卡瓦建议说。

他们第一次听到这个名字。有人问道：“谁？是咱们班上的人吗？”

“是的，”卡瓦说，“他在床上。挨着洗脸间的那张床就是。”

“干吗要喊‘美洲豹’来？”阿罗斯毕德问道，“难道咱们这些人还不够吗？”

卡瓦说：“不，不是因为这个。他有些与众不同。他就没有被‘洗礼’。我是亲眼看见的。他根本没让他们得手。他们把他和我一起拉到寝室后面的操场上。他对着那些人放声大笑说：‘这么说，你们打算给我洗礼啰？试试看吧，试试看吧。’说着哈哈大笑。他们好像有十几个人。”

“后来呢？”阿罗斯毕德问道。

“那些人有点吃惊地望着他，”卡瓦说，“你们想想看，他们好像有十几个人呐。一到操场上，四年级的士官生更多了，差不多有二十几个人围上来，也许更多，总之是一大群。他仍然在笑，说道：‘看来你们想给我洗礼啰？好呀，好呀！’”

“后来呢？”这时阿尔贝托问道。

“那些人问他：‘狗东西，你是个好斗的家伙吗？’说着他们就扑了上去。嘿，你们猜怎么样？他呢，却哈哈大笑。我告诉你们，当时那里有一大群人，数不清有多少，一二十人，也许更多吧。可就是抓不住他。有人解下皮带去抽他，可还是没法接近他，这我可以向你们发誓。我向圣母保证，他们真害怕了。我发誓，我是亲眼看见的，有不少人摔倒在地上，有些人捂着裆部，有些人头破血流。你们猜他呢，却笑着，喊着：‘你们还想给我洗礼吗？好呀！’”

“你为什么管他叫‘美洲豹’?”阿罗斯毕德问。

卡瓦说:“不是我叫的。是他本人这么说的。那些人跑去包围他,把我给忘在一边了。他们挥舞皮带威胁他。他就破口大骂,骂所有在场的人。这时有人说:‘应该把甘巴里纳叫来对付这个畜生。’接着就把一个大个子士官生喊了来。那家伙满脸横肉,据说是搞举重的。”

“把那家伙叫去干什么?”阿尔贝托问。

“可是为什么要称呼他‘美洲豹’呢?”阿罗斯毕德固执地追问说。

“那是为了让他们俩打一架,”卡瓦说,“那些人喊道:‘喂,狗东西,你既然好斗,给你找来一个个子一样的对手。’他回答说:‘我叫“美洲豹”。如果喊我狗东西的话,你们可要当心!’”

有个人问了一句:“他们笑了吗?”

卡瓦说:“没有。他们让出一块场地。他呢,脸上总是挂着笑容。你们想想看,就是动手打起来也是在笑。”

“后来呢?”阿罗斯毕德问道。

“他们俩没有打多久,我就明白为什么人家称他是‘美洲豹’了,”卡瓦说,“因为他非常灵活,灵活得叫人惊讶。你们别以为他很强壮,不是的。他像一块弹性胶皮。气得甘巴里纳眼珠子都快爆出来了,因为他抓不住‘美洲豹’。而那位呢,拳打脚踢,脑袋猛撞,揍呀,揍呀,那大个子只有招架的功夫,一拳也没有打着对方。过了一会儿,甘巴里纳说:‘算了吧,不玩这种游戏了。我累了。’大家上去一看,果然大个子已经精疲力竭。”

“后来呢?”阿尔贝托问道。

“没有什么了,”卡瓦说,“那些人就放他回去了。接着就给我

‘洗礼’了。”

“你去叫他！”阿罗斯毕德说。

大家蹲在地上，围成一圈。有几个人点燃香烟，一个传一个地吸起来。烟气渐渐充满了房间。“美洲豹”在卡瓦的陪同下走进洗脸间的时候，众人才明白卡瓦是言过其实的，因为“美洲豹”的颧骨和下颚显然都挨了打，扁平的鼻子也中了一拳。他站在圈子中央，透过金黄色的长睫毛望着大家。他眼睛里有着惊人的湛蓝，流露出凶狠的神情；嘴角边的怪样十分做作，就像他那傲慢的姿势和看人时的怒色一样是强装的；他那突然爆发、震动房间的强笑也是如此。但是没有谁制止他。大家纹丝不动地静静等着他审视完毕，收敛笑声。

卡瓦首先开口道：“听说这样的洗礼要进行一个月。总是发生今天这样的事可不行。”

“美洲豹”点点头，说：“对，我们一定要自卫。对四年级那帮家伙要报仇，要让他们为自己的那些恶作剧付出代价。重要的是要记住面孔；假如能够做到，也要尽量记住班级和姓名。咱们大家进进出出要成群结队。晚上吹过熄灯号以后，咱们再集合。啊，对了，应当给咱们的组织起个名字。”

“‘猎鹰’怎么样？”有人胆怯地提议说。

“不好，”“美洲豹”说，“那像是小孩做游戏。咱们就叫‘圈子’吧。”

第二天开始上课了。课间休息的时候，四年级的人向狗崽子们扑过来。他们要组织“鸭子”竞走：让十个或十五个三年级同学站成一排，两手放在臀部，双腿弯曲，然后听口令向前跑，一面模仿鸭子的动作，一面口中嘎嘎地叫个不停。跑输了的人要被罚“站直角”。此外，还要对狗崽子搜身，抢走全部钱财和香烟。不仅如此，他们还准备了机油、豆油和肥皂水，打算给低年级的狗东西们当作“开胃剂”，强迫他们衔着杯子一饮而尽。两天以后，吃过早饭，“圈子”开始了行动。三年级的学生闹闹嚷嚷地出了饭厅，像一块块黑斑似的散布在草地上。突然，一阵石雨劈头盖脸地落到他们的光头上。其中有个士官生惨叫一声瘫倒在地。集合的时候，大家看到那个伤员由伙伴们抬着送往医务室。第二天夜里，四年级一个睡在草地上的哨兵受到一些蒙面黑影的袭击。黎明时分，号手发现那个哨兵被赤身裸体地捆着，皮肤上有大块的擦伤，已经冻得奄奄一息。此外，连续有人被石头打伤，或被蒙住摔伤。最大胆的行动是对厨房的袭击：把成包的粪便扔进四年级的汤锅里，致使许多学生由于腹泻而被送进医务室。面对这些匿名的报复行动，四年级极为恼火，他们变本加厉地继续那残忍的“洗礼”。“圈子”每天晚上都开会，研究各式各样的行动计划。“美洲豹”从中选定一个，加以完善，最后下达指令。在非常激动的状态中，被强迫关在校内的一个月飞快地过去了。除了“洗礼”和“圈子”的行动所造成的紧张气氛外，又增加了一个新的激动因素：第一次离校外出的日子临近了，在这之前，早就给他们定做了靛蓝色的制服。每天，军官们就上街的行动规则给新生讲授一小时的课程。

巴亚诺带着殷切期望的神情，转动着眼珠说：“新制服会像蜜糖一样吸引小娘儿们。”

“事情并不像他们说的那么严重，也不像当时我觉得的那样。那天熄灯号响过以后，甘博亚来到洗脸间。如果不把发生的事情告诉他，也没有什么了不起。那一个月不能和那几个不让外出的星期天相比，一点也不能比。”那几个星期天，三年级成了学校的主人。中午给他们放了一场电影，下午探视的家属来了，新生们在亲人的包围中在检阅场、草地上、体育场和院落里漫步。外出前的一周里，他们已经试穿过呢子制服：靛蓝色的军裤，黑色的制服，上面缀着金黄的纽扣，还有雪白的帽子。脑袋上的头发已经逐渐长起，如同上街的渴望一样，与日俱增。“圈子”开过会之后，士官生们交谈着首次外出的计划。“甘博亚是怎么知道的呢？纯粹出于偶然？还是有人告密？假如那时值班的军官是瓦里纳或者科沃斯中尉，那又会怎么样呢？对，至少不会那么快解散。我想‘圈子’如果没有被发现，班上也不会乱得一团糟；总还可以活动下去，不至于这么快解散。”当时，“美洲豹”正站在当中，介绍四年级一个班长的模样。别的人像往常那样蹲在地上，一手传一手地吸着香烟。烟雾袅袅上升，撞到天花板上再折回地面，仿佛有个半透明的、变化多端的魔鬼在房间里游荡。巴亚诺听罢开口说：“‘美洲豹’，事情要干，可是不能背上个杀死人的罪名。”乌里奥斯特说：“报仇是对的，但是不能太过分。”巴亚斯塔说：“这件事让人恶心的是，会把他弄成独眼龙。”“美洲豹”解释说：“有志者事竟成嘛。如果把他打伤了，那更好。”甘博亚是怎么干的呢？是先推门，还是先叫喊？哪件事在前？中尉一定用双手推门来着，不然就是一脚踢开的。士官生们吓了一大跳，那不是由于门响，也并非因为阿罗斯毕德的喊声，而是看到那停滞不动的烟气忽然顺着寝室的黑门洞溜走了。这个黑门洞被甘博亚中尉堵住了好大一块，只见他双手撑着门站在那里。香烟纷纷落地，在那里继续冒烟。大家都打着赤脚，所以没人敢去踩灭。他们一个个呆望着前方，摆出一副好汉的架势。甘博亚用脚踏灭烟头，清点了一遍人数。他说：

“一共三十二名，全班都在。谁是班长？”

阿罗斯毕德向前迈了一步。

甘博亚平静地说道："把这场游戏给我详细说个明白。从头讲起，一点也不准漏掉。"

阿罗斯毕德斜视了一下同学们，甘博亚中尉像棵大树一样静静地等在那里。他心里想："就对他哭一通怎么样?""中尉，我们哭了，因为我们是您的部下。您不知道他们是怎样给我们'洗礼'的，那是怎样的耻辱哟！我们自卫不是理所当然的吗？中尉，那实在难堪哟！他们揍我们，打伤我们，咒骂我们的父母。中尉，您看看蒙得西诺斯的屁股吧，他们踢了他多少个'直角'呀！他哭得像个泪人，真难堪呀！他什么也没有对大家讲，还有什么好说的呢。都是事实，根本用不着多说。""一个一个地讲！不要吵吵嚷嚷影响别的班睡觉。真丢人现眼！刚刚宣读了校规，按理说，应当把你们都开除。可是军队是宽宏大量的，它知道你们这些新兵还不懂得军人生活，还不懂得尊敬上级和士兵之间的友爱。这场游戏该结束了。""是的，中尉。这是第一次，也是最后一次，今后我再也不参加了。中尉，我取消他们第一次外出的假日。是的，中尉，请您看着，我们一定能成为真正的男子汉。""你们记住，下不为例。这一次我不提到军官会议上去。""是，中尉。""好好熟读校规，如果你们想下个周末外出的话，就要熟读校规。睡觉去吧！哨兵去站岗，五分钟后向我报告。""是，中尉。"

虽然"美洲豹"后来继续给他成立的小组命名为"圈子"，但是实际上"圈子"再也没有开会。六月的第一个星期六来到了。这个班的士官生站在生锈的铁栅栏后面，望着别的班的新兵狗崽子神气活现地像股洪水一样倾泻到海岸街上。他们那崭新的制服、雪白的军帽和锃亮的靴子，使这条大街面目一新。他们看见一些新兵背向大海，聚集在被海浪冲刷的大堤上，等待着往返于米拉芙洛尔与卡亚俄港之间的公共汽车；而另一些新兵则走在马路中央，向棕榈树大街走去。一直到这些新兵消失不见，柏油路上已经空无一人，浓雾打湿了地面，他们仍然贴着栅栏站着。直到吃午饭的号声吹响，他们才慢吞吞、无声无息地向班里走去，离开了那个盲目眺望着的英雄塑像。这位英雄既看不到离校者欢喜若狂的表情，也欣赏不到被罚留校者的烦恼。最后，连这一群人也走进铅灰色的大楼里面去了。

这一天下午，他们离开饭厅的时候，在那只小羊驼忧郁目光的注视下，班里发生了第一起打架事件。"我会让别人那样欺负吗？巴亚诺会吗？卡瓦会吗？阿罗斯毕德会吗？那么谁会呢？没有任何人。只有他才会那样。可'美洲豹'并不是上帝呀！如果开口回答，整个情况就不同了。动手以后，假如他抄起一根棍子，或捡起一块砖头，情况也就不同了。要是他拔腿跑开，情况也就不同了。无论如何不该发抖呀，伙计，那当然不行了。"那时大家正走在台阶上，挤成一团。突然之间就乱了起来，有两个人失足绊倒，摔到草地上。他们爬了起来，三十双眼睛好像站在看台上一样从台阶上注视着他俩。人们还没有来得及去劝架，也没有弄明白发生了什么事情，就只见"美洲豹"像只受到攻击的雄猫一样，猛然转身，朝对方脸上打去，接着便扑到那个人身上，一下又一下地打在对方的头部、脸部和脊背上。士官生们只看得见两只铁拳不停地飞舞，连那人的叫声都听不到。"应该说，'美洲豹'，我推你完全是无意的，我发誓，那完全是偶然的。""无论如何不应当跪下，再说，双手合十的样子，就像妈妈在九旬斋祷告一样，就像小孩子第一次在教堂里领圣餐那样，就好像'美洲豹'是神父，而他是在忏悔一样。罗斯庇格里西说：‘好家伙！我一想起这件事来，浑身就起鸡皮疙瘩。’”“美洲豹”站在那里，轻蔑地望着地下跪着的小伙子，一只拳头高举在空中，好像还要落到那紫红肿胀的脸上去一样。别的人全都不动地站在旁边。“美洲豹”说：“真叫人恶心。一点人的尊严都没有，真是个奴隶。”

“八点三十分。还有十分钟。”甘博亚中尉说。

教室里传来一片嗡嗡声和书桌的撞击声。“我要去洗脸间抽支烟。”阿尔贝托想着，一面在考卷上写好姓名。就在这时，有个小纸团落到他的书桌上，他看见纸团滚了几厘米，在他胳膊旁边停下来。在伸手去拿之前，他向周围扫了一眼。但是他刚一抬头，就发现甘博亚中尉正在冲他冷笑。“难道被他看见了？”阿尔贝托想着连忙低下头去。中尉这时却开了口：

“士官生，可以把刚才落在您书桌上的那个小东西递给我吗？其他人，肃静！”

阿尔贝托站起来，甘博亚接过纸团。他打开来，向背着阳光的方向举起。他一面读着纸条，两只眼睛一面像蚱蜢一样从纸条上跳到书桌上。中尉问道：

“士官生，您知道这上面写着什么吗？”

“不知道，中尉。”

“恰恰就是试题。您觉得怎么样？您知道这份礼物是谁送给您的吗？”

“不知道，中尉。”

“您的守护天使，”甘博亚说，“您知道是谁吗？”

“不知道，中尉。”

“请坐吧，把考卷交给我，”甘博亚把那张纸条撕成碎片，把纸屑放在书桌上，说道，“三十秒之内，这位守护天使必须站出来。”

士官生们互相观望着。

“已经过去十五秒了，”甘博亚说道，“我刚才说的是三十秒。”

“是我，中尉。”一个低低的声音传过来。

阿尔贝托扭头一看，“奴隶”站在那里，脸色苍白，仿佛没有听见别人的笑声。

“姓名？”甘博亚问道。

“里卡多·阿拉纳。”

“您知道考试是个别进行的吗？”

“知道，中尉先生。”

甘博亚说：“好吧。那么您要知道，我必须处罚您：星期六和星期日不许外出。军队生活就是如此，不准和任何人攀亲，和天使也不行。”他看看手表，说道：“时间到了。交卷吧！”

三

那时我住在萨恩斯·培尼亚，出门上街的时候，经常要拐到贝亚必斯塔大街去。在那里我常遇到依盖拉斯。他是我哥哥贝利戈入伍前的朋友。他总是问我："他有什么消息吗？""没有。自从把他们送进大森林以后，一直没有来信。""你急急忙忙上哪儿去呀？走，跟我去聊一会儿。"我想赶快走上贝亚必斯塔大街，但是依盖拉斯比我岁数大，他邀请我的样子就像我和他是同年一样。他带我走进一家酒馆里，问我："你喝点什么？""不知道。什么都行，随你的便。"又瘦又高的依盖拉斯说："好吧。喂，混血种，来两杯烧酒。"他拍拍我的肩膀。"小心点，别喝醉啦！"一喝下烧酒，喉咙里火辣辣的，呛得我直流泪。他说："嘬一口柠檬，就会好一些。抽支烟吧。"我们谈起足球、学校和我的哥哥。他讲了很多有关贝利戈的事情。我原来认为我哥哥是个和气的人，谁知竟然是一只好斗的公鸡。他说，有一天晚上，我哥哥让一个女人用匕首给逮住了。另外，没有想到，他居然搞过女人。依盖拉斯说，贝利戈搞上一个姑娘，人家差一点强迫他结婚。我听了真有些目瞪口呆。他告诉我："你有个侄子，现在大概四岁了。你不觉得自己也变老了吗?"我只能聊一会儿，接着便找个借口走了。一进家门，我就紧张起来，母亲要是怀疑起来，那该多么难堪呀！我一面掏出书本，一面说："我去邻居家念书。"她没有作声，只是稍微点点头，有时连头也不点。邻居家比我们的房子大，但是也很破旧。敲门之前，我搓搓双手，一直擦得发红，甚至出汗才罢休。有时特莱莎给我开门，一看见是她，我心里就高兴起来。但是经常开门的是她的姑妈。这个老女人是我母亲的好朋友，但是并不喜欢我。据说我从小总爱给她捣乱。她把我放进门，嘴里喃喃地抱怨说："在厨房里念书吧，那里的灯光亮。"我们俩开始做功课。姑妈在一旁做饭。房间里充满了洋葱和大蒜的气味。特莱莎把什么都弄得井井有条。看看她那包得整整齐齐的作业本和教科书吧，真叫人佩服。她那秀丽的小字实在叫人喜欢。她的本子上一个污点也没有，所有的标题全用红颜色画出来。为了叫她高兴，我说："将来你一定是个画家。"我说完，她就笑起来。她笑的模样令人难忘。那笑声发自内心。她一面哈哈大笑，一面拍着巴掌。我有时在路上遇到她放学回家。谁都可以看出来，她跟别的女孩不同，她的头发从来没有乱过，手上也没有墨水的痕迹。对我来说，我最喜欢的还是她的脸庞。她的两腿是细长的，胸脯还没有显露；也许开始显露了，但是可以说，我从来没有注意过她的乳房，也没有想过她的大腿，只想着她的脸容。每到晚上，当我在床上翻来覆去睡不着的时候，就会想起她来。我感到害羞，时时想小便，一阵阵产生想吻她的冲动。我一闭上眼睛，就看见她那张脸，看见我们俩在一起，好像我们已经长大，并且结了婚……我们俩每天下午都要在一起待上两个多钟点，有时还要长些。我总是撒谎说："我有一大堆作业呢。”就为了在厨房里我们可以多逗留一会儿。虽然我说“你要是累了，我就回家”，但她从来没有露出疲倦的样子。那一年，我在学校里的分数高极了，老师非常喜欢我，常常拿我做模范，叫我到黑板前面示范，有时还代理老师监管同学。萨恩斯·培尼亚胡同的孩子们管我叫书呆子。我和男同学不来往，仅仅在课堂上说说话，只要一出教室，我立刻和他们分手。我只和依盖拉斯见面，他常在贝亚必斯塔广场的拐角处等着，一看见我来了，便马上迎过来。那时候，我每天盼望的就是快点到下午五点钟；那时候，我唯一痛恨的就是星期日，因为我和她一直学习到星期六，星期日特莱莎要和她姑妈到利马亲戚家里去。每到那天我就关在家里过一天，要么就去波达奥看第二流的球队比赛。我母亲从来不给我零用钱，她总是抱怨父亲死后给的抚恤金太少。她说：“最坏的事莫过于为政府服务三十年。没有谁比政府更忘恩负义的了。”抚恤金只够付房租和饭费。以前我和学校里的同学看过几次电影，但是那一年我连影院顶层的楼座都没有沾过边，也没有看过足球，任何地方也没去过。第二年我虽然有了钱，可是一想起每天下午和特莱莎念书的情景来，心里就感到很痛苦。

看电影那件事比偷母鸡和揍新兵狗崽子更为有趣。安静点！玛尔巴贝阿达，你的牙齿在动，这我知道。现在好了。自从甘博亚解散了全班的大团体之后，我们四个人就成立了“圈子”。事情已经过去一年，“美洲豹”却总是说：“早晚有一天大家还会回到团体里来的。那时候，咱们四个就该当头目了。”这一次比当新兵的时候更好，因为那时团体只限于我们一个班；这一次几乎全年级都参加进来，我们四个人真的成了领导，当然“美洲豹”的权力比我们的还大。从那个新兵狗崽子摔断手指的事情上可以看出来，全班同学是跟我们站在一起的，是支持我们的。鲁罗斯说："狗崽子，顺着梯子向上爬，快一点！不然我可要生气啦。"那个小伙子是怎样地瞅着我们哟。"士官生们，爬那么高，我头晕。""美洲豹"笑弯了腰。卡瓦却生气地说："狗东西，你知道你是在嘲笑谁吗?"他不得不向上爬去，但是一定非常害怕。鲁罗斯说："小伙子，爬呀，向上爬呀！""好啦，开始唱吧！""美洲豹"下令说，"可得像艺术家那样手舞足蹈地唱。"那小子像个猴子似的攀登着，梯子撞得砖地哒哒直响。"士官生们，我如果摔下来怎么办?""你一定得摔下来。"我对他说。他颤抖着直立起来，开始唱歌。卡瓦说："他马上要摔得头破血流了。""美洲豹"已经笑弯了腰。不过，摔一下也没有什么了不起，演习的时候，我从更高的地方往下跳过。"他干吗要抓住擦枪的通条呢?"看到那小子的手在流血，"美洲豹"说，"我以为他的手指头拉断了呢。"上尉每天晚上都说："肇事者赶快自首，处罚一个月不准外出，否则更长。"全班同学都表现得很出色。"美洲豹"对同学们说："既然大家这样齐心，为什么不重新加入到团体里来呢?"低年级的狗崽子们生下来就是低声下气的。跟五年级的人打架比给狗崽子"洗礼"可有意思多了。那一年我终生难忘，特别是影剧厅里发生的那件事。整个事件是"美洲豹"一手闹起来的。当时他在我身边，差一点就打到我身上来。狗崽子们这一回走运，我们没有动他们，因为对付五年级的人已经让我们忙得不可开交了。这个仇报得很痛快，我从来没有这么高兴过，就像那天在操场上发生的事一样，那时刚好有个给我搞过入学"洗礼"的家伙从我跟前走过，我就痛打了他一顿。影剧厅里这一次，险些把我们开除出校，但是那也值得，我发誓，确实如此。三、四年级之间的事只不过是儿戏，真正的对手还是五年级。谁能忘记当年他们对我们的“洗礼”呢？在影剧厅里，我们插在五年级和三年级狗崽子中间，就是故意要闹事。要军帽也是“美洲豹”发明的：假如看见有五年级的士官生走过来，就等到他走到我们面前一米左右的地方，把手举到前额，好像要给他敬礼的样子，他刚一回礼，我们就脱下军帽。“你在拿我开心吗？”“没有，我亲爱的士官生，我的头皮痒痒，抓抓后脑勺。”从影剧厅里的形势可以清楚地看出，大概要发生冲突了。尽管是冬天，大厅里却很热，因为洋铁皮的屋顶下面容纳了一千多人。大家挤在一起，都快闷死了。一进影剧厅，我就听见有人在耳旁说话，我看不见他的脸，我猜想大概是个山里人。这时“美洲豹”说：“真挤呀！我的屁股这么大，板凳可实在太小了。”他在四年级的队尾压阵。诗人拉了一下不知什么人：“喂，你以为我会免费白干，还是因为你的脸蛋漂亮？”这时大厅里已经黑了灯，有人冲他嚷道：“安静点，不然就揍扁了你。”可以肯定地说，“美洲豹”垫砖头并不是故意挡住别人视线，而是为了看得更清楚。一听见五年级那小子说话，我的香烟落到地上了。于是我点燃一根火柴，弯下腰，蹲到地上去找。正在这时，人们开始骚动起来。“喂，士官生，拿掉屁股底下那些砖头！我要看电影。”我问道：“士官生，你是在跟我说话吗？”“不是。是你旁边那个人。”“美洲豹”问他：“你是跟我说话吗？”“不是跟你还是跟谁呀？”“美洲豹”说：“劳您驾，安静点，先让我看看这些放牛的汉子。”“你不拿掉那些砖头吗？”“美洲豹”说：“我不想撤掉。”这时我已经重新坐好，不再找那支烟了，再说哪里找得到呢。看来要出事，最好赶快系紧皮带。“你不听劝告吗？”“美洲豹”答道：“不听。为什么要听你的？”他显然在肆意地拿那小子开心。这时后面有人吹起口哨来。诗人也放开喉咙唱起来：“哎呀呀呀……”全班同学也一起跟着唱。五年级那小子问道：“你们这是在取笑我吗?”“美洲豹”回答说：“好像是吧，我亲爱的士官生。”事态在逐渐发展。这样的事一般是在街道和广场上发生的，以前从未见过在影剧厅里发生。“美洲豹”说第一个动手的是他，可我的印象却并非如此，是另外那个人首先开打的。要么就是那个要替他出这口气的朋友。那家伙一定非常恼火，对准“美洲豹”便猛扑过来。那一声尖叫震得我耳膜发疼。人们都从座位上站了起来。我看见有个黑影朝我头上扑来，接着就挨了几脚。这个情景我记得很清楚，电影的内容却不记得了，因为刚开演不久。诗人是真的挨了打，还是故意装疯卖傻乱喊一通？瓦里纳中尉的吼声也响起来：“开灯！准尉，开灯！你聋了吗?”我们不清楚到底发生了什么事，还以为两个年级趁着黑暗一起向我们扑了过来。烟头在空中飞来飞去，每人都想躲开火星。尽管他们想用烟头袭击我们，可奇怪的是居然没有引起火灾。打得真热闹呀！小伙子们，报仇的时候到了，动手呀！让他们每个人都挂彩！我的天主，真不知道“美洲豹”怎么能够活着出来。一群群黑影从我身旁过来过去，我对准他们拳打脚踢，弄得我手脚生疼。我大概连四年级的一些人也揍了几下。漆黑一团，谁能分得清楚呢？瓦里纳吼道：“巴鲁阿准尉，这些倒霉的电灯怎么还不亮？你没看见这群畜生在互相残杀吗?”的确，四面八方都在挥舞老拳，大打出手。真走运，每个人都捞到不少便宜。电灯亮起来的时候，响起一片口哨声。瓦里纳不晓得在哪里。五年级和三年级的中尉和准尉都在场。“让路！让路！他妈的。”谁要是肯让路那才见鬼呢，那几个家伙可真野蛮，最后他们发火了，对准学生就乱打起来。那个老鼠准尉冲着我的胸口就是一拳，打得我喘不过气来，这我一辈子也忘不了！我用目光跟踪他。我想如果有人打伤了他，可就替我报了仇了。可是那家伙站在那边，比谁都威风。他左一拳，右一脚，咧着嘴巴乐得要命，命比猫还多。当事情涉及需要共同对付中尉和准尉的时候，士官生们表现得很出色，都装得一本正经地说："这里没有发生什么事，我们都是好朋友。刚才的事，我不知道。"五年级的也是这个口气。讲话要公道嘛。后来，三年级的狗崽子被带出去了，新兵们就这样昏头昏脑地走了。接着五年级的也被叫走了。影剧厅里只剩下我们这个年级。于是大家就放开喉咙唱起来："哎呀呀呀……""美洲豹"这时说："那两块让他讨厌的砖头，我硬是让他咽下去了。"大家也七嘴八舌地说起来："这次可把五年级的给气坏了。咱们让他们在狗崽子面前跌了跤。今天晚上他们一定会来偷袭咱们四年级的宿舍。"这时当官的像群耗子一样从这头窜到那头，一边不停地追问："这场乱子是怎么闹起来的?""说呀！不然都关禁闭。"我们根本不予理睬。我们在考虑：他们会来进攻的，不能让他们偷袭宿舍，我们要到空地上去等着他们。后来，"美洲豹"站在存衣间，我们就像当年新兵入校时，为了报仇，"圈子"在洗脸间开会时那样，听他给大家讲话："一定要自卫，事先有准备的人，一个可以顶两个。哨兵，到检阅场上去放哨。只要他们一露面，就马上来喊我们。大家开始准备炮弹，缠好卫生纸，要把手缠紧，这样拳头抡出去才会像马掌那么硬。鞋尖上要绑上刮脸刀，就像高利塞奥露天剧场的斗鸡那样。衣袋里要装满石头。别忘了裤子里要系上保护带，男子汉爱护裆部要赛过心肝。"大家都服从他的命令，鲁罗斯高兴得像当年成立"圈子"时那样在床上蹦来跳去。不同的是现在整个年级都卷进这锅粥里来了。"喂，你们听，别的寝室也在准备参加这场大战呢。""石头不够用呀，真他妈的，"诗人说，"咱们去揭瓷砖吧！"大家互相请抽烟，亲热地拥抱着。很多人穿着制服上了床，有人甚至还穿着靴子呢。他们来了吗？他们来了吗？安静点，玛尔巴贝阿达，不要张牙舞爪的，鬼东西。甚至连这条母狗都惶惶不安起来，平时它非常安静，现在又叫又跳。玛尔巴贝阿达，你应该和小羊驼睡觉去了。我必须守卫这些弟兄，不能让五年级的人偷袭我们。

迭戈·费雷街第二街区与奥乔兰街交叉的路口旁边有一所住宅，它有两道白墙分别位于这两条街上，每道有一米高、十米长。两道墙的交汇处，有一根电线杆子竖在人行道边。这根杆子加上对面平行的墙壁经常被用作球赛的球门。哪一队抽中签，就使用它；没抽中的就在五十米远的地方，顺着奥乔兰街的方向，把一块石头或一堆毛衣加上别的衣裳放在街边上当球门。整条街道都是球场，球门则只有马路那么宽。他们经常踢足球，也像在特拉萨斯俱乐部的球场上那样穿上球鞋，但故意不把气打得太足，免得足球弹性太大。踢的时候，大家都传低球，距离球门很近的时候才射门，而且不很用力。底线是用粉笔画的，鞋踩球擦，玩上几分钟之后底线就模糊了。于是，为了进球是否有效，常常争得面红耳赤。比赛常常是提心吊胆的。有时尽管小心谨慎，但总免不了有个普鲁托之类得意忘形的人，狠命一脚，或用力一顶，足球就飞进场地旁边的院墙里面砸坏花园里的天竺葵。假如球势很猛，砰一声砸在门上或窗户上，事情就麻烦了，因为震坏或打碎玻璃的话，那么就只好把球扔给人家，球员们哄叫一声，撒腿便跑。大家一面跑，普鲁托一面叫："人家追来了，在后面追咱们呢。"谁也不回头证实一下那话是否确实，但是人人都加快了脚步，并且随声附和地说："快跑，人家追来了，把警察也叫来了。"就是在这时候，阿尔贝托跑在最前面，由于费力而憋得半死。他连声喊道："到悬崖下面去！咱们到悬崖下面去！"大家跟在他后面叫着："对，对，到悬崖下面去！"他听到周围伙伴急促的呼吸声：普鲁托的呼吸像头野兽似的放肆；蒂戈的短促；贝维的听起来越来越远，因为他的速度最慢；埃米略的呼吸均匀，是田径运动员式的，他科学地分配体力，严格地用鼻子吸气，通过口腔呼出；他的旁边是帕科，再过去是索尔毕诺，以及其他人的呼吸，所有这些汇合在一起，形成一股富有生命力的低沉的交响乐。这种声音围在他身边，鼓舞着他继续加快速度，沿着迭戈·费雷街向科隆街口跑去，从那里向右拐。拐弯的时候，他紧贴着墙根，以便少跑弯路，争取领先。随后跑起来就比较容易了，因为科隆大街是条下坡路，再说，不到一个街区的前方，隐约可见防波堤的红砖，以及与地平线相连的灰色的大海，这说明他们很快就可以到达。街道上的孩子们常常嘲笑阿尔贝托，因为他们一躺在普鲁托家那一小方块草地上，商量游戏计划的时候，他总是急忙建议："咱们去悬崖吧！"悬崖之行的路途既遥远又困难。他们从科隆大街的尽头翻过砖墙，准备从一小块斜堤上往下爬，大家神情严肃地观察着、试探着犬牙交错的怪石，争论着前进的路线，从上面一一记下通往满布石砾的海滩的途中所存在的障碍。这时，阿尔贝托便成了最热情的军事战略家。他一面不断地观察着峭壁，一面简短地指示前进的路线，模仿着电影里面英雄们的姿态和手势："先从那块有羽毛的石头上下去，那块石头结实；从那儿只要往下跳一米就行了，不过要多加小心；然后，踩上那几块扁平的黑石头，以后再下去就很容易了。要是走另外一边，那里有青苔，咱们会滑倒。你们看，这条路可以到达咱们以前没到过的那片海滩。"假如有谁提出异议的话（比如埃米略，他有做首领的才干），阿尔贝托便狂热地维护自己的观点，区里的孩子也就分裂成两派。火热的争论燃红了米拉芙洛尔区潮湿的早晨。在他们背后，连绵不断的车辆沿着海堤隆隆驶过，偶尔也有乘客把头探出车窗望望他们。如果那个乘客是个孩子，他的眼睛便充满了羡慕的神情。阿尔贝托的看法常常占上风，因为在争论时，他那种固执己见的劲头使其他人感到厌烦。他们慢慢向下爬，任何争执的迹象都消失不见，大家完全沉浸在团结友爱的气氛中，这种精神流露在眼神里、微笑中以及相互鼓励的言谈里。每当某个伙伴克服了一处障碍，或者成功地跳过一个危险的地方时，其余的人就给他喝彩。时间过得慢极了，而且空气也很紧张。随着目的地的逐渐接近，他们也变得越发大胆。他们听到那独特的轰鸣已近在耳边，这种轰鸣，他们常常在夜晚，躺在米拉芙洛尔区的家里听到过，现在这个声音变成了海水与石头的喧嚣。他们的嗅觉器官，也感受到了海盐与洁白的贝壳送来的咸味。不久，他们就到达崖底，这是山岗与海岸之间形成的一片扇形的滩头。他们在那里挤成一团，互相打趣，嘲笑下山时遇到的困难，在一片吵闹声中假装要把对方推进大海。假如上午天气不十分冷，或者下午意外地在铅灰色的天空里露出了温暖的太阳，阿尔贝托便脱掉鞋袜，在别人高声喝彩的鼓舞声中，把长裤卷到膝盖之上，然后跳进水中。他的双脚立刻感触到冰凉的海水和光滑的卵石。接着，他一只手拉住裤管，另一只手则撩起海水向孩子们泼去。这些孩子便你躲在我的背后，我躲在你的背后，避开飞来的冷水，直到一个个都脱掉鞋袜，前来迎战，并且把他弄湿，战斗就宣告正式开始。最后，每个人都湿得一塌糊涂，才回到沙滩，躺倒在石头上，开始讨论起爬山的事来。向上爬既困难又累人。一回到自己那条街，大家就躺在普鲁托家的花园里，吸着从街头商店里买来的总督牌香烟，一面嚼着薄荷香糖，为的是去掉那股烟草的恶臭。

不玩足球、不爬悬崖、不围着街道赛自行车的时候，他们就去看电影。星期六他们成群结伙地去埃斯塞肖尔电影院或者里卡多·帕尔马电影院看早场，通常都买顶层楼座的票。他们坐在第一排，故意大声喧哗，把点燃的火柴投向池座，扯着喉咙争论着电影里的情节。星期日的情况就不同了。早晨他们都得去米拉芙洛尔区的香柏纳学校做弥撒，只有埃米略和阿尔贝托是到利马城里念书。一般情况下，他们于上午十点在中央公园集合。大家坐在一条长椅上观看进入教堂的人群，要么就跟别的区里的孩子打嘴架。下午去看电影，这一天他们买池座的票，而且衣帽整齐——家里人强迫他们穿硬领衬衫，系上领带，这弄得他们喘不出气来。有的男孩不得不陪着自己的妹妹玩，别的孩子就沿着拉尔科大街跟在他们后面，把他们叫作保姆和娇气鬼。这条街上的小姑娘和男孩子一样多，她们也结成一个紧密的团体，与男性团体剑拔弩张地对峙着。两个团体之间一直存在着针锋相对的斗争。假如他们正聚在一块，看到她们中间有人走来，大家就一拥而上，去拉姑娘的头发，直到把她弄哭为止。他们还嘲笑为保护妹妹而提出抗议的哥哥。这位哥哥则说：“她会告到爸爸那里，爸爸会因为我没有保护她而揍我。”反过来也是一样，如果他们某个人单独露面，姑娘们就会向他做鬼脸，给他安上各种各样的绰号；他呢，只好忍受着侮辱，满脸羞得通红，但是并不加快脚步，以证明自己并不是怕女人的胆小鬼。

但是五年级的没有来，大概是军官们进行了干涉。我们以为是他们来了，便连忙从床上跳下来。可是夜间哨兵拦住我们说：“别着急，是警卫部队的士兵。”深更半夜，这些山沟里来的大兵被叫下床，全身披挂，武装到牙齿，站在检阅场上如临大敌。中尉和准尉也是这副样子。这说明他们已经闻到了火药味。事后我们知道，五年级的人确实想找上门来，他们整夜没睡觉，随时准备出发。据说，他们甚至预备了弹弓和燃烧瓶。他们是怎样地大骂警卫部队哟，他们火冒三丈，从远处向我们挥舞刺刀。听说上校把瓦里纳中尉差点揍了一顿。有人说，瓦里纳真的挨了打。他大概一辈子也不会忘记他值班时发生的这件事。上校一定会说："瓦里纳，你真是个废物。"我们当着国防部长和各国使节的面又给上校一个下不来台。听说他险些哭起来。如果第二天不是节日，事情也就过去了。偏偏这位上校安排了一些好事：让我们像猴子似的表演，持枪操练，说是给红衣主教看的。又安排了校友会餐，为国防部长表演体操和跳远，然后又是给各国使节表演军事操练。又是演讲，又是会餐，安排得好哇，实在好哇。大家估计空气这么紧张，一定会出事。"美洲豹"说："今天在操场上，我们要在各项表演里都赛过他们，一项也不能输。一定要让他们落个零分，无论赛跑还是拔河，我们都要赢。"但是别的项目并没有出事，只是在拔河的时候才乱起来了。由于用力过度，现在我的胳膊还痛呢。他们是怎样地狂喊哟："博阿，使劲！博阿，加油！博阿，用力！拉呀，拉呀！"那天早晨，早饭前，大家聚到乌里奥斯特、"美洲豹"和我待的地方，七嘴八舌地说："你们要使劲拉，死也不许后退。"唯一没有觉察出火药气味的人，就是瓦里纳那个大傻瓜。那个老鼠准尉却嗅觉灵敏："小心点，别在上校面前干蠢事。别想出我的丑，我个子虽矮，打架摔跤却是冠军。"安静点，狗东西，否则把你那讨厌的狗牙拔掉，玛尔巴贝阿达。操场上挤满了人，事前士兵们从饭厅里搬来不少椅子。可是人山人海之中，根本认不出谁是门多萨将军，何况穿军装的又是那么多。大概是那个奖章最多的人吧。一想起那只麦克风，我简直要笑破肚皮。那只话筒真是糟透了，可是我们真开心呀！一想起它来，真要笑破肚皮呢。假如甘博亚中尉当时在场，我的脑袋立刻就得被揪下来。他可真是个严肃的人啊。可是你再看看五年级那帮小子的模样吧。他们的眼神里闪烁着愤怒的火花，一个个恶狠狠地瞪着我们。他们翕动着嘴巴，好像在骂娘。我们也开始骂他们。玛尔巴贝阿达，你老实点。士官生们，准备好了吗？注意口令。广播器里发命令说："按照哨音，进行队列变换！""左转弯走！踏步！""立正！齐步走！"接着，轮到指挥拔河的人上场了，但愿他们已经把身上洗干净了，这些脏家伙。一、二、一，跑步走！敬礼！那个小矮子指挥拔河可是个好手，他身上没什么肌肉，但是非常灵活。我们没有看见上校，不过这无关紧要，凭着猜测我也能认出他来。他干吗要把那种猪油似的东西抹到头发上去呀？别来那套什么军容风纪。上校一解开武装带，大肚皮就会耷拉到地面上，那副怪模样该是多么可笑呀！我想他唯一喜爱的事情就是表演和检阅："你们看，我手下的小伙子们一个个多么精神。""特拉咚咚，特拉咚咚"，马戏表演开始了。"看看我这些训练有素的小狗，看看这些小丑，看看这些善于平衡的母象吧"，"特拉咚咚"。他的这副腔调，真不像是军人的嗓门，我吸着烟都会打起瞌睡来。野外演习的时候，我从来没有见过他，很难想象他会在战壕里蹲着，可是搞起检阅来却是一次又一次："士官生们，第三排歪了。军官们注意，行进间步调要一致，要精神抖擞、态度严肃。"这个大傻瓜，等到拔河的时候，会叫你目瞪口呆。据说部长急得直出汗，他对上校说："这些混蛋是不是要发疯呀？"不错，我们四年级跟他们五年级，就要在足球场上交手啦！看台上的观众真是激动哟。人们在座位上像蛇一样来回扭动，极力想看个明白。

坐在一旁的狗崽子们还蒙在鼓里呢。再等一会儿，有好戏叫你们看了。瓦里纳在我们身边转来转去，他问："你们说咱们能赢吗?""美洲豹"对他说："假若赢不了，您可以罚我一年不外出。"我心里可没有那么大的把握，因为他们那一边也有几头身强力壮的野牛：甘巴里纳、里索埃涅、卡尔内罗等人都是些可怕的猛兽。再说几天前我的胳膊就在疼，何况我还有点紧张。看台上有人在喊："让'美洲豹'打头阵!"还有人高叫："博阿，我们就看你的了。"接着全班同学一起高呼："哎呀呀，哎呀呀，哎呀呀。"瓦里纳一直高兴地在笑，后来他才发觉这是在拿五年级开心，于是抓耳挠腮着急起来："这些畜生，他们想干什么?门多萨将军就在主席台上。大使和上校也都在旁边，他们要干什么呀?"要骂人的神情已经从他的眼里流露出来。我一想起上校说的这段话，就不免想发笑。他说："你们不要以为拔河只是个拼力气的事，那里面也有聪明、计谋和战略的问题。把众人的力量拧成一股绳并非容易的事情。"听了以后，我简直要笑死了。同学们在给我们鼓掌，其热烈的程度，真是前所未有的。任何一个有心肝的人听见，都会激动万分。五年级的穿着黑色运动衣走进球场，也有人给他们鼓掌。一个中尉在画线，看来马上要比赛了。听听拉拉队在怎样尖叫吧："四年、四年、四年级!""不管你喜欢不喜欢，四年级的要领先!""不管你乐意不乐意，四年级是你们的老子!""美洲豹"问我："你怎么也喊起来啦?你没看见这会消耗体力吗?"可是这实在太令人激动了。"一鞭子抽在这儿，劈啪；一鞭子抽在那儿，啪劈。劈啪，啪劈，四年级的啪、啪、啪。"瓦里纳说："好了，该轮到人家喊了。小伙子们，表现得好一些，要保持咱们年级的好名声。"他居然还没有猜到即将发生的事情。"小伙子们，拉呀！'美洲豹'，加油！加油！加油！乌里奥斯特，加油！加油！

博阿，加油！加油！罗哈斯，加油！加油！托雷斯，加油！加油！里奥弗里约，帕利亚斯达，佩斯达纳，奎尔瓦斯，萨帕塔，加油！加油！宁死不能让半分！憋足劲，加油！”主席台就近在身边，看看能不能找到门多萨将军那张脸。“大家别忘记，只要托雷斯一喊到‘三’，就把胳膊举起来。”看来观众比预料的要多。那一大片军人大概是部长的助手吧。我很想看看各国使节的模样，看看他们怎样为我们喝彩助兴。可是怎么还不开始呢？好了，转过身来。中尉大概已经把绳子准备好了。我的天主，但愿你打好结。瞧瞧五年级那伙人阴沉的面孔，算了吧，别吓唬我啦，我已经紧张得发抖了。“噼啪，啪噼，啦啦啦。”甘巴里纳这时走过来，他丝毫不理睬正在拉绳子、数绳结的中尉，开口说道：“这么说你们想打活结，小心别掉了蛋。”“美洲豹”立刻问道：“那你妈怎么办？”甘巴里纳气狠狠地说：“过一会儿咱们俩再算账。”中尉这时说：“别开玩笑啦！双方队长到这里来。站好队，哨子一响就开始拉。一方越过对方的界线，我就吹哨，双方就全停。三盘两胜。我保证公平，谁要赖也没有用。”做做准备活动吧，闭上嘴巴跳一跳。拉拉队脸红脖子粗地在喊：“博阿，博阿，‘美洲豹’。”我简直要发疯了。干吗不吹哨，还在等什么？“美洲豹”喊道：“伙计们，预备！破釜沉舟，孤注一掷。”甘巴里纳松开绳子，向我们挥舞着拳头。瞧他们那副极度紧张的样子，怎么会不输呢？最来劲的是同学们灌到我耳朵里的喊叫声。这声音不知给我的双臂增添了多大的力量。弟兄们，一、二、三，不，天主哟，上帝啊，圣母呀，四、五，这条绳子像条蛇。我知道绳结并不很大，双手在滑动，六、七，要是不成功，我就成仁。侧着身子狠命地拉呀。小伙子们个个满头大汗。八、九，加油！加油！再坚持一秒钟！弟兄们，使劲呀！使劲呀！哨声响了。差一点要了我的命。五年级的人立刻尖声喊起来："有鬼，有鬼。中尉。""中尉，我们没有过界。"轰的一声，四年级的人全都站了起来，摘下军帽摇晃。那真是一片帽子的海洋。博阿，他们在喊什么？啊，他们在唱，在哭，在叫。秘鲁万岁！小伙子们，打倒五年级！坏蛋，你们何必要摆出这副嘴脸来呢。我简直要笑破肚皮。"噼啪，啪噼，啪啪。"中尉这时宣布说："别乱吵！一比零，四年级领先。准备比赛第二盘吧！"加油！同学们。四年级的拉拉队真是呱呱叫。那简直是在咆哮。卡瓦，你这个山里人，我看见你了。鲁罗斯，放开喉咙喊吧，那可以使肌肉增加热量。我可真是汗流浃背了，简直像个喷泉。长蛇，你别跑。玛尔巴贝阿达，你老实点，别咬我。我的两只脚，真是糟糕透顶，好像穿了冰鞋一样地打滑。我觉得身上某些地方要散架了，后脑勺上的血管仿佛要破裂。谁在那里松劲？别蹲下去呀！谁要松劲，谁就是叛徒！抓紧这条蛇！请你们想想整个年级的名誉吧！一、二、三，加油呀！拉拉队出什么事了？"美洲豹"这个鬼东西！结果拉成平局啦。不过他们也是费了九牛二虎之力。他们全都躺倒了，接着双臂一张躺在地上，像牲口一样张着嘴巴大喘气，汗水一个劲地往下流。中尉说："一比一。别像老娘儿们似的臭吹。"因为他们开始挖苦我们，企图挫败我们的斗志。"比赛一结束，你们就得完蛋。""要不是有上帝，我们早就把你们揍扁了。""闭上你们的猪嘴，不然的话，我们马上就动手。"中尉干预道："你们这些不顾前后的混蛋。你们不知道主席台上能听见这些骂人的话吗？为你们这些脏话，我会付出很大的代价。"他妈的，好像真要打起来一样。"噼啪，啦啦啦。"这个回合进行得很快，也很滑稽。人人都挺胸凸肚，张着嘴巴，满脸涨红地狂喊："四年级，四年级，四年级！"口哨也刺耳地响起来。"不管你喜欢不喜欢，四年级的要领先！"我们猛地一拉，他们就落得个一败涂地。“美洲豹”事前说过：“他们会朝我们扑过来的。他们可不管主席台上是不是坐着将军。这样的打群架恐怕多年没见了。你们看看，甘巴里纳那小子是怎么样在看我的?”拉拉队的叫骂声一直传到球场上空。远远地可以看见瓦里纳气急败坏地跳来跳去：“各班班长，每个班记下四五个、十个八个的人名，罚他们一个月或两个月不准外出。”小伙子们，用力拉呀！最后再使一把劲！看看谁是真正勇敢的莱昂西奥·普拉多人。当我们还在拔河的时候，我看见从五年级的看台上下来黑压压的一大群人，由一小块斑点迅速扩大成一片逼近我们。“五年级的来了!”“美洲豹”叫了起来，“小伙子们，快自卫!”这时甘巴里纳扔掉长绳，五年级其他拔河的成员摔倒在地并且越过了界线。我高呼一声“我们赢了”，“美洲豹”霎时间便和甘巴里纳动手打起来。乌里奥斯特和萨帕塔这时也气喘吁吁地跑到我身边，向五年级的好汉们抡起拳头来。五年级的人越来越多，这时帕利亚斯达急忙脱下运动衫，朝着四年级看台的方向发出了信号：同学们，快点来呀！他们打算收拾我们。负责指挥拔河的中尉想把“美洲豹”和甘巴里纳拉开，却没有看到在他身后人们已经打成了一锅粥。“混蛋，你们没看见上校就在上面吗?”另外一群人从看台上跑来了。那是我们的人来啦！整个四年级形成了一个大团体。亲爱的卡瓦，你在哪里呀？鲁罗斯老兄，咱们背靠背地跟他们干。大家全都回到“圈子”里来了，我们几个成了首领。忽然，上校的细嗓门在四面八方响起来：“全体军官，全体军官，立刻制止这场骚乱。这样的事让学校太丢脸啦!”曾经给我“洗礼”的一个家伙，正张着紫红的猪嘴巴望着我呢。小老弟，你等一等，咱俩还有点账没算呢。假如我哥哥看见我也有一副山里人的猪嘴巴，他会怎么样呢？（他是十分厌恶山里人的。）突然，军官和准尉们解下武装带开始猛抽。据说看台上被请来做客的一些军官也抡着皮带动起手来。这哪里有半点学校的气味？真是奇耻大辱！我的身上也挨了一下，我想那不是皮带抽的，而是被上面的铜扣划破了一大块。“将军，这里面一定有阴谋。我一定不会饶恕这种行为。”“什么阴谋！什么诡计！您赶快想办法叫这群混蛋住手。”“上校，请您关上开关，麦克风还开着呐。”周围是一片口哨声和鞭打声。我从来没有见过这么多的军官。我脊背上的伤口像火一样地烧痛。“美洲豹”和甘巴里纳在草地上像两只乌贼一样纠缠在一起。总的来说，我们还算走运。玛尔巴贝阿达，挪开你的臭牙，癞皮狗。等到站好队伍的时候，我浑身上下一片酸痛，还有疲劳，那是怎样的疲劳呀！我真想就在原地、在足球场上躺倒睡一觉。操场上没有人说话，这死一样的寂静简直令人难以相信。人们喘息未定，胸膛仍在起伏，有谁会去考虑假日外出的事呢。我敢肯定大家唯一的希望就是上床睡觉。这下子可好了，我们自讨苦吃：国防部长命令年底以前不准我们外出。最滑稽的是三年级狗崽子们的嘴脸，既然你们什么也没干，何必要怕成那个样子呢？赶快回家去吧，别忘了这场见识。中尉们更是害怕极了。瓦里纳，你满脸蜡黄，去照照镜子吧。你那副模样可真叫人难受。鲁罗斯在我身边说：“那个穿蓝衣服的女人身旁的胖子，大概就是门多萨将军吧？我以为他是步兵的，可是这老家伙戴着红领章，说明他从前是炮兵。”上校攥着麦克风，不晓得该说什么，只是尖声细气地喊着：“士官生们。”停了一下，又叫道：“士官生们。”接着喉咙就嘶哑了。狗东西，当时我真想放声大笑，可是大家都紧绷着脸，默不作声，索索地在发抖。玛尔巴贝阿达，他都说了些什么呀？我是说，他反复说了几遍“士官生们，士官生们，士官生们”之后，又讲了一些什么呢？他讲了一些请来宾们原谅的话："我以大家的名义，以你们的名义，以各位军官的名义，以我本人的名义，请各位来宾多多原谅。至于发生的事情，我们自己一定会妥善地处理的。"后来，他身旁那个女人的话竟然博得了五分钟的掌声。据说她看到我们热烈地为她鼓掌的时候，激动得哭了起来，接着就向大家抛吻。遗憾的是离得太远，不知道长得漂亮不漂亮，年轻不年轻。玛尔巴贝阿达，当她说"三年级的穿好制服！四、五年级的留在场内！"的时候，你不感到浑身直起鸡皮疙瘩吗？狗东西，你知道为什么谁也不肯动吗？军官不动，班长不动，三年级的狗崽子不动，客人也不动。因为魔鬼在那里呐。这时她跳了起来："上校！""尊敬的夫人。"人们纷纷动起来。到底发生了什么事情？"上校，我求求您……""尊敬的大使夫人，我没有什么要说的了。""关上麦克风吧。""上校，我恳求您……"玛尔巴贝阿达，那时过了多少时间？没有多久，大家齐齐瞅着那个胖子、麦克风和那个女人。他和她同时开口讲话的时候，我们发现她是个外国人。"上校，您看在我的面上讲几句吧。"全体官兵立正听着。死一样的寂静笼罩着球场上空。"士官生们，士官生们，让我们忘掉这件羞耻的事吧。今后再也不要发生类似的事件了。让我们谢谢大使夫人的关心和同情。"甘博亚中尉事后说："真是丢人！修女学校里也不会有这样的事，老娘儿们居然在兵营里发号施令。"大家谢谢尊贵的客人吧。学校里谁发明的这种掌声？好像一辆慢慢启动的火车头：哐，一、二、三、四、五；哐，一、二、三、四；哐，一、二、三；哐，一、二；哐，一；哐，哐，哐，哐，哐。再来一次，接着又是哐，哐，哐。在田径比赛的时候，瓜达卢佩学校的人跟我们的拉拉队为了这个你死我活地厮打起来。我们给这位女大使也来了一个哐，哐，哐。其实应该给她来个噼啪，啪噼。甚至连狗崽子们也鼓起掌来。准尉和中尉们也是这样干的。别停手，继续拍下去！哐，哐，哐。大家的眼睛都盯着上校。女大使和部长要走了。部长一再回头看，他也许这样想：你们还高兴呢，我要把你们都给扫出校门去。可是，他却笑了。门多萨将军、各国使节、军官们和来宾们，哐，哐，哐。哎呀，真开心死了！哎呀，我的爹，我的妈，哐，哐，哐。咱们大家都是百分之百的莱昂西奥·普拉多人。秘鲁万岁！士官生们，总有一天，祖国会召唤我们去战斗，那时我们就会挺身而出。我们都有崇高的理想、坚定的信念。“甘巴里纳在哪儿？让我吻吻他吧？”“美洲豹”说，“我把他摔得够呛，不知道他是不是还活着。”听了掌声，那女人哭了。玛尔巴贝阿达，学校生活既艰苦又有牺牲，但是也有补偿。遗憾的是“圈子”不会像从前那样了。我们三十个人在洗脸间开会的时候，那心里是多么痛快哟！那个长着犄角的长毛魔鬼到处插手。即使因为山里人卡瓦我们都倒了霉，那又怎么样呢？就根据那么一块破玻璃，他们就把卡瓦开除了。就算把我们也开除，那又怎么样呢？玛尔巴贝阿达，小母狗，别咬我！

后来那些乏味屈辱的日子，他也忘掉了。他起得很早，因为失眠而浑身酸痛，他在那准备安放家具的陌生房间里徘徊着。他在屋顶上面的阁楼里发现了一大堆的报纸和杂志，于是终日待在里面，心不在焉地翻阅。他躲避着父母，开口说话也只是一言半语。有一天，母亲问他：“你觉得爸爸怎么样？”他说：“不觉得怎么样。”又有一天，母亲说：“小里卡多，你快活吗？”“不快活。”到达利马的次日，父亲来到他的床前，望着他露出一丝笑容。里卡多说：“早晨好。”人却仍然躺在床上没有动弹。一丝阴影从父亲的眼睛里掠过。从那天起，无形的战争便开始了。里卡多一直等到父亲离开家关上大门之后才下床。吃午饭的时候，一看到父亲，他急忙说一声“你好”，随后就跑回阁楼上去。有些下午，父母带他上街去兜风。里卡多坐在汽车后面的座位上，对公园、大街和广场装作极感兴趣的样子。他没有开口，但是他的耳朵在极力捕捉父母的每一句话。有些影射性的话，他不大明白其中的含意。那天晚上他更是失眠得厉害。他不断地感到惊悸。假如他们突然跟他说话，他便猛然反问：“什么？怎么啦？”一天夜里，他听见父母在隔壁房间里谈论他。母亲说：“他刚满八岁，慢慢就会习惯的。”父亲回答说：“已经过去不少时间啦。”那声音与母亲的迥然不同，既冷淡又严厉。母亲坚持说：“他以前没有见过你。这不过是个时间问题。”父亲说：“你没有把他教育好。他现在这个样子，全都怪你。简直像个女的。”后来他们的音量逐渐降成低声细语。过了几天之后，他突然产生这样一种感觉：父母亲的表情变得神秘了，他们的谈话也十分费解。他加强了侦察活动，对他们每个细微的表现、每个具体的动作，甚至每种眼色都不轻易放过。但是，他自己并没有找到答案。一天早晨，母亲一面拥抱着他，一面对他说：“你要是有个小妹妹该多好啊。”他想：“假如我死掉，那都怪你们，将来你们就得下地狱。”那时正是夏末的最后几天。他心里烦躁极了。四月份他就得上学去。到那时候，白天的大部分时间他可以在外面度过。一天下午，他在阁楼上仔细考虑之后，跑到母亲那里说：“能不能让我住校？”他以为声调很自然，但话一出口，只见母亲两眼含着泪水望着他。他双手插在口袋里，补充解释说：“我并不怎么喜欢念书。你记得阿德利娜姨妈在契克拉约说的那些话吗？爸爸会认为那样不好。一住校，就不得不用功读书了。”母亲两眼紧盯着他，这使他感到慌乱。“那样一来，谁陪着妈妈呀？”里卡多毫不犹豫地回答说：“她呀，我的妹妹。”痛苦的神情从母亲的脸上消失了，她眼睛里流露出沮丧的神色。她说："不会有什么小妹妹了。这话我忘记告诉你了。"整整一天他都在想这件事自己做得不对。一种内疚的感觉在折磨着他。那天夜里，他躺在床上，眼睛睁得很大，思索着改正错误的方法："尽可能不和他们讲话。每天在阁楼上待的时间再长一些。"想到这里，一阵越来越响的嘈杂声打断了他的思路。突然，一个雷鸣般的嗓音和一些他从未听到过的词汇传进了房间。他感到害怕，再也无法思考下去了。那一串串可怕的谩骂声清晰地传到了他的耳中。在那男性的吼声中，时而夹杂着母亲微弱的哀求声。那嘈杂的声音停顿了片刻，响起噼噼啪啪的爆裂声。随后便传来母亲的喊叫声："小里卡多!"他急忙起床，向房门冲去。门一开，他便向隔壁的房间跑去，一面推开门，一面大叫："别打妈妈!"他一眼就看到母亲穿着睡衣，折射的灯光使她的脸变了形。他听到她在低声抽泣，但是一个高大的白色身影立刻挡住了他的视线。他想："他竟然赤身裸体。"他感到毛骨悚然。父亲一个大巴掌朝他打来，他一声没吭就摔倒在地。他马上爬了起来，觉得周围的一切都在旋转。他刚要开口说，他从来没有挨过打，怎么能随便打人呢！可是话还没有出口，父亲就又打了过来，他再次跌倒在地上。昏迷中，他仿佛看到母亲从床上跳下来，看见父亲半路拦住她，轻而易举地把她推倒在床上。接着他又看见父亲转身朝他走来，口里高声叫骂着。随后，他觉得自己被举在空中，很快被扔进自己乌黑的房间里。那男人的身影刚在黑暗中浮现，又一个巴掌打在他的脸上，这时，他刚好看到那男人插在他和跑进门来的母亲中间。只见他一把拉住她的胳膊，像拉拖布似的把她揪走了。房门立刻关上了。他很快陷入头晕目眩的噩梦中。

四

阿尔贝托在阿尔甘弗莱斯站下了公共汽车，快步走过通向他家的三个街区。穿过马路的时候，他看见那里有一群小孩。接着，一个嘲笑的声音在他身后响起来：“你卖巧克力吗？”别的孩子听罢放声大笑。几年以前，他和街道上的孩子们也管军事学校的士官生叫过“卖巧克力的”。天空是铅灰色的，但是没有一丝寒意。阿尔甘弗莱斯这条胡同显得毫无生气。母亲给他开了门，一面吻着他说：

“阿尔贝托，你怎么回来晚啦？”

“到卡亚俄港的电车总是挤得满满的，妈妈，每隔半小时才过一辆。”

母亲早已接过手提包和军帽，跟在他后面走进他的房间。这所房子不大，只有一层，但很亮堂。阿尔贝托脱下军装，解开领带，然后把这两样东西扔到椅子上，母亲连忙拿起来，小心仔细地叠好。

“你想马上就吃午饭吗？”

“我先洗个澡吧。”

“你想我了吗？”

“妈，想极了。”

阿尔贝托在脱下衬衣、脱掉裤子之前，先披上了浴衣。自从他当上士官生以后，母亲再也没有见过他的裸体。

“我把你的军服洗烫一下，那上面全是土。”

“好吧。”阿尔贝托说道，一面穿上拖鞋，又拉开衣柜的抽屉，拿出衬衫、内裤和袜子。最后，他从独脚小圆桌底下掏出一双锃亮的皮鞋。

“今天早晨我刚刚擦过。”母亲说道。

“那样会把手弄坏的，妈妈，您不应当干这样的活。”

“谁还会注意我的手呢？”她说着叹了一口气，“我是个被抛弃的可怜女人。”

“今天上午我考了一次，那题目真难呀，”阿尔贝托打断了她的话，“我考得不好。”

“是吗，”母亲应声说，“要我给你澡盆里放上水吗？”

“不用。我洗淋浴更舒服。”

“好吧，那么我去准备午饭。”

她转身向门口走去。

“妈妈。”

她在门框的地方停住脚。她是个身材矮小、皮肤洁白、眼窝深陷而没有生气的女人；脸上没有化妆，头发蓬乱；裙子外面系了一块皱巴巴的围腰。阿尔贝托回忆起不久前的那段时间里，母亲几个小时几个小时地待在镜子面前，用化妆品掩盖脸上的皱纹，描眉毛画眼圈，涂脂抹粉。那时她每天下午都要去理发馆烫发。如果准备出门，光是挑选衣裳就弄得他神经紧张。但是自从父亲离家出走以后，她完全变了样。

“您没有见到我爸爸吗?”

她再次深深地叹了一口气，脸颊变得绯红。

“他星期二来过，”她说，“我不知道是谁，就给他开了门。你想想看吧，他简直毫无顾忌，阿尔贝托，你真想象不出他的那副样子。他要你去看他，又要给我钱，他是打算把我折磨死。”她轻轻闭上眼睛，降低声音说：“孩子，你只好听天由命了。”

“我去冲洗一下，”他说，“身上脏极了。”

他从母亲面前走过，一面摸摸母亲的头发，心里想：“咱们一分钱也拿不到了。”他在喷头下面冲了很长时间：仔细抹了肥皂之后，用双手擦洗全身，用热水和冷水交替着冲了几次。“好像要洗去心中的醉意一样。”他想着，一面穿上衣服。像每个星期六一样，便服使他感到亲切，感到极为舒适；他觉得自己仿佛赤身裸体一样，这使他怀念起皮肤与粗布摩擦的感觉。母亲正在餐室里等着他。他默默地吃着午饭。他刚吃完一块面包，母亲就连忙把面包筐递给他。

“你要出门吗?”

“是的，妈妈，替一个被罚的同学办件事。我很快就回来。”

母亲几次睁开又闭上眼睛，阿尔贝托真担心她会哭起来。

“我总是看不见你，”她说，“你一出去，就在街上逛一天。你不可怜可怜妈妈吗?”

“妈妈，我就出去一个钟头，”阿尔贝托不快地说，“也许不到一个钟头。”

他坐下吃饭的时候本来很饿，现在他觉得这顿饭十分乏味，好像没有个完似的。每周他都盼望着离校外出，但是一走进家门，他便觉得恼火：母亲过分的殷勤照顾就像关禁闭一样地令人难受。此外，最近有些新的变化，也使他很难习惯。从前，她经常找个借口就把他打发到大街上去，以便随心所欲地和每天下午都来打牌的女友们玩个痛快。现在则相反，她总是拉住他不放，总是希望阿尔贝托把全部空闲时间在她身旁度过，听她没完没了地抱怨那悲惨的命运。她经常陷于亢奋状态：祈求上帝，高声祷告。在这方面她也变了许多。以前她经常忘记做弥撒，阿尔贝托还多次发现母亲和她的女友们私下议论神父和那些信徒的长短。她现在则几乎每天都去教堂，还找了一个灵魂导师，那是一个耶稣会的教士，她称他做"圣徒"；任何逢七逢九的祷告她都参加；有个星期六，阿尔贝托在床前小橱里发现一本利马的圣罗莎①传记。母亲把盘子收好，用手把散落在桌上的面包屑扫起来。

"五点以前我就回来。"他说。

"好孩子，别在外面耽搁太久，"她应声说，"我去买些茶点。"

这个女人肥胖、臃肿，而且肮脏，僵直的头发不时地滑到前额，她总是用左手把头发拢向后面，并且顺势搔搔头皮。她的右手拿着一块方纸板，那是用来扇风的。因为煤块夜里受了潮，点火的时候，冒出一股股浓烟，结果厨房的四壁被熏得一片漆黑，连这个女人的脸上也沾满了煤灰。她低声咕哝道："我要瞎啦。"煤烟和火星呛得她泪水直流，所以她的眼泡也总是肿胀的。

"什么事呀?"特莱莎从另外的一个房间里问道。

"没事。"老女人咕哝一声，低头看看锅子。汤还没有开。

"什么?"姑娘问道。

---

① Santa Rosa de Lima（1586—1617），圣多明各教派教士。

“你耳朵聋啦？我说，我要瞎了。”

“要我帮忙吗？”

“你不会弄，”女人冷冷地说道，一只手搅着汤锅，另一只手在擤鼻涕，“你什么活也不会干，做饭、缝补，一样也不会，你真笨！”

特莱莎没有吭声，她刚刚下班回来，正在收拾房间。星期一至星期五是由她姑妈来打扫的，但是星期六和星期日就该由她来干。这并不是什么特别劳累的活：除去厨房之外，只有两间住房。一间是寝室，另一间作吃饭、会客和做针线的地方。这是一所破旧的房子，里面几乎没有家具。

“下午到你叔叔那里去一趟，”老女人说，“但愿他们别像过去那么狠心。”

汤锅里开始翻起泡沫，那女人的瞳孔燃起了两点火花。

“我明天去，今天不行。”特莱莎说。

“不行？”

老女人生气地摇动着作扇子用的纸板。

“不行。我有个约会。”

纸板在半空中停住不动了，老女人抬起头来。她的注意力分散了片刻，但她一察觉，便又重新扇起火来。

“约会？”

“嗯。”姑娘的扫帚停住不动，离开地面几厘米。“有人请我去看电影。”

“看电影？谁请呀？”

汤锅已经在沸腾。老女人好像忘记了汤锅。她转身向着隔壁房间，等着特莱莎的回答，头发又滑到了前额，但是她仍旧一动不动地期待着。

“住在大街拐角的那个小伙子。”特莱莎说着一面把扫帚落到地上。

“哪个拐角?”

“两层楼的那座砖房。他叫阿拉纳。”

“是这样叫的吗?阿拉纳?”

“对。”

“是那个穿军装的吗?”老女人追问道。

“是的。他在军事学校里呢。今天放假外出，六点钟他来找我。”

老女人走近特莱莎，两只肿胀的眼睛睁得大大的。她说:

“那是个好人家，穿得漂亮，还有汽车呢。”

“嗯，是辆蓝色的。”特莱莎说。

“你坐过他的汽车吗?”老女人十分热心地问道。

“没有。我和那小伙子只是谈过一次话，那还是两个星期以前的事。本来上个星期日他要来，可是不能离校，就给我寄了一封信。”

那老女人突然一个急转身就跑回厨房。火已经熄灭，但是汤锅依然在沸腾。

“你马上就要满十八岁，”老女人说道，一面竭力制服那缕调皮的头发，“可是你还不明白，我就要瞎了，你要是不能干点什么，咱们可就要饿死啦。你可别放跑了这个小伙子。你交上好运了，他已经看中你啦。在你这个年龄，我已经怀上孕啦。天主既然让我生了个儿子，可是为什么后来又夺走了呢!呸!”

“明白了，姑妈。”特莱莎说道。

她一面扫地，一面望着自己脚上那双灰色的高跟鞋:已经相当破旧。她想:阿拉纳会不会带她去看一部新片子?

“他是军人吗?”老女人问。

“不是。他在莱昂西奥·普拉多学校念书。跟其他学校一样，只不过是由军人管理的罢了。”

“还在学校里呀？”老女人生气地接着说，“我以为他已经是个独立的成人了呢。呸，我老不老对你又有什么要紧。你盼望的就是我干脆一下子死掉。”

阿尔贝托正在整理领带。洗澡间的镜子里映出来的面孔难道是他吗？那脸蛋刮得干净漂亮，头发梳理得整洁服帖；衬衣是雪白的，领带是鲜艳的；这身绿灰色的衣服、这块露在口袋外面的手绢……总之，这个衣冠楚楚、整齐漂亮的人，难道就是他吗？

“真是个漂亮的小伙子。”母亲站在客厅里说。“你很像你父亲。”她又伤心地加了一句。

阿尔贝托走出洗澡间。他俯身亲吻母亲，她把前额伸给他，但是只及他的肩头。阿尔贝托感到母亲十分柔弱。她的头发几乎全白了。他想：“她再也不染发了，好像越发苍老啦。”

“是他来了。”母亲说。

果然，几秒钟后电铃响了。阿尔贝托向街门走去，母亲说：“别给他开门。”但是并没有伸手阻拦他。

“爸爸，您好。”阿尔贝托说。

他是个身材矮小粗壮的男人，已经有些秃顶。一身蓝色的服装，穿戴得无可指摘。阿尔贝托吻他的面颊时，闻到一股刺鼻的香味。父亲满脸笑容地拍拍他的肩膀，随即朝房间里扫了一眼。母亲站在通向洗澡间的过道里，摆出一副听天由命的神气：低垂着脑袋，半睁半闭着眼皮，双手拢在一起放在裙子上，脖颈微微向前探出，仿佛要给行刑的刽子手提供方便一样。

"卡尔梅拉，你好。"

"你干什么来啦?"母亲低声说，没有改变姿势。

这个男人毫不发窘地关上门，把皮包往沙发上一扔，现出一副笑容可掬、精神十足的模样。他自己坐下来，同时向阿尔贝托打个手势，让他坐到自己身边。阿尔贝托望望母亲：她依然待在原地不动。

"卡尔梅拉，"父亲高兴地说，"过来，亲爱的，咱们谈一谈。可以当着阿尔贝托的面谈，他已经长大成人了。"

阿尔贝托感到高兴。父亲与母亲不同，他显得年轻、健康、精神饱满。在他的举止和言谈之中，有着某种难以抑制、急于表白的东西。难道他很幸福?

"没什么可谈的，"母亲说，"用不着废话。"

"你冷静一点，"父亲接口说，"咱们都是有教养的人。任何事情都可以心平气和地解决。"

"你是个不要脸的东西，是个坏蛋!"母亲突然变了脸色，尖声喊起来；她挥舞着拳头，脸上顺从的表情已经完全消失。她满脸通红，两眼冒出愤怒的火花："滚出去! 这里是我的家，是用我的钱付的房租。"

父亲堵住双耳，露出滑稽的样子。阿尔贝托看看手表。母亲开始哭起来，身体随着抽泣在颤动。她让泪水流下，并不擦拭，泪水流过的面颊显露出一道金黄色的茸毛。

"卡尔梅拉，"父亲说，"你冷静点。我不愿意跟你吵架，来点和平吧。你再也别这样下去了，这是荒唐的。你应该离开这座破房子，应该有用人，应该生活下去。你不能自暴自弃。看在儿子的面上，你照我的话办吧。"

“你滚出去!”母亲吼起来，“这是一所干净的住宅，你没有权利来玷污它。滚到你那些骚货家里去吧。我们不想听你的那些事。收起你的臭钱！我的钱足够让儿子受教育。”

“你现在生活得像个叫花子，”父亲说，“你难道连面子都不要了吗？什么鬼东西迷住了你的心窍？为什么你不愿意我给你找一处公寓?”

“阿尔贝托，”母亲激怒地喊起来，“你不能让他骂我呀！他当着所有利马人的面侮辱了我还嫌不够，又想害死我。孩子，你总得想点办法呀!”

“爸爸，请您别吵架了。”阿尔贝托丝毫不起劲地劝道。

“住口!”父亲说，一面摆出一副长辈的严厉神情，“你还很年轻。总有一天你会明白，生活不是那么简单。”

阿尔贝托听了，很想笑出声来。有一次他在利马市中心看见父亲和一个金发美人在一起。父亲也看见他了，但是急忙扭转头，佯装不见。那天晚上他来到阿尔贝托的房间，带着一副和刚才一模一样的表情，对他说了同样的那些话。

“我来向你提个建议，”父亲说，“你听我讲一秒钟。”

这个女人再次变成一尊悲剧的塑像。可是阿尔贝托却发现她透过睫毛，用审慎的目光窥视着父亲。

“你操心的是采取什么形式，”父亲说，“我明白你的意思，应该尊重社会上的规矩。”

“恬不知耻!”母亲喊道，随即又弯下腰去。

“亲爱的，你别打断我的话。假如你愿意，咱们可以重新生活在一起。咱们在这儿，在米拉芙洛尔区，找一套漂亮住宅，要么就在迭戈·费雷街弄一所房子，或者在圣安东尼奥也行，一句话，你愿意在哪里，就在哪里。不错，我要求绝对自由：我希望自己支配自己的生活。”他毫不矫揉造作地说着，样子非常平静，但是眼睛里闪烁着曾经使阿尔贝托吃惊的那种欢快的火花，“咱们别来那些戏剧性的场面，因为咱们的出身门第都不错。”

母亲这时号啕大哭起来。在抽噎声中，她痛骂丈夫，说他是“通奸犯”“道德败坏分子”“不可救药的垃圾”。

阿尔贝托说：“爸爸，请原谅，我得出去办件事，我可以走吗？”

父亲有些慌乱，但是马上亲切地一笑，并且点点头说：

“可以，孩子。我尽量说服你母亲，这是最好的解决办法。你不用担心，好好念书吧，以后一定会有远大的前途。你知道，假如考得好，明年我送你去美国留学。”

“我儿子的前途由我负责。”母亲嚷道。

阿尔贝托吻吻父母，走出门口后连忙把门关上了。

特莱莎洗罢杯碟，姑妈已到旁边的房间里去休息。这时姑娘拿起毛巾和肥皂，踮着脚尖来到街上。紧邻着这条街，有一所狭小的黄色房舍。她上前敲敲门，一个面带笑容、模样消瘦的小姑娘给她开了门。

“你好，特莱莎。”

“你好，罗莎。我可以洗个澡吗？”

“进来吧。”

她们穿过一段黑暗的走廊，走廊两边的墙壁上贴着从杂志和报纸上剪下来的画片：电影明星和足球运动员。

“你见过这张相片吗？”罗莎问，“今天上午人家送给我的。他叫格林·福特。你看过他演的电影吗？”

“没有。不过，我想看。”

走廊的尽头是餐室。罗莎的爹妈正在静悄悄地吃饭。有把椅子已经没了靠背，那上面坐着女主人。那男人从铺在盘子旁边的报纸上抬起头来，看看特莱莎说：“亲爱的特莱莎。”说着站起身来。

“您好。”

这个男人——已跨进晚年，大腹便便，两腿微弯，一副睡眼惺忪的样子——满面笑容，怀着善意向姑娘的脸蛋伸出手去。特莱莎向后退了一步，他的手在空中晃了几下，落下来。

“太太，我想洗个澡，”特莱莎说，“可以吗？”

“行，”那女人冷冷地说道，“一个索尔，有吗？”

特莱莎递过去一个发暗的硬币：一个失去光泽的索尔，由于长时间的触摸，花纹已经模糊不清。

“时间不要太长，”那女人说，“水不多了。”

洗澡间是个一米见方的小黑屋，地面上放着一块带洞眼的长满了青苔的木板。一个离地面不高、嵌进墙壁的水龙头，代替了淋浴喷头。特莱莎关好门，把毛巾搭在龙头柄上，又查看一下锁孔是否堵严，便脱光了衣服。她身材苗条，曲线优美，肤色微红。她拧开龙头，水是凉的。往身上擦肥皂的时候，她听到那老女人吼道：“从这儿滚开，骚老头子！”那男人的脚步声渐渐远去了。她听见他们在争论着什么，便擦干净身体，穿上衣服，走了出来。那老头子正坐在桌旁，一见这位姑娘出来，就朝她丢了个眼风。那女人皱皱眉头，咕哝说：

“你把地板弄湿了。”

“我马上就走，”特莱莎说，“太太，多谢您。”

“再见，特莱西达，”那男人说，“你要高兴就随时来吧。”

罗莎一直送她到门口。特莱莎在走廊里低声对她说：

“罗莎，劳驾帮个忙。把你那条蓝色的缎带借我用一下，就是星期六你戴的那个。今天晚上我就还给你。”

那小姑娘点点头，神秘地把手指举到嘴唇上，随后就消失在走廊尽头，不久又悄悄地走了回来。

“拿着吧，”她说，一面以进行什么密谋的神情看着特莱莎，“你干吗要用这个？上哪儿去？”

“有个约会，”特莱莎说，“有个小伙子请我去看电影。”

她两眼闪闪发光，好像十分高兴。

一场毛毛细雨落在阿尔甘弗莱斯街两侧的树叶上。阿尔贝托走进街头的商店，买了一包香烟，向拉尔科大街走去。街上行驶着许多汽车，有一些是最新款的，色彩鲜艳的车篷与铅灰色的天空形成鲜明的对照。熙熙攘攘的行人来往不绝。他盯着一个穿黑裤子的身材高挑的丰满姑娘瞅了一会儿，直到她消失不见，才继续前进。直达快车姗姗来迟。阿尔贝托一眼看见有两个小伙子在微笑，迟疑了片刻才认出他们。他脸红了，低声咕噜了一句：“你们好。”两个小伙子张开双臂向他扑过来。

“这么长时间，你一直钻在什么地方？”其中一个身穿运动服的小伙子问道，他头上的波浪式发型令人想起公鸡的鸡冠，“简直叫人难以相信！”

“我们原来以为你已经不住在米拉芙洛尔区了。”另一个身材矮小粗壮的小伙子说，他脚上穿着印第安式的鹿皮鞋和花格袜子，“你很长很长时间没有到区里来了。”

“如今我住在阿尔甘弗莱斯街，”阿尔贝托说，“在莱昂西奥·普拉多学校住宿。只有星期六才能出来。”

“在军事学校念书？”鸡冠发型的那个问道，“你干了什么事情，让人家送进那里面去了？一定很可怕吧？”

“没有那么厉害。慢慢就习惯了，日子过得并不坏。”

快车终于来了，里面已经挤满了人。他们只好抓着上面的拉手站在车里。阿尔贝托想起每个星期六在拉白尔拉区的公共汽车上，或者是利马到卡亚俄港的电车上所遇到的人：花里胡哨的领带，车中充满了汗味和臭气。在快车上，人们都穿得干干净净，彬彬有礼，满面笑容。

“你的轿车呢？”阿尔贝托问道。

“我的车？”穿鹿皮鞋的答道，“那是我父亲的，他已经不借给我用了。我把它撞坏了。”

“怎么？你还不知道吗？”另一个小伙子非常激动地问道，“你没听说防波堤上赛车的事吗？”

“没有，我一点也不知道。”

“好家伙，你住在什么地方啦？蒂戈是头猛兽。”另一个高兴地笑起来。“他和那个疯子胡利奥打赌，就是那个住在法国大道上的家伙，你还记得吗？他们顺着防波堤一直赛到峡谷。那天刚下过雨，那真是两个野家伙！我给他当副手。巡逻车把疯子抓住了，可我们逃开了。那天我们是过完节回家，你想想看。”

“那撞车的事情呢？”阿尔贝托问。

“那是后来的事，蒂戈忽然异想天开，要沿着阿多共戈街开倒车转一圈，结果一家伙就撞到电线杆子上去了。你看看这块伤疤。他呢，反而屁事没有，真不公平！该他走运！”

蒂戈自鸣得意地在一旁笑着。

“你真是头猛兽，”阿尔贝托说，“区里的情况怎么样？”

“还好，”蒂戈说，“现在我们每周都聚会一次。姑娘们正在考试，只有星期六和星期日才出来。情况已经大不相同了，家里面已经让她们出来和我们一起去看电影，去参加舞会了。老太婆们也变得开明起来，姑娘们也可以有情人了。你知道吗？普鲁托跟埃莱娜好上了。”

“你跟埃莱娜好上啦？”阿尔贝托问道。

“到明天我们就一个月了。”波浪发式的青年面孔绯红地说。

“她家里允许她跟你出来玩吗？”

“当然啦，伙计。有时她母亲还请我吃饭呐。喂，是你以前喜欢过她吗？”

“我吗？从来没有过。”阿尔贝托说。

“当然喜欢过啦！”普鲁托说，“一定喜欢过！你还为她发过狂哩。你还记得那一回在埃米略家里我们教你跳舞的事吗？当时我们还告诉你怎么样向她求爱。”

“时间过得真快呀！”蒂戈说。

“瞎编，”阿尔贝托说，“完全是瞎编。”

“嗨，你们看见我盯上的那个没有？花蝴蝶。”普鲁托说道，他已经被车厢后面的什么东西吸引住了。

他带头向车后的座位挤过去。蒂戈和阿尔贝托跟在后面。那姑娘意识到危险临近，扭头去看车窗外面的树木。她长得美丽而又大方，两扇鼻翼仿佛小兔嘴唇那样翕动着。她几乎整个贴在车窗上，把光线都挡住了。

“你好啊，小心肝儿。”普鲁托拉开嗓门唱道。

“别打搅我的未婚妻，”蒂戈说，“要不然我就捅进你的心窝。”

“没关系，”普鲁托说，“我可以为她而死。”他像朗诵诗歌那样张开双臂又说：“我爱她。”

蒂戈和普鲁托哈哈大笑起来。姑娘依然望着车窗外的树木。

“亲爱的，别理睬他，”蒂戈说，“他是个野人。普鲁托，给小姐道歉。”

“你说得对，”普鲁托说，“我是个野人。十分抱歉，请你多原谅。告诉我，原谅我吗，要不然我就大闹一场。”

“难道你没长着心吗？”蒂戈问道。

阿尔贝托也向车窗外面望去：树木都是湿漉漉的，马路上照出万物的倒影；一辆辆汽车迎面驶来；快车已经把奥兰地亚区留在后面，五颜六色的高大建筑逐渐代替了深灰色的矮小房屋。

“这简直不像话，”一位太太说道，“你们让这个姑娘耳根清净点吧。”

蒂戈和普鲁托仍然在笑。那姑娘把目光从街上收回片刻，一双灵动活泼的眼睛向周围扫视。一丝笑容在她那秀丽的脸庞闪过，随后就消失了。

“好吧，太太，”蒂戈说罢转身看着那个姑娘，“小姐，我们请您原谅。”

“我要在这儿下车了。”阿尔贝托向他俩伸出手去。“再见。”

“跟我们一块去吧，”蒂戈说，“我们去看电影。我们给你介绍一个姑娘，相当不错的。”

“不行，我要去找一个人。”阿尔贝托说。

“在林塞大街吗？”普鲁托调皮地说，“好哇，你已经有打算啦，可爱的印第安混血儿。祝你顺利。别不露面，到咱们那条街上来玩吧。大家还都想着你呐。”

阿尔贝托踏上她家第一级台阶，一见到她的面，就想："我早就知道她长得难看。"他立刻开口说：

"您好，特莱莎在家吗？"

"我就是。"

"我是受阿拉纳委托来的，里卡多·阿拉纳。"

"请进，"姑娘拘束地说，"请坐吧。"

阿尔贝托坐在椅子边上，显得十分严肃。这把椅子能撑得住吗？通过隔开两个房间的布幔留下的空隙，阿尔贝托看见床边有一双女人乌黑的大脚。姑娘站在他的身旁。

"阿拉纳不能外出，"阿尔贝托说，"他运气不佳，今天上午宣布不准他外出。他告诉我，他跟您约好要见面，所以让我来请求您原谅。"

"罚他不准外出？"特莱莎问道。她的脸上露出不快的神色。她的头发用蓝色的缎带系在脑后。"他俩亲吻过吗？"阿尔贝托这时心里想道。

"人人都有这种事，不过是个运气好坏的问题罢了，"他说，"下个星期六，他来看您。"

"谁来啦？"一个不高兴的声音问道。阿尔贝托一看，那两只脚不见了。片刻之后，一张肥胖油腻的面孔露出布幔外。阿尔贝托站起身来。

"他是阿拉纳的朋友，他叫……"特莱莎说。

阿尔贝托说出自己的名字——他觉得手里握住的这只胖乎乎、软绵绵、汗腻腻的手简直像是一只大肉虫，这个女人戏剧性地一笑，立刻毫不停歇地叽里呱啦说起来。在那些像火花般往外迸的话语中，阿尔贝托童年时听到过的那些礼貌客套话，仿佛漫画一样，掺杂着大量的不花钱的形容词又出现了。他听出来，有时她称他为“先生”，有时加个“堂”。她还没完没了地问东问西，但是并不等着人家回答。阿尔贝托被卷进一座嗡嗡作响的迷宫、一只吵吵嚷嚷的蟹壳中了。

“请坐，请坐。”女人指着椅子，十分恭敬地弯着腰，好像一头巨大的哺乳动物。“别因为我感到拘束。这里就是您的家，虽然是个穷家，可是个正派人家，您知道吗，我这一辈子都按照上帝的吩咐，自食其力。我是个裁缝，凭着身上的汗水，让我的侄女特莱莎受到良好的教育。这个可怜的孩子从小就成了孤儿，您想想看吧，一切多亏了我啊，请坐，阿尔贝托先生。”

“阿拉纳被关在学校里了，”特莱莎避开阿尔贝托和她姑妈的目光说，“这位先生捎来口信。”

“为什么称先生？”阿尔贝托想。他搜索着姑娘的眼睛，但是她的两眼盯着地面。那老女人早已直起腰来，张开双臂；她的笑容已经冻僵在脸上，但是依然挂在颧骨上，挂在肥大的鼻梁上，挂在眼皮发肿的眯缝眼上。

“可怜见的，”她说，“可怜的孩子，他的母亲会多么难过呀！我也有过儿子，我知道什么是做母亲的痛苦，因为我的孩子们都死了，天主就是这样的，最好不管它是怎么回事。不过下个星期马上就到了。这种日子对大家来说都很艰难。这个我很明白，你们都还年轻，顶好甭想这些事。请您告诉我，您打算带特莱莎上哪儿去玩？”

“姑妈，”姑娘生气地扭着身体说，“人家是来捎信的，不是……”

“我这方面，你们用不着担心，”老女人宽宏大量、明白事理又富于自我牺牲精神地补充说，“年轻人单独待在一起会觉得更舒服一些。我也是从年轻时候过来的，现在已经老啦。这一辈子就是这样的，烦恼愁苦你们也会有的。一个人一上了年纪，可就该受罪啦。您知道，我的眼睛要瞎啦！”

“姑妈，”姑娘再次叫道，“您别……”

“如果您允许的话，我们去看电影，”阿尔贝托说，“假如您觉得没有什么不便的话。”

姑娘再次垂下眼睑，低头不语；她简直不晓得手脚该怎么放才好。

“请您早点送她回来，”姑妈说，“堂阿尔贝托，年轻人不要在外面待得时间太晚。”她转过身对特莱莎说：“你来一下。对不起，先生。”

她抓起特莱莎的一条胳膊，把她拉到隔壁房间去了。微风把那老女人的只言片语吹进了他的耳朵，他虽然明白个别词句的含意，却不能掌握整体的意思。但是他模模糊糊地听出那姑娘不愿意跟他出去玩，而那老女人却毫不费力地驳倒她，简单明了地勾画出阿尔贝托的巨大肖像，或者确切地说，一个象征性的理想人物：富有、美貌、英俊，令人羡慕的世界伟人。

布幔拉开了。阿尔贝托笑了一下。姑娘揉擦着双手，带着一副不太高兴的表情，比刚才更加拘束。

“你们可以出去玩玩，”老女人说，“您知道，我对她一向管得很严；我不允许她跟随便什么人出去。尽管她长得瘦，不像能干活的，却非常勤快。出去玩一会儿吧，我很高兴。”

姑娘走到门口停下来，让阿尔贝托先出去。毛毛细雨已经停了，可是空气中还有一股湿漉漉的气味，人行道上、马路上显得油光发亮，走起来有些打滑。阿尔贝托让特莱莎走在路的里侧，随后掏出香烟，点燃了一支。他偷偷看了她一眼，只见她慌乱地迈着小碎步，两眼望着前方。他们一直走到交叉路口，两人都没有说话。特莱莎这时停住脚步，说：

“我就到这儿了，我有个女友在另外那条街上。谢谢您。”

“可是有什么要谢的？”阿尔贝托说。

“请您原谅我姑妈，”特莱莎说，她望着他的眼睛，好像较为镇定些了，“她为人很好，总是找个借口让我出来。”

“对，她是非常和蔼可亲的。”

“不过，就是太爱唠叨。”特莱莎口气肯定地说着，就哈哈地笑起来。

“她长得不好看，可是牙齿很漂亮，”阿尔贝托心里想，“‘奴隶’是怎样向她求爱的呢？”

“你跟我出去玩，阿拉纳会生气吗？”

“他跟我不熟，”她说，“这是我们第一次约了出去，他事先没有告诉您吗？”

“咱们为什么不你我相称？”阿尔贝托问道。

他俩站在十字街头，从这里可以望见远远近近四条街的行人。天上又开始落起雨来。一阵阵细雨轻轻洒在他们身上。

“好吧，可以用‘你’，不用‘您’。”特莱莎说。

“用‘您’称呼显得怪里怪气，上了年纪的人喜欢那样讲话。”阿尔贝托说。

两人沉默了一会儿；阿尔贝托扔掉烟蒂，用脚踏灭。

“好啦，”特莱莎伸出手去说，“再见吧！”

“不，”阿尔贝托说，“你改天再去看女友吧，咱们去看电影。”

她神情严肃地说：“你不要因为答应了人家就非得这么做。你真的没有别的事情要办吗?”

“即便有，也没关系，”阿尔贝托说，“何况我真的没有什么事情要办，真的，这是实话。”

“那么好吧。”她说着伸出手，手心向上，一面望望天空。阿尔贝托发现她的两眼非常明亮。

“还在下雨。”

“差不多快停了。”

“咱们去乘快车吧。”

他俩向阿雷基帕大街走去，阿尔贝托又点燃一支烟。

“你刚刚熄掉一支，”特莱莎说，“你抽得很多吗?”

“不多。只有外出的日子才抽。”

“学校里不让抽烟?”

“不让。可是我们偷偷地抽。”

离阿雷基帕大街越近，高大的建筑就越来越多，里弄巷道越来越少。行人一群群东来西往，有几个穿短袖衬衫的小伙子冲着特莱莎喊了几句什么。阿尔贝托扭身要追过去，但是她伸手把他拦住了。

“别去理他们，”她说，“他们总爱说些混账话。”

“不应该打扰一位有人陪伴的姑娘，”阿尔贝托说，“这实在是一种羞耻。”

“你们莱昂西奥·普拉多学校的人都非常好斗。”

他高兴得脸红了。巴亚诺说得有道理：士官生给姑娘们留下深刻的印象，不过不是米拉芙洛尔区的姑娘，而是林塞区的。他开始讲起学校里的事来，他谈起各年级之间的对立情绪，也说到野外演习、小羊驼和母狗玛尔巴贝阿达。特莱莎专心地听着，她特别喜欢那些奇闻趣事。接着她也讲到她在城里一家办公室里工作的情况;

她还告诉他，以前她在一家技术学校学过速记和打字。他们在莱蒙地学校那一站上了快车，在圣马丁①广场下了车。普鲁托和蒂戈刚好站在柱廊下面。这两个家伙从头到脚使劲打量着他和特莱莎。蒂戈朝阿尔贝托笑一笑，又挤挤眼。

“你们没去看电影吗？”

“我们在这儿扎根了。”普鲁托说。

和他们分手后，阿尔贝托听到那两人在背后低声议论。他觉得似乎整个街道上的人，都突然向他投来雨点般的恶意目光。

“你喜欢看什么片子？”他问。

“我不知道，随便什么都行。”她答道。

阿尔贝托买了一份报纸，声音不大自然地念着电影广告。特莱莎高兴地笑着，在柱廊下路过的人都回头望他们。最后他们决定去梅特罗电影院。到了那里，阿尔贝托买了两张池座的票。他想：“假如阿拉纳知道他借给我的钱花在这上面的话……‘金脚女人’那里又去不成了。”他向特莱莎一笑，她也微微一笑。时间尚早，电影院里几乎空无一人，阿尔贝托显得非常健谈，他把街道上多次听到的那些妙趣横生的笑话说给这位和他还不十分亲密的姑娘听。

“梅特罗电影院很漂亮，”她说，“很别致。”

“你以前没有来过吗？”

“没有。我不太熟悉市中心的电影院。我下班的时间晚，六点半才能出来。”

“你不喜欢看电影吗？”

“喜欢，非常喜欢。每个星期日我都去看。不过都是离家不远的

---

① San Martin（1870—1950），阿根廷民族英雄。

电影院。”

电影是彩色的，里面有很多舞蹈节目。跳舞的男演员是个滑稽角色，他总是弄混人家的姓名；他时而绊倒，时而做鬼脸，时而挤鼻子弄眼。“一看就是个娘娘腔。”阿尔贝托心里想，一面扭头望望特莱莎。这姑娘已经全神贯注地投到银幕上去了：她微微张着嘴，两眼紧紧盯着前方，时而露出担心的神情。看完电影，走出电影院的时候，她讲起这部影片来的那样子，好像阿尔贝托没有看过似的。她兴奋地描绘着女演员的服装、首饰；一想起那些滑稽的场景，她就天真地笑了。

“你的记忆力真好，”他说，“那么多细节你怎么能都记住呢？”

“我刚才说了，我非常喜欢电影。一看电影我就把别的什么都忘了，好像到了另外一个天地。”

他说：“可不是吗，我看你好像着了魔。”

他们又上了快车，两人并肩坐下。圣马丁广场上到处是看完电影散场出来的人，在路灯下走着。一辆辆汽车包围着这块四方形的中心。快到莱蒙地学校车站时，阿尔贝托按了一下铃。

“用不着送我了，我可以自己回去。已经占去你不少时间了。”她说。

他说没关系，坚持一定要送。通向林塞区中心的街道已经笼罩上暮色；一些情侣匆匆走过，另一些则停步在暗处，一看到他们，就不再喁喁私语或拥抱接吻了。

“你真的没有什么事情要办吗？”特莱莎问。

“没有，我向你发誓。”

“我不相信。”

“真的。你为什么不信？”

她犹豫了一下，最后终于问道："你有爱人吗？"

"没有，"他说，"我没有。"

"你肯定在撒谎。说不定有过好几个呢。"

"没有好几个，"阿尔贝托说，"只有一两个。你一定有很多情人吧？"

"我吗？一个也没有。"

"假如现在我向她求爱，会怎么样呢？"阿尔贝托想道。

"不对，你一定有过好几个。"他说。

"你不相信我？我告诉你一件事：这是第一次一个小伙子请我看电影。"

阿雷基帕大街和它那无尽无休来来往往的车辆，已经越来越远；街道越来越窄，暮色越来越浓。树叶和枝条上存留的雨珠，从树上滑下来，落在人行道上。

"那是因为你不想有。"

"有什么？"

"不想有情人。"他迟疑了一下，又说，"每个漂亮的姑娘都有她们喜欢的情人。"

"啊，我可不漂亮。你以为我不知道吗？"特莱莎说。

阿尔贝托热情地声称："你是我见过的最美的姑娘之一。"特莱莎回身望望他，喃喃地说：

"你在嘲笑我吗？"

阿尔贝托想："我真笨。"他听着特莱莎踏在石头路面上的小碎步。她迈两步才赶上他一步。他看到她微微低着头，两臂抱在胸前，嘴巴紧闭着。蓝色的缎带显得发黑，同乌黑的头发混在一起，难以辨认；只有经过路灯下面的时候才显出缎带的本色，但是黑暗随后就把它又吞没了。他们默默地一直走到家门口。

“谢谢，多谢，多谢。”特莱莎说。

两人握握手。

“再见。”

阿尔贝托转身走出几步，又折了回来。

“特莱莎。”

她刚要举手敲门，这时惊讶地转过身来。

“你明天有事吗?”阿尔贝托问道。

“明天吗?”她反问道。

“对，我请你看电影。去不去?”

“我没有什么事。多谢你。”

“我五点钟来找你。”他说。

特莱莎等着阿尔贝托走远不见了，才走进家门。

母亲刚一开门，阿尔贝托没有问候就连忙解释。她两眼充满了责备的目光，不住地叹气。母子两人在客厅里坐下。母亲一言不发，生气地看着他。阿尔贝托感到万分无聊。

“原谅我吧，”他再三重复说，“妈妈，你别生气啦。我向你发誓，我极力想快点回来，可是人家不让我走。我有点累了，我能去睡觉吗?”

母亲没有吭声，仍然恼怒地望着他，他心想：“几点钟开始?”没有过多久，她突然双手捂住面孔就悄声哭起来。阿尔贝托摸摸她的头发。母亲问他，为什么让她难过?他起誓说，他爱她胜过一切万物。她说他恬不知耻，真是有其父必有其子。在叹息和祈祷声中，她说起从大街拐角那家商店里买来的糕点和饼干，她称赞这些点心如何精致；说起餐桌上已经放凉的浓茶；说起上帝为考验她的意志和是否有牺牲精神，便在她身上安排了孤独与悲伤。阿尔贝托轻轻抚摸着她的脑袋，然后俯身吻吻她的前额。他想："这个星期六'金脚女人'那里又去不成了。"后来他母亲平静下来，非要他尝一尝她亲手做的饭菜不可。阿尔贝托答应了。在他喝菜汤时，母亲搂着他说："你是我在世界上唯一的支柱。"她告诉他，他父亲在家里待了将近一个小时，向她提出各种各样的建议：去国外旅行、表面上和解、离婚、友好地分居，但是她毫不犹豫地一概拒绝了。

后来他们回到客厅，阿尔贝托请求允许他吸烟。她同意了，但是一看到他点燃香烟，就又哭了。她讲起飞逝的时光，讲起孩子们怎样长大成人，讲起生命是如何的短暂。她回忆起自己的童年，回忆起欧洲之行，回忆起学校里的女友，回忆起那灿烂光辉的青春，回忆起那一个个追求过她的人，以及为了这个如今竭力要毁掉她的男人而抛弃的巨大财富。这时她降低了声音，脸上露出忧郁的神情，开始谈起"他"这个人来。她反复不断地说："年轻时，他可不是这个样子。"她想起过去他那副运动家的气派、他在网球冠军赛中的一场场胜利、他那时髦的衣着、他们去巴西的结婚旅行，以及他们手挽着手、半夜三更在伊巴涅玛海滩上的散步。她突然高声说："那群狐朋狗友把他毁了。利马是世界上最堕落的城市。不过，我的祈祷一定能把他拯救过来！"阿尔贝托默默地听着她讲，心里却想着这个星期六仍然见不着的"金脚女人"；想着一旦"奴隶"知道他和特莱莎一起看过电影会有什么反应；想着那个和埃莱娜在一起的普鲁托；想着军事学校；想着有三年之久不曾再去的老街道。最后，母亲打了呵欠。这时他站起来，道过晚安，就到自己的房间里去了。他正要脱衣服的时候，发现独脚小圆桌上有个信封，上面用印刷体写着他的名字。他拆开来，从里面抽出一张五十索尔的钞票。

“那是他留给你的。”母亲站在门口对他说，她叹了口气又说：“这是我唯一接受的东西。我可怜的儿子，让你也跟着受罪是不公平的！”

他拥抱母亲，把她轻轻托起，抱着她转了一圈，说：“总有一天，一切都会解决的，好妈妈，你要我干什么我就干什么。”她高兴地笑了，说：“咱们谁也不需要。”经过一场爱抚的旋风以后，他请求母亲允许他出去一下。

“仅仅出去几分钟，换换空气就回来。”他说。

她的脸上立刻掠过一片阴影，但她终究还是答应了。阿尔贝托回去系上领带，穿上外衣，梳理一下头发，就出去了。母亲在窗口提醒他：

“睡觉之前，别忘了祷告。”

是巴亚诺把那个女人的绰号带到寝室里来的。有个星期日的深夜，士官生们正在脱掉外出用的制服，从军帽里拿出躲过值班军官检查的香烟时，巴亚诺开始自言自语地说起来，接着他放开喉咙讲到瓦底卡区第四条弄堂里有个女人。他那双金鱼眼像个带有磁性的铁球一样在眼眶里不停地转动着，他所用的词汇和声调是撩拨人心的。

“闭上嘴，小丑，”“美洲豹”说，“你让我们安静一会儿吧。”

可是他仍然一边铺床，一边往下讲。卡瓦从床位上问道：

“你刚才说她叫什么？”

“‘金脚’。”

“大概是新来的，”阿罗斯毕德说，“第四条弄堂里的，我全都认识。这个名字听起来耳生。”

等到又一个星期日回来，卡瓦、“美洲豹”和阿罗斯毕德也说起她来。他们互相用胳膊碰一碰，会心地笑起来。“我怎么对你们说的?”巴亚诺神气地说道，“听我的话没错。”一个星期之后，全班有一半的人认识了这个女人，“金脚”这个名字开始像一首熟悉的乐曲一样在阿尔贝托的耳边回荡。他从士官生口中听到的那些淫荡的叙述，虽然模糊不清，却刺激着他的想象。这个名字常常在梦中出现，它是肉欲的象征，陌生而又矛盾；女人总是那个女人，但容貌经常变换；当他要伸手去触摸的时候，那副模样就消失不见了。那女人的样子使他产生了非常荒唐可笑的冲动，有时则使他感到无限的温柔。于是他想，他要忍耐不住而死了。

阿尔贝托是班上经常谈论“金脚”的几个人之一。但是谁也没有想到，对瓦底卡这块地方的情况他仅仅是耳闻罢了，因为他经常臆想一些奇闻和编造各式各样的故事。但是这些丝毫不能排除他内心的不快。相反，他越是给同学们描述那些风流艳事——同学们哈哈大笑，或者装作毫不怀疑地听着，他就越觉得永远不能和一个女人同睡，除非在梦中。于是他感到很消沉，暗暗发誓，下周外出一定要去瓦底卡，哪怕是偷二十索尔也要去，哪怕是染上梅毒也要去。

他在七月二十八日大街与威尔逊大街交叉的那一站下了车。他想：“我已经年满十五岁，而且外表显得岁数更大一些。我何必要紧张呢?”他点燃一支烟，抽了两口就扔掉了。他顺着七月二十八日大街走去，街上的行人逐渐多起来。穿过利马到乔里约斯的电车铁轨之后，他便来到闹闹嚷嚷的人群之中。这里有男工和女仆，有头发平直的白人和印第安人的混血儿，有走起路来摇摇晃晃好像跳舞似的黑人和印第安人的混血儿，有古铜肤色的印第安人，有满面笑容的黑白混血儿。但是凭着空中散发的地方风味的饭香，以及几乎可以看到的甜酒、烧酒、啤酒和夹肉面包的香味，再加上汗臭和脚臭，他知道他已经来到维多利亚区。

穿过人群拥挤的巨大的维多利亚广场，那个手指向前方的石雕印加国王，使他想起了这位英雄，也想起了巴亚诺的话，他说："曼可·卡巴克①是个嫖客，他指引着通向瓦底卡的道路。"拥挤的人群迫使他放慢了脚步，周围的空气使他感到气闷。街上的灯光好像故意变得微弱而分散，从而放大了男人们可怕的身影。他们不时把脑袋伸到人行道两侧样式一样的窗户里去。在七月二十八日大街与瓦底卡交叉的街口，有家日本矮子开的酒馆。阿尔贝托听到一曲谩骂的交响乐，看见一群男女围着一张摆满酒瓶的桌子，恶狠狠地在互相对骂。他在拐角的地方待了几分钟，然后双手插在口袋里，暗暗窥视着周围的面孔：有些男人的神色是急匆匆的，有些则露出十分快意的模样。

他整理一下衣服，随后走进第四条弄堂——价钱最高的街巷。他的脸上露出一丝轻蔑的冷笑，但是眼睛里显出惶惑的神情。他记得"金脚女人"是第二家，只要再走几米就到了。那个门口已经站着三个男人，一个挨着一个。阿尔贝托从窗户往里一看，只见一盏红灯照亮着一个小小的木板前厅，里面有把椅子，墙上贴着一张模糊难认的照片，窗子下面有只矮凳。"是矮个子。"他心里想，有点失望。这时一只手碰碰他的肩膀。

"年轻人，"一个满嘴散发着洋葱气味的声音说，"你是没长眼

① Manco Cápac，据传为十二世纪中叶印加帝国的创建者。

睛，还是特别机灵？”

路灯仅仅照着里弄的中央，那盏红灯也只照到窗台上，所以阿尔贝托看不清这个陌生人的面孔。这时他才发现这条街上的男人都是贴着墙根走的，几乎一个个都待在黑影里。街道中央反而空空荡荡。

“喂，打算怎么办？”那男人问。

“您是怎么回事？”阿尔贝托反问。

“我倒是没关系，”陌生人说，“不过我也不是傻瓜。别上这儿来找便宜，明白吗？哪儿也不行！”

“对。可是您要干什么？”阿尔贝托说。

“排队去，别想插队。”

“好吧，您别发火。”阿尔贝托说。

他离开窗户，那男人也就不再拦他。他站在队尾，靠墙站着，一支接一支地吸烟，一共抽了四支。排在他前面的那个人进去了，但是很快就出来了。他一边远去，一边嘟哝着什么物价上涨的话。门后边，一个女人说了一声：

“请进。”

阿尔贝托穿过无人的前厅。一扇涂漆玻璃门把另外一个房间与前厅隔开。“我一点也不害怕。我是个成年人了。”他想着，推开玻璃门。这个房间像前厅一样的小。灯光也是红色的，不过更为强烈，更为刺眼；房间里堆满了东西。刹那间，阿尔贝托感到有些迷茫，他的目光扫来扫去，没有注意任何具体的东西，只是看到大大小小的黑影，甚至连那个躺在床上的女人也是飞快地掠过，没有看清她的长相，只是意识到她那前面开口的连衣裙上有些模模糊糊的图案，大概是些花卉或动物。等他觉得镇静了一些，那女人已经坐了起来。

她果然是个矮个子，两只脚刚刚擦到地面；那乱蓬蓬的金黄色鬈发下面露出黑色发根，可以看出染过发；那张脸抹得十分浓艳。她朝他微微一笑。他低下头，看到地上有两条活泼肥胖的珍珠“鱼”，正如巴亚诺说的那样，“不用抹黄油，一口就可以吞下肚”。这两条“鱼”同上面那矮胖的身体很不协调，同那张毫无姿色的嘴巴很不协调，同那双毫无生气的眼睛更不协调。她望着他说：

“你是莱昂西奥·普拉多的，对吧?”

“是的。”

“五年级一班的?”

“对。”阿尔贝托说。

她放声哈哈大笑起来。

“今天八个，”她说，“上个星期不知来了多少个。我是你们的护身符啦。”

“我是第一次来这里，”阿尔贝托红着脸说道，“我……”

又一声哈哈大笑打断了他的话，这一笑比前一次更响亮。

“我这个人不迷信，”她笑声不断地说道，“我干活绝不免费，花言巧语我已经听够了。每天都有人说‘我是头一次来’，真是没脸!”

“不是这个意思，我有钱。”阿尔贝托说。

“这还不错，”她说，“把钱放到床头柜上。快一点吧，士官生。”

阿尔贝托慢慢地脱掉衣服，一件一件地叠好。她毫不动情地望着他。阿尔贝托脱好之后，她不太高兴地爬到床上，解开睡衣，里面只穿了一个玫瑰色的乳罩，有些向下，露出乳房的上部。“她的皮肤真的很白皙。”阿尔贝托想着，倒在她的身上。她立刻用双臂环住他的背，搂紧了他。他听到一阵喃喃的低语，但是最后传来一声咒骂。

“咱们是睡午觉还是怎么着?”她问。

“你别生气,”阿尔贝托结结巴巴地说,“我也不知道这是怎么回事。”

“我可是知道,”她说,“你是个有怪癖的。”

他不好意思地笑了,骂了一声什么。那女人又哈哈地狂笑,一面把他推开,自己坐起。她在床上坐着,用猜疑的目光看了他一阵。阿尔贝托还没见过她的这种神色。

“难道你真是个圣徒?”她说,“躺下!”

阿尔贝托仰面躺在床上,他看到“金脚”跪在他身旁,看到她那光亮微红的皮肤,看到她身后射来的灯光加深了她头发的颜色。这时他想起博物馆里的滑稽人,想起蜡制的娃娃,想起马戏团里的母猴。最后那些象征和其他东西都消失了,仅仅剩下照着他的红灯和一阵阵强烈的渴念。

在高尔梅纳钟楼下面,面对着圣马丁广场,有个开往卡亚俄港的电车终点站,这时是一片雪白军帽的海洋在那里波动。报贩、司机、乞丐和警察站在玻利瓦尔旅馆和罗马酒家前面的人行道上,欣赏着这不断拥来的士官生的潮流:他们从四面八方成群结队汇集到这里,聚在钟楼脚下等待电车到来;有些士官生从附近的酒吧间里出来,妨碍了交通,却用骂人的话回敬着要求让路的汽车司机;他们调戏这时敢于在这条街道走过的妇女;他们在街上晃来荡去,不住地谩骂打闹。士官生们飞快地挤满了电车,小心谨慎的市民们则宁可排到后面。三年级的士官生从牙缝里恶狠狠地低声骂着,因为每当他们刚踏上一只脚要挤上车去,就会感觉到脖子上有一只手,并且听到这句话:“士官生先上,狗崽子靠后。”

“十点半了，”巴亚诺说，“但愿最后一班卡车没有开走。”

“现在刚刚十点二十，”阿罗斯毕德说，“咱们可以按时到达。”

电车里挤得满满的，他们两人只好站着。每个星期日，学校里的卡车都到贝亚必斯塔去接士官生。

“你看，两个狗崽子，”巴亚诺说，“他们互相搂着肩膀，好让别人看不到肩章。真聪明呀！”

“劳驾让一让。”阿罗斯毕德在人群中说，一面向两个三年级士官生占着的座位挤过去。那两人看见他们过来，连忙说起话来。电车已经驶过五月二日广场，这时正穿过漆黑的旷野。

“晚上好，士官生们。”巴亚诺说。

两个小伙子装作不知道是和他们说话的样子。阿罗斯毕德拍拍其中一个人的脑袋。

“我们累极了，你们站起来。”巴亚诺说。

两个士官生照办了。

“你昨天都干什么了？”阿罗斯毕德问巴亚诺。

“差不多什么也没有干。星期六有个晚会，快结束的时候，变成了守灵。最初我以为是过生日，可是一到那里，发现乱成一团，给我开门的老太婆冲我喊着‘快去找大夫和神父’，我只好拔腿就跑。真是一场闹剧。啊，对了，我还到瓦底卡去了，我有点关于诗人的新闻要对全班讲。”

“什么事？”阿罗斯毕德问道。

“我给大家一起讲。这是个玛蜜果①的故事。”

但是他并没有等回到宿舍才讲。学校的最后一班卡车沿着棕榈

① mamey，加勒比海地区的一种水果。

树大街向拉白尔拉区的陡坡爬去。巴亚诺这时坐在自己的手提箱上说：

“大家听着，这辆车好像是咱们班的专用车。差不多全体都在啦。”

“对，黑美人，”“美洲豹”说，“你可得小心点，我们会欺侮你的！”

“有件事你们知道吗？”巴亚诺说。

“什么事？”“美洲豹”问道，“人家欺侮你啦？”

“还没有，”巴亚诺说，“是关于诗人的。”

“怎么回事？”阿尔贝托靠在车厢板上问道。

“你在这里呀？那就更糟。星期六我到‘金脚’那里去了，她告诉我，你花钱让她玩你。”

“呸，我可以免费帮你这个忙。”“美洲豹”说。

有几个人勉强笑一笑，以示礼貌。

“‘金脚’和巴亚诺两人在床上，一定是像咖啡加牛奶。”阿罗斯毕德说。

“上面再加一个诗人，就是一个夹黑人的三明治，一个红肠面包。”“美洲豹”补充说。

“全体下车！”准尉佩索阿大吼一声。卡车已经停在学校门口，士官生纷纷跳下车。进了门，阿尔贝托才想起香烟还没有藏起来。他向后退了一步，这时他惊讶地发现警卫室门前只有两个士兵，一个军官也没有。这实在不寻常。

“那些中尉莫非都死光了？”巴亚诺说。

“但愿上帝能听到你的呼声。”阿罗斯毕德应声说道。

阿尔贝托走进宿舍，房间里黑洞洞的，但是洗脸间的门敞开着，从那里漏出一束微弱的光：已经脱光衣服的士官生们站在衣橱旁边，一个个都好像抹过油。

“费尔南德斯。”有个人喊了一声。

“你好，”阿尔贝托问道，“出什么事了？”

“奴隶”穿着睡衣来到他身边，脸色非常紧张。

“你还不知道吗？”

“不知道，什么事情？”

“偷化学考卷的事被发现了，因为偷的人打坏了一块玻璃。昨天上校来了，他在饭厅里冲着军官们嚷了一通。他们一个个都像发了狂的野兽。那个星期五轮到咱们班夜间值勤的人……”

“对，怎么样？”阿尔贝托问道。

“在没有发现是谁偷的以前，一律不准离校外出。”

“他妈的，他们的心可真坏。”阿尔贝托说道。

五

有一次我想："我从来也没有单独和她在一起待过。假如我到她学校门口等她，那会怎么样呢？"可是我不敢这么做，我对她说些什么呢？再说我从哪里弄到车票钱呢？特莱莎每天到利马城她们学校附近的亲戚家里吃午饭。我早就想中午陪她走到她的亲戚家里，这样我们就可以一起走一段路。去年有个小伙子为了一件手工活给了我十五个雷阿尔，可是一眨眼这点钱什么事都没办就花光了。只好想办法再弄一点钱。有一天我忽然想起，去跟那个瘦子依盖拉斯借一个索尔。他一向请我喝咖啡牛奶，或是一小杯白酒，或者请我抽烟，一个索尔不是什么大事。那天下午，我在贝亚必斯塔广场碰见他的时候，就向他开口借了。"可以，当然可以，朋友之间应当这样。"他回答说。我答应他等我过生日的时候再还账。他笑着说："当然可以，你什么时候还都行。拿着吧。"我把这个索尔装到衣袋里，心中非常高兴。那天夜里我一宿没有睡着，第二天在课堂上总是打呵欠。三天后，我对母亲说："我到秋古依多那里的一个朋友家去吃午饭。”在学校，我向老师请假，要求提前半个小时离校，因为我是最用功的学生之一，老师就同意了。

电车上几乎没人，我没法揩油，幸亏司机只收了我半票。我在五月二日广场下了车。有一次我和母亲到教父家去，经过阿方索·乌加特①大街的时候，母亲告诉我：“特莱莎就在这座大房子里念书。”从此我就记住了。我知道，只要我再见到这座楼房，我就能认出它来。可是我找不到阿方索·乌加特大街，这时我想起我曾经从高尔梅纳大街走过。我一弄明白是怎么回事，就连忙往回跑。就在这会儿我发现那座深灰色的楼房就在波罗内西②广场附近。正好是放学的时间，女学生真多，既有大姑娘也有小女孩。这时我觉得非常不好意思。我转身向拐角的地方走去，躲进一家杂货铺的门里，半藏在橱窗后面向外张望。那时是冬天，我却在出汗。我从远处一看见她，第一个行动就是躲进商店，我的勇气完全消失了。后来我又来到街上，望着她的背影朝波罗内西广场走去。她是独自一人，尽管如此，我也没敢上前。直到看不见她了，我才回到五月二日广场。登上回去的电车时，心中恼火透了。学校已经关上门，时间也还早。我还剩下五十生太伏，可是什么吃的东西也没买。那一整天我的心情都不痛快。等到下午我们一起做功课的时候，我一声也不吭。她问我怎么了，我的脸羞得通红。

第二天我忽然在课堂上想到，应该再去等她。于是我到老师那里，又一次提出请假。“好吧，”老师回答说，“不过告诉你母亲，如果她每天都要你提前回家，那对你的功课可有影响。”这一回因为路已经熟了，在她们放学之前，我就到了学校门口。女孩子们一出来，

---

① Alfonso Ugarte（1847—1880），秘鲁军人，民族英雄。

② Francisco Borognesi（1840—1880），秘鲁军人，民族英雄。

我像前一天一样地害羞，但是我暗暗对自己说：“我要上前，我要上前。”在最后一群学生里面，她出来了，单独一个人走着。我等她稍微走远一些，就跟在她的后面。在波罗内西广场我加快脚步赶上了她。我叫她：“特莱莎，你好。”她有点吃惊，这是从她眼睛里看出来的，但是她回答我说：“你好，你在这儿干什么呐？”她说话的样子非常自然。我不知道该怎么编造好，于是就直截了当地告诉她：“我提前从学校出来，忽然想起要来等你。你问这个干什么？”她说：“不干什么，就是问问。”我问她是不是要去她的亲戚家里，她说：“是的。”她还加了一句：“你呢？”我说：“不知道。要是对你没什么影响的话，我送送你。”她说：“好吧，离这里很近。”她的叔叔住在阿里卡大街。在路上我们几乎没有说什么。我说的每一句话她都应声，但是并不望着我。我们走到一个路口的时候，她对我说：“我叔叔住在那边那条街上，你最好就送我到这里。”我朝她笑一笑，她向我伸出手来。“回头见。”我对她说，“晚上咱们还做功课吗？”她说：“做，做，我有一大堆功课要做。”过了一会儿，她又补充说：“谢谢你来找我。”

“珍珠”小店坐落在草地尽头，位于饭厅和教室中间，靠着学校的围墙附近。这是一间小小的水泥建筑物，外面开着一扇特大的窗户，充做柜台用。每天早晚都可以看到保林诺那张怪脸在那里晃动。他是个混血儿，长着日本人的眯缝细眼，黑人特有的大嘴巴，印第安人特有的古铜色高颧骨、下巴颏和平直的头发。保林诺在柜台上出售汽水、饼干、咖啡、巧克力、糖果和点心，他还在小店后面，也就是说在那个依附着围墙的无顶地堡里，贩卖香烟和烧酒，但是价钱要比市面上贵两倍。此外，在夜间巡逻队来到之前，这里也是越墙外出的理想地方。保林诺睡在围墙旁边的一张草垫子上。夜间，蚂蚁常常从他身上爬过，好像在海滩上散步一样。草垫下面有块木板盖住一个地窖，这是保林诺亲手挖的，用来储藏民族牌香烟和烧酒瓶子，都是他秘密运进学校来的。

每个星期六和星期日，被罚不得外出的学生便在午饭后前来光顾地堡。为了不引起注意，他们三三两两地来到这里。他们趴在地上，保林诺在开地窖的时候，就用扁平的小石头碾死蚂蚁。这个混血儿慷慨大方，但是存心不良。他可以赊账，但要人家首先恳求他，要让他开心。保林诺的地堡很小，最多只能容纳二十多个士官生。里面挤满了的时候，后来的人就躺在草地上，一面拿小羊驼当靶子投掷石块，一面等着里面的人出来换班。三年级的士官生几乎没有机会出席这种娱乐会，因为四、五年级的人会把他们赶出去，或者让他们在外面站岗放哨。娱乐会一开就是几个小时：午饭后开始，晚饭前结束。星期日他们还比较能够忍受惩罚，比较习惯这个不能外出的想法；星期六则不同，因为还怀有一线希望。他们千方百计地打算外出：他们想借助绝妙的谎话感动值班的军官，或者凭着鲁莽，在光天化日之下越墙而去，或者冲出大门。但是只有十分之一二的人能够达到目的。其余的人则只好在空荡荡的校园里徘徊，或者钻到床上，睁着双眼，用胡思乱想去解除心头的烦闷。假如有钱，就到保林诺的地堡去抽烟、去喝酒、去让蚂蚁蚕食。

星期日上午，早饭之后要做弥撒。学校的神父是个性格快活、头发金黄的人，布道的时候总是带着爱国主义色彩。他宣讲伟人们无可指摘的一生；宣讲他们如何信奉上帝、热爱秘鲁；他呼吁要遵守纪律、维护治安；他把军人与传教士相比，把英雄与圣徒相比，把教会与军队相比。士官生们十分敬重这位神父，认为他是个真正的人，因为他们多次见到他身穿便服在卡亚俄港的下流地方闲荡，满嘴喷着酒气，两眼露出邪恶的目光。

第二天的事，他也忘掉了。那天早晨醒来之后，他闭着眼睛，长时间地躺着。门被打开的时候，他再次感到恐惧又占据了心头。他屏住呼吸，暗暗思量，那一定是“他”，是来揍他的。结果进来的是母亲，她显得格外严肃，定睛看着他。“他呢?”“他已经走了。现在十点多了。”他深深地叹口气，坐了起来。房间里充满着阳光。只是在这时他才注意到街上的动静，才听到隆隆的电车声和汽车的喇叭声。他感到非常虚弱，仿佛久病初愈一样。他等着母亲开口暗示昨晚发生的事情。但是她并没有那样做，而是走来走去，假装收拾房间：动动椅子，理理窗帘。“咱们回契克拉约吧。”他说。母亲走到他身旁，抚摸着他。她那长长的手指轻轻地在他头上滑动，然后顺着头发溜到脊背上。这样亲切愉快的感觉使他想起往昔的时光。现在他耳边回荡着的清泉一般的声音，使他想起自己的童音。他丝毫不注意母亲在说什么，话语成了多余的东西，吸引人的是那温柔的乐声。忽然，他母亲说道：“咱们再也不能回契克拉约去了，你要永远和爸爸生活在一起。”他惊讶地望望她，心里想，她一定会因为悔恨而昏倒。但是母亲十分平静，甚至还在微笑。他大声喊道：“我宁愿跟阿德利娜姨妈生活在一起，也决不跟着他。”母亲毫不生气，极力安慰他。她声调严肃地说：“问题是你以前没有见过他，他也不了解你。不过一切都会变好的，你看着吧。等你们两个人互相了解以后，一定会非常友爱，就像别的家庭一样。”他声音嘶哑地说：“昨天晚上他打了我一拳，好像我是大人一样。我不愿意跟他在一块生活。”母亲依然把手放在他的头顶，但已经不是温柔的抚爱，而是一种难以忍受的压力了。母亲说:“他的脾气不好,可是心地善良。要学会和他相处。你也有不对的地方,你一点也不努力亲近他。昨天的事,他对你很生气。你还太小,还不能明白。你将来就会知道我说得有道理,以后你一定会明白的。他一回来,你就为闯进房间的事求他原谅。要想法让他高兴,这是唯一的办法。”他觉得自己的心脏杂乱地怦怦跳动起来,好像是契克拉约老家果园里沸腾鼓噪的青蛙,好像是长着眼睛的扁桃腺体,好像是能伸缩的照相暗盒。他这时才明白:“她是站在他那边的,是个帮凶。”他决定小心行事,因为母亲已经靠不住。现在他是单独一人了。中午,当他听到街门打开的声音时,他走下楼梯,去迎接父亲。他低下头不去看父亲的双眼,说道:“请原谅昨天晚上的事情。”

“她还对你说了些什么?”“奴隶”问道。

“没有别的了,”阿尔贝托说,“这句话你问了我一个星期。你就不能说点别的事情吗?”

“对不起,”“奴隶”回答说,“因为今天恰恰是星期六,她一定会以为我是个爱撒谎的人。”

“既然你已经给她写过信了,她怎么会这样想呢?再说,她怎么想又跟你有什么关系呢?”

“我爱上这个姑娘了,”“奴隶”说,“我不愿意她对我有不好的想法。”

“我劝你想点别的事情吧,”阿尔贝托说,“谁知道咱们还得关多长时间呢,也许得几个星期吧。想女人可没有好处。”

“我和你不一样,”“奴隶”谦卑地说,“我没有毅力。我很想不再挂念她,可是结果除了她,我什么别的也不能想。假如下个星期六再不能外出，说不定我要发疯了。告诉我，她没向你问起我吗？”

“真见鬼，”阿尔贝托回答说，“在她家门口，我只看见她五分钟。我还得跟你重复多少次呀：我和她什么也没有谈。我甚至都没来得及看清她的脸。”

“那你为什么不愿意给她写信呢？”

“因为不愿意，我不想写。”阿尔贝托说。

“我觉得奇怪，”“奴隶”说，“你替所有的人写信，为什么不愿意替我写呢？”

“别人的姑娘我不认识，”阿尔贝托说，“再说，我现在没兴趣写信，我不需要钱花。要是我还得关上不知道他妈的多少个星期，我干吗要写信？”

“下星期六我无论如何要外出，”“奴隶”说，“哪怕是不得不偷跑出去也罢。”

“好吧，”阿尔贝托说，“现在咱们到保林诺那儿去。我烦透了，要喝个醉。”

“你自己去吧，”“奴隶”说，“我留在宿舍里。”

“你害怕吗？”

“不怕，不过，我不愿意人家罚我。”

“他们不会罚你，”阿尔贝托说，“咱们去喝个痛快。谁要是先开玩笑，我就让他脸上开花，这样就太平了。起来，走吧！”

宿舍里的人渐渐走光了。吃过午饭以后，班上被罚不准外出的十个人先是躺在床上吸烟，后来，博阿鼓动一些人到“珍珠”小店去玩。接着，巴亚诺和另外几个人去参加二班组织的赌牌。阿尔贝托和“奴隶”下床锁好衣橱，走出宿舍。五年级的院子里、检阅场和草地上都空无一人。他俩双手插在口袋里，一言不发，默默地向

“珍珠”小店走去。这是一个既没有海风、又没有阳光的平静下午。突然，他们听到一阵笑声，接着就发现几米之外的草丛里有个士官生，帽子一直压到眼睛上。

“士官生们，你们没有看见我，本来我可以把你们都打死。”他嘻嘻地笑着说。

“你不懂得见到上级要敬礼吗?”阿尔贝托说，“立正！他妈的。”

小伙子一下子跳起来，敬了一个礼，马上变得非常严肃。

“保林诺那里人多吗?”阿尔贝托问道。

“不多，士官生先生，十几个人。”

“躺下去吧。”“奴隶”说。

“狗崽子，你抽烟吗?”阿尔贝托问。

“抽，士官生。可是我没有烟卷，不信，您可以搜查。我已经有两个星期没有外出了。”

“小可怜儿，”阿尔贝托说，“真叫人难受死了。拿着吧。”他从口袋里掏出一盒香烟，给那个士官生看了一眼。那小伙子不放心地望一望，不敢伸手去拿。

“拿两支吧，让你看看我是真正的好人。”阿尔贝托说。

“奴隶”漫不经心地看着他们。那个士官生胆怯地伸出手去，两眼一动不动地瞅着阿尔贝托。他拿了两支，嘻嘻一笑。

“多谢，多谢，士官生先生，”他说，“您真是好人呐。”

“没有什么，”阿尔贝托说道，“礼尚往来嘛，今天晚上你来给我铺床。我是一班的。”

“是，士官生先生。”

“咱们快走吧。”“奴隶”这时说道。

保林诺的地堡入口处有一扇镀锌铁板做的门，支在墙上，由于没有固定住，所以只要一阵大风就可以刮倒。阿尔贝托和“奴隶”看清周围没有军官后才靠前。他们在外面就听见了笑声和博阿的高嗓门。阿尔贝托做个手势要“奴隶”别出声，自己则踮着脚尖悄悄向前。他把两手放在门上用力一推：铁皮哗哗响过之后，露出一条空隙，十几张惊恐的面孔出现在他眼前。

“都被捕了！”阿尔贝托高声说，“醉鬼，二流子，堕落分子，全都进监狱！”

他俩站在门槛那里。“奴隶”在阿尔贝托身后，表情显得驯顺而又服从。一个动作敏捷、类似猿猴的人物，从挤在地下的士官生中跳了起来，站到阿尔贝托面前。

“进来，快点，快点，他妈的，不然人家会看见你们。诗人，你别开这种玩笑，早晚有一天会因为你的过错弄得我们大家倒霉。”

“你少跟我来这一套‘你你我我’的，臭杂种。”阿尔贝托说着走进门里。士官生们回头看看保林诺，只见他正皱着眉头，两片肿胀的嘴唇好像牡蛎壳似的张开着。

“小白脸，你是怎么回事？”他说，“你是想要我把你轰出去还是怎么的？”

“怎么的？”阿尔贝托说着躺在地上。“奴隶”在他身边也躺下来。保林诺这时笑得前仰后合，嘴唇打颤，不时地露出那残缺不全的牙齿。

他说：“你把你的小婊子带来了。我们要是强奸了他，你会怎么样？”

“好主意，”博阿喊道，“咱们来玩‘奴隶’吧。”

“干吗不去玩那个猴子保林诺？”阿尔贝托说，“他长得更肥呀。”

“他是逮住我不放了。”保林诺说着耸耸肩膀，在博阿身边躺下。

不知道谁又把门重新关好。阿尔贝托发现拥挤的人堆中有一瓶烧酒。他刚要伸手去拿，保林诺把他拦住了：

“喝一口五个雷阿尔。”

“强盗！”阿尔贝托说道。

他掏出钱包，给了保林诺一张五索尔的钞票。

“十口。”他说。

“就你自己喝，还是也给你那个小娘儿们？”保林诺问道。

“给两个人喝。”

博阿放开喉咙大笑起来。酒瓶在士官生中间传来传去。保林诺估计着每一口的多少，假如有谁超过规定的饮量，他就一下子把酒瓶夺过来。“奴隶”喝了一口，就呛得直咳嗽，两只眼睛充满了泪水。

“这两个家伙一个星期以来形影不离，”博阿指着阿尔贝托和“奴隶”说道，“我很想知道这是怎么回事。”

“好哇，”靠在博阿脊背上的一个士官生说，“打赌好吗？”

保林诺已经处于十分激动的状态，他大声笑着，拍拍每个人的肩膀，不断地说着：“一定的，一定的。”士官生们趁着他蹦蹦跳跳的时候，大口大口地偷着喝酒。三五分钟以后，瓶内就一滴不剩了。阿尔贝托脑袋枕着双臂，望望“奴隶”：一只黑红的小蚂蚁正在他面颊上爬动，他好像毫无感觉，眼睛里闪出一种纯净的光芒，皮肤透出紫红色。“现在弄他一张钞票、一瓶酒，或是一盒香烟，那么马上就会掀起一场轩然大波。大家骂成一团。甘博亚这时如果露面，来闻闻这股气味，我倒是很高兴。”这时保林诺蹲在地下挖土。不一会儿，他双手提着一个钱袋站起身来，一晃动口袋，里面就响起哗哗的钱币声。他整个脸上露出异常亢奋的表情，鼻翼急促地扇动着，青灰色的嘴巴张得大大的，仿佛要吞食什么猎物；太阳穴上的青筋在跳动，汗水沿着那火气十足的脸上淌下。“他马上就会坐下，会像马或狗那样地喘气，会唾沫四下横飞、双手痉挛、喉咙嘶哑：‘把你那个脏手拿开！’会跳呀、唱呀、喊呀、尖声喊叫，会在蚂蚁堆上打滚，会让头上的硬毛落到前额：‘拿开你的手，不然的话，我可要扇你啦。’会躺在地上，把脑袋钻进草丛和沙土；会号啕大哭，最后就一动不动地躺下挺尸。”

“五十个硬币，差不多有十索尔，”保林诺说，“下面还有一瓶烧酒是给第二名的，不过他得请大家喝。”

阿尔贝托把头埋在胳膊里，两眼在黑暗中侦察着一个小小的宇宙，双耳聆听着一片激动兴奋的声音：身体伸屈的声音、吃吃的笑声、保林诺疯狂的喘息声。他翻了一个身，脑袋枕着土地，看到头上有块铅皮和灰色的天空，两者的大小相等。“奴隶”俯身望着他，他不仅脸色苍白，脖子和双手也是白色的：蓝色的静脉血管在皮肤下面显得十分突出。

“费尔南德斯，咱们走吧，”“奴隶”在他耳旁说，“咱们出去吧。”

“不，我要赢那个钱袋。”

这时博阿的笑声越发放肆了。阿尔贝托侧过头看到博阿那两只大皮靴、两条粗腿、卡其衬衫和露出的肚皮、粗壮的脖子和那无神的眼睛。保林诺舔着嘴唇，围着这个由人体组成的扇形兜圈子。他一手拎着那个哗哗响的钱袋，一手提着烧酒瓶子。有人说了一句：“博阿希望把母狗玛尔巴贝阿达带来。”可是谁也没笑。阿尔贝托半闭着双眼，极力回忆着“金脚”女人的脸庞、身材和头发；但是她的形象是难于捕捉的，常常溜掉，让位给一个黑发姑娘。这个姑娘也是跑掉又回来，向他招手，露出一张秀丽的小嘴；毛毛细雨落在她的身上，打湿了她的衣裳；瓦底卡的红灯在那对乌亮的眼睛后面闪闪发光。他骂了一声“他妈的”，“金脚”的大腿出现了，接着又消失不见了。阿雷基帕大街上充满了经过莱蒙地车站的车辆，他和那个姑娘就在那里等车。

“你，还等什么呢?”保林诺生气地说。“奴隶”躺在地上，纹丝不动，脑袋藏在手中。那个混血杂种站在他面前，显得异常高大。“保林诺，玩玩他，”博阿叫道，“你玩玩诗人的未婚妻。我起誓，诗人要是敢动，我就把他打烂。”阿尔贝托看看地面：一群群黑色的小东西爬过栗色的土壤，但是一块石头也找不到。他挺起身，握紧了拳头。

“你要是碰一碰他，我就把你的脸劈成两半。”阿尔贝托说。

“他恋上‘奴隶’了。”博阿说道，不过他的声调说明，他对保林诺和阿尔贝托已经不感兴趣。他的声调是微弱的，被什么堵塞着，显得很遥远。那个混血杂种嘻嘻一笑，张开嘴巴，伸出舌头舔舔嘴唇。

“我一点也不会碰他，”他说，“只不过他太懒了，我来帮帮他的忙。”

阿尔贝托转过脑袋：铅皮成了白色，天空成了灰色，耳边传来一阵音乐，那是黑黄色的蚂蚁在它们的地下宫殿里对话；那座宫殿里有红色的灯光，灯光照耀下的周围的东西是黑黝黝的；那女人的皮肤，从染过的头发直到那双可爱的小脚，好像都被火光吞掉了一样；墙上留下一块巨大的黑斑；那个小伙子有节奏的摇摆好像钟摆一样，在指示着时间，他把地堡钉在地上，不让别人飞起来，不让别人落到瓦底卡那红色的弹簧上，不让别人落到那牛奶加蜜糖的腿上。那个姑娘在细雨中轻快地走着，显得优美而苗条；但是这一次那火热的洪流来了，它在他心中某个点上永远停住，然后从那里开始上涨，通过身体的各个秘密渠道伸出触须，把那姑娘从脑海和血液中驱赶出去，散发出一阵阵芳香、一阵阵酒气。这时他双手摸着肚皮，突然一阵火热冲动的感觉在上升。他看到、听到并且感觉到一种热乎乎的快感在骨骼、肌肉和神经中舒展开来，向那无限的极乐世界冲去，黑红的蚂蚁是绝对进不了那个乐园的。但是正在这时他分散了注意力，因为保林诺躺在离他不远的地方，正在喘息，对博阿说着一些不连贯的话。他重新躺在地上，当他再次观看的时候，眼睛却像针扎一样剧痛起来。“现在臭味要出来啦；几秒钟内，酒瓶就会喝光；然后就该唱起来啦；有人会讲笑话；那个混血儿会伤心起来；我会感到口干舌燥；香烟会使我感到恶心；脑袋昏昏然想睡觉；总有一天我会染上肺病。格拉大夫说，假如一个人跟女人连续睡七次就会得肺病。”

他听到博阿叫喊的时候，并没有动，因为他是一个昏睡在玫瑰色贝壳里的小人，无论是风雨或炎热都无法进入他那隐身的地方。接着，他又回到现实中来：博阿把保林诺按在地上扇耳光，嘴里还高声喊着：“你咬了我一口，可恶的杂种，乡下佬，我宰了你。”有几个人已经坐起来，带着懒洋洋的神气看着这个场面。保林诺不加自卫。过了片刻，博阿把他放开了。混血儿沉重地从地上爬起来，擦擦嘴巴，从地上把钱袋和酒瓶子捡起来，把钱袋给了博阿。

“我是第二个完的。”卡德纳斯说道。

保林诺拿着酒瓶子向他走去。但是阿尔贝托身旁的瘸腿比利亚把他拦住了。

“撒谎，”他说，“不是他。”

“那么是谁？”保林诺问。

“是‘奴隶’。”

博阿停止数钱，一对小眼睛望望“奴隶”，后者仰面躺在那里，双手放在身旁。

“谁能想得到呢，”博阿说，“他是个真正的男子汉。”

“你呢，是头驴，”阿尔贝托说，“别这样子啦。”

博阿哈哈大笑，跳过一具具人体，在地堡里跑了一圈，嘴里喊着：“我尿你们大家。照你们的说法，我博阿只要一次就可以干掉一个娘儿们。”别的人掸掸土，穿好衣服。“奴隶”早已打开烧酒瓶子，喝了一大口，吐在地上，然后把瓶子递给阿尔贝托。大家也喝起来，一面吸着香烟。保林诺坐在墙角，垂头丧气，忧心忡忡。“咱们该出去啦，洗洗手。就要吹哨集合去食堂啦。”“一、二、一，吃完饭，出食堂，回宿舍。”有人会叫唤：“我们参加过比赛。”有人会说：“我们去过混血杂种那里。”“博阿赢了。”博阿会说：“‘奴隶’也赢了。是诗人把他带去的，他居然在比赛中捞了个第二名。”“熄灯号响了，咱们睡觉吧，明天是星期一。不知道还得等多少个星期呢。”

埃米略在他的肩头拍了一下，说：“她在那边。”阿尔贝托抬头一望：埃莱娜半弯着腰从走廊的栏杆上望着他，正在微笑。埃米略用胳膊碰碰他，又重复说：“她在那边。去吧，去吧。”阿尔贝托低声说：“闭上嘴，伙计。你没看见她和安娜在一起吗？”在栏杆上面，那金黄头发的旁边，又露出一个黑发姑娘——埃米略的妹妹安娜。他说：“你甭担心，我来照顾安娜。走吧。”阿尔贝托点点头。他们登上特拉萨斯俱乐部的楼梯。走廊里站满了年轻人，从俱乐部那一头的客厅里传来一阵阵欢快的音乐。“无论发生了什么事情，你都别上前。”他俩一面上楼，阿尔贝托一面低声说，“别让你妹妹打搅我们。你高兴的话，就跟在我们后边，不过可要远一点。”他们走到两个姑娘身旁，她们笑起来。埃莱娜年龄大一些，苗条、温柔、性格爽朗，乍一看不像是那种胆大的姑娘。但是区里的男孩子都认识她。别的姑娘在大街上被包围的时候，会放声哭起来。她们低着头，显得非常拘谨和害怕。埃莱娜则不同：她针锋相对，像头猛兽一样，眼睛里燃烧着怒火，回击来犯者的挑衅。她用响亮有力的声音一一反击每一句嘲讽；要么就采取主动，指名道姓地称呼每个男孩子最难听的绰号，对他们一一发出警告。大家看到，她挺着胸脯，高昂着脑袋，摆出一副凛然不可侵犯的神情；她挥舞着小拳头，抵抗着围攻，最后冲破包围圈，以胜利者的姿态扬长而去。但是这些都已成为往事。因为不晓得从什么时候开始（不知道哪年哪月哪个季节，大概是从七月暑假里，蒂戈的父母为给他过生日而举行的晚会上开始的吧），男女之间对立冲突的气氛开始缓和。男孩子不再吓唬她们，不再拿她们取乐，不再拦住她们的去路。相反，他们看见哪个姑娘来了，会感到高兴，会产生一种胆怯而朦胧的热望。同样，当姑娘们站在劳拉或安娜家的阳台上看见哪个小伙子走过时，她们也不再高声交谈，而是窃窃私语，然后唤着小伙子的姓名表示问候。小伙子本人一方面感到由衷的喜悦，另一方面也察觉到他的到来在姑娘们身上引起的激动。小伙子们躺在埃米略家的花园里时，谈话的内容也变了样。谁还去想足球比赛、长跑比赛和从悬崖到海滩的野游呢？他们一边不间歇地吸烟（已经没有人呛烟了），一边研究如何潜入十五岁以上的人才能入内的电影院。他们猜测下一次舞会上的种种可能：父母让不让放留声机？让不让跳舞？让不让像上次那样一直开到半夜？每个人都讲一讲自己同姑娘们会面和谈话的详情。父母的作用占据了特别重要的地位，有些父母，比如像安娜的父亲和劳拉的母亲，赢得了一致的好评，因为他们向小伙子们打招呼，允许他们和自己的女儿交往，还询问他们的学习情况；另外一些父母则不同，如像蒂戈的爸爸和埃莱娜的妈妈（他们既严厉又多疑），他们经常吓唬和赶走这些男孩子。

“你去看早场的电影吗?”阿尔贝托问道。

他和她沿着海堤肩并肩地走着。他听到背后埃米略和安娜的脚步声。埃莱娜点点头说：“到莱乌罗电影院去看。”阿尔贝托决定再等一个机会：黑影里说起来更容易些。蒂戈几天前就曾经试探过，埃莱娜回答说：“这种事没办法事先知道，不过他要是向我挑明，我也许会同意。”这是一个夏日明朗的早晨，太阳在蔚蓝色的天空上闪耀金光，照耀着旁边一望无际的海洋。他感到颇有勇气，因为兆头吉利。他在如何跟区里的女孩子打交道的问题上一向很自信；他对她们开些意味深长的玩笑，或者是正经严肃地和她们谈话。但是和埃莱娜不易谈得拢，她什么都要争论一番，哪怕是最简单的是与非的问题，也从来不随声附和，她很有主见。有一回，阿尔贝托告诉她，听完传福音，他又去做了弥撒。埃莱娜冷淡地回答说：“没有用。你如果今天晚上死了，也要下地狱。”又有一次，安娜和埃莱娜从阳台上看他们赛足球。比赛结束后，阿尔贝托问她：“我踢得怎么样?”埃莱娜回答说：“非常糟糕。”但是一星期前，区里一群青年男女聚在米拉芙洛尔公园，他们围着里卡多·帕尔马①塑像玩了一会儿。阿尔贝托和埃莱娜一起散步，她显得非常亲热。别的人回头望着他俩说：“多好的一对呀!”

他和她离开海堤，折向胡安·方宁大街，朝着埃莱娜的家走去。

---

① Ricardo Palma（1833—1919），秘鲁诗人。

阿尔贝托已经听不到埃米略和安娜的脚步声了。他说：“咱们在电影院再见好吗?”埃莱娜摆出一副极其天真无邪的样子，反问道：“你也去莱乌罗吗?”他说：“是的。我也去。”在离埃莱娜家不远的拐角处，她向他伸出手去：“好吧，那也许咱们能再见。”科隆大街与迭戈·费雷街交叉的十字路口是街区的中心，这时却十分安静。小伙子们都待在海滩上，或者是特拉萨斯俱乐部的游泳池里。阿尔贝托问：“你一定会去莱乌罗，对吗?”她说：“是的。除非发生什么事情。”“会发生什么事呢?”“不晓得。地震或者这一类的什么事。”她一本正经地说道。阿尔贝托说：“在电影院里，我有话要向你说。”她望望他的眼睛，眨动一下睫毛，显出十分惊讶的样子。“你有话要对我说？什么事情呀?”“到电影院里再说吧。”她问：“为什么不能现在讲?”接着又说：“做事最好尽量提前。”他极力抑制住脸红，说道：“你知道我要对你说些什么?”她显得更加惊讶地回答说：“不，我一点也想不出会是什么事。”阿尔贝托说：“你要是愿意听的话，我干脆告诉你吧。”她说：“应该这样，你大胆地说吧。”

“现在咱们该出去啦。然后就吹号，集合，一、二、一，开往食堂。咱们围着空荡荡的饭桌吃饭。吃完饭，来到空荡荡的院子里，走进空荡荡的宿舍。有人会喊：‘我们比赛过啦。’我会说：‘我们去过混血杂种那里。博阿赢了。’博阿总是第一名。下个星期六他还会第一。吹过熄灯号，咱们就睡觉。明天是星期日，后天是星期一，外出的人就会回来了。咱们从他们手里买些香烟，我用代写书信或编写小说的办法付钱。”阿尔贝托和“奴隶”躺在两张相邻的床上。宿舍里空无一人。博阿和其他被罚不准离校的人都到“珍珠”小店去了。阿尔贝托抽着一截烟头。

"会一直到年底。""奴隶"说。

"什么事情?"

"不准离校。"

"你干吗非说这个他妈的'不准离校'? 闭上嘴,睡觉吧。不准离校的人又不止你一个。"

"这我明白。可是,说不定会把我们一直关到年底。"

"嗯,除非卡瓦被发现。不过他们怎么能发现呢?"阿尔贝托说。

"这不公平,""奴隶"说,"这个山沟里来的小子,他倒是每个星期六心安理得地出去。我们反而关在这里,代他受过。"

"生活就是这么讨厌!没有什么天理公道!"阿尔贝托说。

"到今天为止,我有整整一个月没有外出了,""奴隶"说,"我从来没有被罚过这么长时间。"

"慢慢就会习惯的。"

"特莱莎没有给我回信,""奴隶"说,"我给她写了两封信了。"

"那有他妈的什么关系?"阿尔贝托说,"世界上有的是女人。"

"可是我就喜欢她。别的姑娘我不感兴趣。明白吗?"

"我明白。也就是说,你心里烦恼。"

"你知道我是怎么认识她的吗?"

"不知道。我怎么能知道你的事呢?"

"以前我每天都看见她从我家门前经过,我就从窗户里看着她,有时跟她打招呼。"

"你想她的时候,你怎么样?"

"我总是想见到她。"

"真浪漫呀!"

"有一天,在她经过之前我下了楼,在街口上等着她。"

“你拧她了吗?”

“我走上前，跟她握握手。”

“你对她说什么?”

“告诉她我叫什么名字，也问她姓什么。我对她说：‘认识你我很高兴。’”

“你真是个傻瓜。她对你说什么?”

“她把她的名字告诉我了。”

“你吻过她吗?”

“没有。我从来没有跟她出去玩过。”

“你是个谎话篓子。来，你起誓，从来没有吻过她。”

“你是怎么回事?”

“没事。我不喜欢别人骗我。”

“我为什么要骗你呢?你以为我不想吻她吗?我和她在大街上仅仅待过三四次。就因为这个倒霉的学校，我见不到她了。说不定已经有人向她求爱了。”

“谁呀?”

“那怎么能知道是谁呢?总会有人吧，因为她长得很漂亮。”

“不很漂亮。要是让我说，她很丑。”

“我觉得她漂亮。”

“你真是个娃娃。要是睡觉，我喜欢成年女人。”

“因为我喜欢这个姑娘。”

“我真要感动得落泪了。”

“她如果能等到我念完书，我就跟她结婚。”

“我想你是迷上她了。不过，没关系，如果你愿意，我给你当证婚人。”

“你干吗说这个？”

“你长了一副乌龟相。”

“也许她还没收到我那两封信。”

“可能。”

“你为什么不愿意替我写信？这一星期你给人家写了好几封。”

“因为我不想替你写。”

“你对我有什么意见啦？我怎么让你生气了？”

“不让外出这件事弄得我心烦意乱。你以为只有你一个人因为出不去才烦闷吗？”

“你为什么要进莱昂西奥·普拉多？”

阿尔贝托哈哈一笑，说：“为了挽救家庭的声誉。”

“你说话总是不正经。”

“我现在就很正经，‘奴隶’。我父亲说，我糟踏了家庭的传统。为了改造我，就把我送到这里来了。”

“那你入学考试的时候，为什么不弄一个不及格？”

“那都是一个姑娘闹的，失望了。明白吗？为了我的家庭，也由于灰心，我就进了这个猪圈。”

“你恋上那个姑娘啦？”

“我喜欢她。”

“漂亮吗？”

“漂亮。”

“她叫什么名字？后来发生了什么事情？”

“埃莱娜。没有发生什么事情。再说，我不愿意讲自己的事。”

“我可把我的事都说给你听啦。”

“那是因为你乐意。你要是不想讲，就什么也别说。”

“你有烟吗？”

“没了。咱们去弄一包。”

“我一分钱也没有了。”

“我有两个索尔。起床！咱们到保林诺那儿去。”

“我讨厌那个‘珍珠’小店。博阿和那个混血儿叫我恶心。”

“那么你留下睡觉，我自己去一趟。”

阿尔贝托坐起来下床。“奴隶”看着他戴上帽子，整理好领带。

“我告诉你一件事，好吗？”“奴隶”说，“我知道你会笑我的。不过，没关系。”

“什么事？”

“你是我唯一的朋友。从前我没有朋友，只有一些熟人。我是说从前在家里。这里连熟人也没有。你是我唯一喜欢待在一起的人。”

“这好像是同性恋。”阿尔贝托说。

“奴隶”轻声笑了。

“你很粗野，但是个好人。”他说。

阿尔贝托向外走去，到了门口，他说：“假如弄到烟，我给你带一盒来。”

院子里已经浇湿。阿尔贝托没有发觉，他们在宿舍里谈话的时候，外面正下着雨。他看到远处有个士官生坐在草地上。不知道是不是星期六放哨的那个。“现在我就到混血儿那里去。我们来个比赛，博阿一定会赢，一定会有那种臭味。然后回到这没有人的院子里，走进宿舍以后，一定会有人说：‘我们比赛过。’我就说：‘我们到保林诺那里去了。’博阿赢了第一名，下个星期六博阿还会是第一名。然后，熄灯，睡觉。明天是星期日，后天是星期一，不知道还得关上多少个星期。”

六

他可以忍受那从小就熟悉的孤独和屈辱，那只能伤害他的心灵，可怕的是这种监禁、这种他不曾选择的外部孤独，这是有人强迫他穿上的一种疯人用的紧身衣。他站在中尉的房门前，还没有举手敲门，但是，他知道他会敲的，因为他等待了三个星期才下定决心。他已经既不害怕，也不烦恼了。只是那只手不听使唤、软绵绵地一动不动地贴着裤子。这种事并非第一次。在萨莱西诺学校，大家管他叫“女娃娃”。因为他胆小，人家都吓唬他。课间休息的时候，同学们把他围住，冲着他大喊：“哭吧，哭吧，女娃娃。”他步步后退，直到背脊撞上墙壁为止。一张张面孔向他逼近，喊声越来越大，孩子们的嘴巴好像野兽的血盆大口一样准备咬他。他放声大哭。有一次他想：“我得有点行动。”他在课堂上向全年级最厉害的一个学生挑战。他已经忘记那个人的名字，忘记他的模样，忘记他那准确有力的拳头和大声的喘息。他在垃圾堆上与那个学生相遇的时候，周围站了一群看热闹的观众。他并不害怕，丝毫也不激动，只是感到灰心丧气。他并不回手，也不躲避打击，只是等到对方打累为止。为了惩罚这个懦弱的躯体，为了使它有所改变，他经过一番努力通过了进入莱昂西奥·普拉多的考试。为此，他已经忍耐了漫长的二十四个月。但是，现在他已经不抱希望，他永远也不会像“美洲豹”那样运用暴力建立威信；也不会像阿尔贝托那样不卑不亢，善于伪装，从而没有人敢拿阿尔贝托当牺牲品。对他，人家一眼就能看穿：软弱无力，不能自卫，像个奴隶。现在，他最关心的是自由。有了自由，他便能够按照自己的愿望，驾驭心中的孤独；能够带她去电影院；能够和她单独关在随便什么地方。他举起手，敲了三下。难道瓦里纳中尉还在睡觉？中尉那滚圆的脸上那双肿胀的眼睛像两个烂桃子，头发乱蓬蓬的，正睡眼惺忪地望着他。

“报告中尉，我想和您谈谈。”

雷米希奥·瓦里纳中尉在军官中所处的地位与在士官生中相同：一个不称职的人。他身材矮小，体弱多病；发号施令的嗓音令人发笑；甚至大发雷霆也吓唬不住任何人。准尉们送交报告的时候也不立正，甚至轻蔑地望着他。他指挥的连队是全校最糟的一支。加里多上尉当着众人的面责备他。士官生们在墙上画讽刺他的漫画。据说他在高等住宅区开着商店，由老婆经营糕点。那么，他为什么要进军官学校呢？

“什么事情？”

“我可以进去吗？报告中尉，是件重要的事情。”

“你希望被接待吗？应该按级请示。”

不仅士官生们模仿甘博亚中尉的行动，瓦里纳也学他的样：说话时立正站好，喜欢引用军事条令。但是就凭这双干瘦的手、可笑的胡须和带有黑斑的鼻子，难道就能唬住谁吗？

“报告中尉，我不希望别人知道这件事，因为关系重大。”

中尉把他让进房里。床上乱糟糟的。“奴隶”立刻联想到修道院的斗室，大概也就是这副样子：光秃秃、黑乎乎、阴森森。地上有个烟灰缸，里面放满了烟头，其中一个还在冒着轻烟。

“什么事情?”瓦里纳又追问一句。

“关于打碎玻璃的事。”

“你的姓名和班级。”中尉急忙问道。

“士官生里卡多·阿拉纳，五年级一班。”

“玻璃怎么啦?”

这时轮到舌头畏缩不前了：它拒绝启齿转动。他觉得口干舌燥，舌头像块粗石一样僵硬。是恐惧作怪?“圈子”伤害过他，除去“美洲豹”，最坏的就数卡瓦了。卡瓦抢他的烟，抢他的钱，有一次他在睡觉时甚至朝他身上小便。因此，在某种程度上，他是有权利这样做的。学校里人人尊重复仇行动。尽管如此，内心深处有个声音在责备他。“我背叛的不仅是‘圈子’，而是整个年级，是全体士官生。”他想。

“什么事情?”瓦里纳中尉生气地问他，“你是来看我脸的吗?难道你不认识我?”

“那是卡瓦干的。”“奴隶”说着低下头来，“这个星期六我可以外出吗?”

“什么?什么?”中尉问道，他还没有明白是怎么回事。立刻编个谎话就离开还来得及。

“玻璃是卡瓦打碎的，”他说，“他偷了化学考题。我看见他向教学楼走去的。不准外出的惩罚可以撤销了吧?”

“不行。”中尉说，“再等等看。你先把刚才说的话重复一遍。”

瓦里纳的面孔变成了椭圆形，嘴角露出一丝笑纹，面颊在轻轻地颤动，眼睛里闪出颇为得意的神色。“奴隶”觉得心里平静了下来，仿佛学校、外出、未来对于他来说，都已经无关紧要。据说瓦里纳中尉是个无情无义的人，这是很自然的，因为这里不是他的天地，而且说不定他还讨厌这个地方。

“写吧，”瓦里纳说，“马上就写！这里有纸和笔。”

“写什么？中尉。”

“我来口述，你写：‘我看见士官生——’他叫什么？‘卡瓦，他是某个班的，在某日某时，向教学楼走去，为了非法窃取化学考试题。’写清楚点！‘应雷米希奥·瓦里纳中尉的要求，我特此声明，是中尉发现了这一盗窃犯，以及我胁从……’”

“报告中尉，我没有……”

“‘违心地胁从，所以我是现场见证。’你签字吧。用印刷体写上你的名字，字要大一些。”

“我并没有看见他偷考题，”“奴隶”说，“他只是向教学楼走去。报告中尉，我已经四个星期没有外出了。”

“别担心，一切都由我来办。你用不着害怕。”

“我不害怕。”“奴隶”高喊道，中尉吃惊地抬起头来，“报告中尉，我已经四个星期没有外出了，到这个星期六，就已经是五个星期啦。”

瓦里纳点点头说：“签字吧。我允许你今天课后就外出，十一点返校。”

“奴隶”签了字。中尉念着纸片，眉飞色舞，高兴地翕动着嘴巴。

“会怎么处置他呢？”“奴隶”问道。这个问题很愚蠢，他自己也知道，但是总得说点什么。中尉小心翼翼地用指尖把那张纸捏起，他不愿意弄出皱褶。

“这件事你向甘博亚中尉谈过吗?”片刻前，在他那缺乏棱角而且毛发稀少的脸上所出现的兴奋神情，仿佛突然凝结，提心吊胆地在等着“奴隶”的回答。熄灭瓦里纳心中欢乐的火焰，剥夺掉他那胜利者的神情，真是件轻而易举的事：只要说一声“谈过”就足够。

“报告中尉，没有。没有和任何人谈过。”

“好极了，不必多说啦，”中尉说道，“你等着我的命令。下了课，穿上外出的制服，你来找我。我送你到警卫室。”

“是，中尉。”“奴隶”犹豫了一下，补充说，“我不愿意士官生知道……”

瓦里纳再次立正说道：“一个真正的人应该敢于承担责任。这是在军队里首先要学会的。”

“是，中尉。不过，如果他们知道是我告发的……”

“我明白。”瓦里纳第四次把纸片举到眼前。“他们会把你揍扁。不过，用不着害怕。军官会议总是保守秘密的。”

“奴隶”心里想：“说不定也会把我开除。”他走出瓦里纳的房间。这时谁也不会看见他，午饭后，士官生们都躺在床上或者草地上休息。走到户外，他看见那只小羊驼站在那里用鼻子嗅着空气，显得稳重而又端庄。他想：“这是一种忧郁的动物。”他自己也觉得奇怪：他本应该感到激动或者恐惧，这种告密行为本来应该产生某种身体上的紊乱。他以为罪犯在杀人之后会陷于一种短期的神经混乱，仿佛吞下安眠药一样。可是他只感到冷漠。他想：“我可以在街上待六个小时。我可以去看看她，但是发生的事情，可不能对她讲。”如果能有人谈一谈，他可以理解我，或者至少能够听得进去，那该有多好呀！怎么能信得过阿尔贝托呢？他不仅拒绝替他给特莱莎写信，而且近日来经常惹他生气（当然是两人单独在一起的时候。在别人面前，阿尔贝托还是护着他的），好像对他也有责备的意思。“我谁也不能信任，”他想，“为什么人人都和我为敌呢？”

推开宿舍的两扇门，看见卡瓦站在衣橱旁边，他双手轻微地颤抖了一下——这是他身体上唯一的反应。“要是他看我一眼，就会明白我在背后告发了他。”他想。

“你怎么啦？”阿尔贝托问他。

“没事。你干吗问我？”

“你脸色煞白。快到医务室去，一定会让你住院的。”

“我没病。”

“那没有关系，”阿尔贝托说，“既然罚你不准外出，让你住院，不是求之不得吗？我的脸色要是这副模样，那该多好啊！医务室里吃得好，也睡得香。”

“可是外出的机会就要错过了。”“奴隶”说。

“什么外出？咱们在这里还得待一段时间呢。尽管有人在说，下个星期日也许让全体外出，因为那是上校的生日。那不过是说说而已。你哭什么？”

“没有什么。”

阿尔贝托怎么能这样无动于衷地谈着不准外出的事？他怎么能够习惯这个不让出去的想法？

“除非你打算翻墙出去，”阿尔贝托说，“不过，从医务室出去更容易一些，那里夜间没有人管。但是必须从海岸那边的山上下去，而且有可能像烤肉那样被叉在栏杆上。”

“自从派了夜间巡逻队，跳墙的人已经很少了。”

“以前容易一些，”阿尔贝托说，“不过仍然有很多人出去。乌里奥斯特那个杂种是星期一出去的，第二天早晨四点钟回来的。”

确实，干吗不去医务室呢？为什么要上街呢？大夫，我视线模糊，头痛，心跳加快，出冷汗，我是个胆小鬼。被罚不准外出的人经常设法钻进医务室。在那里可以整天身穿睡衣，饱食终日。但是学校里的大夫和护士越来越严格。光是发烧还不能住院，因为他们知道，把香蕉皮在前额贴两小时，体温就可以升到三十九度。自从“美洲豹”和鲁罗斯的鬼把戏被揭穿以后，仅仅有淋病也不能住院，因为他们把浓缩牛奶掺在尿瓶里送到医务室去检查。“美洲豹”还发明过呼吸困难：在大夫检查之前，极力抑制呼吸，直到憋得流出泪来才罢休，这样连续憋几次，心跳就会加快，就会像大鼓一样地轰鸣。医护人员便诊断为：“心跳过速，入院检查。”

“我从来没有翻过墙。”“奴隶”说。

“毫不奇怪，”阿尔贝托说，“去年我跳过几次。有一次我和阿罗斯毕德去普达参加舞会，吹起床号以前我们才回到学校。到了四年级，日子好过一些了。”

“诗人，你在拉萨叶学校念过书吗？”巴亚诺高声问道。

“念过，怎么啦？”阿尔贝托说。

“鲁罗斯说拉萨叶的人一个个都是同性恋，是真的吗？”

“不是，”阿尔贝托说，“拉萨叶里没有黑人。”

鲁罗斯哈哈笑起来，他对巴亚诺说：“你吃亏了，诗人把你给耍了。”

“黑人，可是比谁都有种，”巴亚诺声称，“谁愿意来试一试，请吧。”

“哎呀，真可怕呀，”有人说，“哎哟，我的妈呀！”

“哎呀呀，哎呀呀。”鲁罗斯唱道。

"'奴隶'，你去试一试。然后给我们讲一讲这个黑人是不是像他说的那么有种。""美洲豹"喊道。

"我可以把'奴隶'一下子劈成两半。"巴亚诺说。

"哎哟，我的妈呀!"

"对你也一样，"巴亚诺高声叫道，"拿出勇气来试一试。我这儿准备好了。"

"怎么回事?"博阿声音嘶哑地问道，他刚刚醒来。

"博阿，黑人说你是个同性恋。"阿尔贝托语气肯定地说道。

"他说他可以证明你是个同性恋。"

"他就是这么说的。"

"他已经糟踏你一个多钟头了。"

"扯谎!"巴亚诺说，"兄弟，你说我能背后说人家坏话吗?"

又一次爆发出笑声来。

"他们在嘲笑你呐?你还不明白吗?"巴亚诺补充说，"诗人，你要是再跟我开这种玩笑，我可要揍扁你。"他提高嗓门说："我警告你，差一点儿，你就在我和这个小子之间挑起一场纠纷。"

"哎呀呀，"阿尔贝托说，"博阿，你听见了吗?他管你叫'小子'。"

"黑人，你打算对我怎么样?"那个嘶哑的声音说。

"没有事，兄弟，"巴亚诺马上回答说，"你是我的好朋友。"

"那你就别再叫什么'小子'了。"

"诗人，我起誓，一定要把你劈成两半。"

"汪汪叫的黑鬼不咬人。""美洲豹"说。

"奴隶"这时心里想："实质上，他们都是朋友。表面上他们又吵架，又骂街，可是心里头，他们在一块很开心。只有对待我好像陌生人一样。”

“她有两条丰满、雪白、光滑的大腿，真是妙不可言，令人产生咬一口的欲望。”阿尔贝托停笔念着这个句子，极力推敲会产生怎样的性感，最后他觉得不错。阳光穿过凉亭的脏玻璃，落到他的身上。他趴在地上，一手支着脑袋，一手拿着圆珠笔，笔尖离那张写了一半的白纸有几厘米高。地面上到处是烟灰、烟头、火柴棍，旁边放着几张活页纸，有些已经写满了字。这座凉亭建在学校旁边的小花园里，里面有个游泳池，水多少年以前就已经排干，长满了青苔，游泳池上空有成群的蚊子在盘旋。没有人真正知道这座凉亭的用途，恐怕连上校校长本人也不例外。它由四根水泥柱子架在离地面两米高的空中，通过一道狭窄的旋梯连接上下。在“美洲豹”用一把特制的撬锁卡钳破门而入之前，大约还没有哪个军官或士官生到过这座凉亭。几乎全班的同学都参加了这把卡钳的制造。大家为这座幽静的凉亭安排了用场：给那些不想上课而打算睡上一觉的人充当隐蔽所。“房间好像发生了地震一样地颤动。那女人呻吟着，揪着自己的头发哼道：‘行了，行了。’但是那男人仍然不肯放开她，继续用那只激动的手摸索着她的身体，边摸索，边深入。那女人像死尸般地静卧时，那男人放声笑起来，那声音仿佛是野兽的呼号。”他把笔叼在嘴上，从头到尾读了一遍，最后又加了一句：“那女人想，这最后轻轻的咬啮才是最甜蜜的部分。一想到那男人第二天就会回来，她心里又高兴起来。”阿尔贝托向这满纸的蓝色字迹扫了一眼：在不到两小时的时间里，他已经写了四篇小小说。他心里很高兴。离下课的哨声还有几分钟。他翻了一个身，把头枕在地上，身体松弛而绵软地躺着。这时，太阳抚摸着他的脸庞，但是用不着闭上眼睛，因为阳光微弱。

他是吃午饭的时候出来的。那时饭厅里突然明亮起来，那令人头昏的嘈杂声也戛然而止。一千五百个脑袋都转向户外：果然，草地上像抹了一层金黄色，附近的建筑物也投出阴影。这是阿尔贝托入学以来，十月份第一次出现太阳。他立刻想起："到凉亭里去写作。"列队的时候，他低声对"奴隶"说："假如点名，你替我答'到'。"一进教学楼，他趁军官不注意，就溜到厕所里去了。士官生们进教室的时候，他赶忙钻进了凉亭里。他一口气写了四页，到最后一页才感到昏昏欲睡，才想起扔掉圆珠笔，去思索一些模模糊糊的事情。几天前他的香烟就抽完了，他想抽凉亭里捡到的烟头，但是刚吸了两口，变质的烟草和尘土就呛得他不住地咳嗽。

"巴亚诺，再念一遍！把最后那部分再念一遍，亲爱的黑人，再念一遍吧。""我那被抛弃的可怜母亲，如果想到她的儿子是生活在这样一群乡巴佬中间，那会怎么样呢？万一她来到这群人中间，听见有人在念《埃莱奥多拉的消遣》，大概不会害怕吧。""巴亚诺，再念一遍。""洗礼已经结束，咱们上街回来，你会比谁都开心，手提箱里装着《埃莱奥多拉的消遣》。我只带回吃的东西，我要是知道有这样的书……"那天，小伙子们坐在床上或者衣橱上，聚精会神地盯着巴亚诺的嘴巴，听这个黑人用火热的语调高声朗读。他时而停下来，眼睛不离书本地等待着——鼓噪声和抗议的吵闹声立刻响起来。"巴亚诺，再念一遍。""我已经想出一个消磨时光而且能赚上几个钱的好办法。""尽管母亲星期六和星期天都在祈求上帝和圣徒，她却把我们大家拖上不幸的窄路；父亲则被那些埃莱奥多拉式的女人迷住了心窍。"巴亚诺把那本黄色的小书读过三四遍之后，就装到自己的军装口袋里去了。他得意地看了一眼周围用羡慕的目光望着他的同学们。其中有个人大着胆子说了一句："借给我看看吧。"马上有五个、十个、十五个人围上来喊道："借给我看看吧，好黑人，好兄弟！"巴亚诺张开那畸形的大嘴笑了。他那活泼异常的眼睛狂喜地转动着，摆出一副胜利者的姿态。整个宿舍的人都围着他，哀求他，恭维他。他反而骂骂咧咧地对大家说："你们这些脏东西，干吗不去念《圣经》或者念《堂吉诃德》?"人人都向他讨好，个个都为他喝彩，大家纷纷说："哎呀，可爱的黑人，你是多么聪明呀，哎呀呀，真了不起呀。"巴亚诺忽然发现此时此刻有赚钱的可能，于是便说："我出租这本书。"这时人人都推搡他，个个都威胁他，有人啐他，有人骂他："臭财迷，癞蛤蟆。"他哈哈大笑，躺倒在床上，掏出《埃莱奥多拉的消遣》，举在心怀敌意的众人眼前，翕动着两片好像蚂蟥一样的嘴唇，装作阅读的样子。"五支香烟，十支行不行，亲爱的巴亚诺，借给我《埃莱奥多拉的消遣》看一看，好不好?""我的妈呀，我早就知道第一个要借的人准是博阿，因为黑人朗读时，他抚摸着玛尔巴贝阿达的样子就可以看得出来，弄得那只狗'嗷嗷'直叫，好不耐烦。这个消磨时光而又赚钱的好主意我那时候就想到了。我有一大堆好主意，只不过没有机会实现罢了。"阿尔贝托看见准尉径直向队列里走来，他用眼角一望，发现鲁罗斯还在埋头阅读：他把书贴在前排那个士官生的背脊上，念起来一定非常吃力，因为字印得很小。阿尔贝托无法通知他准尉过来了，因为这位下级军官不错眼地紧盯着他，像只猫一样悄悄逼近猎物，所以阿尔贝托不可能挪动手脚。准尉弯下腰向前一跳，扑在鲁罗斯身上。后者吓得尖叫一声，《埃莱奥多拉的消遣》就已经被抢去了。"不过，不一定会烧掉或者撕毁。他不应该抛弃母亲，他不应该去追妓女。我们不应该丢掉迭戈·费雷街那座带花园的大房子。我不应该认识街区那些人，不应该认识埃莱娜。不应该罚鲁罗斯两星期不得外出。我不应该动手写小小说。我不应该离开米拉芙洛尔区。我不应该认识特莱莎，更不应该爱上她。巴亚诺大声笑着，但是无法掩饰他的灰心、忧愁和痛苦。他时而严肃地说：‘他妈的，我恋上埃莱奥多拉了。鲁罗斯，就是因为你的过错，我把自己心爱的娘儿们丢了。’士官生们唱着‘哎呀呀，哎呀呀’，一面像跳伦巴舞似的扭动着身体，一面掐巴亚诺的腮帮子和屁股。‘美洲豹’好像中了魔一样地向‘奴隶’扑去，把‘奴隶’举起来，这时大家鸦雀无声，静静地望着。只见‘美洲豹’把‘奴隶’朝巴亚诺身上一扔，说：‘我把这个婊子送给你。’‘奴隶’爬起来，整整衣服，走开了。博阿又从背后捉住他，把他举起来，但是累得他脸红脖子粗，只举了几秒钟，就把他像扔麻袋一样扔到地上去了。‘奴隶’一瘸一拐地慢慢出去了。巴亚诺说：‘真他妈倒霉，我向你们发誓，我真痛苦死了。’我于是说，给我半包烟，我给你写一个比《埃莱奥多拉的消遣》还要好的故事。那天早晨我就知道出事情了。凭着血缘上的联系，或者是上帝的启示，我就知道了。我对她说，妈妈，您和我爸爸之间发生什么事情了？巴亚诺说：‘真的吗？拿着纸和笔，希望天使给你灵感。’她于是说，好儿子，拿出勇气来，一个巨大的不幸落到了咱们头上：他失踪了，他抛弃了咱们娘儿俩。我于是坐在衣橱旁开始写起来，全班的人都围着我，就像黑人念小小说的时候那样。”阿尔贝托用有力的字体每写一句话，七八颗极力伸过来的脑袋就从背后念一句。他停下来，举起笔，昂着头读了一遍。大家纷纷夸奖。有的人提了几条建议，他表示不屑一顾。他越往下写，胆子越大——庸俗的描写让位给大量色情的寓意，但是缺乏具体细节，而且又总是那套循环：前戏、通常的情话、嘴巴、手脚、狂喜、昏迷、器官间的激烈战斗，然后又是前戏，等等。编完之后——正反两面共有十页——阿尔贝托忽然灵机一动，将其命名为《肉体的恶习》。他热情洋溢地念起自己的作品来。宿舍里的人都尊敬地听着，不时冒出一两声低语。最后大家向他热烈鼓掌，还拥抱他。有人说了一声："费尔南德斯，你是个诗人。"其他的人应声说："对，是个诗人。""就在那一天我和博阿洗澡的时候，他一脸神秘地走近我身旁说：'给我写一篇这样的小小说，我花钱买。'好小子，你是我第一个顾客，我永远都会想着你。我说每一页五十生太伏，标点不算，你表示抗议，但最后还是接受了。我们搬了家，于是就真的离开了米拉芙洛尔区和那里的朋友们，开始了我做小说家的生涯，虽然有奸商骗我，但我挣的钱还不算少。"

那是六月中旬的一个星期日。阿尔贝托坐在草地上望着那些在家属陪伴下沿着检阅场散步的士官生。离他几米远的地方有个小伙子，也是三年级的，不过是另外一个班。他双手捧着一封信翻来覆去地读着，脸色很焦急。"是你值日？"阿尔贝托问道。小伙子点点头，指指臂上紫色的袖章，上面绣着"值日"两字。阿尔贝托断言："这比不准外出还糟。"对方说："是的。"后来我们两个一起到六班去，我们躺下来，抽着印加牌香烟。他告诉我说，他是伊盖多人，父亲把他送进军事学校，是因为他爱上了一个出身低下的姑娘。他把那个姑娘的照片拿给我看，还说："我一离开这个学校，就和她结婚。从那天起，母亲就不再梳妆打扮，不再去看望女友，也不再打牌了。每个星期六从家里出来，我就想，她比以前更老了。"

"你已经不喜欢她了吗？"阿尔贝托问道，"你谈起她来，为什么这副样子？"

那小伙子降低嗓门，自言自语似的回答说："我不会给她写信。"

“为什么?”阿尔贝托问道。

“什么为什么?就因为不会。她非常聪明,给我写的信非常漂亮。”

“写封信是很容易的事,”阿尔贝托说,“那是世界上最容易的事了。”

“不,不,想知道说些什么很容易,可是真要说就难了。”

“哼,我一小时内可以写十封情书。”阿尔贝托说道。

“真的吗?”那小伙子定睛望着他,问道。

“我替他写了一封又一封,姑娘也回了信。那个值日生请我吸烟,又请我到‘珍珠’小店去喝可口可乐。有一天他带来八班一个混血儿,问我能不能给他在伊盖多的姑娘写封信。我问母亲,是不是要我去看看他,和他谈谈?她说,只要多祈求上帝就是了。她已经逢七逢九去做弥撒,求神指示。阿尔贝托,你要多行善事,敬爱上帝,长大以后,才不致像你父亲那样受到魔鬼的引诱而堕落。我对他说,可以写,但是要付钱。”

阿尔贝托心里想:“那已经是两年多以前的事啦。时间过得真快呀!”他闭上眼睛,回忆起特莱莎的面貌和身材,心中充满了不安。这是他第一次忍受处罚而不感到凄凉。就连他收到的那姑娘的两封信也激不起他外出的欲望。他想:“她用廉价纸给我写信,字体也不好看。我读过很多比她漂亮得多的信。”那两封信,他在没人的地方看了好几遍。(他把两封信藏在军帽衬里中,就像星期日往学校里带香烟一样。)头一个星期,他收到特莱莎一封信,准备立刻给她回信。但是写上日期以后,他觉得厌烦和不安,不知道该说些什么。任何语言都显得虚假和无用。他撕了几次草稿,最后决定写几行实情作为回信:“由于一场纠纷,我们被罚不得外出。我不晓得什么时候才能出去。收到你的信我非常高兴。我经常想念你。一旦准许上街，我首先要去看你。”“奴隶”到处跟着他，请他吸烟，给他水果和夹肉面包吃，跟他说知心话。无论是在饭厅里、队列中还是影剧厅里，“奴隶”总是设法挤到他身旁来。他想起“奴隶”那苍白的面孔、那忠顺的表情、那乞求赐福的微笑，便感到厌恶。每当看见“奴隶”走近，他就觉得不舒服。这样或那样的谈话总要落到特莱莎身上，阿尔贝托只好装假，扮演一个厚脸皮的角色，而且经常做出友好的姿态，给“奴隶”一些预言性的忠告：“用不着写信求爱。这是当面说、当面讲的事情，那样可以看看对方的反应。下次外出，你就去她的家里，当面表示。”那张消沉的面孔严肃地聆听着，毫无异议地点着头。阿尔贝托心里想：“一旦有外出的机会，一出校门，我就把全部真相告诉他。他已经这样拙笨不堪了，何必再让生活给他增添苦恼呢。我就这样对他说：‘我很抱歉，可是我喜欢这个姑娘。你要是再去见她，我就揍扁了你。世界上有的是女人，你再去找吧。我要去看她，要带她去奈戈切阿公园。’”（这个公园位于防波堤的尽头，坐落在垂直的褐黄色悬崖上。米拉芙洛尔湾的海水喧闹地冲击着崖底。冬天，站在崖顶的边缘，透过迷雾可以看到一幅幻象般的图景：孤寂、深沉的石头海滩。）他想：“我将坐在靠近白木栏杆旁边的最后一条长椅上。”阳光温暖着他的面颊和全身，他不想睁开眼睛，以防那个情景消失。

当他醒来的时候，太阳已经落山，周围已是暮色苍茫。他挪动一下身体，感到背脊的骨头隐隐作痛，头脑昏沉，这是睡在木头上姿势不舒服的结果。由于睡意未消，他还不想起来，他眨眨眼睛，觉得很想吸烟。最后他笨拙地爬起来，四下望望。花园里空无一人，教学楼周围也一片寂静。几点钟了呢？吃晚饭的哨声是七点半。他小心翼翼地察看着四周，学校里死气沉沉。他走下凉亭，急忙穿过花园和教室间的楼房，没有望见一个人。只是走到检阅场上，他才发现一群士官生在追逐那头小羊驼。检阅场的尽头，在离他五百米左右的地方，他猜想那里有些士官生穿着草绿色军装三三两两地在院子里散步，他还隐约听到宿舍里的喧闹声。他非常想抽一支烟。

他在五年级的院子里停住脚步，没有穿过去，反而折身向警卫室走去。这天是星期三，可能有信件。有几个士官生挡在门口。

“让我过去。值星官叫我有事。”

谁也不肯动。

“排队去。”有人说。

“我不是来拿信的，”阿尔贝托声称，“值星官叫我。”

“活该。人人都得排队。”

他只好等着。出来一个士官生，队伍就乱起来，大家都争着往前挤。阿尔贝托心不在焉地看着挂在门上的布告牌，只见上面写着：“五年级。值班中尉：佩德·皮塔卢加。准尉：华金·莫尔特。年级出勤：应到三百六十人；住院医疗八人。特别命令：取消对九月十三日夜间哨兵的禁令。年级上尉签字。”他把最后这部分又念了两三遍，不由得高声骂了一句。警卫室里传出准尉佩索阿追究的声音：

“谁在那里骂人呐？”

阿尔贝托向宿舍跑去，他的心已经急不可耐。在门口他遇到阿罗斯毕德，便高声喊道：

“禁令取消了。上尉发疯了。”

“没有发疯。你还不知道吗？有人背后捅了一刀。卡瓦进了禁闭室。”

“什么？有人把他告发了？谁干的？”阿尔贝托问道。

“嗨，那早晚会知道的。”阿罗斯毕德说。

阿尔贝托走进寝室。像通常发生了重大事件那样，室内的气氛已经两样。他那穿靴子的脚步声在寂静的宿舍里显得颇不寻常。不少眼睛从床上追随着他的背影。他走到自己床边，用眼一扫，发现“美洲豹”、鲁罗斯、博阿都不在室内。隔壁那张床上，巴亚诺正在翻阅讲义。

“知道是谁干的吗?”阿尔贝托问他。

“总会知道的，”巴亚诺说，“开除卡瓦之前，就会知道了。”

“别的人在哪儿?”

巴亚诺把头一摆指指洗脸间。

“他们在干什么?”

“在开会。我不知道谈些什么。”

阿尔贝托起来，走到“奴隶”床边。床是空的。他推开一扇洗脸间的门，觉得全班的眼睛都在背后注视着他。开会的人蹲在角落，围成一圈，“美洲豹”在圈子中央。大家都望着他。

“你要干什么?”“美洲豹”问。

“小便，”阿尔贝托回答说，“我想大概可以吧。”

“不行，”“美洲豹”说，“出去!”

阿尔贝托走回寝室，朝着“奴隶”的床走过去。

“他在什么地方?”

“谁?”巴亚诺眼不离书本地说。

“‘奴隶’。”

“他外出了。”

“什么，什么?”

“下课以后，他就离校了。”

“上街啦？肯定吗？”

“还能上哪儿去呐？大概他母亲病了。”

“告密分子、撒谎专家。我早就知道他摆出那副嘴脸是要去干什么。大概他母亲快死了。我应该马上到洗脸间去说，‘美洲豹’，告密的人是‘奴隶’。你们起床也没用，他已经上街去了。他让大家都以为他母亲病了。你们不必绝望，时间过得很快，让我加入‘圈子’，我也想替卡瓦报仇。”但是卡瓦的面孔已经消失在一片云雾中，这片云雾还卷走了“圈子”和寝室里的其他士官生，冲散了片刻前他满腔的愤怒与轻蔑。但是到最后，云雾吞食了云雾，脑海里浮现出那副强装笑脸的忧伤面容。阿尔贝托走到自己床边，躺下来，在口袋里翻找，只摸到一些烟丝。他骂了一声。巴亚诺从书本上抬起头来，看了他一秒钟。阿尔贝托把一只胳膊放在脸上，他感到心中充满了焦急，感到皮肤里的神经在痉挛。他模模糊糊地想到，总会有人以某种方式发现地狱就设在他的心中。为了掩饰这种心情，他故意大声打了个呵欠。他想：“我真是个笨蛋。今天晚上他就会回来把我叫醒。我早就知道他会摆出怎样一副嘴脸。我好像看到他已经来了，好像看到他对我说：‘背信弃义的东西，你竟然请她去看电影，竟然给她写信，她也给你写信，可你什么也不对我讲，你总是让我谈她，可你却……’但是不等他开口，不等他叫醒我，不等他挨上我，不等他到我的床边，我就扑到他身上，把他摔倒在地，毫不留情地揍他，一面高喊：‘大家快起来，我逮住了告发卡瓦的坏蛋！’”这样或那样的想法纠缠在一起，宿舍里依然静悄悄的，真是令人不快。假如他睁开眼睛，他会通过衣袖与身体间的空隙看到一部分寝室的玻璃窗，看到天花板，看到室外几乎完全黑下来的天空和路灯的闪光。“他也许已经到了那里，也许正在下公共汽车，也许正走在林塞区的大街上，也许正和她在一起，也许晃着那副令人厌恶的嘴脸在求爱。好妈妈，但愿他永远也别回来，你就永远被扔在阿尔甘弗莱斯区的房子里吧。我也要扔下你了，我要去美国旅行，从此再也没有人知道我的消息。但是在这之前，我发誓一定要把他那张蛆虫脸打烂，一定要把他踩扁，一定要告诉大家，你们看这个告密分子落得什么下场，你们闻一闻，摸一摸，拍一拍。然后我就去林塞区，对她说：'你是一个只值四个雷阿尔的可怜虫，你跟我刚才痛打的这个告密分子正好合适。'"他直挺挺地躺在吱吱作响的窄床上，两眼瞪着上铺的垫子，它仿佛要挤破那编成菱形的钢丝网，直落到他身上，要把他压扁似的。

"现在几点钟了？"他问巴亚诺。

"七点。"

他起身向外走去。阿罗斯毕德站在门口，双手插在衣袋里，好奇地看着两个士官生在院子中央高声争吵。

"阿罗斯毕德。"

"什么事？"

"我要外出。"

"这跟我有什么关系？"

"我去翻墙。"

"你去好啦，"阿罗斯毕德说，"你去和夜间哨兵说一下。"

"不是晚上走，"阿尔贝托回答说，"我要马上出去，队伍集合去饭厅的时候，我动身。"

阿罗斯毕德这时颇感兴趣地看看他。

"我一定要出去，"阿尔贝托说，"事情非常重要。"

"你有约会，还是舞会？"

“你点名时没有我，行吗?”

“不知道，”阿罗斯毕德说，“如果你被发现，我也跟着倒霉。”

“只有一次集合了，”阿尔贝托固执地说，“只要你在点名簿上写个‘全到’就行了。”

“好了，就这样吧，”阿罗斯毕德说，“假如再有集合，我就算你出席。”

“谢谢。”

“你最好从操场那边出去，”阿罗斯毕德说，“你赶快藏起来，马上就要吹哨了。”

“好吧，我知道了。”阿尔贝托说。

他回到宿舍，打开衣橱。还有两个索尔，足够乘汽车的了。

“头两班的哨兵是谁?”他问巴亚诺。

“拜纳和鲁罗斯。”

他同拜纳谈了一下，后者答应算他“出席”。然后他来到洗脸间。那三个人还蹲在那里，“美洲豹”一看见他就站了起来。

“你难道没懂我的话吗?”

“我要和鲁罗斯说两句话。”

“和你妈说去！走开!”

“我马上要去翻墙。我想让鲁罗斯算我‘出席’。”

“马上走?”“美洲豹”问。

“对。”

“好吧，”“美洲豹”说，“卡瓦的事你知道了吗？是谁干的?”

“要是我知道的话，我早把他揍了。你以为我是什么样的人？你总不会把我当成告密分子吧?”

“我希望你不是，”“美洲豹”说，“为了你自己好。”

“对付告密分子轮不到别的人，让我来干好了。”博阿说道。

“你闭上嘴。”“美洲豹”说。

“你给我带一包印加烟来，我就算你‘出席’。”鲁罗斯说。

阿尔贝托答应了，他一进宿舍就听到哨子响，准尉在下令站队。他拔腿便跑，像闪电一样从尚未成形的队伍中穿过庭院。他沿着检阅场猛跑，双手捂着红色肩章，免得被别的年级的军官截住。三年级的队伍已在楼前集合完毕，阿尔贝托不再跑步，而是急步走着，显得十分从容。他从年级军官面前走过时，敬了礼，中尉机械地还了礼。当走进操场、远离楼房时，他大大地松了一口气。他绕过士兵住的棚子，听到里面传出说话和骂人的声音。他贴着学校的栅栏一直跑到尽头拐角的地方。那堆砖头瓦块还在那里放着，那是以前翻墙的人用来垫脚的。他卧倒在地，仔细望望长方形足球场那边的宿舍楼。他什么也没有看见，但是听到哨声：部队正向饭厅走去。棚子附近也没有发现什么人。他没有起身，而是蹲在地上捡来砖头一块块码在墙角下边。会不会向上爬的时候没有力气？他以前总是从“珍珠”小店旁边越墙而过。他向四周最后望了一眼，猛地跳起来登上砖堆，伸手向上爬去。

墙壁凹凸不平，阿尔贝托弓身屈臂，终于爬到墙头。他放眼一望，田野几乎完全笼罩在黑暗中，远处是沿着进步路种植的一排线条优美的棕榈树。几秒钟后，他开始翻墙，这时他两眼只看到墙壁，双手紧紧地抓住墙缘。“这下子可好，我凭着上帝起誓，‘奴隶’，你要为这一切付出代价。你要当着她的面，为我付出代价。假如我滑下去摔断一条腿，赶快通知我的家人；要是父亲来了，我就告诉他到底发生了什么事：因为翻墙外出，人家把我开除了。可是，你从家里跑出去逛妓院，那就更坏。”他慢慢向下爬着，双脚紧紧蹬住粗糙的墙壁，两个膝盖也紧紧贴在突出的地方。阿尔贝托在上面像只猴子一样缩成一团。现在，只要选中一块平地就行了。接着，他纵身一跳。落地后，他向后一滚，紧闭着双眼，恼火地摸摸脑袋和膝盖，然后翻身坐起，活动一下身体后站了起来。他开始跑起来，脚下踩着庄稼，穿过一片农田，踏进松软的土地，时而感到枝叶划过脚面，不少茎叶被他的靴子踢倒。“任何人看见了我的军帽和肩章都会说，看那家伙横冲直撞的样子，大概是逃学的士官生，就像我父亲那样。既然我去过‘金脚’女人那里，我就可以对母亲说：‘妈妈，行了，你就答应他吧，你已经完全老了，信你的上帝就行了。’可是你们两个要为我翻墙这件事付出代价，那个老妖婆姑妈、那个拉皮条的女人、那个老裁缝、那个可恶的东西，都要付出代价。”汽车站上一个人也没有。公共汽车擦身而过，他不得不飞身抓车。他挤在乘客之中，再度感到心中异常平静。车窗外面，夜幕刚刚降临，周围已经漆黑一片，看不到任何东西。但是他知道汽车正穿过旷野、农田、工厂、铁皮与纸板盖成的破烂贫民窟，最后开进了斗牛广场。“‘奴隶’走进她家的门说：你好。满脸堆着胆怯的微笑。她对他说：你好，请坐。老妖婆于是出来说话，她说：先生，你好。随后就上街去了，留下他和她单独在家里。他对她说：我来这里是因为……是为了……你想想，明白了吧。我写信给你说……她于是说：啊，你说的是阿尔贝托，对，他带我去看过电影，也不过如此，后来我给他写过信。他说：哎哟，我为你发了疯。他俩于是接吻、接吻、接吻……上帝呀，你就让他俩在我进门的时候接吻吧。我的天主，你就让他们赤条条地搂抱在一起吧。”在阿方索·乌加特大街，他下了车，向波罗内西广场走去，周围是正从咖啡馆出来或者就待在街头巷尾的公务员和职工，他们三五成群，说说笑笑，一片嗡嗡声。

他穿过车水马龙的十字路口，来到波罗内西广场。广场中央，在高高的纪念碑上竖立着一尊英雄铜像，他是被智利的子弹射中倒下的，现在，他站在远离灯光的黑暗中。“对着祖国神圣的旗帜，想着英雄先烈的鲜血，你们宣誓。沿着悬崖海滩我们往下爬，普鲁托这时对我说，往上看，埃莱娜在上边。我们宣誓，我们齐步走；部长在擦鼻涕，在抓耳挠腮。我可怜的母亲，你再也别玩牌了，再也别参加舞会了，再也别请人吃饭了，再也别外出旅行了。爸爸，带我去看足球吧。孩子，足球是黑人的体育，明年我让你当上划船俱乐部的会员，做个荡桨手。说完他就带着像特莱莎的妓女走了。”他顺着科隆林荫路向前走，这里人烟稀少，给人以隔世之感。那一座座十九世纪的正方形住宅，说明这条街已经错过一个时代。那里面住着仅只外表华丽的家族，建筑物的正面刻满了大量的题词。这条林荫路上没有车辆，只有残破的长凳和塑像，接着，他登上来自米拉芙洛尔区的快车，车上灯火辉煌，亮堂得如同一辆雪白的冰车。他周围的人并不说笑。他在莱蒙地学校那一站下了车，沿着林塞区那些黑暗的街道走着。这里店铺稀落，路灯昏暗，家家户户处于黑暗之中。“你居然说从来也没和任何一个小伙子出去过。这回看你说什么？总而言之，你摆出一副上帝安排好的嘴脸，还说什么梅特罗电影院很漂亮。算了吧！咱们看一看‘奴隶’会不会带你去市中心看日场，会不会带你去公园、去海滩、去美国，每个星期日会不会带你去乔西卡。咱们就碰上了这样的事。妈妈，我得告诉你一件事：我恋上一个出身卑贱又好虚荣的姑娘。她对我不忠，就像我父亲对你不忠一样，不同的是我们还没有结婚，我还没有正式向她求爱，我什么都没做呢。你看怎么办？”他来到特莱莎家那条街的拐角处，紧贴着墙壁躲在黑影里。他向四周望一望，街道上空无一人。身后，从住宅里面传出一阵搬动东西的声响，有人在整理（也许是弄乱）橱柜之类的东西。他做得从容不迫。他摸摸头发，轻轻梳一梳，用一根指头碰一碰分缝，发现依然整齐完好，便掏出手帕擦擦前额和嘴巴。他又理了理上装，然后抬起右脚来，用左腿的裤管擦擦右脚的皮鞋头，擦完之后又擦左脚的。“我马上就进去，跟他俩握握手，然后笑着说：请你们原谅，我只待一分钟。特莱莎，请把我那两封信还给我。这是你的信，你也拿回去。‘奴隶’，你先别着急，咱们随后再谈，这是男人之间要解决的事。为什么要当着她的面闹纠纷呢？你说，你算不算男子汉？”阿尔贝托站在门前的三级水泥台阶下面。他侧耳听了听，什么也听不到。但是他们一定在里面，因为有灯光从门缝里漏出来。几秒钟前，他曾感到有个无形的东西触动了他一下，好像一只手想找个安放的所在。“将来我驾驶着敞篷的小轿车，穿着美国造的皮鞋和细麻布衬衫，抽着烟丝金黄的香烟，披着皮夹克，戴着一顶有鲜红羽毛的礼帽，来到这里，按按喇叭，请他俩上车。并且告诉他们，我昨天刚从美国来，咱们去兜一圈，然后到我那个位于奥兰地亚区的房子去，我希望你们见见我的妻子，她是美国电影明星。我毕业那年，我们在好莱坞结的婚。来吧，来吧！上车，‘奴隶’。上车吧，特莱莎。你们想听收音机吗？”

阿尔贝托敲了两下门，第二下更重一些。片刻后，他看见门楣上露出一个女人的侧影，一个面目不清、没有声响的身影。屋里射出的光线仅仅照到姑娘的肩膀和颈部。她问了一句：“谁呀？”阿尔贝托没有回答。特莱莎稍稍向左面让开一些，一束柔和的光线照在阿尔贝托脸上。

“你好，”阿尔贝托说，“我想和他谈一谈。事情非常紧急。请你叫他一下。”

“你好，阿尔贝托，”她说，“我没有认出你来。请进，快进来。你吓了我一跳。”

他走进屋内，脸上的神情非常严肃，一面向四下望望：屋子里没有人，把房间分成两半的布幔在轻轻摇动。他看到那后面有张大床，上面乱糟糟的，旁边有张小床。他脸上的表情柔和下来。他转过身，看见特莱莎正在关门，背脊对着他。阿尔贝托注意到，她在转身之前，很快用手拢拢头发，接着又理理裙子的皱褶，然后才转过身来。突然，阿尔贝托发现，几个星期来他朝思暮想的那张脸上呈现出果断的神色，这在梅特罗电影院里，他是没有见过的。就是在告别的时候，他看到的也只是一张拘谨的面孔，一双不断回避着他的胆怯的眼睛，好像由于夏日阳光的刺激而不断眨动着。这时，特莱莎轻轻一笑，好像有些慌乱：她的两手握紧了又松开，一会儿放在胯骨上，一会儿撑在墙上。

“我是从学校里偷跑出来的。”他说着低下头来，脸色绯红。

“你是偷跑出来的?”特莱莎张开嘴巴，但是再也没有说出什么，只是焦急地望着他，两只手又重新紧握在一起，距离阿尔贝托只有几厘米远。“告诉我，出什么事情了? 好，你先坐下，家里没有别人，我姑妈出去了。”

他抬起头来，对她说：“你和‘奴隶’见过面吗?”

她眼睛睁得大大地望着他说：“谁?”

“我是说，里卡多·阿拉纳。”

“啊，住在拐角的那个小伙子。”她说道，好像平静下来了，并且又轻轻一笑。

“他来看过你吗?”他又追问一句。

“看我?”她说，“没有。干吗问这个?”

“说实话，”他提高了嗓门说道，“你为什么要对我撒谎呢？就是说……”他停下来，咕哝了一句什么，闭上了嘴巴。特莱莎十分严肃地望着他，几乎不动声色，双手静静地放在身体两侧，但是眼睛里流露出一种新的因素、尚未肯定的因素和一种调皮的目光。

“你干吗要问这件事？”她的声音非常柔和、缓慢，还包含着隐隐约约的嘲讽。

“‘奴隶’今天下午离校外出了，”阿尔贝托说，“我原来以为他是出来看你的。听他的说法，大家以为他母亲病了。”

“他为什么要上这里来？”她问。

“因为他爱上了你。”

听到这里，特莱莎整个脸庞容光焕发：面颊、嘴唇、前额显得整洁明亮，一缕黑发在前额上轻轻飘动。

“以前我不知道，”她说，“我只不过和他谈了一小会儿。但是……”

“我是因为这个才跑出来的，”阿尔贝托说道，他沉默了片刻，张着嘴巴，最后才添了一句，“我很嫉妒，因为我也爱上了你。”

七

她总是那么干净漂亮，所以我常常想：怎么别的姑娘从来不是这样呢？她并不经常换装，正相反，她的衣服并不多呀。我和她在一起念书的时候，她只要手上沾了墨水，便把书本扔下，去洗手。假如墨水落到作业本上，哪怕是一小滴，她也要扯下那一页，重新做过。我对她说："你这样做就太浪费时间了。最好还是擦掉吧。你去借一片刮脸刀片，回来一刮，一点也看不出来。"她不接受我的劝告。这是唯一使她恼火的事。她的太阳穴猛跳，鬓角在黑发的保护下好像心脏那样颤动，嘴巴也噘了起来。但是从水龙头那里一回来，她又是满面笑容了。她穿的学生制服是一条蓝裙子搭配一件雪白的罩衫。看见她从学校回来，我常常想："她的衣裳一处皱褶、一点脏痕也没有。"她还有一件花边领的齐肩无袖方格连衣裙，穿的时候，在外面罩上一件肉桂色的毛坎肩，而且只扣最下面的一个纽扣，走起路来，两片对襟轻轻舞动，看上去实在妙不可言。这是件星期日穿着走亲戚的衣服。星期日是最苦的日子：我很早便起床，来到贝亚必斯塔广场，要么坐在长凳上，要么去看电影剧照，同时还得丝毫不放松对她家的监视。她们只要出来，就不可能躲过我的视线。别的时候，特莱莎常去面包房买东西，那是中国人笛楼开的，就在电影院隔壁。我一看见她，就说："你看多巧呀！咱俩经常在这儿碰上。"如果人多，特莱莎就留在外面，我挤进去。笛楼这个中国人是位好朋友，总是先来接待我。有一次，笛楼看见我们两个走进店铺，就高声说："啊，未婚夫妇来啦。还照以前那样吗？每人两片热面包干？"正在买东西的顾客听了便笑。她脸色变得绯红。我赶忙说："好啦，笛楼，别开玩笑了，快去忙生意吧。"可是星期日面包房不开门。我就在贝亚必斯塔电影院的前厅里，或者是公园的长凳上，注意着她和她的姑妈。她们经常等候通往海岸的公共汽车。有时我装作无意的样子，双手插在口袋里，吹着口哨，脚下踢着石子或瓶盖，从她们身旁经过。我并不停住脚步，就向她们打招呼："早上好，太太。特莱莎，你好。"我继续望着前方，走进家门，或者一直走到萨恩斯·培尼亚，因为只好如此。

星期一晚上，她也穿那件方格连衣裙和毛坎肩，因为她姑妈带她去贝亚必斯塔电影院看妇女专场。我跟我妈说了一声"我去借个作业本"，就来到广场上等着散场。我常常看见她和她姑妈一路上评论着影片，走了过去。

有些时候，她还穿一条咖啡色的裙子。这是条旧裙子，颜色已经褪掉五成。我经常看见她姑妈在缝补这条裙子。她缝得实在好，补的地方几乎看不出来，因为她是个裁缝呀。有时，是她自己补这条裙子，那是放学回来，她还穿着校服。为了不弄脏这身制服，她在椅子上先铺一张报纸。穿这条咖啡色的裙子时，她就配一件只有三颗纽扣的白衬衫，只扣着下面两个纽扣，她那丰满而微红的脖子就露在外边。冬天，在那件白衬衫外边，她也套上那件肉桂色的毛坎肩，一个纽扣也不扣。我常想：“她收拾打扮的本事可真不小！”

她只有两双皮鞋，她的本事也就有些无用武之处了，不过，当然总可以有所发挥。上学的时候，她穿一双有带子的黑皮鞋，看上去像是男鞋。她虽然脚小，却装作合适的样子。这双鞋她总是保持锃亮，一点灰尘和污斑都没有。大概她一回家就马上脱下来擦拭。因为我看见她走进家门的时候，脚上穿的是黑皮鞋，可是过了不久，我到她家念书的时候，她已经穿上了白色的皮鞋，那双黑的正放在厨房门口，但是像镜子一样闪光发亮。我想她并不是每天都上鞋油，但是一定会拿布擦拭一番。

她那双白皮鞋是旧的。她心不在焉的时候，就双腿交叉，一条腿跷在空中，我看到鞋底有好几处地方已经磨损。有一次她一脚踢在桌子上，痛得尖叫起来。她姑妈连忙跑来，给她脱下鞋子，轻轻揉搓那只脚。我注意了一下，发现皮鞋里面有一块双层的硬纸，我这才明白：“鞋底原来是透的。”有一次，我看见她擦这双白皮鞋。她小心翼翼地用一支粉笔一块块地涂抹这双鞋，就像做作业一样，因此，她能使这双鞋显得崭新，但是为时很短，因为只要跟什么东西一碰，白粉脱落，鞋上便满是黑斑了。所以我想：“假如我有很多很多的粉笔，她的皮鞋就可以保持洁白了。她可以口袋里带着一支粉笔，什么地方一掉颜色，掏出粉笔一涂就行了。”我们学校对面有家文具店，一天下午，我去问了一下一盒粉笔的价钱：大盒的六个索尔，小盒的四个索尔五十生太伏。我没有想到会这么贵。我不好意思再向瘦子依盖拉斯借钱，因为上次那个索尔我还没有还给他。我们的关系比过去更亲密了，虽然只是偶尔在从前那家小酒馆里见一面。他给我讲笑话，问我学校里的事，请我抽烟，教我吐烟圈，教我把烟憋住，再从鼻子里喷出去。有一天我鼓起勇气说，我要借四索尔五十生太伏。他说："当然可以，伙计，你借多少都行。"他把钱给了我，根本不问我干什么用。我跑到文具店，买了一盒粉笔。我原来打算对她说："特莱莎，我给你带来一件礼物。"走进她家大门，我仍然想这样说；可是一看见她，我就推翻了那个想法，只是说："学校里送给我这么一盒，可是我用不着粉笔。你需要吗?"她说："当然需要啦。你给我吧。"

我认为世界上没有魔鬼，可是"美洲豹"常常使我产生怀疑。他说，他不相信有鬼。不过那是撒谎，纯粹是装腔作势。那一回阿罗斯毕德由于说了不敬圣罗莎的话，就挨了他一顿打，于是暴露了他的本相。他说："我母亲是圣罗莎的虔诚信徒，说她的坏话，就像说我母亲的坏话一样。"这纯粹是故作姿态。魔鬼一定也长着"美洲豹"那样的一张脸，也是像他那样地笑。不同的是他没有犄角。他说："事情已经被发现，他们要来抓卡瓦。"我和鲁罗斯非常紧张，连话都说不出来了，他却在那里哈哈大笑。他是怎么猜出来的呢?我常常做这样的梦：我从他背后慢慢靠近，一拳把他打倒，踢翻在地，砰，啪，啪嚓。我想看看他醒来以后会怎么样。鲁罗斯一定也这样想过。那天下午他对我说："'美洲豹'是只野兽，博阿是个野人，真是少有的两个宝贝。你看他是怎么猜出那个山里人的事的?他是怎样地笑呀?"如果倒霉的是我，他一定会笑破肚皮。可是他后来急得像发了疯，那并不是为那个山里人，而是为他自己。"他们这是冲我来的，可是他们不晓得是在跟谁交手。"但是关禁闭的是卡瓦，这真让我毛骨悚然，假如当时的骰子挑中了我呢?我真希望有人能把"美洲豹"整一整，看看他是怎样的一副嘴脸。可是从来没有人能治他，这实在令人生气。他什么都可以猜得出来。据说动物能凭嗅觉了解事物，它们一闻，好啦，要发生的事情就从鼻子里吸进去了。我母亲说：“一九四〇年发生地震的那一天，我就知道要出事，因为街上的狗突然发了疯，到处乱跑、乱叫，它们好像看见了头上有角、满脑袋钢丝头发的魔鬼一样。过了不大工夫，地震就发生了。”“美洲豹”也是那样，也摆出那样的一副嘴脸。他说：“有人告密了。我对着圣母起誓，一定是有人告密了。”瓦里纳和莫尔特根本就没有露面，根本就没有听见他们有任何动静，一点也没有。直到卡瓦被关进禁闭室之前，还没有任何一个军官或准尉发觉这桩事。真是丢脸！三个星期以来，他一直可以外出上街。肯定是哪个士官生干的。真恶心！也许是哪个狗崽子，也许是四年级的人。他们也是狗崽子，不过大一些，懂事一些罢了。其实，仍然是狗崽子。我们之所以没有落到狗崽子那个地步，要归功于“圈子”。我们赢得了尊敬，那是花了很大代价的。我们在四年级的时候，五年级哪一个敢让我们给他们铺床？我敢一脚踢翻他，啐他一口。“美洲豹”、鲁罗斯、山里人卡瓦，你们愿意帮助我吗？我要对付那个家伙，我的手已经痒得难受了。那时候的五年级连我们四年级十班的小个子都不敢碰。这一切要归功于“美洲豹”。他是唯一没有被“洗礼”的人，他做出了榜样，是个敢做敢当的好汉。他为什么能做到呢？我们有过一段好光景，比后来的一切都好。但是，我并不希望时间倒退，恰恰相反，我希望已经毕业了不要因为山里人这件事出麻烦。假使他害怕了，把大家牵连进去，我就宰了他。鲁罗斯说：“我替他担保，就是一块热铁塞进他嘴里，他也不会吐露真情。”眼看就要毕业考试了，就因为那块倒霉的玻璃，结果被出卖了，呸，真是命苦！我可不想再当一回狗崽子，在这里重新待三年实在令人讨厌。现在有了体会，我可知道那是怎么一回事了。有的狗崽子常常这样说：我要当陆军，我要当空军，我要当海军。所有的小白脸都愿意当海军。你再等几个月吧，然后咱们再说。

客厅面向一座五彩缤纷的大花园，里面种满了各式各样的鲜花。窗户敞开着，一股鲜草的气味吹进房间。贝拜第四次放上那张唱片，命令道："起来，别泄气，这是为了你好。"由于筋疲力尽，阿尔贝托早就斜躺在大沙发上。普鲁托和埃米略以观众身份参加舞蹈课，他们总是开玩笑，说些暗示的话，不断谈到埃莱娜。马上他会再度出现在客厅里的大玻璃镜中，在贝拜的怀抱里非常严肃地摇晃，令人敬畏的神情会重新占据他的心头，普鲁托会说："又来啦，你一跳舞简直像个机器人。"

他站起来。埃米略点燃一支香烟，和普鲁托轮换着吸。阿尔贝托看到他们坐在沙发上争论是美国烟草好，还是英国的好，他们并没有注意他。贝拜说："预备，这一回你带我跳。"他开始跳起来，起初跳得很慢，严格按照华尔兹舞的动作：向右，向左，转弯，再转弯。"现在好多了，"贝拜说，"再跳得快一点，随着音乐的节奏。听着：嘣嚓嚓，嘣嚓嚓，嘣嚓嚓。"阿尔贝托果然感到比较放松、比较自由，也不再一味考虑舞蹈本身了，而且双脚也不再和贝拜的脚打架。

"跳得还不错，"贝拜说，"就是别那么紧绷绷的，这不仅是个挪动双脚的问题。转弯的时候，必须微微弯腰，注意，就是这个样子。"贝拜微微一弯身，乳白色的脸上露出一丝礼节性的微笑，身体随着脚后跟转了半圈；一恢复到原来的姿势，脸上的微笑便消失了。"换步子、摆姿势等等都是些小技巧，以后你慢慢就学会了。现在你必须学会按照规定的那样带领你的舞伴。别害怕，姑娘到时候就知道你的意思。你把手放在她身上，要用力，有点气派。让我带你跳一下，你来体会体会。明白了吗？用左手握住她的手，跳的时候，如果你发现有机会，就和她的手指交叉在一起，要一点一点地靠近，要从她的背上慢慢地、轻轻地把她往怀里搂。要做到这一点，从一开始就要把手的位置放好，不仅仅是手指尖儿，整个手掌，一个大巴掌贴住她的后肩。随后，一面跳，手掌一面向下移动，好像纯粹出于偶然，好像每转一圈，那只手不由自主地下降一点。如果姑娘有些生气，或者向后挣脱，你就赶快开口，说什么都行，说呀，说呀，笑呀，笑呀，但是一点也别松手，继续搂紧，继续靠近。因此要多转圈，总要按同一个方向转弯。向右转弯的人不头晕，可以连续转五十个圈；可是她因为要向左转弯，所以很快就会头晕。那时你会发现，只要她一头晕，就会轻轻贴住你，为的是觉得有个依靠。那你就可以把手放在她的腰上，不必担心，就可以和她手指交叉，甚至可以轻轻贴上脸。你明白了吗？”

华尔兹舞曲结束了，电唱机发出最后一声哀鸣，贝拜把它关掉了。

“这个家伙，偷鸡摸狗的事他都知道，”埃米略指着贝拜说，“真滑头啊！”

“好啦，”普鲁托说，“阿尔贝托已经会跳了。咱们打牌，好不好？玩‘快乐区’。”

“快乐区”这个老名字，由于和瓦底卡妓女区谐音而被放弃了，但是自从蒂戈办起桥牌馆用上这个名字之后，它又复活了。这个桥牌馆是几个月前在特拉萨斯俱乐部的一个客厅办起来的。玩法是：把牌在四个人手中分光，庄家指定王牌。玩的时候，对门是朋友。

这种玩法一出现，这片街区就只玩这一种纸牌了。

“可是他只学会了华尔兹和博莱罗，”贝拜说，“他还差曼波没有学。”

“不学了，”阿尔贝托说，“改天再接着学。”下午两点，他们走进埃米略家的大门时，阿尔贝托是兴致勃勃的，不断回击着别人的玩笑。四个小时的舞蹈课，弄得他很疲劳。只有贝拜还依然热情如故，别的人都已经厌倦了。

“随你的便，舞会可就在明天。”贝拜说。

阿尔贝托颤抖了一下，他想：“的确，拍板定情就要在安娜家里进行。可能整宿都会放曼波舞曲。”安娜和贝拜一样，是舞会上的明星，她姿势优美，善于变换步伐。假如在她身边人们等着轮流和她跳舞，她的眼睛就会放出幸福的光芒。“难道我整个舞会都坐在墙角，看着别人和埃莱娜跳舞吗？假如仅仅是本街区的人，倒还好说。”

确实，自从前不久以来，本街区便不再是座孤岛，不再是与世隔绝的空间了。各种各样的陌生人——来自七月二十八日大街、多面堡街、法国大道、峡谷街等属于米拉芙洛尔区的小伙子，还有圣伊西德罗甚至巴兰科的青年——突然之间出现在本街区的各条胡同里。他们追逐姑娘，在她们的家门口谈话。他们不顾男子汉的敌视，甚至公然挑战。他们比本区的男孩子高大，所以敢于挑衅。那些女的也有过错，她们把这些人招引进来；对他们的入侵，她们好像十分满意。普鲁托的表妹就接纳了圣伊西德罗的一个小伙子。这小伙子时常有一两个朋友陪同，安娜和劳拉常常去和他们聊天。特别是在有舞会的日子里，这些入侵者更是蜂拥而至。这些人好像着了魔似的往这里跑。从下午起，他们就在举行舞会的住宅附近游荡，和女主人开玩笑，极力恭维奉承。如果没有被邀请，夜晚仍然可以见到他们那一张张贴在玻璃窗上的面孔，从外面焦急地望着里面的一对对舞伴；他们打手势、做鬼脸、开玩笑，搬出全套的花招，以引起姑娘们的注意，唤起她们的同情。有时某个姑娘（较少跳舞的一位）到女主人面前去替他们求情。这下子就行了：客厅里很快就充满了陌生人，到最后，干脆排挤了本街区的人，占据了电唱机，拉走了姑娘。安娜恰恰对本区的人热情不高，集体精神极为淡薄，几乎微不足道。比起本区的小伙子，她对外区的人更感兴趣；虽然她并不去邀请他们，但是很可能会放他们进门。

阿尔贝托说：“对，你说得有道理。教我跳曼波舞吧。”

“好吧，不过先让我抽支烟，你先跟普鲁托跳。”贝拜说道。

埃米略打了一个呵欠，用胳膊肘碰一碰普鲁托说：“去露一手吧，曼波舞专家。”普鲁托大笑起来，他的笑声开朗而洪亮，全身随着哈哈的笑声而颤动。

“跳不跳？”阿尔贝托不高兴地问道。

“别生气，我跳。”普鲁托说。

他起身挑了一张唱片。贝拜点着烟，脚下按照音乐的节奏在打拍子。

埃米略说：“喂，有点事我不明白：你是第一个起来跳舞的，我是说，在区里最早的那些舞会上，那时候咱们刚刚开始和女孩子在一起玩。你忘了吗？”

“那不是跳舞，只是乱蹦。”阿尔贝托说。

“我们都是从乱蹦开始的，”埃米略声称，“不过后来我们都学会了。”

“这是因为不晓得多长时间他不参加舞会了。你们难道不记得了？”

“对，正是因为这个才把我给耽误了。”阿尔贝托说。

“你好像要去当修士，”普鲁托说道，他刚选好一张唱片，正拿在手里转着玩，“你差不多连门都不出了。”

“嗨，那不是我的过错，我妈妈不放我出来。”

“那么现在呢？”

“现在可以了。她和我爸爸之间的事也好多了。”

“我不明白那跟你有什么关系？”贝拜说。

“你不知道他父亲是个唐璜式的人物吗？”普鲁托说，“你没见过夜里他父亲回家时，进门之前怎么样用手绢擦嘴的吗？”

“对，有一次咱们在马掌街看见他了，他用轿车带着一个怪模怪样的女人，简直是头猛兽。”

“那女人浓妆艳抹，穿得非常华丽。”普鲁托说道。

阿尔贝托点点头，心里暗暗高兴。

“不让你参加舞会为什么和他的事有关系呢？”

阿尔贝托说：“我爸爸一有越轨行动，我妈妈就把我看起来。她怕我长大后会像他一样；她担心我也会成一个色鬼、一个不可救药的人。”

“棒极了，她的心地真好。”贝拜说。

“我父亲也是个不讲廉耻的人，”埃米略说，“有时不回家睡觉，手绢上经常擦得花花绿绿。可是我母亲不在乎，她笑着叫他：老风流。只有安娜跟他吵架。”

“喂，咱们什么时候跳舞？”普鲁托问。

“等一下，伙计，咱们先聊一会儿。到舞会上咱们跳个够。”埃米略回答说。

“咱们一说起舞会，阿尔贝托就脸色发白，”贝拜说，“伙计，你不要傻了。这一回埃莱娜准会答应你。随便你打什么赌都可以。”

“你认为行?”阿尔贝托说。

“他已经爱得五体投地了，”埃米略说，“我从来没有见过谁像他这样恋爱的。他那些做法我可办不到。”

“我的什么做法?”阿尔贝托问道。

“求爱二十次。”

“只有三次，你干吗要夸张?”阿尔贝托说。

“我认为他做得对，”贝拜声称，“如果他喜欢她，就要一直追到她答应为止。以后再让她吃些苦头。”

“但是这太没有志气了，”埃米略说，“假如一个姑娘把我甩了，我当时就去追另一个。”

“这一次她一定会认真听你讲，”贝拜对阿尔贝托说，“那天我们在劳拉家聊天，埃莱娜在打听你，蒂戈一说‘你想他啦’，她的脸就变得红极了。”

“真的吗?”阿尔贝托问。

埃米略说：“你们看他的眼睛在闪闪发光，他像条公狗一样多情。”

“问题大概是你求爱的方式不对。你要给她留下强烈的印象。准备跟她说些什么，你心里有数吗?”贝拜问道。

“差不多吧。有个思路。”阿尔贝托说。

“这是最主要的，”贝拜肯定地说，“把要说的话全都准备好。”

“这也要看情况，”普鲁托说，“我倒是喜欢当场现编。开始追某个姑娘的时候，我很紧张，可是只要一开口，好多事情就到了嘴边。真是产生了灵感。”

"不，还是贝拜说得有道理，"埃米略说，"我也是事前一切都准备好。到时候，你就一心想着说话的方式，考虑用什么样的目光注视着她，什么时候去握住她的手。"

"这些你要记在脑子里。如果可能，先在镜子前面预演一下。"贝拜说。

"好的。"阿尔贝托应道。迟疑了一下后，他又问道："你都说些什么呢?"

"那就多种多样了，要根据姑娘的情况决定。"贝拜回答说。埃米略在一旁满意地赞同道："对埃莱娜，你可不能直截了当地问她愿意不愿意一辈子跟你在一起。你得首先在她身上下一番功夫。"

"也许就因为这个她才把我推开了，"阿尔贝托坦白地说，"上一回，我突然问她愿意不愿意做我的爱人。"

"你真是个笨蛋，"埃米略说，"再说，怎么能一大早就向她求爱呢，而且还是在大街上。简直是发疯了!"

"我有一次是在做弥撒的时候求爱的，结果很好。"普鲁托说。

"不，不，"埃米略打断他的话，转身对阿尔贝托说，"听着，你明天请她跳舞，要等到播送博莱罗舞曲时再讲，千万别在跳曼波时求爱，必须是在浪漫的乐曲声中再开口。"

"这个你不必担心，"贝拜说，"他下定了决心之后，给我打个手势，由我来放雷奥·马里尼的《我喜欢你》。"

"这正是我的那首博莱罗舞曲!"普鲁托叫起来，"只要跳着《我喜欢你》，我张嘴求爱，人家就答应，从来没有落空过。"

"好吧，我给你打个手势。"阿尔贝托说。

"你请她跳舞，要搂紧她，"埃米略说，"你要不知不觉地转到一个小小的角落里，别让其他的舞伴听到你的话。你就在她耳边说：

‘亲爱的埃莱娜，我要为你死去了。’”

“胡闹！”普鲁托喊道，“你想让她再把他推开吗？”

“为什么？”埃米略问道，“我一向就是这样求爱的。”

“不行。这种求爱方式毫无艺术，实在粗鲁，”贝拜说，“你首先脸上要十分严肃，你对她说：‘埃莱娜，我要跟你说件非常要紧的事。我喜欢你。我爱上你了。你愿意跟我在一起吗？’”

“假如她默不作声，”普鲁托补充说，“你就对她说：‘埃莱娜，你对我没有感觉到什么吗？’”

“这时，你就握住她的手，要慢慢地、非常温柔地握着。”贝拜说。

“伙计，别脸色发白。不用担心，这一次她会答应你的。”埃米略拍了阿尔贝托一巴掌说道。

“对，一定会答应的。”贝拜说。

“你表白过之后，我们就把你俩围起来，”普鲁托说，“我们就对着你俩唱《这里有一对情人》。这由我来负责，一言为定。”

阿尔贝托微微一笑。

“可是现在你必须学会曼波舞，”贝拜说，“去吧，你的舞伴在那儿等着你呢。”

普鲁托已经戏剧性地张开了双臂。

卡瓦曾经说过，他要当陆军，但是不当骑兵，只当炮兵。近来他不再说这个了，不过一定在考虑。山里人都很固执，脑袋里装进去什么就是什么。几乎所有的陆军成员都是山里人。我想海边的人是不会当陆军的。卡瓦有一张山里人同时也是陆军的脸，样样事情都不顺利：学校、才干，还有这件最使他恼火的事情。山里人运气不好，他们经常出事。就因为这么一个烂了舌头的告密者，要当着大家的面摘掉卡瓦的肩章了。而那个告密者也许还暴露不了。但是看着那个场面，我会吓得够呛，假如那天轮到我去偷，现在大概也被关进去了。不过，我是不会打破玻璃的，莽撞的人才会打坏玻璃。山里人都有些莽撞。大概那天卡瓦很害怕，虽然平时这个山里人并不是胆小鬼，但是这回他是害怕了，事情只有这样解释，当然也有运气不好的原因。山里人运气不好，坏事都出在他们身上。生来不是山里人真是运气。糟糕的是这种坏运气是谁也预料不到的，任何人都无法预料。他一直很高兴，在法语课上，给那个同性恋封丹纳捣乱呀，捣乱呀，真是开心极了。封丹纳这个人真是个怪物。卡瓦说，封丹纳样样都是一半：一半男人，一半女人；一半黄发，一半黑发；一半高个子，一半矮个子。他那两只眼睛的颜色比“美洲豹”的还要湛蓝，但是看人的神色则不同：半严肃，半嘲笑。据说他并不是法国人，而是秘鲁人，他不过是在冒充法国人罢了，这就叫作狗娘养的东西。“背叛祖国”，我想不出还有什么比这更卑劣的了。不过这也许是假的。从哪里放出这么多有关封丹纳的传闻呢？每天总得有点新闻。忽然又说他并不是什么同性恋，那么他那怪里怪气的细嗓门又是怎么回事呢？还有那令人想拧上一把的脸蛋又是怎么回事呢？假如他真的是冒充法国人，那么从前跟他捣乱，我倒是很高兴；现在捣乱，我也高兴；一直捣乱到最后一节课。有时，他也令人可怜。他不是坏人，只不过有点怪罢了。有一次他哭起来，我记得那是为了刮脸刀片的事。“嗡，嗡，嗡。”“美洲豹”说：“每人带片刀片，把它插进活页纸夹的边缝里，拿指头尖轻轻地拨，弹出声音来。”封丹纳直动嘴巴，可是只能听到一片嗡嗡声。为了节拍一致，谁也不笑。那个同性恋继续张嘴说话，嗡嗡嗡的声音越来越响，越来越整齐，看谁先疲倦吧。我们就这样干了四十五分钟，也许更长。谁赢，谁输？封丹纳就像是一个只会张嘴的哑巴，而交响乐反而越来越美，越来越整齐。于是他只好闭上眼睛，再睁开的时候，眼泪就出来了。他是个同性恋，但是他仍然翕动着嘴巴，真是个顽固的家伙。嗡，嗡，嗡。他出去了，大家都说："他去叫中尉了，这回咱们该倒霉了。"但是他只是命令我们安静，这是最好的。我们天天跟他捣乱，可是他从来也不去叫军官。他大概怕挨揍，好在他并不像胆小鬼。有时他好像喜欢别人跟他捣乱，同性恋都是怪里怪气的。这个家伙心肠不坏，从来不用考试整人。别人之所以捣乱，他自己也有过错；在一个男子汉的学校里，他干吗要那样说话、那样走路呢？卡瓦总是跟他捣乱，他是真正恨他。只要一看见他走进教室，卡瓦就开始了："老师，'同性恋'法语怎么说？""老师，您喜欢擒拿术吗？""您既然很懂文艺，那为什么不用您那副甜嗓子唱些法国歌呢？""封丹纳老师，您的眼睛长得像丽塔·海华丝①。"那位同性恋并不沉默，总是做出回答，但是用法语。"喂，老师，您别那么激动。别骂'他妈的'。我跟您决斗，用拳击。""'美洲豹'，别那么没教养。"出现这种情况的原因，是我们把封丹纳给制服了。一次，他在黑板上写字，我们在后面啐他。结果他呕吐了。卡瓦说："真脏呀！上课之前，您应当洗澡。"啊，那一回他可去叫中尉了。那是唯一的一次，真是个木偶。从此再也没有叫过。甘博亚实在厉害，那一次我们可知道甘博亚的厉害了。他上下打量了一下封丹纳。真是心惊肉跳！人人都屏住了呼吸。"老师，您叫我做什么？""在教室里，您是指挥官。""要赢得尊重是很容易的事。您瞧着吧。"他盯

① Rita Hayworth（1918—1987），美国好莱坞电影女演员。

着我们望了一阵，说道："立正！"好家伙，不到一秒钟，全体都站好了。"跪下！"好家伙，不到一秒钟，我们全体都跪在地上了。"原地鸭步走！"我们两腿分开，就在原地摇摆起来。我想总有十多分钟。我觉得好像有个石匠的铁锤在敲打我的膝盖。一、二、一，一、二、一，个个非常严肃，仿佛鸭子一样。到最后，甘博亚才说："停！"他问大家："有人打算较量一下吗？一个对一个。"没有人动一动。连苍蝇也不敢飞。封丹纳望着他，简直不敢相信这一切。"老师，您应该叫他们尊重您。这些人不喜欢那套善良的方法。对他们就得打骂。您要我处罚全体吗？"封丹纳回答说："您不必麻烦了，中尉。"嘿，回答得多么妙。"不必麻烦了，中尉。"我们心里说："你真是个同性恋。"卡瓦那天下午干的是这样一件事：他能从胸腔里发出声音。他那副山里人的嘴脸丝毫不露声色，两眼直视，接着从身体里发出一种很清晰的声音。不是亲眼看见，简直难以相信。正在这时，"美洲豹"说："他们要来抓卡瓦了。事情被发现了。"说完冷笑起来。卡瓦急忙望望周围。我和鲁罗斯都说："兄弟，这是怎么回事？"瓦里纳这时出现在教室门口，他说："封丹纳老师，很抱歉，有件重要的事。卡瓦，跟我们走。"山里人卡瓦真是好样的，他站起来，不看我们大家就出去了。"美洲豹"说："他们不晓得是在跟谁交手。"接着，便破口大骂卡瓦：什么山里人真混蛋，粗心大意自找倒霉，等等。好像卡瓦被开除也完全是他自己的过错。

他忘记了那些类似的生活琐事，忘记了自从发现母亲也不可信任之后的那些时光。但是，他没有忘记那占据心头的沮丧、痛苦、愤怒和恐惧。那时，每个夜晚他都是在这种心绪下度过的。更糟糕的是必须装假。以前，他总是等父亲出门后才起床。但是，一天清晨，当他还在梦乡的时候，他的被子一下子给拉掉了。他觉得冷，初升的阳光迫使他睁开了眼睛。他的心脏几乎停止了跳动：父亲站在床头，眼睛里冒出怒火，同那个夜晚一模一样。他听到这样一个声音：

“你几岁了？”

“十岁。”他说。

“你是男的吗？回答！”

“是的。”他低声说。

“那么下床！”那个声音说，“只有女的才整天躺在床上呢。因为她们懒惰。她们是女的，有权利这样做。你从小娇生惯养，一副女声女气的样子。可我要把你改造成男子汉。”

他站到床下穿衣裳，匆忙的动作造成很多失误：穿错了鞋子，穿反了衬衫，扣错了纽扣，找不到皮带，两手发抖系不上鞋带。

“今后，每天我下楼吃早饭的时候，你必须在饭桌旁边等着我。事先要梳洗得干净整齐，听见没有？”

和父亲一起吃早饭，要看着他的脸色行事。假如父亲面带笑容，气色平和，他就连忙提些父亲喜欢听的问题，全神贯注地听着父亲说话，不时地点头，极力睁大眼睛。最后他还要问问父亲是否要擦车。反之，如果看见父亲脸色阴沉，不理睬他的问候，他就保持缄默，俯首帖耳地听着训斥，仿佛十分悔恨的样子。吃午饭的时候，空气没有那么紧张，因为母亲起了牵制作用。父母两人在交谈，他就可以不引起注意地度过这段时光。直到夜幕降临，苦刑才告结束。他晚饭吃得早，父亲回来得晚。一过七点钟，他就开始在母亲身边蘑菇，说他又累又困，头又痛。急急忙忙吃罢饭，他就跑回自己的房间去了。有时，他正在脱衣服，忽地听得汽车的刹车声，便连忙熄灯上床。待过一小时后，再悄悄起床，脱掉衣服，换上睡衣。

有时，上午他出去遛一圈。十点钟的时候，萨拉贝利大街是安静的，间或有辆乘客不多的电车隆隆地驶过。他一直走到巴西大街，在拐角的地方停下来。他并不穿过那条乌黑发亮的大马路，因为母亲禁止他那样做。望着那些驶往市中心的汽车渐渐消失在远方，他记起了这条大街尽头的波罗内西广场。那天父母带他去散步，他见到了这样一幅情景：广场上熙熙攘攘的行人、喧闹的汽车和电车、便道上嘈杂的人群，好像镜子一样明亮的轿车顶篷，把四周五光十色的广告和霓虹灯映照了出来。利马使他感到害怕，这个城市实在太大了。独自出门会迷失方向，永远也找不到家门。街上的行人全是陌生的。而在契克拉约，他时常独自外出，路上的人抚摸着他的脑袋，呼唤着他的名字。他向他们报以微笑。这些人，他在自己家里，在阿尔玛广场的露天音乐会上，在星期日的弥撒中，在埃登海滩上，早已见过多次。

随后，他走到巴西大街的尽头，在那座半圆形的街头小花园里找条长凳坐下。这条长凳靠近悬崖边缘，面对着马格达莱纳海面。契克拉约的花园——只有寥寥几座，他都能背得出——也像这座一样的古老，但是长凳上没有铁锈，没有青苔，没有这副令人忧伤的外貌。这里的一切使他感到孤独。周围的气氛使他感到忧郁，大海的涛声使他感到十分惆怅。接着，他转身背向大海坐着，眺望着巴西大街。看上去它像来利马那天迎面而来的北方公路一样。望着这些，他真想痛哭一场。他回想起阿德利娜姨妈从外面买东西归来的情景：她走近他，笑容可掬地问他："猜猜看，我买了什么？"说着从提包里掏出一包糖果、一包巧克力。他便一把从她手上抢走了。他回想起那里的太阳，回想起终年照耀着全城的阳光，它使大街小巷温暖宜人。他回想起那星期日的兴奋心情，回想起前往埃登海滩的郊游，回想起那炽热的黄沙以及湛蓝的天空。他抬头望天：远远近近都是深灰色的迷云，一丝亮光也没有。最后，他起身回家，缓缓踏上归途，像个老人般地拖着沉重的双腿。他心里想：“等我一长大，就回契克拉约，再也不到利马来了。”

八

甘博亚中尉睁开眼睛：房间的窗户上只有远处检阅场的路灯射来的微光，天空还是一片漆黑。不久，闹钟响了。他坐起来揉揉眼睛，摸索着下地，找到毛巾、肥皂、刮脸刀架和牙刷。走廊和洗澡间里还是黑洞洞的，附近的房间还听不到响动。像往常一样，他总是第一个起床。十五分钟以后，他已经梳洗整齐回到房间，这时听到别的闹钟铃响了。东方开始破晓，昏黄的路灯后面，天际远处，升起一条鱼肚白，曙光还十分微弱。他不慌不忙地穿上野战服，然后走出门去。他没有去士官生的宿舍，而是穿过草地走向警卫室。天气有点冷，可是他并没有穿军大衣。值班的士兵一看见他，立刻敬礼，他还了礼。值班中尉佩德罗·皮塔卢加缩在一把椅子上，双手蒙头在打瞌睡。

“立正!”甘博亚大喊一声。

那位中尉一下子跳起来，眼睛还没有睁开。甘博亚放声笑起来。

“别捣乱，伙计，”皮塔卢加说着又坐了下去，一面搔搔头皮说，

“我以为是皮兰涅。我困极了。现在几点钟了?”

“快五点了。你还有四十五分钟，时间不多了。你干吗要睡呢?那更不好。”

“我知道，”皮塔卢加打着呵欠说，“我违反条令了。”

“对，”甘博亚微笑着说，“不过，我不是因为这个才说你的。你要是坐着睡觉，身体会觉得酸痛。最好是干点什么，这样时间不知不觉地就过去了。”

“干点什么事情?和士兵聊天?他们只会说：‘是，中尉；不，中尉。’他们个个都很有意思。只要你一开口和他们说话，他们马上就会向你请假。”

“我值班的时候念书，”甘博亚说，“夜里是看书的好时光。白天我念不下去。”

“当然啰，你是模范军官嘛。”皮塔卢加说，“对了，你起床干什么?”

“今天是星期六，你忘啦?”

“野战演习。”皮塔卢加想起来了。他向甘博亚递去一支烟，后者谢绝了。“这一值班，起码可以免掉演习。”

这句话使甘博亚回忆起军事学院的生活来。皮塔卢加是他的同班同学，虽然不很用功，但是分数很好。有一次演习，他骑着马向江里冲去，水深过肩膀，那匹马惊慌地嘶叫着。士官生们都高喊着劝他回来，但是皮塔卢加继续前进，最后终于战胜激流，到达彼岸。他浑身上下都湿透了，但是脸上露出幸福的神情。年级上尉当着全体士官生的面向他祝贺，并且对他说：“你真是个好样儿的。”可是如今，皮塔卢加却抱怨值班，抱怨演习，跟士兵和士官生一个样，一心想着外出上街。那些人至少还有个借口：他们在部队里只是混日子，因为有些人是从他们所在的村镇里被强拉到军队里来的，另外有些人则是家里人为了甩掉他们而被送进队伍里来的。而皮塔卢加却是自己选的这个职业。他的这种情况并不独一无二：瓦里纳为了外出，每两星期就要编造一次“女人有病”的谎话。马丁内斯值班的时候偷偷喝酒，大家都知道他那个装咖啡的小暖瓶里实际上灌满了烧酒。他们为什么不提出退伍呢？皮塔卢加早已发胖，他从来不读书，经常从街上喝得烂醉归来。甘博亚想：“他还得在中尉这一级待上很多年。”接着他又更正了一下，“除非他有靠山帮忙。”甘博亚热爱军人生活中的纪律、上下级关系、军事演习，而这些正是别人所憎恶的。

“我来打个电话。”

“在这个时候？”

“对，我老婆一定起床了。她六点钟要出门去旅行。”

皮塔卢加脸上做了一个含糊的表情。他像一只缩进甲壳的乌龟那样，又把脑袋埋进双手。甘博亚在电话里的声音既低沉又柔和，他提了几个问题后提醒她晕车药别忘了带，天气冷，要当心身体；他坚持要她从某个地方发电报来，还几次重复问道：“你身体好吗？”最后说了一句简短的话，作为告别。皮塔卢加机械地张开双臂，脑袋像只钟一样地倒挂着。睁开眼之前，他眨了几下，不大起劲地一笑，说：“你好像还在度蜜月。你跟你老婆说话的劲头，就像刚刚结婚一样。”

“我结婚三个月了。”甘博亚说。

“我已经一年了。我才没有那份心思跟她说话呢。她和她母亲一样，是个脾气暴躁的人。我要是在这个时间给她打电话，她马上会大叫大嚷，骂我是个臭警察。”

甘博亚笑了，他说：“我老婆很年轻，只有十八岁。我们要有儿子了。”

“很抱歉，我不知道。那可要多加小心。”

“我希望有个儿子。”

“啊，当然啦。我已经明白了，将来让他当个军人。”

甘博亚好像有些吃惊。

“我不知道是不是要他当军人，”他喃喃地说，一面从头到脚打量着皮塔卢加，“不管怎么说，我绝不让他当像你这样的军人。”

皮塔卢加站了起来。

“这个玩笑是什么意思?”他口气恼怒地问道。

“嗨，忘掉它吧。”甘博亚说着，转身走出警卫室。哨兵们再次给他敬礼，其中有个兵把军帽一直压到耳朵上。甘博亚刚要提醒他注意，但还是克制住了自己。犯不上和皮塔卢加吵架。这时皮塔卢加已把乱蓬蓬的脑袋重新埋进双手，但是这一次他没有蒙眬入睡。他骂了一句，高声唤来一个士兵，要他端一杯咖啡。

甘博亚来到五年级的院子时，号兵早已在三年级和四年级那里吹过起床号，现在正准备在五年级的宿舍前吹。号兵一看见甘博亚，连忙放下举到嘴边的军号，立正，敬礼。学校里的士兵和士官生发现甘博亚是莱昂西奥·普拉多唯一按军规给下级回礼的军官。别的军官只是点点头，有时甚至连头都不点。甘博亚的双臂放在胸前，等着号兵吹完起床号后看了看手表。各个宿舍的门口都有夜间哨兵，他走过去一一加以检查：他们一看见他，就在把手举到太阳穴之前，连忙立正，戴好军帽，整好领带和军裤；敬罢礼，转过身，才消失在宿舍里。平日的低语声早已响起，片刻后，准尉佩索阿跑来了。

“早晨好，中尉。”

“早晨好。发生什么事情了吗?”

“没有，中尉。您为什么问这个?”

“您应当和号兵同时到达院子里。您的职责是检查宿舍，催促人们快点起床，对吗?”

“是的，中尉。”

“那您还在这里干什么?快到各个宿舍里去。如果七分钟内全年级没有站队完毕，我要请您负责。”

“是，中尉。”

佩索阿拔腿向前边几个班的宿舍跑去。甘博亚仍然站在院子中央，不时看看手表。他听到院子周围发出的充满生机的嘈杂声，正像马戏团帐篷上的条条绳索会聚到中央篷杆上一样地向他这里集中；他不必去宿舍，就清楚地知道士官生们由于睡梦被打断而引起的恼怒；他知道他们为收拾床铺和穿衣的时间短暂而生气；他知道那些喜欢玩枪弄炮的人急不可耐的激动心情；他知道那些懒人由于要去野外摸爬滚打而产生的不快心理，他们完全是由于职责所迫，所以毫无热情；他也知道全体士官生那潜在的快乐，即演习一结束，他们就急忙穿过操场，在集体浴室冲洗一番，再赶忙穿上蓝黑色的呢制服，兴冲冲地上街。

五点过七分，甘博亚吹响一声长哨。他立刻听到不满声和谩骂声，但是几乎与此同时，各个宿舍的房门打开了，黑窟窿里吐出一团团绿色的士官生。他们你推我搡，一只手边跑边穿衣服，另一只手则高举着步枪；经过一番吵嚷和拥挤之后，一排排队伍乱哄哄地开始出现在他周围。这一天是十月里的第二个星期六，天刚破晓。它像往日的黎明一样，像以往的周末一样，像过去任何一个演习的日子。突然，他听到一下沉重的金属撞击声和一句骂人的话。

“那个把枪扔到地上的人出列!”他吼道。

杂乱的嗡嗡声立刻消失了。人人都望着前方，个个都把步枪紧贴在自己身边。准尉佩索阿踮着脚尖快步跑到中尉站的地方后停下来。

“我刚才说，那个把枪扔到地上的士官生出列!”甘博亚又重复了一遍。

肃静的气氛被一阵靴子响声所打破。全连的目光一起转向甘博亚。中尉直视着那个士官生的眼睛说：“你的姓名。”

小伙子低声说出姓名和所在的连队和班级。

“佩索阿，检查一下这支枪。”中尉说道。

准尉急忙走到那个士官生身边，拿起武器，极其细致地检查起来：这支步枪在他的目光注视下缓缓地移动着，然后又翻转过来，接着又举向天空，好像要看个明白。他打开枪膛，又验验标尺，扳动一下枪机。

“报告中尉，枪托划破，”他说，“而且没有好好上油。”

“士官生，你在军事学校待了多长时间了?”

“报告中尉，三年。”

“难道还没有学会持枪吗? 一定不能把武器摔在地上。即使摔破脑袋也不能把枪扔掉。对于士兵来说，武器就像他的眼睛一样重要。士官生，您爱护自己的眼睛吗?”

“是的，中尉。”

“好吧，那就要爱护自己的步枪。回班上去吧。”甘博亚又说，“佩索阿，给他写一个扣除六分的签条。”

准尉掏出笔记本，把铅笔头在舌尖上蘸了蘸后写起来。

甘博亚下令齐步走。

五年级最后一个班走进饭厅以后，甘博亚便向军官食堂走去。里面还没有人。过了不久，中尉和上尉才纷纷而至。五年级的几位连长——瓦里纳、皮塔卢加和卡萨达在甘博亚身边坐下来。

“快点，野人，军官一进食堂，早饭就要端上来。”皮塔卢加说。

端饭的士兵低声说了一句道歉的话，甘博亚没有听清，因为一架飞机的马达声划破了黎明的寂静。中尉抬起头，望望那死气沉沉的天空，空气里充满了湿气；他低头望望操场，一千五百支士官生用的步枪，每四支一组，互相架着，整整齐齐地排列在操场上，在浓雾中等待着主人。那头小羊驼穿行在这些金字塔形的行列里，不断地嗅来嗅去。

“军官会议有结果了吗？”卡萨达问道。他是四个人里面最胖的一个。他小口咬着面包，说话的时候，嘴里塞得满满的。

“昨天我们很晚才结束，已经过十点了。上校大发雷霆。”瓦里纳说。

“他一向爱发火，发现点什么要生气，发现不了也生气，”皮塔卢加说着用胳膊碰碰瓦里纳，“可是这一次你没什么可抱怨的，你走运啊。值得在服役簿里记上一笔。”

“对，可是真不容易啊。”瓦里纳说。

“什么时候扯下他的肩章？那大概是件很好玩的事情。”卡萨达说。

“星期一中午十一点。”

“纯粹是些犯罪分子，”皮塔卢加说，“他们一点也不接受教训。明白吗？真正是一桩破门盗窃案。打从我到这里以后，学校已经开除了近半打。”

“他们不是自愿来校学习的。这就很不好。”甘博亚说。

“对，他们觉得自己是老百姓。”卡萨达说。

“有时他们拿咱们当神父，”瓦里纳声言道，“有个士官生要向我忏悔，他让我给他出主意，真是令人难以相信！”

“有一半人是父母怕他们当小偷而被送到这里来的，另外一半是怕他们变成同性恋。”甘博亚说道。

“他们以为学校是座教养所，”皮塔卢加在桌子上拍了一下说道，“在秘鲁，什么事情都是半途而废，所以什么事情都弄得很糟。拉到兵营里来的人都是些肮脏不堪、长满虱子的歹徒。要用棍子吓唬，才能变得文明。在军队里待过一年，身上才能去掉土气，只留下一些硬毛。可是这里正相反，人长得越大，越糟糕。五年级的比三年级的狗崽子坏多了。”

“学问是打出来的，”卡萨达说，“遗憾的是对这些孩子连碰一下都不行。你刚一举手，他们就叫唤，马上就是一场纠纷。”

“皮兰涅来了。”瓦里纳低声说。

四名中尉全都站了起来。加里多上尉一一点头答礼。他身材高大，皮肤白皙，颧骨那里稍有点红。大家管他叫皮兰涅，因为他长得像亚马孙河里的一种食肉凶鱼：两排雪白的大板牙突出在唇外，下巴骨总是在蠕动。他递给每人一张纸。

“关于演习的命令，”他对四名中尉说，“五年级从庄稼地后面过去，一直前进到小山周围的开阔地。动作要快一点，咱们要行军近一个小时呢。”

“上尉，我们去集合队伍，还是再等您一会儿?”甘博亚问道。

“你们去吧。我追得上你们。”上尉回答说。

四名中尉一起走出食堂。到了操场上，他们沿着一条直线拉开距离，吹响哨子。从饭厅里传出的喧闹声越来越大。片刻后，士官生们快速飞跑出来，跑到各自的地段，拿起步枪，走向检阅场，按班站好。

不久后，全营走过校门和持枪立正的卫兵，踏上了海岸街。柏油马路清洁而明亮，士官生们三人一排，间距很宽，以至于两边的队伍竟然走到街道的两侧去了，中间的队伍则走在马路中央。

全营走到棕榈树大街以后，甘博亚下令转向贝亚必斯塔大街。在肥大弯曲的阔叶树下，他们沿着这条下坡路走去，不久，士官生们便看到前方有片模糊不清的建筑，那里就是海军船坞和卡亚俄海港。这条路的两侧是拉白尔拉区的古老住宅，高大的墙壁上爬满了藤萝，生了锈的铁栅保护着大大小小的花园。大队人马走近进步大街的时候，早晨的街道开始活跃起来：出现了提着菜篮和网袋的赤脚女人，她们停下来望着脸色通红的士官生；成群的狗追着队伍，扑跳着、狂吠着；肮脏瘦弱的孩子们紧跟在两侧，就像那远海上的鱼儿追逐着轮船一样。

队伍在进步路停住，因为小轿车和公共汽车形成了一股没有尽头的洪流。甘博亚做了个手势，准尉莫尔特和佩索阿立刻站到马路当中，拦住这股车流，让队伍通过。有些司机愤怒地按着喇叭，士官生们就骂他们几句。甘博亚走在大队前面，他举起一只手，指挥队伍绕过一片嫩绿的棉田，从野地里直插过去，而不再取道港口的那条路。当大队走到荒地上的时候，他把几个准尉召集到一起，用手指着棉田尽头那边一片模糊不清的高地说：“你们看见那座山了吗?”

“是，中尉。”莫尔特和佩索阿齐声应道。

“那就是目的地。佩索阿，你带着六个士官生先走一步，把四周搜索一下，如果有人，就叫他们赶快走开。山上和山下都不得有人，明白吗?”

佩索阿点点头，转身走了。他站在一班士官生面前说：“需要六个人，自愿报名。”

没有人肯动，士官生们东张西望，就是不看着正前方。甘博亚走了过来，说：“前排六名出列！你们跟准尉走吧。”

佩索阿握紧右拳，一会儿举起，一会儿放下，命令士官生们脚步要快，他们穿过棉田跑去。甘博亚后退几步，重新找到别的中尉。

“我已经派佩索阿去清理场地。”

“好的，”卡萨达应声说，“我想不会有问题。我和我的部下就留在这边。”

“我从北面进攻，”瓦里纳说，“我总是那个最倒霉的人，还得走上四公里。”

“一个小时到达山顶，时间不算多。要让大家爬得快一点。”甘博亚说。

“但愿靶位都画得很清楚，”卡萨达说，“上个月，大风把靶子都刮跑了，我们只好对着乌云瞄准。”

“你不必担心，”甘博亚说，“今天不是纸靶，而是一米直径的布靶。那是昨天士兵们放好的。告诉大家，进入二百米内再开枪。”

“好极了，将军。难道这也要你来指教吗?”卡萨达说。

“为什么要在秃鹰身上费火药呢?”甘博亚说，“不管怎么说，你们连一枪也打不中。”

“打赌好吗，将军?”卡萨达问道。

“五镑。”

“我管收钱。”瓦里纳自我推荐说。

“同意。”卡萨达说，“住口，皮兰涅来了。”

上尉走到他们身旁，说："你们还等什么？"

"报告上尉，我们都准备好了，就等您的命令。"卡萨达说。

"各自的阵地都明确了吗？"

"明确了，上尉。"

"派人检查四周是不是已经没有闲人。"

"报告上尉，已经派准尉佩索阿去办。"

"好，大家对对手表，"上尉说，"咱们九点开始。九点半开火。一发起冲锋，就停止射击。明白了吗？"

"是的，上尉。"

"十点整，全体登上山顶，那里可以容纳得下。为了让小伙子们暖和一下，各连跑步进入阵地。"

军官们都走开了。上尉仍然留在原地，他听着中尉们发号令的声音。甘博亚的声音最为洪亮有力。不久之后，就只剩下他一个人站在那里。全营分成三支队伍，从不同的方向包围这座山。士官生们边跑边说话，上尉从杂乱的脚步声中还可以听清一言半语。中尉们跑在队伍的前头，准尉们殿后。加里多上尉举起望远镜，看见半山腰上立着靶子，每个靶位相隔四五米，个个都是完整无缺的大圆圈。如果年轻，他甚至都想打它两枪。但是现在这都是士官生们的事了，对他来说，演习是枯燥无味的，他只是旁观而已。他打开一包香烟，从中抽出一支，由于风大，划了几根火柴才点着。接着他便快步向一连的队伍走去。看看甘博亚怎样行动，一定很有意思，因为他对待演习是那么认真。

一冲到山坡下，甘博亚就发现士官生们确实很疲乏，有些人张着嘴巴，涨红着面孔，奔跑得很吃力。大家的眼睛都紧盯着他。甘博亚在他们的眼神里看到了痛苦，他们盼望着停止前进的命令。但是他并不下达这样的命令，而是望望那白色的环靶，望望那一直延伸到棉田的光秃的黄山坡，望望布靶上边那几米高的地方、那在等着他们的像个大铁锤似的山顶。他继续猛跑，最初沿着山坡，随后便不择道路，以最高速度向前冲去。他极力控制住自己不张开嘴巴，但是他感到心脏在猛跳，肺部憋得喘不过气，颈部的血管在扩张，从头到脚已经被汗水浸透。他再次回头一望，想估计一下距离是否已有一千多米，接着便眯住眼睛，甩开大步，挥动双臂，速度更加快了，就这样一直跑到灌木丛生的野地。那里有条小溪，是演习命令规定的一连阵地的边界线。至此，他才停住脚，张开嘴巴，伸开双臂深呼吸了一下。在转过身来之前，他擦掉脸上的汗水，为的是不让士官生们看出他也筋疲力尽。第一批到达灌木丛的人有几名准尉和班长阿罗斯毕德。随后其余的人也上来了，但是一片混乱：队形早已散掉，成了三五成堆的人群。不久，三个排站成马蹄形，又在甘博亚身边集合。中尉听着这一百二十个士官生像牛一样地喘着粗气。他们一个个把步枪拄在地上，支撑身体。

“各班班长到这里来！”甘博亚下令道。阿罗斯毕德和其他两名士官生走出队列。“全连，原地休息！”

中尉走开一些，后面跟着准尉和三个班长。接着，他在地上画了一些叉叉和杠杠，开始详细说明冲锋时的几种动作。

“这个队形懂了吗？”甘博亚问道，五个听着的人连忙点点头，“好，一下达出发令，战斗小组就呈扇形散开。散开的意思可不是像羊群那样跑散，而是拉开距离，哪怕是在一条线上也没关系，明白吗？好，我们连的任务是进攻南线，就是我们正前方这一线，看见了吗？”

准尉和班长望望小山，说道：“看见了。”

“报告中尉，关于冲锋有什么指示？”莫尔特低声问。班长们都回头看看他，这位准尉脸红了。

“我正要说到这个，”甘博亚说，“每次向前冲十米。间歇地前进。士官生要在这十米的距离内全速快跑，然后卧倒。谁要是把步枪插进土里，我就把他的屁股踢成两半。冲在最前面的队伍一卧倒，我就吹哨，第二线的开始射击，只打一枪，明白吗？射击完毕就跳起来前进十米，然后卧倒。等第三线的射击，再前进。然后从头开始。一切行动都要听我的命令。我们就这样冲到距离目标一百米的地方。到那里各个小组要收拢一些，免得侵入别的连队演习的地盘。最后一次冲锋，三个排同时行动，因为那时山上基本上已经肃清，敌人的火力点已经所剩无几。”

“用多少时间占领目标？”莫尔特问道。

“一个小时，”甘博亚说，“不过，这是我的事情。准尉和班长应该操心的是队伍不要过分散开，也不要过分收拢，一个人也不要掉队。你们要随时和我保持联系，说不定什么时候需要你们。”

“报告中尉，我们在前边，还是在后边？”阿罗斯毕德问道。

“你们在第一线，准尉在后面。还有问题吗？好吧，你们给各个组长说明一下行动的计划。十五分钟以后就开始。”

准尉和班长们急忙走了。甘博亚看见加里多上尉来了，刚要起身，皮兰涅却打了个手势，叫他蹲着别动。他们两人望着各排正在分成十二个人的小组。士官生们正在勒紧腰带，重系鞋带，戴正帽子，擦去步枪上的尘土，检查枪栓是否活动自如。

“他们喜欢玩这个，”上尉说，“这些傻瓜，你瞧瞧，他们好像要去参加舞会一样。”

“对，他们以为是真的在打仗。”甘博亚说。

“假如有一天他们真的去作战，大概不是做逃兵，就是做怕死鬼，”上尉说，“不过，算他们走运，咱们这些当兵的只有演习的时候才开枪。我想秘鲁永远不会有真正的战争。”

“可是上尉，”甘博亚回答说，“我们是三面受敌。您知道厄瓜多尔和哥伦比亚正在等待时机，要抢占我们的一片原始森林。我们还没有从智利手中收复阿里卡和塔拉帕加两座城市。”

“纯属童话。”上尉做了个怀疑的表情。“如今任何事情都由大人物们去解决。一九四一年我参加过对厄瓜多尔的战役，我们本来可以打到基多，但是大人物插了手，他们通过外交途径把事情解决了，不过花了高昂的代价！文官最后解决一切。在秘鲁，纯粹是由于魔鬼捣蛋，人们才当军人。”

“从前可不是这样。”甘博亚说。

准尉佩索阿和他带的六个士官生跑步回来了。

上尉叫住了佩索阿：“这座山你整个都转了一圈吗？”

“是的，上尉。已经完全清理干净。”

“上尉，快到九点了，”甘博亚说，“我准备开始了。”

“去吧。”上尉说。突然他心情不好地补充说：“让这些懒货好好地去去泥！”

甘博亚走近连队，他从排头到排尾一一地望了一遍，好像在计算有多大的潜力、耐力和勇力。他的脑袋微微后仰，风儿戏弄着他的军官服和露在军帽外边的黑发。

“他妈的，再散开一些！”他喊道，“你们打算让人家压扁吗？每个人之间的距离至少要有五米。你们以为是去做弥撒吗？”

三支队伍直发抖。组长赶忙出列，高声下令，让士官生拉开距离。结果队伍拉长，间隔变得稀疏了。

“冲锋的时候要曲折前进，”甘博亚说道，极力放开喉咙，为的是让排尾也能够听清楚，“你们三年以前就已经知道了。要像游行那样，一个跟在另一个人后面，只要我一发命令，假如有人还站在那里，无论在前，还是在后，一律算作死人。而死人在星期六和星期日是要关在校内的。清楚了吗?”

他转身看看加里多上尉，但是这位上尉好像心不在焉，正在神情恍惚地望着地平线。甘博亚吹了一声哨子，队伍里发出一阵轻微的颤抖。

“第一梯队准备开始行动。班长在前，准尉在后。”

他看看手表：九点整，于是长长地吹了一声哨子。尖锐的哨声刺痛了上尉的耳膜，他不由得露出惊讶的神情，才明白自己一时忘记了是在演习，才知道自己有些走神，便赶忙转移到灌木丛旁边，站在连队后面，继续观察演习。

加里多上尉看到，哨声未停，第一梯队的三支队伍便同时行动，一下子冲了出去：三个小组呈扇形散开；队伍一面迅速展开，一面向前冲去，好像孔雀开屏一样。跑在最前边的是各班班长，士官生们弓着身子在跑，右手持枪，步枪与地面成直角，枪口指向天空，枪托离地面只有几公分。接着他听到第二声哨子响，比第一声稍短些，但是更尖厉、更遥远，因为甘博亚中尉也在队伍的侧翼跟着跑，以便掌握前进的情况。第二声刚一响过，那道散兵线立刻消失在草丛里，仿佛被一道无形的火力消灭了一样。这使上尉想起游戏中的那些锡兵，鹧鸪鸟就是这样把他们一下子扫倒的。甘博亚的吼声好像通了电一样立刻充斥了这早晨的空气：“这个组为什么冲到前面去了？罗斯庇格里西，你这头笨驴，你想让人家打掉你的脑袋吗？小心，别把枪插到地里去!”接着又传来一声哨子，弯弯曲曲的散兵线在草丛中出现，飞快地远去。不久，随着那神奇的哨子声，散兵线又从视野里消失了，甘博亚的声音也逐渐远去，变得模糊不清。上尉只听到粗野的骂人声、陌生的姓名，只看到第一梯队在前进。这时他的注意力不那么集中了。与此同时，第二和第三梯队的人开始热闹起来。这些士官生忘记了上尉还在场，就放开喉咙谈起来，他们在讥笑那批跟着甘博亚一道冲锋的人："黑人巴亚诺卧倒的时候像个麻袋，他的骨头大概是弹性胶做的；'奴隶'那个笨蛋好像怕划破他那张小脸蛋。"

忽然，甘博亚出现在加里多上尉眼前，他高声喊道："第二梯队，开始行动。"各组组长举起右臂，三十六个士官生一动不动地站着。上尉望望甘博亚，只见中尉神色平静，双手握拳。唯一不寻常的是他那转动的目光：从这里望到那里，时而高兴，时而生气，时而微笑。第二梯队在野地里散开了。士官生们逐渐变小，中尉再次手持哨子，眼睛盯着队伍跟着跑远。

这时上尉看到野地里有两条散兵线在交替着卧倒和起立，使这荒郊野外充满了生机。他已经无法知道士官生们是否按照教材规定的那样做卧倒的动作：左臂、左腿、侧身着地，这样可以使步枪不至于撞地，而是靠在右边肋骨上。他同样无法知道进攻的散兵线是否保持一定距离，各个战斗小组是否协调一致，各班班长是否像刀尖一样继续冲锋在前又不同中尉失去联系。战场有一百多米宽，纵深越来越长。突然，甘博亚再度出现在他眼前，神色依然那么平静，眼睛却在燃烧。他又一次吹响了哨子，第三梯队，即后卫部队，在准尉的督促下向山上冲去。现在有三支队伍在前进，离他越来越远，只剩下他一个人站在刺人的灌木丛旁。他在原地待了几分钟，他想：和正规士兵或者军事学院的学生相比，这些士官生是何等的笨拙和懒散呀。

随后，他跟在这一连人后面向上走去，不时地用望远镜观察一番。远处，冲锋的队伍忽停忽进：第一梯队卧倒，第二梯队全速前进，越过第一梯队的位置，跑到最前方。这时第三梯队便前进到第二梯队离开的位置上。再度前进的时候，三个梯队便恢复到出发时的顺序。几秒钟后，这个顺序又被打乱，然后重新复原。甘博亚挥舞着双臂，好像用手指在向某些士官生瞄准和射击。加里多上尉虽然无法听清他的话，但是很容易猜到他的命令和批评。

突然，他听到了枪声。他看看手表，心里想："真准时，正好九点半。"他举起望远镜一看，果然，前锋已到达预定的距离。他望望布靶，但是看不清是否命中。他向前跑了二十多米，这时才看到环靶上有十几个窟窿。他想："士兵比他们打得好。这些人毕业时居然还是预备役军官呢。真是胡闹。"他继续向前走，几乎一直在用望远镜观察。冲锋的距离大大缩短了：每个梯队每次前进十米。第二梯队射击。枪声刚刚响过，哨声就指挥一队和三队前进。士官生们在地平线上方跳动，好像就在原地卧倒一样。又是一声哨子响，卧倒的那一队开始射击。这次枪响之后，上尉望一望环靶，计算命中率。离山顶越近，射击成绩越好：靶子上布满了弹洞。他望望射手们的面孔，只见一个个涨得通红，尚未长胡须的脸上充满了稚气；他们一眼睁一眼闭，聚精会神地瞄着标尺、缺口和准星。枪托的后坐力震动着这些年轻的身体，肩膀还有些疼，就必须起立，俯身前冲，再卧倒，再射击；身子整个被裹在暴力的气氛中，但这不过是一场演习而已，因为加里多上尉知道，战争可不是这个样子的。

正在这时，他忽然看见一个绿色的身影，要不是他及时发现，说不定再走几步就会踩上。他还看见那支步枪完全违反爱护武器的指示，枪口朝下怪模怪样地插在地里。他一时没有弄明白这个倒下的身体和步枪意味着什么。他弯腰一看：是个小伙子，由于痛苦，面部已经扭歪，眼睛和嘴巴张得很大；子弹打中了他的脑袋，一股鲜血正从颈部流下。

上尉连忙放下手中的望远镜，用一只手抄起双腿，另一只手托起脊背，抱着这个士官生不假思索地拔腿向山上跑去，一面狂呼："甘博亚中尉，甘博亚中尉！"但是人们听不见他的喊声，他只好再往前跑。一连的队伍——好像清一色的甲虫——正在沿着山坡向目标爬去，他们大概全神贯注地在听着甘博亚的吼声，同时也被爬山所需的努力所吸引，所以很难向后看。上尉极力搜索甘博亚那白色的军装，以及那些准尉。忽然，那些甲虫停了下来，并且转过身；上尉知道十几个士官生已经发现了他。"甘博亚，准尉们，快来呀！"他喊道。这时，士官生们沿着山坡向下猛跑。上尉觉得，他怀里抱着这个小伙子，那姿势一定很滑稽。他心里想："我的命可真苦。上校一定会把这件事塞进我的档案。"

第一个跑到他身边的人是甘博亚。他吃惊地望望士官生，刚要俯身细看，却听到上尉喊道："快，送医务室！快跑！"

准尉莫尔特和佩索阿接过那个小伙子，向田野里飞快地冲去，后面跟着上尉、中尉和士官生，他们从四面八方跑来，惊慌地看着那个由于颠簸而左右摇晃的头颅：那上面有一张苍白而憔悴的面孔，那是人人熟悉的。

"快！再快！"上尉说道。

突然，甘博亚从准尉们手中抢过士官生，把他往自己肩膀上一扛，立刻加快了速度。几秒钟过后，他已同人群拉开了好几米的距离。

“士官生们，截住一辆过路的汽车。”上尉喊道。

士官生们离开准尉们，把路面横着切断。上尉落在了后面，他身旁是莫尔特和佩索阿。

“他是一连的吗？”他问道。

“是的，上尉。他是一连的。”佩索阿答道。

“他叫什么名字？”

“报告上尉，他叫里卡多·阿拉纳。”他犹豫了一下，又补充说，“大家都管他叫‘奴隶’。”

第二部

“我曾有过二十岁。我不同意任何人说那是最美好的年华。”

——保尔·尼桑①

① Paul Nizan（1905—1940），法国左翼作家，共产党员，牺牲于抵抗德国法西斯的战斗中。

一

我为玛尔巴贝阿达这条母狗感到难过，昨天夜里它整宿都在哀鸣。我先用毯子，后来又加上枕头，把它裹紧，可是那长长的嗥叫依然可以听见。它好像随时会因窒息而死，真是可怕极了，哀叫声把整个宿舍的人都吵醒了。假如是在过去，那也就算了。如今大家都很烦躁，于是就骂起来，很恼火，还说："你再不把它弄出去，就揍死它。"我只好从床上向各位一一说好话，差不多弄到快半夜也没法解决。我自己也困得不行，可是玛尔巴贝阿达嚎叫的声音反而越来越大，有几个人起床下地，手里拿着靴子跑到我的床边。既然现在大家这么懊丧，就不要肇事折磨全班。于是，我把它弄了出去，把它一直拉到院子里，把它扔在那里。可是我刚一转身，就发觉它跟着我，我很生气地冲着它说："你老实在这儿待着，狗东西，你就在这里嚎吧！"玛尔巴贝阿达却坚持跟在我的身后，脚爪子胆怯地不敢向前迈。它极力地要跟我的那副样子，真叫人可怜。我只好把它抱起来，一直带到草地上。我把它放在草上，搔搔它的后脑勺，就回来了。这一次它没有跟着我。但是我睡得很不好，确切地说是没有睡着。本来还有些困，可眼睛唰地一下自己就睁开了，我想起了母狗。再说，我开始打喷嚏了，因为我把它带到院子里的时候，没有穿鞋，睡衣都是窟窿。我想那时大概有风，也许还在下雨。可怜的玛尔巴贝阿达，它在外面一定冻僵了，因为它非常怕冷。以前我夜里多次发现它发火，因为我一翻身就把被子踹掉了。它很懊恼，呜呜噜噜地爬起来，用牙齿咬住毯子重新盖在身上；要不然就钻到床脚，偎在我的脚下取暖。狗这种动物非常忠实，比亲戚朋友强多了，在这方面真是没话说。玛尔巴贝阿达的样子长得滑稽可笑，它是各种狗杂交的产物，但是心地很纯洁。我想不起它是什么时候到学校来的。肯定不是哪个人带进来的，而是路过这里的。它想进来看一看，结果爱上了这个地方，就留下来了。我记得我们入学的那年，它就已经在学校里了。也有可能它是在这里出生的，是莱昂西奥·普拉多的一员。那时候，它长得又矮又小，新生“洗礼”以后，它就总是往班里钻，于是我注意到了它。它觉得好像在自己家里一样，每当有四年级的人进来，它就往人家脚上扑，冲着人家狂叫，想咬一口。它非常顽强，人家一脚把它踢得老远，它就再次扑过来，一面狂吠，一面龇着那小狗牙。如今它已经长大了，大概有三岁多。这个年龄对狗来说已经算是老年，动物活的时间都不长，特别是那些滑稽可笑、吃得又少的动物。我从来也没有看见玛尔巴贝阿达吃过很多东西。有时我扔给它一些果皮，这就是它最好的美餐。因为平时它嚼些草根，咽点汁水就吐出来。它常常嘴里叼着草根，长时间在那里嚼呀，嚼呀，就像印第安人嚼古柯叶一样。它总是待在班里，有人说它身上有虱子，就把它赶出去，可是玛尔巴贝阿达照样回来。它被扔出去过上千次，不大一会儿，房门吱扭一声响，就在下面，差不多贴着地皮，露出了它那张狗嘴。它那股执拗劲常常使我们发笑。有时我们就放它进来，跟它玩一会儿。我不知道是谁想起来给它起了一个玛尔巴贝阿达的名字。有些绰号不晓得怎么就造出来了。大家开始叫我博阿的时候，我付之一笑。后来我有点恼火，就问是谁给我起的外号。于是他们就互相乱说是某某人、某某人。如今这个诨名简直去不掉了，甚至连我们的街道上也这样称呼起来。我猜想大概是巴亚诺起的。他总是对我说："拿出来给大家看看，从皮带上面撒泡尿。""把你那个长达膝盖的小白鸽给我看看。"不过，我不在乎。

阿尔贝托觉得有人在拉他的胳膊，回头一看是张扁平脸，他想不起这个人是谁。但是那个小伙子向他一笑，好像老相识一样。在他身后还站着一个神情严肃的士官生，个子矮一些。阿尔贝托看不清两人的脸，因为这时虽然刚刚下午六点，却提前漫起了大雾。他们三人站在检阅场附近五年级的院子里。三五成群的士官生正在那里来回散步。

"诗人，请你等一等，你是个有学问的人，我问你，卵巢只是女人才有，对吗?"小伙子问道。

"松开手!"阿尔贝托说，"我忙着呐。"

"伙计，别生气。只要一分钟，我们两个打了赌。"小伙子坚持道。

"是关于一首歌，"那个矮个子凑过来说，"一首玻利维亚的歌。他有一半玻利维亚血统，会唱那里的歌，是些稀奇古怪的歌。你唱一遍，让他听一听。"

"我跟你说，放开我!"阿尔贝托说，"我得走了。"

那个士官生非但没有松开他，反而更用力拉他，接着唱道：

在我的卵巢里……
有股剧烈的疼痛，
原来是那小乖乖，
打算到人间来。

那个矮个子士官生笑起来。

“你还不放开我吗？”

“不放。你先告诉我是不是这码事。”

“这样干不算数，”小个子说道，“你是在提示。”

“是这码子事。”阿尔贝托喊道，用力一甩，方才脱身。他向前走，那两个小伙子还在后面争论。他快步走到军官楼，从那里拐弯，再有十米便是医务室。他勉强认出它的轮廓，因为大雾已经盖住了那里的门窗。走廊里一个人也没有，小小的值班室也是空空荡荡。他三步并作两步地跑上二楼，楼道口上有个身穿白围裙的人坐着，手里虽然拿着一张报纸，却并不在读，而是表情阴郁地望着墙壁。他一听见阿尔贝托的脚步，便站起身来，说道：

“士官生，请走开，这里禁止入内。”

“我想看看士官生阿拉纳。”

“不行，”那个人生硬地说道，“走吧。谁也不能探视士官生阿拉纳。他在隔离室。”

“我有急事，”阿尔贝托坚持道，“劳驾，让我跟值班医生谈一谈。”

“我就是值班医生。”

“撒谎。您是护士，我要和大夫谈一谈。”

“我不喜欢这种玩笑。”那人说着早已把报纸扔在地上。

“既然您不肯叫大夫，我自己去找，”阿尔贝托说，“您不同意，我也要进去。”

“士官生，你发疯了还是怎么的？”

“快叫大夫，他妈的，”阿尔贝托吼道，“该死的东西，快叫大夫。”

“这个学校的人，个个都是野人。”说着，他站起来拐进走廊。周围的墙壁好像刚刚粉刷不久，可是湿气又在墙壁上印出一块块的灰斑。过了不久，那个护士回来了，后面跟着一个戴眼镜的高大男人。

“士官生，你有什么事？”

“大夫，我要见士官生阿拉纳。”

“不行，”大夫回答说，一面摆出一副无可奈何的神情，“那个站岗的士兵没告诉你禁止上楼吗？年轻人，上楼会处罚你的。”

“昨天我来过三次，”阿尔贝托说，“他不让我进来，可是他今天不在。大夫，劳驾，我想看看他，哪怕一分钟也行。”

“我感到非常抱歉。可是，这不由我决定，你知道这是有规章制度的。士官生阿拉纳已经被隔离了。谁也不能见他。你是他的亲戚吗？”

“不是，”阿尔贝托说，“不过我必须跟他谈一谈，事情很紧急。”

大夫把手放在他肩膀上，十分同情地望着他说：

“士官生阿拉纳不能说话，他失去了知觉。早晚会醒过来的。你离开这里吧，否则我不得不去叫军官了。”

“假如我有兵营大尉的手令，可以见他吗？”

“不行，”大夫说，“必须有上校的许可才成。”

我每星期有两三天的中午到她的学校门口去等她，不过，不是每次都上前打招呼。我母亲已经习惯自己一个人吃午饭，我不知道母亲是不是真的以为我是去朋友家里吃饭。无论如何，我不在家对她有好处，这样可以少花点吃饭的钱。有时她看见我中午回家，反而厌烦地问我：“今天你怎么不去秋古依多家了?”就我自己来说，我真想每天都去她们学校找她，可是在我们五月二日小学，下课前不准离校。星期一还算容易，因为那天有体育课，我可以在课间休息的时候，藏在石碑后面，等萨帕塔老师把全班带上大街的时候，就从大门里溜出去。萨帕塔老师当过拳击冠军，不过现在已经老了，不大好动。他从来不点名，常常把我们带到球场上说：“你们玩足球吧，这是对双腿最好的锻炼。可是别跑得太远。”他自己就坐在草地上看报。星期二根本不可能出去，因为算术老师熟悉全班的名字。星期三则相反，我们有图画和音乐，西古埃涅老师常常心不在焉。十一点课间休息之后，我就从汽车库的大门跑掉，在学校旁边登上电车。

瘦子依盖拉斯不断地给我钱花。他经常在贝亚必斯塔广场等我，为的是请我喝一杯酒，抽一支烟，再谈谈我的哥哥，聊聊女人，等等。他对我说：“你已经是个大人啦，不折不扣的大人。”有时候，我并没有向他借，他就给我钱花。每次给的不多，五十生太伏或者一个索尔，但是足够我用来坐车。我走到五月二日广场，沿着阿方索·乌加特大街走到她们学校，我总是在街头拐角的地方停一停。有时我上前迎她，她就对我说：“你好，今天你放学又很早呀?”然后她就和我聊起别的事情来，我也一样。我心里想：“她真聪明，为了不让我感到难堪，就换了话题。”我们向她叔叔家里走去，大约要过八个街区。我尽量走得慢一些，有时迈着小碎步，有时停下来看看商店的橱窗，但是无论如何也没有超过半个小时。我们谈的事情是一样的：她把她们学校里发生的事情讲给我听；我把我们学校里发生的事情讲给她听；我们还谈下午在一块念书的事；还谈什么时候会考试，能不能升班，等等。我知道她们全班同学的名字；她也知道我们班同学的诨名、老师的外号，以及有关五月二日学校里那些最出名的学生的流言蜚语。有一次我打算对她说：“昨天晚上我梦见咱俩长大结了婚。”我想她一定会问我很多问题，为了不张口结舌，我事先准备了好多话。第二天，当我们走在阿里卡大街上的时候，我突然对她说：“喂！我昨天晚上梦见……”“你梦见什么啦？”她问我。我只是对她说：“咱们都升班了。”她回答说：“但愿这个好梦能实现。”

在我送她的路上，我们经常遇到拉萨叶的学生，他们都穿着奶咖色的校服。这是我们的又一个话题。我告诉她：“他们都是些同性恋，没法和五月二日学校的人交手。这些小白脸长得很像卡亚俄港玛丽斯塔兄弟学校的学生，玩起足球来像女人，假如踢中他们一脚，就哭爹喊娘。你看看他们那个长相就行了。”她听着笑起来，我继续说下去，最后讲完的时候，我心里想：“就要到了。”一想到她总是听我讲这老一套，很可能厌烦，我就有点心情紧张。不过，我自我安慰地心想，她给我多次讲的那些，也同样是老一套，我可从来没有觉得厌烦过。她和她姑妈在星期一妇女专场看的那部电影，她给我讲了两三次。有一次她刚说到电影院，我就大着胆子说了几句。她于是问我是不是看过某某影片，我说没有看过。“你从来不看电影吗？”她问我。我告诉她说：“如今不大看了。去年常看。那时候，我跟五月二日学校的两个孩子，每个星期三去萨恩斯·培尼亚揩油看晚场电影，因为我有个朋友的表哥是市里的警察，他值班的时候，就放我们进电影院的楼座。刚一熄灯，我们就下到池座里，这中间隔着一块木板，只要一跳就可以过去。”她问道：“从来没有抓住过你们吗?”我告诉她说：“既然警察是我朋友的表哥，谁来抓我们呀?”她又问我：“今年你们为什么不那样干了?”我说：“如今他们每星期四去看，因为那个警察换到这一天值班了。”“你怎么不去?”她问我。我不知不觉地竟回答说：“我喜欢到你家去，和你在一块。”话都说出口了，我才察觉它的含义，于是连忙闭上嘴巴。谁知这样更糟，因为她很严肃地盯着我看，我心里想，她一定生气了，于是赶忙说：“不过，也许哪个星期我会跟他们一起去看。说心里话，我并不是非常喜欢看电影。”我跟她谈起别的事来，可是心里总想着她那张与平时不同的面孔，好像她一听我这样讲，就会想起另外一些我不敢对她讲的事情来。

有一次，瘦子依盖拉斯给我一个索尔五十生太伏。他说：“拿去买烟抽吧。如果因为爱情心里难过，就喝一杯解解愁吧。”第二天，我和她正走在阿里卡大街上，人行道旁就是波雷涅电影院。恰巧我们在一家面包房的橱窗前停了一下。那里面有些巧克力点心，她说了一句：“真香呀!”我立刻想起口袋里的钞票，我还很少感到心里是这样的幸福。我对她说：“你等一会儿，我有一个索尔。我去买一块来。”她连忙说：“别，别乱花钱。我刚才是说着玩的。”可是我已经跑进去了，我告诉中国人，我要买块点心。我当时是那样地昏头昏脑，不等找钱就跑了出来。可是那位中国人非常诚实，他追出来对我说：“找给你一个丕塞他，拿着。”我把点心递给她，她却说：“可不能都给我一个人，咱们分吧。”我不同意，再三告诉她我不想吃。但是她一再坚持，最后她说：“你至少也得吃一口呀。”说着伸过手来，把点心放在我嘴边。我只好咬了一小块，她开心地笑起来。“你弄得满脸都是，”她说，“我真笨，怪我不好。我给你擦一擦。”说完她就举起另外一只手，伸到我脸上。我一动不动地站着，她那只手一碰到我的脸，我赶忙收敛起笑容。当她的手指擦到我的唇边时，我急忙屏住呼吸，闭紧嘴唇，否则她会以为我想吻她的手。“好了。”擦完后，她说。我们继续向拉萨叶大街走去，谁都没有说话。我为刚才发生的事激动得要死。我敢肯定，她的手在给我擦嘴的时候，曾经停了一下，要不然就是连续擦了几下，我心中暗暗在说：“说不定她是故意的。”

还有，并不是玛尔巴贝阿达把虱子带进学校里来的。我认为恰恰是学校把虱子传给了这条母狗。这些虱子是山里人身上的。有一回，“美洲豹”和鲁罗斯把虱子往这只可怜的母狗身上扔。这两个人真不是东西！不晓得“美洲豹”以前到过什么下流的地方，我想大概是瓦底卡区第一条弄堂那种龌龊地方吧，弄了一身虱子回来。他让虱子在洗脸间里爬，它们在白瓷砖上显得有蚂蚁那么大。鲁罗斯对他说：“干吗不把它们扔到别人身上?”该是玛尔巴贝阿达倒霉，它正在旁边望着，于是就落到它头上了。鲁罗斯揪住它的脑袋，因为它又蹬又踹，“美洲豹”就用双手把虱子往它身上扔。完了之后，两个人乐不可支。“美洲豹”喊道：“我还有大批存货呢。咱们给谁‘洗礼’?”鲁罗斯嚷道：“给‘奴隶’。”我和他们一道去了。他正在睡觉，我记得当时我抱住他的脑袋，蒙住他的眼睛，鲁罗斯按住他的双腿，“美洲豹”把虱子撒到他头发里。我冲着“美洲豹”喊道：“小心点儿，哎呀，你把虱子弄进我的衣袖里了。”要是我那时候知道这个小伙子会发生今天这样的事，我想当时决不会去抱他的脑袋，不会把他整得那么苦的。但是后来他并没有因为虱子出什么问题，而玛尔巴贝阿达却倒了大霉。它因为总在墙上摩擦，全身的毛几乎脱光了。由于满身烂疮，简直就像一条到处寻食的癞皮狗。它一定觉得身上很痒，总是在摩擦，特别是在寝室那凸凹不平的墙壁上。它的腰身好像是一面秘鲁国旗：红白相间，鲜血加石膏。“美洲豹”这时说：“我们要是给它身上撒点辣椒面，它一定会像人一样开口讲话。”于是他命令我：“你去厨房里偷点辣椒来。”我跑到厨房，厨师送给我几根辣椒。我们把辣椒放在瓷砖上，用石块碾成细末。山里人卡瓦在一旁说：“快点，快点。”“美洲豹”接着说：“你抓住它，按牢。我来给它治病。”真的，它差一点就要开口说话了；它又蹦又跳，跳起来足有衣橱那么高；它扭来扭去，好像一条大蛇；它嗥呀嚎呀，实在难听。准尉莫尔特闻声赶来，这里的喧闹简直把他吓坏了。一看见玛尔巴贝阿达这种跳法，他笑得前仰后合：“你们可真调皮呀！你们可真调皮呀！”但是最令人奇怪的是母狗居然痊愈了，它又重新长出毛来。我觉得它甚至比以前更肥了。它大概以为我撒辣椒面是为了给它治病。动物都不是那么聪明的，谁知道它脑袋里装进去的是什么东西。从那天起，它就像着了魔似的整天跟在我屁股后头转。站队的时候，它钻到我两脚中间，妨碍我开步走；在饭厅里，它蹲在我椅子旁边，摇晃着尾巴要我扔给它一块果皮；上课的时候，它趴在教室门口，一到课间休息，看见我从教室出来，它就摇头摆尾地逗我发笑；到了夜晚，它就跳到我床上，想用舌头舔我的脸。为了好玩，我有时揍它几下，它就走开了，但是仍然回来，不过总是用两眼揣摩着我的态度：“看这回你打不打我，我靠前一点，再走开一点，大概你不踢我了吧。”嘿，你看它多机灵。于是大家就纷纷嘲弄我说："土匪，你干过了吧。"这可不是真的。我脑袋里一点也没有玩弄母狗的想法。起初，这狗东西这样黏黏糊糊地缠人，实在叫我恼火。不过，有时出于偶然，我给它搔搔头皮，于是便发现它很喜欢搔痒。夜晚，它爬到我身上，滚来滚去不让我睡觉，直到我伸出手去，在它头上抓一抓，它才安静下来。这条母狗在夜里非常有精神，大家一听到它在乱动，就纷纷起来骂我："好啦，博阿，你让那畜生安静点吧。你把它勒死吧。"啊，对了，强盗，你喜欢挠痒痒，对吗？快过来！我给你抓抓狗头和肚皮。它立刻老老实实安静下来。我发现它舒服得直颤抖，可是只要我一停手，它就发火。黑暗中，我看见它张大嘴巴，露出雪白的牙齿。我不明白为什么狗的牙齿竟然这样白，而且每条狗都是如此。我从来没有看见过哪条狗长着黑牙，也没有听说过哪条狗掉了牙，或是因为牙痛必须拔掉。这实在是很奇怪的事。同样，狗不睡觉，也是很奇怪的。我原来以为只有玛尔巴贝阿达不睡觉，但是后来别人告诉我，所有的狗都一样，都是夜间不睡觉的。开始我有些惊恐不安，因为只要一睁开眼睛，就会发现它在那里瞅着我。有时，一想到这条母狗竟然整夜不闭上眼睛，总是趴在我身边，我真是无法入睡。因为这会使任何人都感到精神紧张，好像它总是在那里监视着你一样，虽然它不过是条不懂事理的母狗。但是，有时它好像很懂得一些事情。

阿尔贝托转身向楼下走去。当他正走到最下面几级楼梯时，迎面遇到一位上了年纪的人，这人面孔十分憔悴，眼睛里充满了悲伤。

"先生。"阿尔贝托招呼道。

那人已经踏上几级楼梯，听见有人招呼，便停住脚步，转过身来。

“对不起，您是士官生里卡多·阿拉纳的什么亲戚吗？”阿尔贝托问道。

那男人仔细望望他，好像要认一认他是谁，接着回答说：

“我是他父亲。您有什么事？”

阿尔贝托跨上两级，和那个人站在同一高度。阿拉纳的父亲定睛看着他：这小伙子的眼圈发青，瞳孔里流露出焦虑和警惕。

“您能告诉我阿拉纳的情况吗？”阿尔贝托问道。

“他进了隔离室。不让我们见他。连我们都不能见。他们不该这样做。”那男人声音嘶哑地回答说，“您是他的朋友吗？”

“我们两个同班，”阿尔贝托说，“他们也不让我进去。”

那男人点点头，显得心情十分沉重；他的两鬓和下巴长着稀稀落落的胡须，衬衣的领子满是皱褶和汗渍，领带垮了，露出一个小得可笑的结。

“只让我看了一下，还是在门口。他们无权这样做。”那男人说。

“他怎么样？大夫跟您说了什么？”阿尔贝托问道。

那男人两手揉揉前额，又用手背擦擦嘴巴，说道：“不知道。已经做了两次手术。他母亲已经有点疯了。我不明白怎么会发生这样的事，而且又恰恰是在快要毕业的时候。最好还是先别想这件事吧，都是些愚蠢的想法。只要一心祷告就是。上帝会把他从这场灾难中拯救出来的。他母亲正在教堂里祈祷。大夫说也许今天晚上我们可以看他。”

“他会脱离危险的，”阿尔贝托说，“先生，学校里的医生是最好的。”

“对，对，上尉先生给了我们很大希望。他是个很和气的人。我想他是叫加里多上尉吧，他还转达了上校对我们的慰问。您知道吗?”那男人说道。

接着他又摸摸脸，然后从衣袋里掏出一盒香烟，递给阿尔贝托一支。后者谢绝了。那男人把手又伸进衣袋，结果没有火柴。

“您等一下，我去找个火。”阿尔贝托说。

“我跟您一起去，”那男人说，“待在这里，坐在走廊中间，又没有人说话，实在烦闷。我在这里已经过了两天。我的神经都错乱了。但愿上帝不要让那无可挽回的事发生在我们头上。”

他们走出医务室。在门口那间小小的办公室里，有个值班的士兵。他吃惊地望望阿尔贝托，探出头来看了一下，但是一言未发。天已经黑下来。阿尔贝托走过草地，向“珍珠”小店走去。远处是宿舍区的灯光，教学楼则是一片漆黑。周围没有一点喧闹的声音。

“出事的时候，您在他身边吗?”那男人问道。

“在，不过不是距离很近。我当时在另外一边。上尉发现了他，那时我们已经上了山。”阿尔贝托说。

“这实在不公平，”那男人说，“这样的惩罚是不公道的。我们都是老实人，每个星期天都去教堂。我们没有做过任何伤害别人的事。他母亲经常积德行善。上帝为什么给我们降下这样的灾难?”

“我们全班同学都很难过。”阿尔贝托说。他停了片刻，最后补充说：“我们大家都很尊重他。他是个好同学。”

“是的，他不是个坏孩子。您知道，这是我管教的结果。有时候，我对他不得不严厉一些，那是为了他好。我费了好大力气才使他成为一个男子汉。他是我唯一的儿子，我所做的一切都是为了他好，为了他将来着想。您愿意跟我谈谈他的事吗？谈谈他在学校里的生活。里卡多的嘴很严，跟我们什么都不说。不过有时候好像不太高兴。”

“军人生活有点艰苦，不太容易习惯。一开始谁也不太愉快。”阿尔贝托说。

“不过，他还不错，”那男人热情地说，“他变了样，成了另外一种人。这是谁也无法否认的。您不知道他小时候是什么样子。这里使他受到了锻炼，使他有了责任心。这正是我所期望的：要有点大丈夫气概，要有点个性。再说假如他愿意退学，也可以对我说。我让他入学，他就同意了。这不能怪我。我所做的一切，都是为他的前途着想。”

“先生，您平静一点，不必担心。我敢肯定危险已经过去。”阿尔贝托说。

那男人好像没有听见他的话，继续说道：“他母亲把过错都推到我身上。女人就是这个样子，不公道，不明白事理。但是我是问心无愧的。我把他送到这里来，为的是使他成才，是为了把他变成一个意志坚强的人。我又不是个算卦的，怎么能预先知道会出事？您说就因为这个，能把过错推到我身上吗？”

“不晓得，”阿尔贝托含糊不清地说，“我是说当然不能。现在最重要的事是把阿拉纳治好。”

“我心情很乱。请您谅解，有时候我控制不住自己。”那男人说。

他们来到“珍珠”小店。保林诺双手托着下巴靠在柜台上。他望望阿尔贝托，仿佛第一次看见他一样。

“一盒火柴。”阿尔贝托说。

保林诺不信任地看看阿拉纳的父亲，说道：

“没有。”

“不是我要，是给这位先生的。”

保林诺没说什么，从柜台下面拿出一盒火柴。那男人划了三根，才点着香烟。就在火柴燃烧的一瞬间里，阿尔贝托发现那男人的双手在颤抖。

“请来杯咖啡，”阿拉纳的父亲说道，“您喝点什么？”

“没有咖啡，”保林诺不耐烦地说，“您要是愿意的话，就喝瓶可乐吧。”

“好吧，”那男人说，“一瓶可乐，再随便来点什么。”

他已经忘掉那个既没有下雨也没有阳光的中午。他搭乘从利马开往圣米盖尔的电车，在他家前一站的巴西电影院下了车。他一向提前一站下车，宁可多走十个街区，即使下雨也无所谓，以免撞见父亲。那一天是他最后一次奔波。前一个星期，考试已全部结束，成绩册已发到手中。学校关门了，三个星期以后才能复活。同学们由于暑假的到来而欢喜雀跃，他却相反，感到担心害怕。学校是他唯一的避难所。整个夏天，他的命运将由父母主宰，终日陷于精神迟钝的状态中。

他本应该踏上萨拉贝利大街，却沿着巴西大街继续走下去，直至那座街头花园。他在长凳上坐下，双手插进衣袋，微微蜷曲着身体，一动不动地靠在那里。他觉得自己已经未老先衰，感到生活实在无聊，毫无诱惑力，是个沉重的包袱。在课堂里，同学们等老师一转身就挤眉弄眼，投掷纸团，互相取笑开心；他则板着面孔，惶惑地注视着他们。为什么自己不能跟他们一样无忧无虑地生活呢？为什么举目无亲，没有亲朋好友呢？他闭上眼睛，长时间地呆坐着，默默想着契克拉约，思念着阿德利娜姨妈，回忆起儿时盼望夏天的急切心情。最后，他只好起身，缓步向家中走去。

离家还有一个街区的时候，他的心脏猛然缩紧：那辆蓝色的轿车在家门口停着。难道自己没有时间概念了？他向一个行人打听钟点：十一点整。父亲从来没有在一点钟以前回过家。他连忙加快脚步。一迈进外面的大门，便听到父母争吵的声音。“我就说电车脱轨，不得不从马格达莱纳大街徒步回家。”想着，他伸手去按门铃。

父亲给他开了门，满脸的笑容，眼神里毫无愠色。更令人惊讶的是，父亲竟然在他肩膀上亲切地拍了一下，几乎是欢快地对他说：“啊，你可回来啦。我和你母亲正在谈你的事。快进来，快进来。”

他感到比较放心。那种与世无争、毫无个性的憨笑，立刻浮现在唇边。这是他最好的盾牌。母亲在客厅里，一看见他进来，马上走过来，温柔地拥抱他。这使他感到不安，因为这种亲热的表示会改变父亲的好情绪。近几个月来，父亲经常强迫他以仲裁者或见证人的身份介入家里的争端。这既可怕，又令人感到屈辱：他不得不违心地应声说“是，是，是”，以回答父亲提出的那些必须加以肯定的问题。这些问题构成对母亲严重的指控：挥霍浪费、不善理家、无才无德。这一次，父亲又要让他为什么事情作证呢？

“你看那边桌子上，有些东西是给你的。”父亲和蔼地说。

他扭头一看，桌子上有本小册子，封面上有座高大的建筑物，下方有一行大写字母：“莱昂西奥·普拉多学校并非军人职业的入门”。他伸手拿起小册子，惊喜地翻阅起来。他看见里面有足球场、整洁的游泳池、明亮的餐厅、空无一人的井井有条的宿舍。在正中间，是一张彩色跨页照片，上面是一支步伐整齐的队伍，正在从检阅台前走过。那些士官生扛着上了刺刀的步枪，戴着雪白的军帽，身穿带有金色肩章的军服，一个个显得威武雄壮。旗杆顶端，一面国旗在迎风飘扬。

“你不觉得这场面动人吗？”父亲问道，声音显得颇为和蔼，但是他实在了解这种口气在声调和用词上的真实含义：那是意味着某种警告。

“是的，很动人。”他立刻答道。

“那当然啰！”父亲说道。停顿一下后，他转身向妻子说：“你瞧，我不是说过吗，他首先就会感到兴趣。”

“我看不见得吧。”母亲反驳说，声音很微弱。她不看着丈夫说道：“既然你愿意让他入学，你就看着办吧。别再问我的意见。我是不同意他去军事学校里住校的。”

听到这里，他马上扬起头来。

“去军事学校里住校？”他的眼睛里闪耀着火花，“妈妈，那可妙极啦！我非常乐意去。”

“啊，妇道人家都是这样，既愚昧无知，又多愁善感，”父亲用悲天悯人的口吻说道，“一点事理也不懂。孩子，你给她解释一下，进军事学校对你是再合适不过了。”

“他连那是怎么回事都不懂。”母亲低声嘟哝道。

“我懂，我懂，”他十分热心地回答说，“这对我再合适不过了。以前，我总是对您说，我愿意住校。我爸爸说得有道理。”

“孩子，你母亲认为你是个不会思考的傻瓜。现在你明白她给你造成的这些恶果了吧？”

他还在重复刚才那个想法：“那一定妙极了，一定妙极了。”

“好吧，既然如此，不必再争，我也不说了。不过，你们记住：我是不赞成的。”母亲说。

“我并没有征求你的意见。这件事由我做主。我只不过把这个决定告诉你就是了。”父亲口气专横地说道。

他女人听了立刻起身走出房间。那男人马上就心平气和了，他说：

“你有两个月的时间可以准备。考试一定很严格，不过你平时并不粗心，要想考取，不会太难，对吗？”

“我一定好好用功，尽可能考上。”他立下了保证。

“好极了。我给你在补习学校里报个名，买一份复习提纲。哪怕花钱再多，也是值得的，都是为了你好。那里会把你培养成一个真正的人。现在改正还不晚。”

“我一定考上，一定的。”他说。

“好啦，不必多说了。你很高兴，对吗？三年的军事生活一定会使你变个样。军人们很会办事。你的身心都会得到锻炼。假如有谁能这样关心我，就像我为你的前途这样地操心，那该有多好哇！”

“是啊，谢谢，谢谢您。”他说，停顿一下后又补充了一句，第一次叫了一声“爸爸”。

“今天吃过午饭，你可以去看电影。我给你十个索尔的零用钱。”父亲慷慨地说道。

周末使玛尔巴贝阿达十分难过。从前可不是这样。相反地，它和我们出去演习的时候，总是一路上欢蹦乱跳。听到打靶的轰鸣声，它就蹿得很高，到处乱跑，显得格外兴奋。但是，自从成了我的密友之后，它的行动就大大地变了样。每逢星期六，它就变得有些异常，好像一个多情的女人那样，总是缠着我，紧贴在我身旁，时而舔舔我，时而扬头望望我。不久前，我发现，每当我们演习归来，走进洗澡间，或者洗罢澡返回宿舍，穿上外出的军服时，它就躲到床下或是藏在衣橱后面，难过地哭起来，就因为我要上街了。我们集合的时候，它仍旧在呜咽。我们出发的时候，它垂头丧气地跟着我，仿佛一个幽灵。它在学校大门口停住，扬着脑袋，注视着我。我走到远些的地方，发现它还待在那里。甚至在我已经拐进棕榈树大街时，它还守在门口。我猜测，它一定会一直蹲在警卫室旁边的大门口，瞅着我离去的公路，一心一意地等着我。啊，对了，它从来也不跟我到校外去，虽然并没有人下令它必须留在校内，那大概是它自己规定的，好像是一种惩罚。这很奇怪。当我星期日回校时，总见它紧张地在门口进门的士官生中间钻来钻去。它的脑袋激动地东张西望，用鼻子嗅来嗅去。我知道，它老远就发现了我。我听见它一路狂叫着跑过来。一看见我，它马上跳起来，尾巴翘得高高的，身子扭来扭去，兴奋异常。狗是一种非常忠实的动物，我不忍心打它。这并不是说我待它很好。我常常折磨它，那是因为我心情不好。有时还拿它开心。玛尔巴贝阿达可是不会生气的，正相反，它好像还很高兴。它大概以为我是在跟它亲热吧。“往下跳！玛尔巴贝阿达，别害怕!”母狗站在衣橱上，时而咕噜噜地低叫，时而狂吠几声，害怕地望着地面，好像站在梯子顶端的狗。“跳呀，跳呀！玛尔巴贝阿达!”直到我走过去，从后面轻轻一推，它才毛骨悚然地落地打滚。我以前是闹着玩的，并不心疼它。玛尔巴贝阿达尽管摔痛，也绝不会恼怒。可是今天情况不同了，我是故意拿它出气。这不能都怪我，应该考虑到出了这么一大堆倒霉的事。可怜的卡瓦，那样的事不管落在谁的头上，也要十分紧张。“奴隶”的脑袋里还有一颗子弹头没有取出来。大家的心情自然格外沉重了。再说，正赶上烈日炎炎的天气，不晓得为什么非强迫我们穿上蓝军装不可，弄得我们汗流浃背，肚皮上好像有青面獠牙的妖怪在爬。什么时候把他带出来？身体怎样了？关了这么长时间的监牢，模样一定变了不少吧？大概消瘦多了。说不定每天只给面包加白水，终日蹲在小黑屋里。

只有军官会议传讯时，才能出去。他要紧张地对付军官们的询问。上校和上尉们高声审问着，那又喊又叫的模样是可以想象的，一定是凶神恶煞的。何必这样兴师动众呢？他虽然是个山里人，却表现得像条好汉：绝不往别人身上推卸责任，天大的祸事一人承担。“化学试题是我偷的，我自己去的，就我一个人，与别人无关。玻璃是我打碎的，手上被玻璃划破过，你们看，这里有划破的痕迹。”审讯完毕，又会把他关进牢房，等着士兵从窗口给他送饭。可以想象得出来会是什么样的饭食：普通士兵的饭。他一定会想到，当他回到山区，告诉家里“我被开除了”之后，父亲会如何处置他。他的父亲一定很暴躁，山里人个个是火暴脾气。从前，在学校里，我有个好朋友是普诺省的人，他上学的时候常常带着被父亲用皮带毒打的伤痕。这个山里人卡瓦大概度过了不少可怕的时光，我从心眼里同情他。也许再也见不到他了。生活就是这样，我们一起共同生活了三年，如今他要回到山区去了，再也不能念书了，只能一辈子同印第安人、同小羊驼打交道，只能当个无知的庄稼汉了。这座学校最坏的地方就是：对开除的学生来说，已经通过的考试成绩不再有效。这些混蛋绞尽脑汁要整人。这几天来，山里人卡瓦一定过得很苦。全班同学像我一样，都在考虑这件事。今天命令我们身穿蓝制服，站在院子当中让烈日暴晒，等待着把卡瓦带进来。没有人敢抬头，因为眼泪会流下来。等了一会儿，没有发生什么事情。接着，中尉们身穿检阅军服走进来，后面是兵营大尉。突然，上校到了。于是全体立正。中尉们一一上前报告。真是吓得我们出了一身冷汗。上校一开口讲话，全场马上肃静，鸦雀无声。我们不仅仅是害怕，而且还难过，特别是一班的同学。大家知道过一会儿那个人就要被带到我们面前来了。一想到他和我们朝夕相处，一起度过那样长的岁月，我们的心情就格外沉重。我们曾经和他起居与共，一道作业上课，如果毫无感觉，那恐怕真是铁石心肠。上校尖声细气地讲着。他火冒三丈，说了一些指责山里人、指责全班、指责全年级、指责大家的严厉话。就在这时，我发觉玛尔巴贝阿达在捣乱：它在咬我的皮鞋。“走开！玛尔巴贝阿达，”我心里暗骂着，“去，去，癞皮狗，去啃上校的鞋带。”“老实点儿！别趁火打劫！我的耐心可是有限度的。”我想轻轻踢它一下，赶它走开。但是不行。因为瓦里纳中尉和莫尔特准尉站在离我不到一米的地方，他们连我的呼吸声都听得到。“狗东西，你别趁机捣乱！”“停下来！狗东西。上帝的儿子比你生得还早呢。”① 我从来没有见过它这样固执。它咬住鞋带拉呀拉，最后拉断了。忽然，我觉得靴子变得肥大了。我心里想，它大概玩够了，该走开了吧。“玛尔巴贝阿达，你怎么还不走开呀？你已经弄坏一只鞋啦。”它非但没有安静下来，反而向另外那只鞋进攻了。它好像知道我是连一毫米也不能移动，好像明白我不能看它，更不能对它说一句粗话。正在这时，山里人卡瓦被带进来了。他走在两个士兵中间，好像要被绑赴刑场的样子。望着他那苍白的脸色，我感到胃里在翻腾，感到有股苦水涌上喉头。消瘦的卡瓦被夹在两个士兵中间继续走着。那两个士兵也是山里人，他们三人相貌酷似，仿佛三胞胎一样。不同的是卡瓦消瘦发黄罢了。他们从检阅场上走过来，大家都注视着他们三个。他们转过弯之后，面向着全营，在离中尉和上校几米远的地方踏步走。我暗暗在想：“他们为什么还在原地踏步？”后来我才明白，因为没有人下令“立定”，所以无论卡瓦还是两名押送兵，面对着军官们，便不知如何是好了。直到甘博

① 赶狗的咒语。

亚跨出队列，打了一个手势，三人方才立定。接着，两个士兵向后转，把卡瓦留在“刑场”上走了。卡瓦不敢四面张望。“好兄弟，别难过，‘圈子’和你心连心。总有一天我们要为你报仇。”我又想，他会不会哭起来？“好兄弟，千万别哭。你一哭，那些混蛋该高兴了。要坚决忍住，立正站好，不要发抖，让那些混蛋好好看看。只要你沉住气，马上就会结束。假如可能，你笑一下。你会看到他们一定要气疯。”我觉得全班像座火山，真希望来个大爆发。上校又开口讲起来，他对着山里人说了一番话，企图折磨卡瓦的意志。他们随心所欲地把这个小伙子整了一通，现在还要折磨他。这些人真是坏透了。上校发出警告，要卡瓦吸取教训，要我们大家好好听着。他给卡瓦讲述莱昂西奥·普拉多的生平。他说，普拉多面对着准备枪毙他的智利人，这样喊道：“我自己指挥行刑队。”真是他妈的混蛋！后来，军号响起来。皮兰涅那家伙像条恶鱼似的活动着下巴，一直向卡瓦走去。我想：“真气得想哭。”可恶的玛尔巴贝阿达，它还在咬我的靴子和裤腿。忘恩负义的东西，你要为此付出代价，你要为你干的这些事后悔。“卡瓦，好兄弟，再坚持一下，最坏的一幕就要来了，以后你就可以平静地走上街头，再也不是军人，再也不会受到惩罚，再也不用夜间站岗了。”山里人一动不动地站在那里，脸色依然苍白。他的面孔本来是黝黑的，如今变白了。从远处可以看到他的胡须在颤抖。但是，他坚持住了。当皮兰涅从他的头上扯下帽徽，又撕下领章和袖标的时候，他挺立不动，没有流泪。他的军服被扯坏之后，军号又响了。那两个押送兵重新回到他的两侧，开始踏步。那个山里人几乎不抬脚。接着，他们向检阅场走去。我不得不斜视，才能看见他逐渐远去的身影。那可怜的人走路蹒跚，步履错乱，不时低下头，大概是想看看军服被撕成什么样。押送兵则相反，他们极力把腿抬高，那是做给上校看的。最后，墙壁把他们遮住了。这时，我心里想："玛尔巴贝阿达，你等着吧。你继续咬我的裤子吧。现在该轮到你付出代价了。"可是，队伍仍然没有解散，因为上校又谈起前辈英杰来。"卡瓦，你大概已经到了大街上，在等候公共汽车吧。也许你会最后再看一次警卫室。别忘了我们！即使你忘记了，'圈子'的朋友还在这里，他们一定会替你报仇雪恨的。现在，你已经不是士官生了，而是普通老百姓，你可以走到军官身旁，不必让路，不必让座，不必敬礼。""玛尔巴贝阿达，你怎么不跳起来咬我的领带或者鼻子？你就为所欲为吧，就跟在自己家里一样。"天气热得可怕，上校还在讲话。

阿尔贝托走出家门的时候，天开始黑下来。但实际上只有六点钟。他至少花了半个小时的时间穿衣，擦鞋，梳头和烫发；他甚至还用父亲的刮脸刀把上唇和两鬓的细绒毛刮了个干净。他来到奥乔兰和胡安·方宁两条街的路口，吹了一声口哨。几秒钟后，埃米略出现在阳台上，这个小伙子也打扮得整洁漂亮。

"六点钟了，"阿尔贝托说，"快走吧。"

"等我两分钟。"

阿尔贝托理理裤线，把手绢从上装口袋里拉出几厘米；他对着窗户上的玻璃偷偷地细看：发蜡十分有效，发型依然如故。这时，埃米略从旁门跑出来，对阿尔贝托说："客厅里有人。吃了一顿午饭，哎呀，真恶心！什么东西都弄得乱七八糟，家里从上到下都是威士忌的气味。我父亲借着酒意给我出了个难题。他装腔作势，不肯给我零用钱。"

"我有钱。借给你一些，要吗？"阿尔贝托说。

"假如咱们要去别的地方，我就借一点。可是如果就待在萨拉萨尔公园，那就不必了。喂，你是怎么搞的？为什么家里还给你零用钱？难道你父亲还没有看成绩册吗？"

"他还没有看。只有我母亲看了。老头子会气破肚皮的。竟然有三门功课不及格，我这还是第一次。整个暑假我都得念书。也许不能去海滩了。算了，还是先不想这些吧。再说，他也可能不生气，因为家里有场不小的纠纷。"

"为什么事？"

"昨天晚上我父亲没有回来睡觉。今天早晨才露面，浑身干干净净、整整齐齐。他真是个没有廉耻的人。"

"嗯，实在没有教养，他总是弄上一大堆女人。"埃米略点头说，"你母亲说他什么？"

"她对着他扔过去一个烟灰缸，接着就放声哭起来。街坊四邻大概都听见了。"

他们沿着胡安·方宁大街向拉尔科大街走去。那个卖饮料的日本人看见他们走过店铺，向他们招手问候。前几年，他们赛完足球经常跑到这家小铺来。街上的路灯刚亮，但是人行道上依然黑洞洞的，因为树叶挡住了灯光。走过科隆街的时候，他们向劳拉家望去。因为在去萨拉萨尔公园之前，街上的姑娘们常常先在那里集合。客厅的窗户还是一片漆黑，看来她们还没有碰头。

"我想她们也许到玛蒂尔德那里去了，"埃米略说，"贝拜和普鲁托吃完午饭就到那边去了。"他说着哈哈笑起来。"贝拜有点发疯了，星期日白天，他跑到松林别墅去了。要不是被玛蒂尔德的父母看见，他一定会被那帮暴徒打得灵魂出窍。同样也会打坏普鲁托，其实他跟那件事毫不相干。"

阿尔贝托笑起来，他说：“他为那个姑娘发了狂，求爱达到一百次。”

松林别墅离本区很远，位于拉尔科大街另一端，要走过中央公园，差不多快到通往乔里约斯的电车轨道附近。几年前，那个别墅区还属于“敌”占区，但是如今时代变了，街道已不再难以通行。外面来的小伙子在科隆街、奥乔兰街和波尔塔巷漫步，他们访问姑娘，参加舞会，邀请这里的姑娘看电影，和她们谈恋爱；同样，这里的小伙子也只好向外转移。开始的时候，他们十个、八个一伙到米拉芙洛尔其他几个街区去转悠，比如七月二十八日区、法国大道区等较近的地方，后来又向较远的街道，如安卡摩斯街、克罗街进发。这后面一条街上住着海军少将的女儿苏苏奇。有些人在外区找到了情侣，便投身到外区的土地去了，虽则并未放弃祖居地：迭戈·费雷街。在另外一些街道则遇到了阻力，即男人们的嘲讽与女人们的冷淡。而在松林别墅区，当地小伙子的敌视竟然发展到使用暴力的地步。贝拜开始追求玛蒂尔德的时候，一天晚上突然受到袭击，被迎头浇了一桶冷水。但是贝拜继续向别墅区进攻，同他一起行动的还有同区的其他小伙子，因为那里不仅仅住着玛蒂尔德，还有葛拉谢拉和莫丽，这两位姑娘还都没有情人。

“那边不是她们吗？”埃米略问道。

“不是。你瞎眼啦？那是加西亚家的姑娘。”

他们走在拉尔科大街上，距离萨拉萨尔公园还有二十多米。一长串汽车像长龙似的沿着公路蜿蜒而上，在广场上打了一个盘旋，消失在公园旁边存放的车群中，接着在另一个方向重新出现，但数量已经减少：从那里驶向拉尔科大街的方向去了。有些汽车里开着收音机，阿尔贝托和埃米略听见里面传出舞曲和年轻人的欢笑。与每星期的其他几天不同，今天拉尔科大街与萨拉萨尔公园相接的人行道上站满了人。但是这一切丝毫没有引起他们的注意，因为每个星期日晚上吸引二十岁以下的米拉芙洛尔人的那块磁铁，很早以前就在他们身上发挥威力了。他们并非外人，而是这片人群中的一分子。他们个个衣冠楚楚，香气袭人；他们人人心安理得，仿佛置身在自己亲人中间。他们向四下打量了一下，立刻看到一张张面孔在向他们点头微笑，立刻听到一声声他们惯于使用的语言。这些面孔，他们曾经见过千百次，那是在特拉萨斯俱乐部的游泳池里，在米拉芙洛尔的海滩上，在埃拉杜拉，在雷卡塔俱乐部，在里卡多·帕尔马、莱乌罗或者蒙特卡罗电影院里。同样还是这些人在周末舞会上常常和他们相见。他们不仅熟悉这些前往萨拉萨尔公园集合地点的年轻人的面貌、肤色和表情，而且了解他们的生活，了解他们的问题和雄心壮志。他们知道托尼并不幸福，虽然他的父亲在圣诞节的时候送给他一辆赛车，可他所爱的那个姑娘安妮塔·蒙地萨瓦尔，冷淡而刻薄，但妖艳迷人。整个米拉芙洛尔都非常欣赏她那双睫毛弯弯的碧玉般的眼睛。他们知道维基和玛诺洛，就是刚刚从他们前面手拉手走过的那一对，相爱不久，几乎还不到一个星期；而帕基托则生活在痛苦之中，因为他的疖疮和驼背使他成为米拉芙洛尔区的笑料。他们还知道，索尼娅明天要出国，也许要很长时间，因为她的父亲被任命为大使；而她却很难过，因为她不得不离开学校，丢下朋友，放弃骑马课。除此之外，阿尔贝托和埃米略更清楚地知道，由于互相之间的感情把他们同这些人结合在一起，别人也同样了解他们。他们不在场的时候，人们也常常回忆他们在爱情上的成败，剖析他们的浪漫史；起草舞会邀请者的名单时，他们也一向被考虑在内。说不定，此时此刻，维基和玛诺洛就正在谈论他们：“你看见阿尔贝托了吗？埃莱娜甩了他五次以后又和他说话了。上个星期她接受了他的求爱。现在，她又要把他甩了。他真是可怜！”

萨拉萨尔公园到处都是人。他们勉强穿过那围在四方形草坪的人群。这块正方形的漂亮草坪中央有个水池，池中是座纪念碑，水中游着红黄两色的金鱼。阿尔贝托和埃米略交换了一下眼色。两人微微张着嘴，颧骨隆起，瞳孔里闪烁着火花。他们有些心神不定，脸上堆着半真半假的笑容；来来往往的人也是挂着这种笑容。一群群的小伙子一动不动地靠在防波堤的墙上，望着绕过四方草坪的过往行人。一对对情侣互相打招呼，那点头致意的样子丝毫没有改变那种半真半假的笑脸，只不过动动眉毛、鼻子和嘴巴。那迅速而呆板的点头只是扬扬眉毛而已；与其说是致意，不如说是表示认识罢了，不过是一种信号罢了。阿尔贝托和埃米略在公园里转了两圈，和一些熟人、朋友打过招呼，也认出一些来自利马、马格达莱纳或乔里约斯的陌生人，他们是来欣赏那些可以与电影明星媲美的姑娘的。那些不速之客站在旁观席上向来往的人流不断喊上几句，仿佛甩在姑娘群里的鱼饵。

“她们还没有来，”埃米略说，“现在几点了？”

“七点整。也许她们已经来了，咱们没有看见。劳拉今天早晨告诉我，她们一定会来的。她去找埃莱娜。”

“她对你失信了。那也不奇怪。埃莱娜整天拿你耍着玩。”

“现在她已经不这样了，那是以前的事情。如今她跟我在一起，不是过去那样了。”阿尔贝托说道。

他们又转了几圈，焦急地向四面张望，但是仍然没有找到。可是远远地看见了几对情侣：贝拜和玛蒂尔德，蒂戈和葛拉谢拉，普鲁托和莫丽。

“大概出了什么事情，”阿尔贝托说，“她们应该到这里了。”

“假如她们来了，你自己上前去吧。”埃米略不高兴地说，“我可不赞成这种事情，我是有自尊心的。”

“也许不是她们的错，说不定临时又不让她们出门。”

“瞎说。一个姑娘要出门，就算天塌下来，她也是要走的。”

他们继续兜圈子，一言不发，默默地吸烟。过了半个小时，普鲁托向他们打手势，说：“她们在那边。”说着指指大街拐角，“你们还瞎等什么？”阿尔贝托急忙推开众人，向那里跑去。埃米略跟在他后面，一路上嘟嘟囔囔。她们自然不是孤独的，一群生人围在她们身边。阿尔贝托说了一句“劳驾，让一让！”围着的人便毫无怨言地散开了。片刻之后，埃米略和劳拉、阿尔贝托和埃莱娜，双双挽着手在公园里漫步。

“我以为你不来了呢。”

“我不能早出来。妈妈一个人在家，我得等姐姐回来，她看电影去了。我在这里不能耽搁太长时间。八点钟就得回去。”

“只能待到八点吗？可是现在差不多七点半了。”

“还不到。才七点一刻。”

“那还不是一样。”

“你怎么啦？心里不高兴吗？”

“没有。不过，埃莱娜，请你想想我的处境。实在太可怕了。”

“什么事情那么可怕？我不懂你说的意思。”

“我是说咱们的处境。咱们一直没有见面呀。”

“那你说怎么办？我早就告诉过你，会出这种事的。所以当时我不愿意答应你。”

“这可毫不相干。既然我们要好，自然就要见面。以前你不是我恋人的时候，你们家里随便放你出来玩，和其他姑娘一样，如今反而把你关在家里，可你已经不是小孩子。我想这都是伊内斯闹的。”

“你别说我姐姐的坏话，我不喜欢别人干涉我们家里的事情。”

“我并不想干涉你们家里的事情，可是你姐姐实在令人讨厌，她非常恨我。”

“恨你？她连你的姓名怎么称呼都不知道。”

“那是你那么认为。我经常在特拉萨斯俱乐部看见她，我向她打招呼，她都不理睬我。可是好多次我发现她在偷偷瞧我。”

“说不定她喜欢你吧。”

“不要嘲笑我，好吗？你是怎么回事？”

“没有什么。”

阿尔贝托轻轻握握埃莱娜的手，定睛望着她的双眼。她的表情十分严肃。

“埃莱娜，你应该理解我。你为什么这个样子？”

“我怎么啦？”她干巴巴地反问。

“不知道。有时候你好像很讨厌和我在一块。可我越来越爱你，所以见不着你的面，我就很着急。”

“我事先已经对你说过。你不要责怪我。”

“我追了你两年多。每次你不理我，我就想：‘总有一天你会理我的，那时候我就会忘掉现在的苦日子。’可是结果更坏。从前至少还可以经常见到你。”

“你知道吗？我不喜欢你这样跟我说话。”

“我怎么跟你说话了？”

“我不喜欢你对我说这样的话。应该有点傲气。不要这样求我。”

“我并没有求你。我说的是真话。难道你不是我的恋人吗？为什么你非要我骄傲点呢?”

“我说这些话不是为了我，而是为了你。那样对你不好。”

“我爱怎么样就怎么样。”

“那好，随你的便。”

他再次捏捏她的手，想看看她的眼睛，但是她避开他的视线，而且比刚才更严肃、更冷漠。

“咱们别吵架，”阿尔贝托说，“咱们待在一起的时间太少了。”

“我必须和你谈一下。”她突然急促地说道。

“好吧。什么事情?”

“我正在考虑……”

“考虑什么，埃莱娜?”

“咱们最好是保持朋友关系。”

“朋友关系?你想吵架?就因为我刚才说的那些话?你别傻了。不要理会我那些话。”

“不，不，不是因为那些话。我很早以前就考虑过。我想最好咱们还是像以前那样。咱们的性格太不一样。”

“可是这对我来说没有关系。不管你怎么样，我喜欢你。”

“我可不。我已经想好了，我并不喜欢你。”

“啊，啊，好吧，好吧。”阿尔贝托说道。

他和她继续蹓跶，缓缓向前走着。他们忘记他们还手拉着手。又往前走了大约二十米，他们都默不作声，互不相望。走到水池旁边，她才松开手指，动作毫不激烈，仿佛在暗示什么。他明白那个意思，便松开了她的手。但是两个人的脚步都没有停住，他们仍然肩并着肩，继续保持沉默，沿着公园转了一大圈，望着迎面走来的一对对男女，还向其中的熟人点头微笑。等走出公园，到了拉尔科大街，他们才停住脚步，互相望了一望。

“你考虑好了吗？”阿尔贝托问道。

“是的，我想好了。”她回答说。

“好吧。既然如此，那就没有什么可说的了。”

她点点头，笑了一下，但是马上又摆出一副庄重的神情。他向她伸出手去，埃莱娜握住了他的手，用十分亲切缓和的口气说：“咱们仍然是好朋友，对吗？”

“当然啦，”他回答说，“当然是朋友啦。”

阿尔贝托穿过那一排排迷宫似的汽车——这些车都一辆辆停放在公园外面的人行道旁，缓冲器紧紧顶住马路外沿——接着便走上了拉尔科大街。走到迭戈·费雷街街口时，他拐了进去。街上空荡荡的，他迈开大步，走在街心当中。快到科隆街街口的时候，他听到后面有急促的脚步声和呼唤他名字的声音，回头一看，原来是贝拜。

“你好，”阿尔贝托说，“你怎么在这里？玛蒂尔德呢？”

“已经走了。她得早点回家。”

贝拜靠近他的身边，在阿尔贝托肩上轻轻一拍，脸上露出友好、同情的表示。

“我对埃莱娜的事感到遗憾，”他说，“不过我想这样更好一些。这姑娘对你不合适。”

“你是怎么知道的？我们刚刚吵过架。”

“我从昨天晚上就知道了，大家都知道了。可是没有告诉你，怕你难受。”

“我不明白你的话，贝拜。请你明说吧。”

“你不会难过吗？”

“不会的，伙计，你干脆说吧，到底是怎么回事。”

“埃莱娜对理查德钟情极了。”

“理查德？”

“对，就是圣伊西德罗大街的那个。”

“这是谁告诉你的？”

“没有人。但是大家都发现了，因为昨天晚上她和他到过纳蒂家里。”

“你是说纳蒂家的舞会？瞎说，埃莱娜没有去。”

“去过啦！这就是我们不愿意告诉你的事。”

“她对我说，她不会去的。”

“所以我对你说，这姑娘对你不合适。”

“你亲眼看见她了吗？”

“是的。她整个晚上都在和理查德跳舞。安娜跑去问她：‘你和阿尔贝托吵嘴啦？’她回答说：‘没有，可是明天一定要闹翻。’你不要为我刚才讲的事难过。”

“呸，对我来说无关紧要。说真的，对埃莱娜我已经厌烦了。”

“好的，伙计，这样我就高兴了。”贝拜说，又拍了一下他的肩膀，“再追别的姑娘吧。这是最好的报仇方法，最有刺激性的方法，也是最甜蜜的方法。你干吗不追纳蒂？她长得很漂亮，现在又很孤独。”

“对，可以试试。这主意不坏。”阿尔贝托说。

他们走过迭戈·费雷街的第二条弄堂，到了阿尔贝托家的门口便分手了。贝拜一再拍他的肩膀，以示安慰。阿尔贝托进门后，径直向通往自己房间的楼梯走去。房间里亮着灯，他一开门就看见父亲站在屋子中央，手中拿着成绩册，母亲坐在床上，好像正在沉思。

“晚安。”阿尔贝托说。

“回来啦，年轻人。”父亲说道。

父亲像往常那样穿了一身藏青色的衣服，好像刚刚刮过脸，头发油光锃亮，表面上他很严厉，但是眼睛里常常并没有那种严肃的神情，只是焦虑地注视着发亮的皮鞋、灰色圆点领带、衣袋上方的白手绢、无可指摘的双手、衬衣袖口和裤线。他那审视的目光是含混不清的，既有不安，又有自满，随后便恢复了表面的严厉神情。

“我的头有点痛，所以回来得比较早。”阿尔贝托说。

“大概是感冒吧。阿尔贝托，快上床睡觉吧。”母亲说道。

“年轻人，睡觉前，咱们先谈谈这个，”父亲晃着手中的成绩册说，“我刚刚看过。”

“有几门考得不好，”阿尔贝托说，“但是要紧的是升班了。”

“闭嘴！别说蠢话。”父亲说道，而母亲则恼怒地望望他，“这种情况在咱们家里从来也没有过。我的脸都丢尽了。你知道咱们家的人从什么时候起在中学、大学——无论什么地方都是名列前茅的吗？都二百年了。假如你爷爷看见这样的成绩，他要难过死了。”

“我们家也是如此。你别忘了，我父亲曾经连任两届部长。”母亲抗议道。

“不过，这件事就算过去了。”父亲说道，丝毫不理睬母亲的话，“这是个丑闻。我不允许你糟踏我的家门。明天你开始跟家庭教师上课，准备入学考试。”

“考什么学校？”阿尔贝托问道。

“考莱昂西奥·普拉多。住校对你有好处。”

“住校？”阿尔贝托吃惊地望着父亲说。

“这种学校很难令人相信，”母亲说，“说不定会得病的。拉白尔拉区的气候非常潮湿。”

“我到乡巴佬念书的学校去，你不在乎吗？”阿尔贝托问道。

“既然这是唯一能使你变好的办法，我就不在乎。”父亲说，“你可以跟神父要着玩，但是和军人办不到。再说，咱们家里的人一向非常民主。总之，既然要做人，就哪里都得去。现在睡觉去吧。从明天起，开始念书。晚安。”

“你上哪儿去？”母亲喊道。

“我有件急事。你别担心，我很快就回来。”

“我的命真苦呀！”母亲低下头，深深地叹了一口气。

可是解散以后，我却装成若无其事的样子。“过来，玛尔巴贝阿达，小母狗，你可真调皮呀！过来，你可真有趣呀！”它跑过来了。这都是它过于信任我而造成的恶果。假如那时它躲开，也许就是另外一回事了。如今我很可怜它。可是那天去饭厅的时候，我心里还非常恼火呢。玛尔巴贝阿达缩着爪子趴在草地上的那副样子，又有什么要紧。它一定要瘸了，我可以肯定。要是它受伤出血，还能痊愈，皮毛一长好，顶多留块伤疤。可是它没有出血，连嚎都没有嚎一声。因为实际上我是一只手捂住它的嘴巴，另一只手把它的一条腿拧了一下，就像那个可怜的卡瓦有一次扭断母鸡脖子一样。它痛得很，它的眼神说明它痛得很厉害。“狗东西，让你尝尝这个滋味，看你以后还捣乱不捣乱。我一站队，你就趁火打劫。我是你的同伴，可不是你的用人。以后在军官面前，不许再啃我的靴子。”母狗默默地颤抖着。我一放开它，才发觉我把它整苦了。它站立不住，总是摔倒。它的腿骨折了，一站起来就摔倒。它开始轻轻地嗥叫。我又一次想揍它一顿。但是下午我开始可怜起它来。我从教室出来的时候，看见它老老实实地趴在草地上，就在上午原来的那个地方。我对它说："过来，你这个狗娘养的。来给我赔礼道歉。"它站起来，又跌倒了。它站起来两三次，都摔倒了。最后它勉强挪动几步，还是三条腿在蹦跳。听它那嗥叫的声音，一定是痛极了。我把它整苦了，大概要一辈子瘸腿。我很难过，把它抱起来，想给它的腿正骨。它尖叫起来，这是因为像我刚才说的那样，里面有什么地方骨折，最好不要去碰它。玛尔巴贝阿达并不记仇，它舔舔我的手掌，脑袋偎在我的怀里，我开始给它的脑袋和肚皮搔痒。但是我刚刚把它放在地上，让它走一走，它就摔倒了，或者一蹦一跳的。因为三条腿很难保持平衡，所以它就嗥叫。可以看得出来，只要它一用力，我扭断的那条腿就使它疼痛万分。卡瓦那个山里人不喜欢玛尔巴贝阿达，他厌恶它。我多次发现他用石头打它，趁着我不注意踢它，山里人非常虚伪，卡瓦尤其如此。我哥哥总是说："你如果想知道某人是不是山里人，你就看看他的眼睛，你会发现他忍受不住而避开视线。"我哥哥非常了解他们，因为他当过卡车司机。我从小就想当个像他那样的卡车司机。他常常进山到阿亚库乔去，每星期两次，第二天返回，这种情况持续了好多年。我记得几乎没有一次他回来时不讲山里人的恶习的。他喜欢喝几杯，一喝酒立刻就找山里人打架。他说他喝醉了，别人才能抓住他。这大概是真的，那一次要是没喝酒，不可能抓住他，更不可能把他打成那个样子。总有一天我要去万卡约，查一查是什么人干的。他们把我哥哥害成那副模样，要叫他们心里后悔一辈子。那天警察跑来问："喂，巴尔底维索家是住在这儿吗？"我回答说："对，里卡多·巴尔底维索家就是这里。"我记得当时我母亲揪住我的头发，把我一下子弄进屋里。她惊惶失措地迎上前，疑心重重地望着警察说："世界上叫里卡多·巴尔底维索的人多啦。再说我们不能替别人的过错承担责任。我们虽然穷，但是老实正派。警察先生，您别理会刚才那个毛孩子的话。”可是当时我已经十岁多啦，根本不是什么毛孩子。警察大声笑着说：“里卡多·巴尔底维索并没有干什么坏事。我是来通知您，他在急救站，被人捅了好几刀，浑身上下像个马蜂窝。他要求通知家属。”母亲对我说：“你去看看那个瓶子里还有多少钱，得给他买点橘子。”水果白买了，没用上，也不让我们交给他，因为他浑身都缠着绷带，只能看见两只眼睛。那个警察始终在旁边和我们说话。他告诉我们：“他可真野呀！太太，您知道是在什么地方刺伤他的吗？在万卡约。您知道在什么地方救起他的吗？靠近乔西卡。他可真野呀！他自己爬上汽车，非常镇静地开到利马。发现他的时候，汽车在公路外面，他伏在方向盘上睡觉呢。我想那与其说是由于受伤，不如说是醉酒。您要是看看那辆卡车的样子，就会明白。到处都是血，太太，他是一路上流着血开车回来的。请您原谅，像他这样的野人，世界上没有第二个。”“您知道大夫是怎么说的吗？”“伙计，你还醉着呐，要是人家给你捅上三十多刀，你早在半路上就死掉啦。处在那种情况下，你从万卡约是回不来的。”我母亲对他说：“对，警察先生，他父亲也是这个样子。有一次人家把他送回来，差不多已经半死不活，连话也快要说不出来。他还让我给他去买酒，因为他痛得胳膊都抬不起来。我只好把烧酒瓶子送到他嘴边。您明白这是个什么样的家庭吗？这个里卡多真是他父亲的儿子，生来给我带来不幸。早晚有一天也会像他父亲那样远走高飞，我们就再也没法知道他在哪里，干什么事情了。可是这孩子他爸爸（说着她拍了我一巴掌），人却很温和，是个养家守业的人，跟那个可完全两样。上班回家，周末交给我一个装钱的信封，我给他留出车钱和烟钱，剩下的都存起来。

警察先生，他跟前一个可大不相同，差不多滴酒不沾。可是我的大儿子，就是这个缠着绷带的，非常厌恶这个人。他让这个人过了不少苦日子。里卡多还是个半大小子的时候，回家晚了，我那个可怜的丈夫就发抖，因为他知道这个野人又是喝醉了回来的，又会大声地喝问：'那位先生在哪儿？据说他是我的后爹，我要跟他谈谈。'我那可怜的丈夫躲在厨房里，后来里卡多把他找到了，赶得他满屋子乱跑。结果弄得他非常苦恼，只好也走了，但是情有可原。"警察听了，乐得像头高兴的母猪。里卡多在床上扭来扭去，非常恼火，因为没法张嘴告诉母亲：不要再说了，不要让他再难受了。我母亲送给警察一个橘子，其余的都带回了家。里卡多伤好以后对我说："你一定要经常提防山里人，他们是世界上最阴险的人。他们从来也不跟你正面交手，总是在背后捣鬼。他们那一回就是用烧酒把我灌醉，等我一迷糊，就扑了上来。如今，我的驾驶执照被吊销，不能去万卡约跟他们算账了。"也许就因为这个，我对山里人一向很反感，但是在中学里只有很少几个山里人，两三个罢了，而且都已经同化。可是一到这里，看见那么多的山里人，真叫我不舒服。他们比海边上的人还多。好像整个高山地区的人都下来了一样：阿亚库乔人、普诺人、安卡什人、库斯科人、万卡约人，都是地地道道的山里人，跟那个可怜的卡瓦一样。班上有好几个山里人，但是他显得比任何人都突出。那是什么样的头发呀！我不明白，一个人怎么能有那样坚硬的头发呢？我发现他为此感到害臊。他总想压平它，不晓得他买了些什么样的发油，把头发泡在里面，免得直立起来。他整天梳呀，抹呀，大概胳膊都举痛了吧。看看那些头发已经服帖了，突然，嗍地一下，有一根头发直立起来，接着又一根，又是一根，很快达到五十多根、一百多根、一千多根；特别是两边鬓角上的头发，简直像钢针一样地直立着，还有后脑勺上也是如此。山里人卡瓦都有点半疯了，因为大家总是拿他的头发和散发着腐臭气味的发油开心。我永远也不会忘记大家起哄的那个场面：他的脑袋油光发亮地一露出来，大家就把他包围住了，立刻尖声数起来："一、二、三、四。"我们还没有数到"十"，他的头发已经竖起。他铁青着脸忍耐着，但是他的头发还一根接一根地在往上跳。我们数到五十之前，他的全部头发已经像只刺猬帽子那样戴在头上。头发脱落是又一件使他心烦的事。但是对卡瓦来说，比别人更讨厌的是他那个奇怪的发型：几乎没有前额，眉毛之上就长着头发。这片头发一定很不舒服，没有前额一定很讨厌，这是又一件使他心烦的事。有一次，有人发现他在刮脑门子。我想准是巴亚诺发现的。巴亚诺跑进宿舍说："快去看呀，山里人卡瓦正在刮掉脑门上的头发，真是值得一看。"我们赶快向教室楼的厕所跑去，因为他在那里躲着，免得别人看见。卡瓦正在那里，前额上抹着肥皂，就像抹下巴一样，小心翼翼地刮着，以免受伤，那真是把他整得够呛。他气得快发疯了。就是那一次，他跟黑人巴亚诺打起架来，就在那间厕所里。他们打得可真厉害！但是黑人力气更大一些，他毫不留情地揍着卡瓦。"美洲豹"这时说："喂，既然他那么愿意剃掉头发，咱们为什么不给他帮忙呢？"我认为"美洲豹"那样干是不对的，卡瓦也是"圈子"里的一分子，可是"美洲豹"从来也不放过整他的机会。黑人巴亚诺虽然刚刚打过架，却表示完全赞成，第一个向卡瓦猛扑过去，接着是我。我们把他牢牢抓住之后，"美洲豹"把刷子上剩下的肥皂沫全都胡乱涂在卡瓦的前额和前半个脑袋上，然后就动手刮起来。"老实点，山里人，你要乱动，刀子就划破你的脑袋。"我紧紧抱着卡瓦，他的肌肉在膨胀，但是不能动弹，只好愤怒地看着"美洲豹"。刮呀，刮呀，“美洲豹”把他的半个脑袋刮得精光。真没见过这样整人的方法！后来这个山里人安静下来，“美洲豹”拿了一把头发擦掉卡瓦头上的肥皂沫，突然把手捂到山里人脸上说：“吃吧，山里人，用不着恶心，吃吧，可口的泡沫。”他一站起来，跑去照镜子的时候，我们这个笑呀！我想我从来也没有像那次那样笑得厉害：大家看见卡瓦半个脑袋光光的，半个脑袋长着直毛。在检阅场，他从我们面前经过的时候，诗人又跳又叫，喊道：“最后一个莫希干人在这里，快报告警卫室！”这时大家一拥上前，把卡瓦围在当中。士官生们指手画脚地笑；院子里有两个准尉也开始笑起来，最后山里人自己也不得不笑了。后来站队的时候，瓦里纳中尉说：“怎么回事？混蛋，为什么像疯婆子那样地傻笑？各班班长，出列！”班长报告说：“报告中尉，没有什么事情。全体出勤。”准尉们于是说：“一班有个士官生，他的脑袋只剃了一半。”瓦里纳说：“那个士官生到前边来！”卡瓦在瓦里纳面前立正，中尉说了一声：“脱帽！”山里人立刻执行了命令，这时，大家都忍不住笑了。瓦里纳喊道：“肃静！怎么能在队列里笑？”可是他自己一看见山里人那颗脑袋，也咧开嘴巴笑了。“喂，你这是怎么一回事？”山里人回答说：“报告中尉，没有什么。”“怎么没有什么？你以为军事学校是马戏团吗？”“不是，中尉。”“那你的脑袋为什么要这样？”“报告中尉，天气热了，我把头发剃掉了。”瓦里纳这时大声笑着对卡瓦说：“你简直像个疯婆子，可是这里不是疯人学校。到理发室去，全部剃光，这样头上就不热了。按照条令规定，不长出头发来，你不能外出。”可怜的山里人，他不是坏人。后来我们相处得很好。从前我讨厌山里人，是因为他们把我的哥哥里卡多打成了那个样子，所以我总是拿卡瓦出气。可是后来，“圈子”开会，要抽签让一个人去揍四年级一个小子的时候，卡瓦抽中了。于是我说，咱们最好另挑一个人，因为卡瓦要是让人抓住，咱们就要倒霉。卡瓦一声不吭，在琢磨我的话。后来，“圈子”解散的时候，“美洲豹”向我们建议说：“‘圈子’是完蛋了，但是如果你们愿意，咱们可以另外成立一个，由咱们四个组成。”我说，不和山里人打交道，他们都是胆小鬼。“美洲豹”说：“这个问题应该解决，咱们中间不能有这种玩笑。”他把卡瓦叫来说：“博阿刚才告诉我们，说你是个胆小鬼，不能参加‘圈子’。你应该给他证明他是错的。”山里人说：“好吧。”当天夜里我们四个跑到操场上，为了不让四年级和五年级的人认出我们是新兵，让他们拉去铺床，我们摘掉了肩章。我们顺利地来到操场上，“美洲豹”说：“你们两个打的时候，既不要骂，也不要喊。四、五年级的宿舍里到处是那些龟孙子。”鲁罗斯说：“最好把外衣脱下来，免得撕破，明天还要检查军容风纪呢。”于是我们脱了外衣。“美洲豹”说：“你们自己开始吧。”我早就知道山里人不是我的对手，但是没有想到，他竟然那样顽强。确实如此，山里人经受得住打击，尽管他们个子矮小，看起来不像样。卡瓦长得很矮，但是非常结实，身材四四方方，敦敦实实，这一点我早就注意到了。我一拳打去，他好像没事一样，很镇静地忍耐着，但是异常凶猛、粗野，紧紧抓住我的脖子和腰部，简直没有办法甩开他。我揍他的背脊和脑袋，迫使他离开，但是他立刻又像野牛一样扑过来，真是顽强呀！看着他那不太灵活的样子，真令人同情。这个以前我就知道，山里人打架不会用脚。卡亚俄港的人才会使用双脚，比双手还灵活；“双飞脚”大概就是他们发明的，但是很不容易，一般的人不会同时飞起双脚，踹到敌人脸上。山里人打架只会用双手，也不会像土生白人那样用脑袋，土生白人的脑袋确实很硬。我认为卡亚俄港人是世界上最会打架的人。“美洲豹”说他自己是贝亚必斯塔区的人，但是我相信他是卡亚俄港人。不管怎么说吧，贝亚必斯塔区离港口也很近。我没有见过有谁能像他那样既会用脑袋又会用双脚。打架的时候，他几乎不用手，自始至终就是头撞脚踢，我一辈子也不想和“美洲豹”打架。我说：“山里人，最好还是罢手吧。”他回答说：“随你的便。不过以后再也别说我是胆小鬼了。”鲁罗斯这时说：“穿上衣服，擦擦脸。那边有人来了，好像是准尉。”来的人不是准尉，而是五年级的士官生。他们一共五个，其中一个问道：“你们为什么不戴帽子？”“你们是四年级的，还是狗崽子？不许撒谎。”另一个喊道：“立正！把钱和烟掏出来！”我当时很疲倦，那个家伙搜查我的衣袋时，我静静地忍耐着。可是搜查鲁罗斯的那个小子说道：“这个家伙装满了钞票和香烟，真是个宝库呀！”“美洲豹”嘿嘿冷笑说：“你们都很勇敢，就因为你们在五年级，对吗？”其中一个人问道：“这个狗崽子刚才说什么？”天很黑，看不清他们的面孔。另外一个家伙说：“狗东西，你敢再说一遍刚才的话吗？”“美洲豹”说：“士官生先生，假如您不是五年级的，您一定不敢掏我们的钞票和香烟。”那几个士官生大声笑起来。他们问“美洲豹”：“看来你非常可恶，对吗？”“美洲豹”回答说：“对，可恶极了。我还认为，如果咱们要是在街上相遇，你们一定不敢把手伸到我的衣袋里来。”“哎呀呀，哎呀呀，你们听见没有，你们听见没有？”一个声音叫道。另一个说：“如果你乐意，士官生，可以摘掉我的肩章，扔到地上去，我仍然会想，没有肩章，我也要把手伸到我想伸的地方去。”“美洲豹”说：“不，士官生，我认为你不敢这样做。”“那咱们来试一试。”那个士官生说罢，就扔下军服，摘掉肩章。“美洲豹”一脚就把他踢倒，按在地上便打，于是那个家伙放声喊：“你们还等什么？还不赶快来帮忙？”其他几个人闻声而上，朝“美洲豹”扑去。鲁罗斯这时说："这我可不答应。"我也朝人堆冲去。这样的打架真少见！谁也看不见谁，偶尔就飞来一两脚，我想："大概是'美洲豹'踢过来的。"就这样大家打成一团，直到哨声响，方才跑散。这一架打得真痛快！到了宿舍脱下军服的时候，一看四个人身上，从头到脚都肿了，可是我们笑了一个痛快。全班同学都挤到洗脸间，要求我们讲讲。诗人为了让我们消肿，把牙膏抹在我们脸上。那天晚上，"美洲豹"说："这一仗算是新'圈子'的洗礼吧。"后来我走到可怜的卡瓦床前，对他说："嘿，咱们做个朋友吧。"他立刻对我说："那当然啦。"

他们默不作声地喝着可口可乐。保林诺用不怀好意的眼色无耻地盯着他们。阿拉纳的父亲对着瓶子小口地喝着，有时瓶子停在嘴上，两眼走神，脸上时而抽搐一下，他便又喝上一口。阿尔贝托毫无兴趣地喝着，苏打水在胃里使他发冷，他尽量不开口，免得那男人又叽里咕噜地说个不停。他向左右看看，没有见到小羊驼，它大概在操场。士官生下课以后，那畜生就躲到学校另外一头去；上课的时候则相反，它会迈着缓慢的体操步伐到草地来闲逛。阿拉纳的父亲付过钱后，又给了保林诺一点小费。教学楼那边还看不清楚，检阅场上的路灯也还没有亮，浓雾却已经下降到地面。

"他受了很多罪吗？"那男人问道，"星期六把他抬到这里的时候，他受了很多罪吗？"

"没有，先生。他当时昏迷不醒。在进步路把他送上一辆汽车，一直送进医务室去了。"

"星期六下午才通知我们，"那男人声音疲倦地说，"大约在五点左右。他差不多有一个月没有离校了，他母亲想来看他。不是因为这个，就是因为那个，他总是受处罚。我心里想，这可以迫使他多念点书。加里多上尉给我们打的电话。年轻人，当时对我们可实在是个打击。我们立刻就上路了，我在海岸街差一点撞车。竟然不让我们陪着他。这种事哪家医院也不会有。”

“如果你们愿意，可以把他送往别的医院。他们不敢拦阻。”

“医生说现在不能动，他的伤很重，这是真的，干吗要瞒着呢？他母亲一定要发疯了。为了星期五的事，她对我大发雷霆，您知道，那实在是不公道。女人就是这样，总是颠倒是非。我对孩子是比较严厉，那也是为了他好。可是星期五并没有发生任何事情，一种胡说罢了。她却总是责怪我。”

“阿拉纳回来没有讲什么。可是平时什么事情都对我说。”阿尔贝托说道。

“我跟您说，那天什么事情也没有。他回到家里待了几个钟头，不知为什么那天许可他外出。他有一个月没有回家了，刚一到家，他就要上街。那可是太不礼貌了，对吗？匆匆忙忙回家，又匆匆忙忙上街，这是怎么回事呀？我让他留在家里陪陪他母亲，因为他不回家，她已经急坏了。就是这么一回事，您看她是不是胡扯。如今她却说，直到最后那天，我还在折磨他。您看是不是胡说八道？”

“您的太太大概神经太紧张了，这很自然，又是这样的一种事情……”阿尔贝托说。

“对，对，对，”那男人说，“简直没有办法劝她休息，她整天待在医务室等着医生。可是毫无用处。您看，医生几乎不讲话，总是那句：‘先生们，耐心点，放心吧，我们正在尽一切努力，我们会通知大家的。’那个上尉还算和气，他总想安慰我们，可是应该设身处地为我们想想。三年之后——这简直令人难以相信：一个士官生怎么会出这种事故?”

“这意思是说，还不清楚，恰当点说……”阿尔贝托说道。

“上尉给我们解释了，”那个男人说，“现在我都知道了。您明白，军人是主张坦率的，直截了当，说话不吞吞吐吐。”

“他把详细情况都给您讲了吗?”

“是的，吓得我头发根都竖起来了。好像是他扣动扳机的时候，步枪撞到什么东西上了。您懂了吗? 这有一部分要怪学校，他们是怎么教的?”阿拉纳的父亲说。

“上尉告诉您说是他自己打中了自己吗?”阿尔贝托打断了他的话。

“这一点他一句话就带过去了，”那男人说，“他不应该当着他母亲的面说这个。女人家都很脆弱。可是当兵的都是炮筒子。我本想我的儿子能够这样，像块岩石一样。您猜他跟我们说什么? 在军队里要为错误付出很高的代价，他就是这么讲的。他向我们说明，专家们检查了那支枪，每个部件都很好。过错全在孩子身上。这我可是还有疑问。我认为是子弹走火造成的。总之，没法搞清楚。军人们总比老百姓清楚这种事情。再说，现在说这个有什么用呢?”

“这些都是他对您讲的吗?”阿尔贝托又追问了一句。

阿拉纳的父亲望望他说:“是呀。怎么啦?”

“没有什么。”阿尔贝托回答说，“我们没有看见，当时我们在山上。”

“请原谅，我得关门了。”保林诺说。

“最好还是回医务室吧。说不定现在可以看看他了。”阿拉纳的父亲说。

他们两人起身走了，保林诺向他们挥了挥手。他们向草地走去，阿拉纳的父亲背着双手走着，他已经把大衣领子竖了起来。阿尔贝托心里想道：“‘奴隶’从来也不跟我谈起他，也不谈他的母亲。”

“我想请您帮个忙，可以吗？”他说，“我想见见阿拉纳。我不是说现在，而是明天或者后天，等他好一点的时候。您就说我是您家的亲戚或朋友，然后把我带进他的房间。”

“行，咱们看情况吧。我和加里多上尉谈一谈。他好像很受尊敬，像所有的军人那样，比较严格，总而言之，他们的职业就是这样。”

“对，军人就是这个样子。”阿尔贝托说。

那男人说：“您知道，那孩子非常恨我，这我察觉到了。我将来和他谈谈，假如他不糊涂，他会明白这一切都是为了他好，他会看到责任全在他母亲和那老疯婆子阿德利娜身上。”

“那是他的姨妈吗？”阿尔贝托问道。

“是的，”那男人恼怒地说，“那是个患歇斯底里症的老太婆。她把他当成女孩子来抚养，送给他小娃娃，给他烫头发。这些她们可瞒不住我。我见过他在契克拉约的照片，她们给他穿上裙子，烫了鬈发。您明白吗，给我的亲生儿子。她们趁我不在家，离得远，就这样干。可是她们那一套是不行的。”

“先生，您经常出去旅行吗？”

“不，”那男人粗鲁地回答说，“我从来也没有离开过利马，我也没有兴趣。我把他接到这里来的时候，他已经被带坏了，成了一个没有用的废物。就因为我想把他造就成一个真正的人，谁就有权来责怪我吗？难道我还要为这样的事感到悔恨吗？”

“我想他一定很快就会痊愈的，”阿尔贝托说，“一定的。”

“不过我也许有些生硬。”那男人继续说道，“出于溺爱，他母亲和那个疯婆子阿德利娜不懂得什么叫明智的爱。您愿意听我的劝告吗？您将来有儿女的时候，要把他们放在离母亲远一点的地方。没有什么比女人娇惯孩子更坏的了。”

“好了，咱们到啦。”阿尔贝托说。

“那边出什么事了？人们为什么要跑？”那男人问道。

“那是吹哨集合。我得走了。”阿尔贝托说。

“再见，”那男人说，“谢谢您陪着我。”

阿尔贝托拔腿就跑，很快就追上前面一个士官生。原来是乌里奥斯特。

“还不到七点呢。”阿尔贝托说。

“‘奴隶’死了，”乌里奥斯特气喘吁吁地说，“我们去通知这件事。”

二

那一次我的生日正赶上节日。母亲对我说："早点到你教父家里去，因为有时候他要下乡的。"她给了我一个索尔的车钱。教父家住得远极了，在下桥附近。我到了他家，可是他不在。开门的是他女人，她一向不喜欢我。她对我摆出一副不高兴的样子，并且说："我丈夫不在。大概晚上也不回来，你不用等他啦。"我回到贝亚必斯塔，心里很不痛快。我原来盼着教父会像每年那样给我五个索尔。我打算给特莱莎买一盒粉笔，但这一次是作为正式的礼物，再给她买一本一百页的方格本，因为她的代数本子已经用完了。要不然就请她去看电影，当然她姑妈也得去。我甚至还算过账，花五个索尔我可以买三张贝亚必斯塔电影院的池座票，最后还可以剩下几个银币。回到家里，母亲对我说："你教父跟他女人一样，也是个没良心的人。他一定是故意躲开，让他女人把你打发走的。"我想她说得有道理。母亲这时告诉我："啊，对了，特莱莎来找过你，她让你去一趟。"我说："是真的吗？真奇怪呀！她有什么事情？"我真的不知道她为什么要找我。她还是第一次这样做，我猜测总有些事，但是过去没有发生过呀。我想："她大概知道今天是我的生日，是来祝贺的。"我大步流星跑到她家，一敲门，开门的是她姑妈。我向她问好，老太太看见是我，转身就回厨房去了。她姑妈总是这样对待我，好像我是个什么怪物。我在门口等了一会儿，不敢贸然进去。正在这个时候，她出来了，满脸笑容地迎上来，对我说："你好！快进来。"我只说了一句："你好！"勉强笑了一下。她说："进来。到我房间里去。"我好奇地跟在她后面，一句话也没有说。到了她房间里，她从一只抽屉里拿出一个包裹，对我说："拿着，给你过生日的。"我问她："你是怎么知道的？"她回答说："我从去年就记住了。"包裹很大，我拿着它不知如何是好。最后我决定打开看看，因为没有纸绳捆着，所以只要把纸打开就行。纸是咖啡色的，和街头那家面包店用的纸一模一样。我想她大概是特地向人家要的。纸包里面是件毛背心，和纸的颜色一样。我立刻明白了，她早就把这一切做好打算，因为她很有审美力，所以让毛背心和包装纸的颜色协调一致。我把纸放在地下，一面望着背心，一面对她说："啊，真漂亮！啊，真谢谢了！啊，真不错呀！"特莱莎在一旁不住地点头，好像比我还要高兴。她说："我是在学校里上手工课的时候织的。我告诉别人，这是给我哥哥织的。"说完，她哈哈笑起来。这说明她很早就计划了送礼的事，还说明当我不在她身边的时候，她也还是在想着我。给我准备礼物这件事，证明她对待我超过了一般的朋友。我再三对她说："多谢，多谢。"她大声笑着说道："你喜欢吗？真的吗？你还是穿上试试吧。"她帮我穿上。背心稍微短了一些。我连忙抻了抻，免得她看出来。结果她没有发现，竟然高兴地自夸起来："非常合身，非常合身，我可是不知道你的尺寸，我是估量着做的。"

我脱下背心想再次包上，可是我不会包。她赶忙跑过来对我说：“放下，瞧你包得这个难看样子，让我来包。”她果然包得整整齐齐，一点皱纹也没有。她放到我手里，对我说：“为了祝贺你生日，让我拥抱你一下。”她拥抱了我，我也拥抱了她。我和她的身体在一起贴了几秒钟，她的头发轻轻拂着我的面颊。接着我又听见了她那快活的笑声：“你不高兴吗？干吗这个样子？”她问我，我只好勉强笑了一笑。

第一个进门的是甘博亚中尉。他在走廊里就已经脱下帽子，所以只要立正，两只鞋跟一碰就行。上校正在自己的办公室里坐着。甘博亚知道上校身后那扇宽大的窗户外面，是一片浓重的迷雾，迷雾笼罩着学校的铁栅、公路和大海。片刻之后，又传来了脚步声。甘博亚让开门口，仍然立正着站在旁边。进来的是加里多上尉和瓦里纳中尉，他们也把军帽拿在手里，夹在腰间。上校依然望着写字台，没有抬头。房间十分华丽、整洁，样样家具好像都新漆过一遍。加里多上尉转身看看甘博亚，牙床骨和谐地蠕动着。

“别的中尉呢？”

“报告上尉，我不知道。我已经通知他们这个时候到这里来。”

过了不久，卡萨达和皮塔卢加走进来了。上校这时站了起来。他比在场的人要矮得多，而且胖得出奇，头发几乎全已变白，鼻子上架着眼镜，镜片后面闪动着一对灰色、深陷而又多疑的眼睛。他依次望望手下的军官，他们一个个仍然立正站在那里。

“稍息！请坐下。”上校说。

中尉们等着加里多上尉先找好座位。有几张皮椅事先已摆成圆形。上尉在靠近落地灯的一张皮椅上坐下来。中尉们接着坐到他的旁边。上校走近前来，军官们微微向前倾斜着上身，全神贯注，严肃而又尊敬地看着上校。

“一切都就绪了吗?”上校问道。

“是的，上校。”上尉回答说，“遗体已经抬进教堂。来了一些家属。一班在守灵；十二点钟二班去换岗，然后按顺序轮到别的班。花圈已经送来了。”

“全部吗?”上校问道。

“是的，上校。我亲自把您的名片放在那个最大的花圈上了。军官们的花圈、家长联合会的花圈也送来了。每个年级送一个花圈。家属也送来花圈和花束。”

“您和家长联合会主席谈过送葬的事吗?”

“谈过了，上校。谈了两次。他说全体领导成员都要参加。”

“他向您提过问题吗?”上校皱着眉头问道，“这种爱管闲事的人总爱到处瞎打听。您对他说了些什么?”

“我没有讲详细情况，只是告诉他有个士官生死了，没有说明细节。我还通知他，我们以家长联合会的名义送了花圈，他们应该用活动经费付款。”

“他一定会提出问题的，”上校挥动着拳头说道，“会有很多人跑来问东问西。这个时候总会有些捣鬼的人和好奇的人。可以肯定，这件事一定会传到国防部长耳朵里去。”

上尉和中尉们目不转睛地听着。上校的嗓门越来越高，到了最后那几句话，就成了叫喊。

“整个事件可能极其有害，”他补充说，“学校的敌人很多。对他们来说，这一次是个好机会，可能会利用这种糟糕的事，对学校极尽造谣诬蔑之能事，当然也会对准我本人，所以必须采取预防性措施，为此我请你们来开会。”

军官们的脸色越发严肃了，他们不住地点头，表示赞成。

“明天谁值班？”

“是我，上校。”皮塔卢加中尉说。

“好，明天早晨第一次集合的时候，你宣读一份注意事项。你记下来：全体军官和学员沉痛哀悼由于事故而死亡的士官生。你再详细说明一下死亡是由于他本人的错误而造成的。这一点不能有任何疑问。希望人人以此为训，今后严格执行条令，等等。今天晚上你起草，把草稿拿来，我亲自修改。谁是这个士官生所在连队的中尉？”

“是我，上校，”甘博亚说，“一连。”

“送葬之前，你把各个班集合在一起，简单讲一讲，就说对发生的事件，我们感到万分痛心，但是军队里不允许出差错。任何优柔寡断都是犯罪。你留下，我再跟你谈谈这件事。咱们先把送葬的细节说清楚。加里多，你见过死者的家属了吗？”

“见过了，上校。他们同意安排在下午六点。我和死者的父亲谈过。他母亲非常难过。”

“只派五年级的去送葬，”上校打断了加里多的话，“你们要嘱咐士官生们，绝对要小心谨慎，家丑不可外扬。后天在礼堂开会，我给他们讲话。随便一句蠢话就可能招致一场乱子。国防部长如果听说了这件事，一定会恼火。总会有人跑去报告的。你们都知道，我周围敌人很多。好吧，我们分头进行。瓦里纳中尉，你负责向军事学院借卡车。由你押车。最后按时还车。明白吗？”

“是，上校。”

“皮塔卢加，你到教堂去。对家属要亲切和气。过一会儿我去慰问他们。守灵的士官生一定要严格遵守纪律。绝不能允许在守灵或是送葬期间有任何违反纪律的事情发生。这件事请你负责。我希望五年级能给别人这样一种印象：他们为这个士官生的死感到十分难过。这样做总是可以得到好评。”

“上校，您不必为此担心，”甘博亚说，“本连的士官生非常沉痛。”

“是吗？”上校吃惊地望望甘博亚，问道，“为什么？”

“他们很年轻，上校。大部分十六岁，只有少数几个是十七岁。他们和死者一起生活了将近三年。他们感到难过是很自然的。”

“为什么难过？”上校追问道，“他们说了些什么？做了些什么？你怎么知道他们很难过？”

“上校，他们睡不着觉。我走遍了各班的宿舍。士官生们睁着眼躺在床上，都在谈论阿拉纳。”

“熄灯号以后，宿舍里不准说话！”上校怒吼道，“甘博亚，难道你不知道吗？”

“报告上校，我当时就制止了他们。他们没有喧哗，只是低声耳语。外面只听到一些嗡嗡声。我已经命令每个准尉要检查宿舍。”

“五年级发生这样的事是毫不奇怪的。”上校再次挥动着拳头说道。但是他的拳头又白又小，一点也不令人敬畏。“军官们自己就在那里鼓励破坏纪律。”

甘博亚没有吭声。

上校面对着卡萨达、皮塔卢加和瓦里纳说：“我再一次嘱咐你们：绝对要小心谨慎。你们可以走了。”

这几位军官起立敬礼之后，走出门去。他们的脚步声渐渐消失在走廊里。上校在刚才瓦里纳坐过的皮椅上坐下来，但是，马上又站起身，在房间里踱起方步。

“好了，现在我想知道事情的经过。到底是怎么回事？”他突然停住脚步问道。

加里多上尉望望甘博亚，点点头，示意他讲。中尉转身看着上校。

“报告上校，实际上我了解的一切都写在报告里了。当时我在右翼一侧指挥冲锋。我没有看见，也没有听见什么，一直冲到山顶附近。上尉当时怀里抱着那个士官生。”

“那些准尉呢？你指挥冲锋，他们在干什么？难道他们又瞎又聋吗？”上校问道。

“根据条令，他们在后续部队，上校。可是他们也没有发现什么。”他停顿了一下，十分尊敬地补充说，“这在报告里也说明了。”

“不可能！”上校喊道。他把双手高高地举在空中，随后落在大肚皮上，抓着皮带，极力使自己平静。“你说谁也没有看见有人受伤躺下，这是胡说！他一定叫喊过，他的身边有十几个士官生呢。一定有人知道……”

“不，上校，”甘博亚说，“人与人之间的距离很大。冲锋的时候是全速猛跑的。毫无疑问，那个士官生摔倒的时候，大家正在射击，假如他确实喊过，那么是枪声盖住了他的声音。那片地方长着很高的野草，一倒下去，身体就被遮住。后面上来的人没有发现他。这个情况我问过全连的人。”

上校转身看着上尉：

“你当时也是心不在焉的吗？”

“我当时在后面督阵，上校。”加里多上尉说道，一面眨动着睫毛，上下牙床像石磨似的咀嚼着什么，一面打着手势，“战斗组交叉前进。那个士官生一定是在他们组卧倒的时候，受伤摔下的。再次吹哨前进的时候，他已经站不起来了，所以就被半埋在草丛里。他大概比本组的人要落后一些，所以后续部队冲上来的时候，就把他丢下了。”

“所有这些都很好，”上校说，“现在把你们真实的想法告诉我。”

上尉和甘博亚互相望望，一时间沉默了，同时又不敢打破这沉默。最后还是上尉开了口，他低声说：“有可能是被他自己的步枪打中的。”他看着上校的脸色。“也就是说，在他卧倒的时候，扳机钩住了身体某个部位。”

“不对，”上校说，“我刚才和医生谈过。毫无疑问，子弹是从后面射来的，他是后脑勺上挨了一枪。你是个老兵，非常清楚地知道步枪不会自己打响。这种话说给家属听，免得引起麻烦，是可以的。但是真正有责任的却是你们两位。”上尉和中尉不由得挺直了身体。“火力是怎样组织的？”

“根据条令，上校，”甘博亚说，“互相掩护，轮流射击。各个冲锋组互相掩护，射击都在同一个时刻。下令开火以前，我都检查过一遍，看看前锋是否隐蔽好了，看看全体士官生是否都已经卧倒。因此我在右翼指挥冲锋，为的是能够有最大限度的视野，周围也没有任何天然障碍物。我随时可以看清连队演习的场地。我认为没有出什么差错，上校。”

“报告上校，这种演习我们今年进行了五六次，”上尉说，“五年级学生自从入校以来，举行过十五次这种演习。再说，他们还举行过比这个更为复杂、更为危险的演习。我是根据大尉起草的教学大纲指定演习的。大纲以外的演习，我从来没有下令搞过。”

“这无关紧要，”上校缓慢地说，“我感兴趣的是马上弄清楚是什么错误、什么差错，造成了那个士官生的死亡。先生们，这里不是兵营!”他扬起那白色的小拳头。“如果一个士兵挨了一枪，那么把他一埋，事情就算完了。可是这些士官生是学生，是家里的宝贝。为了这样一件事，会闹出一场大乱子。万一这个士官生是某个将军的孩子呢?”

“报告上校，我有个假设。”甘博亚说道。上尉转过身来，嫉妒地看着他。“今天下午我仔细检查过枪支。大部分是旧枪，不大保险。上校，这您一定知道。有些枪的标尺和准星已经歪了，另外，有些枪的枪膛已经磨损。当然，这还不足以说明问题。不过，可能某个士官生修正标尺的时候没有察觉，结果没有瞄准目标，子弹打偏了。由于不幸的巧合，士官生阿拉纳隐蔽得不好，刚好在弹道的位置上。总之，这只是个假设，上校。”

“子弹不是从天上掉下来的。”上校说道，他已经比较平静，好像已经决定了什么，“你也没有说出什么新的东西。子弹是从后续部队某个士官生那里打出来的。但是这种事故不能在这个地方发生。明天你就把全部枪支送到军械库去。不能用的，要全部换掉。上尉，您负责其他连队，也要进行一次检查。但是眼下先别搞，过几天再说。你们要非常谨慎，关于这件事，一句话也不要传出去。学校的威信全取决于这件事，甚至军队的名誉也会有影响。幸亏医生们非常明白事理。你们写份技术报告，不要任何假设。最明智的办法就是坚持是那个士官生自己出了差错的说法。要从根子上除掉任何流言蜚语。明白吗?”

上尉说：“报告上校，请允许我发表一点看法：我觉得最后这种说法比那个从后方射来子弹的说法更令人可信。”

“为什么？为什么更令人可信?”上校问道。

“是的，上校。我敢肯定子弹是从那个士官生自己的枪口中射出来的。因为瞄准距离地面几米高的靶子，弹道不可能向下偏离。那个士官生带枪卧倒的时候，很可能不知不觉就钩响了扳机。我亲眼看到士官生卧倒的姿势有毛病，他们一点也不讲技术。士官生阿拉纳在演习中的表现一向不突出。”

“总而言之，这是可能的。”上校说道，他已经十分平静，“在这个世界上，任何事情都是可能的。甘博亚，你笑什么？”

“我没有笑，上校。请您原谅，不过是您弄错了。”

“但愿如此。”上校拍拍肚皮，第一次露出笑容说，“我希望这件事对你们是个教训。先生们，五年级，特别是一连，给我们造成了困难。几天前，我们开除了一个偷试卷的士官生，他居然像电影里的强盗一样破窗而入。现在又是这件事。将来你们要更加小心。先生们，你们要明白，我不是威吓你们。但是我必须履行自己的职责。你们也是一样。我们应当像个军人、像个秘鲁人那样完成自己的使命。不要犹豫不决，不要感情脆弱，一定要排除所有的障碍。先生们，你们可以走了。”

加里多上尉和甘博亚中尉走了。上校望着他们离去，脸上露出严肃的神情，直到房门关上以后，才抓抓肚皮。

有一天下午我从学校回来，路上瘦子依盖拉斯对我说：“咱们换另外一个地方，没关系吧？我不想进这家小酒店。”我告诉他没关系，他于是把我领到萨恩斯·培尼亚大街的一间酒吧，那里又黑又脏。从柜台旁的小窄门过去，是一间大厅。瘦子依盖拉斯同接待顾客的中国人谈了一会儿，他们好像很熟悉。瘦子要了两小杯白酒。我们喝完以后，他很严肃地看着我问道，我是不是像我哥哥一样，也是一个有种的男子汉。我说："不知道。我想是的。干什么？"他回答说："你欠了我将近二十个索尔，对吗？"我立刻觉得好像有条毒蛇在脊背上爬行，我已经忘记了这些钱是借的。我心想，如今他来要账，我可怎么办呢？可是这时瘦子却说："我不是来要钱的。只不过你现在已经长大，需要钞票花了。你只要缺钱，我就可以借给你。但是要借给你，我就必须弄到钱。你愿意帮我弄点钱吗？"我问他我应该做些什么。他回答说："事情很危险，你要是害怕，就算咱们什么也没说。有那么一所住宅，我很熟悉，里面没有人，是个阔佬的，不知道装着多少钞票，就像印加国王阿塔瓦尔帕①那么富有，现在你知道了吧。""你是说去偷？"我问他。"对，虽然我并不喜欢这个词，"瘦子说，"那些人花天酒地，钱多得没处花，你和我却死了都没有地方埋。难道你还害怕吗？你别以为我要强迫你干。你想想你哥哥是从什么地方弄到那么多钱的。要你去干的事情非常容易。""不，我不愿意干，请你原谅。"我对他说。我并不害怕，但是感到意外。我心里一个劲地想，我怎么就没有发现我哥哥和瘦子依盖拉斯会是小偷呢。瘦子不再谈这件事了，他又要了两杯酒，给了我一支香烟。他像往常那样，给我讲笑话。他非常滑稽有趣，每天都能讲出一些新的色情故事。他讲得活灵活现，又做鬼脸又装出各种声音。他一笑起来，嘴巴张得那么大，竟然连臼齿和喉咙都看得见。我听他讲着，也张开口笑。但是他大概从我的脸上看出我在考虑别的事情，所以问我："你怎么啦？是为我的建议在伤脑筋？忘掉这件事吧！"我问他："假若有一天把你抓住呢？"他变得严肃起来，一面回答说："告密分子都很笨，再说他们偷起来比别人更厉害。不

① Atahualpa（约1502—1533），秘鲁印加帝国末代皇帝。

过，真的要是把我抓住，那可就倒霉了。世界上的事情就是这么回事。”我还想再谈谈这种事，于是问他：“万一抓住你，会关多久?”他说：“不知道。这要看你当时身边有多少钱。”他告诉我，有一次我哥哥正要钻进拉白尔拉区一座住宅，被人家捉住了。当时有个警察从那里路过，掏出手枪对准我哥哥说：“局里去走一趟！你在前边走，离开五米远，不然的话我就把你当盗窃犯打烂。”可是我哥哥厚着脸皮放声大笑，对警察说：“你大概喝醉了吧？我到里面去是因为厨娘正在床上等着我呢。你如果想弄清楚，请把手伸到我的衣袋里来，你就明白了。”他说那警察犹豫了一下，可是好奇心占了上风，就走上前来。警察拿手枪对准他的眼睛，一面搜查他的口袋，一面说：“你要是动一动，我就敲掉你一只眼。就算你不死，也成了独眼龙。你还是老实点好。”警察从口袋里伸出手来的时候，手里攥着一沓钞票。我哥哥哈哈一笑，对警察说：“你是当差的，我是用人，咱们是兄弟。这些钱你收下，放我走吧。我改日再来看厨娘。”警察回答说：“我去小便，就在那堵墙后边。等我回来的时候，你要是还在这里，我就以你贿赂官员的罪名把你送警察局。”接着瘦子又讲了一个故事：有一次在赫苏斯·玛丽亚街，他和我哥哥差一点被抓住。当时他们刚要从一所房子里出来，就被发现了。警察吹起哨子，他们沿着屋顶跑，最后跳进一座花园。我哥哥把一只脚扭伤了，他对瘦子说：“你快跑吧，我受伤了。”可是瘦子不愿意自己单独逃跑，就把他一直架到街口的下水道里，钻了进去，挤得紧紧的，几乎不能呼吸，不知过了多长时间，两人才出来找了一辆出租汽车，逃回卡亚俄港。

在这以后，我有几天没见到瘦子依盖拉斯，我心里想：“大概把他抓走了。”可是过了一个星期之后，我又在贝亚必斯塔广场看见他了。我们又去中国人那里喝酒、吸烟和聊天。那天没有提起上次的那件事，第二天也没有提起，以后的几天里也没有提起。我每天下午仍旧到特莱莎那里去念书，但是再也没到她学校门口去等她，因为我身上没钱。我不敢伸手向瘦子依盖拉斯借。我盘算着怎么才能弄到几个索尔。有一天，学校里让我们买一本书，我跟母亲说了，她马上火冒三丈地喊道：“咱们连饭还都吃不上呢!”她还说，明年不能上学了，因为我那时候就要十三岁了，应该去挣钱了。我记得我找了一个星期日，没有对母亲说，就到教父家里去了。我用了三个小时才到那里，因为我得步行穿过整个利马城。在敲门之前，我先从窗户上侦察了一下，看看能不能找到他。我担心像上次那样又是他老婆出来，说他不在家。结果出来的不是他女人，而是他女儿，一个没牙的瘦猴。她告诉我，她父亲在山里，十天以后才能回来。这样一来，要用的书就买不成了。幸亏有同学借给我用，我才能做作业。糟糕的是我不能到学校里去找特莱莎，这使我非常难过。一天下午，我和她在一起念书的时候，她姑妈到别的房间里去了，她对我说：“有很长时间你没去等我了。”我立刻脸红了，我说：“我打算明天去。你还是十二点钟下课，对吗?”那天晚上我到贝亚必斯塔广场去找瘦子依盖拉斯，但是他不在那里。这时我想起他可能在萨恩斯·培尼亚大街那间酒吧里，便向那里走去。酒吧里挤满了人，烟雾腾腾，有几个醉鬼在叫喊。那个中国人一看见我进门，就喊：“小毛孩子，走开!”我告诉他：“我找瘦子依盖拉斯有急事。”那个中国人这才认出我来，他给我指了指旁边的一扇门。大厅里的人比门厅的还要多，由于烟太多，几乎看不见人。有些女人坐在桌子旁边，有些男人腿上坐着个女人，不住地在抚摸和亲吻。有个女人拧了一下我的脸，说：“你在这里干什么，小蝌蚪?”我说了一句：“闭上你的嘴，臭婊子。”她听了大声笑起来，可是搂着她的那个醉鬼却说：“你骂了这位太太，我要扇你一个耳光。”正在这时，瘦子来了，他拉住醉鬼的胳臂，安抚他说：“这是我表弟。谁想对他怎么样，跟我算账好啦。”那家伙说：“好吧，瘦子。不过，他别再说我的女人是婊子了。应当有教养，特别是要从小教育。”瘦子依盖拉斯把手放在我肩膀上，领我到一张桌子上，那里有三个男人，我一个也不认识，两个是土生白人，一个是山里人。瘦子说我是他的朋友，把我介绍给他们，并且叫人给我送来一杯酒。我对他说，我要单独和他谈谈。我们起身去小便处，在那里我说：“瘦子，我要用钱。不管你想干什么吧，你先借给我两个索尔。”他笑了，把钱给了我。但是，接着他便对我说：“喂，你还记得上次咱们谈的那件事吗？好，我也想请你帮个忙。我需要你。咱们是朋友，应该互相帮助。就干这么一次。好吗?”我回答他说：“好吧，就干一次。我欠你的钱就算还清了。”他说：“我同意。如果咱们顺利，你不会后悔的。”我们回到桌上，他对那三个男人说：“我给你们介绍一位新伙伴。”那三个人笑了，纷纷来拥抱我，还不断地开玩笑。正在这时，有两个女人走了过来，其中一个开始纠缠瘦子。她想吻他，那个山里人对她说：“你让他安静点。你干吗不去使劲吻吻那个毛孩子?”她立刻说：“非常乐意。”说着便用力亲我的嘴，别的人在一旁哈哈大笑。瘦子依盖拉斯把她推开，对我说：“现在你回去吧。不要再上这里来了。明天晚上八点钟你在贝亚必斯塔广场上的电影院旁边等我。”我走了，一路上极力只想明天去等候特莱莎的事，但是不行，瘦子依盖拉斯的事使我十分激动。我想到了那最坏的可能：警察抓住了我们，我由于年龄小，被关进了拉白尔拉区的教养所。假若特莱莎知道了这些事，一定会再也不理我了。

如果教堂里一片漆黑，那就更糟。若明若暗的微光照出一个个黑影，勾画出人们的动作。每个动作既照在墙壁上，也照在石板地面上，使每个在场的人都能够看见。微弱的烛光把人们的面孔罩上一层凄惨的黑影，令人感到阴森可怖，使大家越发严肃。再有就是那低声的呜咽，连续不断（总是咕哝着一句话，总是那个声调，最后一个音节与开始的第一个音节连成一串），从后面传到他们耳中，好像有极细的纤维在刺激着他们的耳膜。假若那女人大声叫喊，放声狂呼，祈求上帝和圣母，揪着头发，或者号啕痛哭，他们也许还好受一些。但是自从佩索阿准尉把他们带进教堂，指挥他们分别站在棺材两侧及教堂四边的时候，他们就听见了那女人低声的呜咽。哭声来自一门之隔的忏悔室，那里放着一些板凳。佩索阿下令举枪之后过了很久（他们毫无精神和声响但很整齐地执行了），他们才看出来，除了那个正在哀哭的女人之外，教堂里还有另外一些人在低语、在走动、在交谈。他们无法看到自己的手表：每个人都立正站着，间隔半米，没有说话。他们最多可以微微扭动，看看棺材，但是也只能望见那黑色的光滑表面和白色的花圈。在教堂前部站着的那些人中，没有一个走到棺材跟前来。大概在他们来站岗之前，那些人已经到棺材前面去过了，现在只是忙于安慰那个女人罢了。学校里的那个神父，脸上露着异乎寻常的悲戚神情，三番五次地走到祭坛跟前，然后再回到门口，在那群人里混上几分钟，接着又穿过教堂中间，低垂着眼睛，年轻健康的面庞完全换上了与这种气氛协调一致的表情。但是，他虽然从棺材旁边经过这么多次，却一次也没有停步细看。他们已经在那里站了一阵子。由于步枪的重量，有的人胳臂已经酸痛。此外，天气炎热，房间狭窄，祭坛上下的蜡烛在燃烧，他们又身穿呢料军装，所以很多人汗流浃背；但是他们纹丝不动，脚跟并拢，左手贴在大腿上，右手握着枪托，身体站得笔直。不过，这种严肃认真的态度是不久前才有的。当乌里奥斯特双手推开宿舍的门，报告消息的时候（他只是嘶哑地喊了一声：“‘奴隶’死了!”），大家看到他由于奔跑而满脸涨红，口鼻在哆嗦打颤，面颊和前额挂着串串汗珠；在他肩头上方，后面，大家又看到了诗人那张红脸膛和睁得很大的双眼，那时竟然还有人开玩笑。几乎刚一关上门，鲁罗斯那特殊的嗓门就吵吵嚷嚷地喊起来：“哎呀，我的妈呀，大概他已经下了地狱。”有一些人哈哈笑起来。但那不是平时野人般的嘲笑（那种发自体内的嗥叫），而是非常短促的、毫无个性和特色的防御性的笑声。可是当阿尔贝托高喝一声：“谁要是再开一句玩笑，我就揍他婊子养的!”那时大家听得明明白白，死一般的肃静立刻代替了笑声。谁也没有再吭声。士官生们都待在床上，或者站在衣橱前面。有人望望被湿气腐蚀的墙壁，有人望望褐色的地砖，有人望望窗外那没有星星的天空，有人望望洗脸间那两扇轻轻晃动的木门。谁也没有说话，甚至互不相视。接着，有人继续整理衣橱，有人继续铺床，有人吸烟，有人翻阅笔记，有人缝补演习穿的军服。慢慢地谈话声又响起来，但已经不是原来的话题。幽默、粗鲁乃至刻薄的影射和种种的坏话都销声匿迹了。奇怪的是人人都低声说话，好像吹过熄灯号那样，语句都很简洁而有分寸，除去“奴隶”之死的话题以外，别的事都谈：借黑线、要布头、借笔记、要香烟、借考卷、要信纸。随后，转弯抹角、小心谨慎、回避本质地问答起来：“那是几点钟的事?”接着便从旁边研究起来：“瓦里纳中尉说，准备给他再做一次手术，说不定是在手术期间。”“会不会让我们去送葬?”随后便开始种种谨慎的哀悼的表示：“真命苦呀！年纪这么轻就遭了难。”“还不如一口气就断在那演习场上呢。折腾了三天才死，真受罪呀！”“再有两个月就毕业了，这才叫倒霉透顶呢！”这是间接的哀悼，是原来话题的演变，穿插着长时间的沉默。有些士官生始终保持安静，仅仅点头赞同。后来，集合的哨子响了，大家不慌不忙、秩序井然地离开宿舍。他们穿过院子，向集合地点走去；大家安安静静地站好队伍，谁也不争抢位置，而是互相礼让；人人都仔细认真地左右看齐，自觉立正站好，不再等着班长的口令。晚饭也是如此，几乎没有人说话。他们感觉到，在宽大的饭厅里，几百双眼睛都在注视着他们；他们不时地听到来自狗崽子们的饭桌上的议论：“他们就是一连的，跟他在一个班。”此外，还有人朝着他们这里指指点点。他们不大起劲地嚼着食物，既不感到憎恶厌烦，也不感到津津有味。走出饭厅的时候，他们用简短的咒骂回答着别的班或别的年级提出的问题，他们对这种烦人的好奇心感到十分恼火。后来回到寝室，大家把阿罗斯毕德围了起来。黑人巴亚诺说出了众人心里的话：“你去跟中尉说一下，我们要为他守灵。”他接着转过身对大家说：“至少我觉得应该如此，他是咱们班上的，我想我们应该去守灵。”没有谁笑他，一些人点头表示同意，另一些人忙说：“当然啦，当然啦。”班长阿罗斯毕德去找中尉报告，不久便回来要大家穿上外出制服，戴上手套，擦亮皮鞋。他对众人说，半个小时后携带步枪和刺刀集合，但是不准有任何浅色绦带。大家再三要阿罗斯毕德再到中尉那里去说一下，人人都要求整夜为他守灵。结果中尉没有同意。现在他们已经在这里站了一个多小时了，在烛光昏暗的教堂里，他们倾听着那女人单调的呜咽，偷偷窥视着那摆在教堂中央的棺材，它显得孤苦伶仃，仿佛里面是空的。

但是他就在那里。皮塔卢加中尉走进教堂的时候，大家才确信他真的在那里。中尉一进来，他的皮鞋声就压倒了那女人的哭声，引起了众人的注意。他们听到他正走近身旁。中尉每向前走几步，就有两个士官生看见他从自己眼前过去。士官生们看见他一直走向棺材，心情十分激动。每个人的眼睛都在盯着他的后背，大家看见他一直走到花圈旁边。他为了看得清楚些，微微弯腰俯视，身体成了弓形。看到他举手敬礼，脱帽默哀，众人感到一阵战栗。他们看见他画过十字，挺起胸膛，满面浮肿，双眼无神地按照来时的方向出去了。大家看着他走了，听着他那远去的脚步声。不久又传来那女人的呜咽声。

过了片刻，皮塔卢加中尉又回到士官生身边，他在每个人耳边说，可以放下武器，稍息站着。他们照办了。接着又传来一个小动作：他们慢慢地、不易察觉地缩短了人与人之间的距离，最后站得摩肩接踵。守卫线在令人起敬的沙沙声中逐渐缩短，那声音非但没有破坏肃穆的气氛，反而令气氛变得更加沉痛。接着他们听到了皮塔卢加中尉的声音，立刻明白他是在和那女人说话。毫无疑问，为了低声说话，他费了不小的力气。由于无法压低嗓门，他一定觉得很难受：一则他声音粗重，二则他不得不背弃往常的信念，即，男子汉必须配上洪亮的声音。他的话语好像湍急的水流，从中可以听清只言片语。比如，阿拉纳的名字，他们就听见了几次。起初，他们几乎不明白说的是什么，因为在他们的心目中，死者就是“奴隶”。那女人好像并没有注意他的话，仍旧在啜泣。那一定使皮塔卢加中尉感到慌乱，所以他时时沉默下来，停顿好长时间才重新讲下去。

“皮塔卢加在说什么？”阿罗斯毕德不动嘴唇，从牙缝中发出声音问道。他站在排头，挨着他肩膀的是巴亚诺。巴亚诺重复了这个问题，博阿又传给下一个人。问题就这样传到了排尾。距离皮塔卢加中尉和那女人谈话地点最近的士官生回答说：“在讲‘奴隶’的事。”他继续把听到的话传回去，既不增加，也不减少，全部一字一句照传。中尉的独白可以很容易地串起来：“是个出色的士官生，军官和准尉都给予他很高评价。他是个模范学生，读书用功，深得老师赞许。人人都为他的逝世而哀悼。现在宿舍里显得冷清而沉重。他遵守纪律，集合时总是抢在前面。他有男子气概，仪表出众。不出事的话一定会成为优秀军官。他忠诚、勇敢，在演习中知难而上，总是去完成艰巨的任务，毫不迟疑，而且任劳任怨。生活里经常会发生不幸的事情，一定要克制痛苦。全体官兵和师生都希望为死者家属分忧。过一会儿，上校要亲自来吊唁。死者将被隆重安葬。他所在的年级将身穿礼服，持枪送葬。一连的学生要佩戴黑纱以示悼念，就像祖国失去了自己亲生的儿子一样。要忍耐，只好听天由命。对他的怀念将载入校史，他将永远活在底下各个年级的心中。家属什么事情也不必操心，学校当局负担全部丧葬费用。这件不幸发生不久，学校就订做了花圈。上校校长的花圈是最大的。”通过这条临时传话线，士官生们注意着皮塔卢加中尉的每一句话，还不时听到那女人持续不断的呜咽，以及偶尔打断皮塔卢加的一位男子的说话声。

不久，上校来了，大家立即听到他那急促的企鹅式的脚步声。皮塔卢加和其他几个男子的声音沉寂了下来，那女人的呜咽声也变得较为柔和和遥远。未经下令，士官生们便自动立正。他们没有举枪，但是脚跟并拢，挺胸抬头，双手笔直地贴着裤线。这时全体肃立，隐约传来上校那尖细的嗓音。他的声音比皮塔卢加的还要微弱，人工传话线于是中断了。只有队尾的一两个人明白他在说什么。大家虽然看不见他，却很容易想象出他那副尊容，就像那天操练一样，挺着肚皮站在话筒面前，挥舞着双手，傲慢而又得意地扫视全场，仿佛在表示他并没有讲稿。他一定又在大谈某种精神的神圣意义，大讲军人生活能够使人健康和老练；一定又在强调纪律是社会秩序的支柱。士官生们看不见他，但是可以猜出那张礼貌周到的嘴脸，想象得出他怎样在那个眼睛红肿的女人面前挥动着那双海绵一样的小手。他一定会把两手时时叉在腰间的皮带上，按住那个绝妙的肚皮，而双腿则叉开站着，以便撑住全身的重量。士官生们还可以猜到他所举出的事例和格言。他一定会谈到那些不朽的先驱，谈到独立革命以及在与智利作战中牺牲的烈士，还有那些为保卫危难中的祖国而抛头颅、洒热血的不朽英雄。上校讲罢的一瞬间，那女人停止了哀泣。那个时刻颇有些不寻常，教堂的气氛好像变了样。有些士官生不安地面面相觑。但是那阵寂静并没有持续长久。上校立即率领皮塔卢加中尉和一名身穿藏青色衣服的市民向灵柩走去。三人在遗体前静默了片刻。上校把交叉的双手放在肚皮上，下唇抿住上唇，眼皮半闭半睁：这是专门用于重大事件的表情。中尉和那个市民分别站在上校两侧，那市民手中攥着一块白手帕。上校转身看看皮塔卢加，靠近他耳边说了几句，两人又凑到那市民跟前嘀咕了一阵，后者点点头。接着三人向教堂后面走去。这时那女人的呜咽声又重新响起来。由于二班已前来换班，中尉下令他们撤到院子里去。这时他们耳边听到的，依然是那个女人的哭声。

他们一个跟着一个，在屋内走了一圈，然后快步向大门走去。经过那里时，他们偷偷向长凳望去，希望看见那个女人，但是一群男人挡住了视线。除去皮塔卢加和上校外，还有三个男人也神情严肃地站在那里。在教堂对面的检阅场上，二班的士官生正站在那里。

他们也身穿制服，携带着枪支。一班的人在离开他们几米远的地方，正在草地的边缘集合整队。班长把脑袋伸到排头前两名中间，检查排面是否整齐。接着他移到左侧开始清点人数。士官生们立正等着，悄声谈论着那个女人、上校和送葬的事。过了片刻，大家纷纷询问是不是皮塔卢加中尉把他们给忘了。阿罗斯毕德还在队列前后跑动。

当中尉从教堂出来的时候，班长下达了“立正”的口令，并上前迎接。中尉告诉他把全班带回宿舍。阿罗斯毕德转身刚要下令出发，排尾传出一个声音：“缺一人。”中尉、班长和一些士官生连忙回头去看，又有几个声音同时重复道：“是的，缺一人。”中尉立刻走到队伍跟前。阿罗斯毕德这时飞快地从排头跑向排尾。为了保险无误，他用手指一一清点。最后，他说：“报告中尉，我们一共二十九人，现有二十八人。”这时有人喊了一声：“缺诗人。”阿罗斯毕德报告说：“士官生费尔南德斯缺席。”皮塔卢加问道：“他进教堂了吗?”“是的，中尉。他在我身后。”“只要他不寻死就好。”皮塔卢加嘟哝了一声，做个手势，要班长跟他走。

他们走到教堂门口，就发现了诗人。他站在大厅当中，身体遮住了灵柩，但是没有挡住花圈，肩上的步枪有些歪斜，脑袋低垂着。中尉和班长在门槛前停住脚步。“那个傻瓜在干什么?”军官说道，“立刻把他带走。”阿罗斯毕德连忙上前，走过那群人身边时，他的目光与上校的相遇。他敬了礼，但不晓得上校是否回了礼，因为他立刻就扭过头来。阿罗斯毕德拉住阿尔贝托一只胳膊的时候，后者依然纹丝不动。班长一时忘记了自己的任务，也朝灵柩里看去：灵柩面上盖着一块光滑的黑色木板，顶端是一块混浊不清的玻璃。透过这块玻璃，可以模模糊糊看到里面有张面孔，有顶军帽。“奴隶”的脸裹在白纱布里，好像有些浮肿，显出石榴红的颜色。阿罗斯毕德推了阿尔贝托一下："大家都集合了。中尉在门口等着你呐。你想受处分吗?"阿尔贝托没有回答，他像个梦游病患者一样跟在班长后面出来了。走到检阅场上，皮塔卢加中尉从后面追了上来，他对阿尔贝托说："调皮捣蛋的东西，难道你喜欢看死人的模样?"阿尔贝托依然没有吭声，继续向队伍里走去，他插进行列里，默不作声地迎接着同学们询问的目光。有人问他出了什么事情，他没有理睬。几分钟后，当走在他身旁的巴亚诺为使全班都听见而高声说"诗人在哭"的时候，他仿佛依然处在麻木不仁的状态之中。

三

它已经痊愈，但是永远留下了一条瘸腿。大概里面有什么地方扭断了：一段骨骼，一根神经，或者一块肌肉。我千方百计要给它正骨，但是已经无法可治。那条腿已经硬得像个铁钩，不管我怎样用力拉，就是一丝也扭不动。玛尔巴贝阿达总是立刻痛得放声嚎叫，而且极力挣扎，我只好放开它。慢慢地它有些习惯了，但是走起路来怪模怪样，总是向右侧跌倒，再也不能像从前那样奔跑了，只能蹦跳几步，然后不得不停下来。因为它只有三条腿撑着，自然很快就累了，它是个残废嘛。更糟糕的是那条前腿，必须独立支撑狗头的重量。它永远也不会像从前那样跑跳了。班上的人给它改了名字，现在都管它叫“瘸腿”。我看准是黑人巴亚诺想出来的，他一向爱给旁人起外号。就像玛尔巴贝阿达那样，周围的一切都在变化。自从我入学以来，这是头一回，在短短几天内发生了这么多事情。山里人卡瓦因为偷化学试题而被告发，经军官会议审查，最后被摘掉了领章。那个可怜的人儿现在一定已经回到山区和小羊驼同住去了。

在这之前，班里还没有人被开除过，这回该是我们倒霉。我母亲说，命中注定的事是无法避免的，我看她说得不无道理。随后又发生了“奴隶”这件事。那真是够惨的！先是头上中了一枪，接着不晓得又动了几次手术，最后死在手术台上。谁发生过像他这样悲惨的事情啊！大家虽然竭力掩饰着自己，可是由于这一连串的不幸，人人都有些变样。这些情况可没有逃出我的眼睛。也许将来一切都会恢复从前那个状况，可是眼下这几天，班上变化很大。小伙子们的表情也不同于过去。比如说诗人，简直成了另外一个人。谁也不靠近他，谁也不和他说话，好像对他那副傻呆呆的模样已经司空见惯。他整天默不作声。他的好友已经下葬四天，本来应该恢复一点神志了，但是他的情况更糟。那天他留在棺材旁边的时候，我就这样想过：“这件不幸的事把这个小伙子也给毁了。说真的，他是他的好朋友呀。我想他是‘奴隶’——应当说阿拉纳——在学校里唯一的朋友了。”不过这也是前不久的事，从前诗人像大家一样也欺负阿拉纳。到底发生了什么事情，使得这两个人像一对拉犁的母牛，上上下下形影不离？大家经常取笑他们。有一次鲁罗斯对“奴隶”说：“你可找到丈夫了。”好像真是那么回事一样：“奴隶”总是摽着诗人，诗人到哪里，他就跟到哪里；他总是瞅着诗人，不断地和诗人低声细语，不让旁人听见。他们经常悄悄地去草地上聊天。假如有人欺负“奴隶”，诗人就出来保护。诗人诡计多端，他并不当面护着“奴隶”，如果有人纠缠“奴隶”，过不了很长时间，诗人就要整那个欺负他朋友的人，而且总要占便宜。诗人打起架来，简直像头猛兽，至少过去是如此。如今他不和任何人在一起，也不和别人开玩笑，而是独来独往，好像在睡梦里一样。他身上的变化是显而易见的。从前他经常抓住机会调皮捣蛋。如果有人整他，看他那副自卫的架势可有趣极了。有一天，黑人巴亚诺扯着裤门襟，对他说："诗人，以这个为题，给我做首诗。"诗人回答说："我马上给你做，不过先让我找点灵感。"过了一会儿，他给大家朗诵道："巴亚诺手中攥的，花生米一颗，真好看。"他非常调皮，善于引人发笑。他多次取笑我，有时我真想揍他一顿。不过，他为玛尔巴贝阿达也写过很多好诗，我的文学笔记本里还抄着一首："母狗，你是喜欢被爱抚的；但你又是疯狂的。博阿那样蹂躏你，为什么你居然不死呢？"有一天晚上，他把全班都给闹醒了。他一面向洗脸间跑去，一面高声喊着："大家快来看呀！你们瞧瞧博阿夜里站岗的时候在跟玛尔巴贝阿达干些什么？"我差一点把他给揍扁了。他特别爱吵架，但不爱动手。那一次和加约打架，他几乎被人家打烂。他有些平民化了，像个海边的人。他长得很瘦，一头撞过来的时候，那身骨头架子实在可怜。学校里这种贵族小白脸不太多，诗人是大家愿意接近的。大家把别的小白脸都看作心理变态分子：滚开，滚开！怕死鬼！小心别让乡巴佬把你们给咬了。班上一共有两个小白脸，另外那个是阿罗斯毕德。他也不坏，是个厉害的书呆子，连续当了三年班长，脑袋特别好使。有一天我在大街上看见他开着一辆橘红色的轿车，上身穿着一件米黄色的衬衫。看见他穿得那么漂亮，我直吐舌头。好家伙！他一定是个非常有钱的白脸阔少爷，大概住在米拉芙洛尔区。奇怪的是班上这两个小白脸相互不大说话，两人一直不是朋友，向来各奔东西，互不干扰。莫非他们害怕互相揭出对方有关阔少爷的隐私？如果我有钱，也开着那样一辆橘红轿车，就是用枪逼着我，也决不进军事学校。既然他们在这里像别人一样受罪，有钱又有什么用处呢？有一天，鲁罗斯对诗人说："你何必在这里念书呢？应该进教会学校嘛。"鲁罗斯一向关心诗人，大概他很羡慕他，也想当那样的人。今天他对我说："你发现没有，诗人变得有些痴呆了。"的确如此，但是他并不干傻事，奇怪的是他什么也不干。他整天躺在床上，要么真睡，要么假睡。为了证实真假，鲁罗斯上前去要小说，他只是说："我不再写小说了，你让我安静点吧。"我知道他也不代人写信了。从前他发疯似的找顾客，莫非现在手里钱多了？早晨我们还在床上穿衣服的时候，诗人已经梳洗完毕等着集合。星期二、三、四，再加上今天，他天天早晨都是第一个站在院子里。他脸色很阴沉，上帝晓得他在看着什么，他好像睁着眼睛在做梦。同一饭桌的人说他不大吃东西。巴亚诺告诉门多萨："诗人由于难过而没有食欲。他的饭菜剩下一半多。他也不卖，谁要都可以，他无所谓，一声不吭就递过去。"好友之死把他给毁了。小白脸徒有其表：男子的面孔，女人的心肠，不够刚强。诗人病了，他是最为阿拉纳的死感到难过的人。

"这个星期六他会来吗？军事学校很不错，还有军装穿。可是总也不知道他什么时候会来，这实在使人感到担心。"特莱莎穿过圣马丁广场上的柱廊，看见咖啡馆和酒吧里挤满了吵吵嚷嚷的顾客，空气里充满了碰杯声、笑声和噗噗的啤酒声，路旁摆着的桌子上面飘浮着缕缕轻烟。特莱莎心里想："他说过，将来他不当军人。可如果他改变主意又进了乔里约斯学院呢？"谁愿意和军人结婚，成年累月地蹲在兵营里呢？如果有战争，他们首先去送死。再说，经常要搬家，住在穷乡僻壤多么可怕呀！说不定突然会调到原始森林里，整天去和毒蛇、猛兽、野人打交道。她走过塞拉酒吧的时候，听见一阵令人惊慌的、撩拨人的殷勤话；一群成年男子向她举起六只酒杯，好像一束剑；一个年轻人跟她招手再见；她不得不躲开一个企图拦截她的醉鬼。特莱莎想："不，他不会当军人，会当工程师。不过，我得等他五年的时间。那实在太长了。若是以后他不想和我结婚，我就变成老太婆了，谁也不会爱老太婆的。"在每星期的其他日子里，柱廊一带行人稀少。中午她经过那些孤零零的桌子和书报亭的时候，只看到街头巷尾有些擦皮鞋的和匆匆而过的报贩子。她急忙赶乘电车，为的是赶快去吃午饭，以便准时回到办公室上班。但是星期六则不同，她慢慢地走过那人声嘈杂的柱廊，两眼总是看着前方，心中暗暗高兴，因为男人们用赞赏的目光望着她，再说下午不必回去上班，这些都使人心情快活。但是，几年前，周末却是可怕的日子，她母亲怨气冲天，与一星期中的其他几天相比，更是骂不绝口，因为她父亲几乎要到夜深人静的时候才回家。他像一阵黑旋风一样，满载着怒火和酒气归来。他的眼睛在燃烧，他的喉咙发出雷鸣般的吼声，他那两只大得出奇的手紧紧地握成拳头；他仿佛是一头笼中的猛兽，在屋里跌跌撞撞，一面咒骂着贫困，一面踢翻桌椅，敲打屋门，直到最后摔倒在地上，才精疲力竭地安静下来。这时，母女两人替他脱掉衣服，盖上毛毯，让他在地板上睡去：他实在过于沉重，难以抬上床去。有些时候，他还带个女人回家。她母亲就会像个泼妇似的向那女人扑去，她那瘦长的双手企图抓破那女人的脸。父亲这时便把特莱莎抱在膝上，野人一样地笑着说："你快看，这比摔跤有意思。"直到有一天，有个女人一瓶子把她母亲的额头打破。当时他们连忙把她送往急救站。从那以后，她母亲就变成一个听天由命、心平气和的女人了。当她父亲又带女人回来时，她便耸耸肩膀，领着特莱莎到姑妈家去，星期一再回来。一进门，母女俩便看见屋子里杯盘狼藉，臭气冲天；她父亲四肢摊开，睡在一片呕吐物中，还在那里梦呓连篇地咒骂着阔佬和人世间的不平。特莱莎心里想："他心地还是好的；像牛马一样整整苦干了一个星期，喝醉酒是为了忘记自己的贫困。但是他很喜欢我，不愿意扔下我。"利马开往乔里约斯的电车经过监狱的红墙，经过司法部那座高大的白楼。眼前突然出现一个凉爽的地方：一片片茂密的树木，一个个平静的水塘，一条条蜿蜒曲折的小径，路旁一排排鲜花。此外，在一块圆形的草坪上，还有一座墙壁雪白的漂亮住宅，那上面有百叶窗，有大片浮雕，有好几道门，铜制的门环都做成人头的形状：这里便是"穷欢乐"花园。特莱莎想："母亲也不是坏人。她实在吃了不少苦头。"父亲在一家慈善医院挣扎了一段时间之后便去世了。一天夜里，母亲把她领到姑妈家的门前，拥抱了她一下之后说："我不走远，你别敲门。这种猪狗一样的日子我已经厌烦了，现在我自己去找生活的出路。但愿上帝饶恕我。你姑妈会照管你的。"电车站比汽车站离家更近一些，但是从电车站到家必须穿过一连串令人担心的地段，要遇到一堆堆披头散发、衣衫褴褛的人群，这些人往往会说出一些令人难堪的话，有时甚至想拦住她。这一天，没有人打搅她。她只看见两个女人和一条狗聚精会神地钻在垃圾桶里翻腾，周围飞着一群群苍蝇。街道上几乎没有人影。她想："午饭前我把里里外外都打扫干净，下午就可以自由了。"她已经走上林塞大街，路两旁都是些低矮、破旧的房屋。

她在她家的街口看到半个街区的地方有个身穿藏青军服、头戴白色军帽的身影，马路边上放着一只皮箱。那不动的身影立刻使她吃了一惊，她联想起总统府的栅栏旁边那些站得笔挺的警卫。但是那些兵很神气，挺着胸膛，伸着脖子，对于脚上的长筒皮靴和压在头发上的钢盔颇为得意。阿尔贝托则相反，他肩膀耷拉着，脑袋低垂，身体蜷缩着。特莱莎向他招招手，但是他没有看见。特莱莎心里想："他穿上军服显得很漂亮。瞧那纽扣在闪闪发亮。他好像海军学校的士官生。"当她走到离阿尔贝托只有几米远的时候，他才抬起头来。特莱莎向他笑笑，他连忙伸出手来。阿尔贝托变了样，显得苍老，几乎很难认出他来。"他出什么事情了?"特莱莎心中纳闷。他的眉宇间现出一道深深的皱纹，两只眼睛罩上了黑眼圈，两个颧骨仿佛要顶破那十分苍白的面皮；他眼神空洞，嘴唇贫血。

"你刚刚从学校出来吗?"特莱莎用询问的目光望着阿尔贝托的脸，"我原来以为你得下午才会来。"

他没有回答，只是用疲惫无神的眼睛看着她。

"你穿军装很精神。"过了片刻，特莱莎低声说道。

"我不喜欢军装，"他勉强微笑着说，"我一回到家里，马上就脱掉它。今天我还没回米拉芙洛尔区呢。"

他说起话来翕动着嘴唇，有气无力。

特莱莎问道："出什么事情了？你怎么这副样子？你不舒服吗?告诉我，阿尔贝托。"

"没有。我什么事也没有，"阿尔贝托移开视线说，"我不想现在回家。我一直想见你。"他用手掌擦擦额头，皱纹被抹掉了，不过只是那一瞬间而已。"我遇到一个难题。"

特莱莎微微向前倾斜着身体在期待。她柔情似水地望着他，鼓励他继续说下去。可是阿尔贝托已经闭拢了嘴，在缓缓地揉擦双手。突然，她感到一阵焦虑。要说点什么或者做点什么才能让他信任我呢？怎样给他鼓气呢？以后他会怎么想呢？她的心急促地跳动着。犹豫了一下，她忽然向阿尔贝托身边跨近一步，抓住他的手，说："到我家去，跟我们一起吃午饭吧。"

"吃午饭?"阿尔贝托慌乱地问，他再一次擦擦额头，"不，不，不要麻烦你姑妈了。我就在这附近随便吃点什么，然后就来找你。”

“走吧，走吧，”她再三坚持，说着从地上拎起他的皮箱，“别傻了。我姑妈不会有什么麻烦。跟我走吧。”

阿尔贝托跟在她后面。到了门口，特莱莎松开他的手，咬咬嘴唇，在他耳边低声说：“我不喜欢看你那满脸忧愁的样子。”他的目光好像柔和了一些，脸上露出感激的微笑，并靠近她的脸庞。他和她飞快地接了一个吻。特莱莎敲敲房门。她姑妈没有认出阿尔贝托来。她那两只小眼睛怀疑地盯着他看，神情诡秘地审视着他的军服，望到他的脸上时，两眼立刻发亮了。一片笑纹使她的胖脸显得更宽。她在裙子上擦擦手，一面伸出手去，一面吐出一长串问候的话：

“阿尔贝托先生，您好吗？您好吗？真是荣幸！请进！请进！看见您真高兴！您穿上这身漂亮的军装，我都认不出来了。我想：这是谁呀？这是谁呀？我没弄明白怎么回事。您知道，厨房里烟大，我的眼睛快瞎了，也是因为年纪大了。请进，阿尔贝托先生，看见您真高兴！”

刚一走进门，特莱莎就对姑妈说：“阿尔贝托和我们一起吃午饭。”

“啊！什么？”姑妈好像被闪电击了一下，叫起来。

“他在我们这里吃午饭。”特莱莎又重复了一遍。

她用恳求的目光要那老女人别露出过分惊奇的神情，要那老女人点头表示同意。但是姑妈仍然没有摆脱那惊愕的神情：眼睛睁得很大，嘴唇张开，前额堆满了皱纹，仿佛神魂颠倒了一样。最后，她终于明白过来，脸上露出酸溜溜的样子，命令特莱莎说：“到这儿来！”

老女人转过身，弓着腰，好像一头沉重的骆驼一样走到厨房里面去了。特莱莎跟在她后面，一拉上布幔，立刻把一个指头放到嘴上让她低声说话，但是没有用，姑妈一言不发，只是生气地盯着她，冲着她挥舞拳头。特莱莎在她耳边说：

"中国人可以赊给你东西，赊到星期二。你什么也别说，别让他听见你的声音，等一会儿我给你说明白。得让他留下来吃饭。你别生气，好姑妈，快去吧。我敢保证，一定会赊给你东西的。"

"傻子，"姑妈吼道，但是立刻压低嗓门，把手指放在唇边，低声说，"傻子，你发疯啦？你打算活活气死我吗？几年前中国人就不再赊给我东西了。咱们欠人家的钱，我不敢在那边露面。傻子。"

"你就求求他吧。总要想想办法嘛。"特莱莎说。

"傻瓜，"姑妈又叫起来，但是马上又压低声音说，"只有两个菜。你能拿出一盘汤来吗？连面包也没有了。"

"去吧，姑妈，你想什么办法都行。"特莱莎再三坚持说。

她不等回答，就回到隔壁房间去了。阿尔贝托坐在那里，皮箱放在地上，军帽放在皮箱上。特莱莎在他身旁坐下来，看见他的头发既肮脏又蓬乱，好像一个鸡窝。布幔又被拉开了，姑妈走出来，她的脸虽然由于生气而涨得通红，却露出一丝强笑。

"我很快就回来，阿尔贝托先生。我马上回来，您知道我得出去一下。"她转身望着特莱莎，眼睛里含着愠怒。"你去照看一下厨房。"

她用力一摔门走了。

"星期六你出什么事情了？"特莱莎问道，"你为什么没有离校？"

"阿拉纳死了，"阿尔贝托说，"星期二下葬的。"

"什么？"她问道，"阿拉纳？就是大街拐角上的那一个？他死了？但是，这不可能呀！你是说里卡多·阿拉纳？"

“大家在学校里给他守灵。”阿尔贝托说，他的声音丝毫没有流露出激动的情绪，只是有些倦意，他的眼睛再次露出无神的目光，“没有把他送到家里去。那是上个星期六的事。演习的时候，我们在实弹射击，一颗子弹打中了他的脑袋。”

“我虽然跟他不熟，可是心里也很难过。多么可怕呀！”他一闭上嘴，特莱莎便说道。她显得有些慌乱，说着把一只手放在他肩膀上。“他和你在同一个班，对吗？因为这个你才难过，是吗？”

“部分原因是这样，”他缓慢地说着，“他是我的朋友。再说……”

“对，对，”特莱莎说，“你为什么变得这么厉害？还有别的原因吗？”她挨近他，在他的面颊上吻了一下。阿尔贝托没有动弹，她红着脸缩回了身体。

“这你觉得还不够吗？”阿尔贝托生气地说，“他就这样死去了，你觉得还不够吗？我连一句话都没有和他说上。他以为我是他的朋友，可我……你觉得还不够吗？”

“你为什么用这种口气跟我说话？”特莱莎问道，“阿尔贝托，你告诉我真心话。你干吗要对我发脾气？人家对你说了我一些什么话吗？”

“阿拉纳的死你觉得无关紧要吗？”他说，“你没看见我是在说‘奴隶’的事吗？你干吗要改换话题？你只是想着你自己，可……”他没有说下去，因为特莱莎听见他这样高声喊叫，眼眶里已经充满了泪水，两片嘴唇在哆嗦。“很抱歉……”阿尔贝托说，“我在胡说八道。我不是有意向你喊叫。只是因为出了很多事情，我的神经很紧张。亲爱的特莱莎，你别哭啦。”

他把她拉到自己怀里，特莱莎把头偎在他的肩膀上，两个人就这样静静地站在那里。接着，阿尔贝托吻她的面颊和眼睛，又长时间吻她的嘴唇。

“我当然感到非常难过，”特莱莎说，“可怜的人儿！可是我看见你这副心事重重的样子，心里很害怕，我以为你讨厌跟我在一起。你冲着我喊叫的时候，那真是可怕，我从来也没有见过你发火，没见过你那样的眼神。”

“特莱莎，我想告诉你一些事。”他说。

“嗯，说吧，你的事我都想知道。”她脸蛋红红地、满心喜悦地笑着说。

他突然闭上嘴巴，脸上的愁影消散在淡淡的微笑里。

“什么事情？”她说，“讲给我听呀，阿尔贝托。”

“我非常爱你。”他说。

门开了，他们急忙分开，皮箱被撞倒，军帽也滚落在地上，阿尔贝托弯腰去拾。姑妈善意地向他笑笑，她手中拿着一个纸包。特莱莎帮助姑妈准备饭菜，她在姑妈背后向阿尔贝托不断投去飞吻。接着，他们谈到天气，谈到即将到来的夏天，谈到一些好电影。只是在吃饭的时候，特莱莎才把阿拉纳的死说给姑妈听。那老女人高声叹息这一不幸事件，再三地画十字，对死者父母深表同情，特别是那可怜的母亲。她认为上帝总是把最大的灾难降临到最善良的人家，可谁也不晓得这是为什么。她好像也要流泪，但最后只是揉揉干巴巴的双眼，打了一个喷嚏而已。午饭刚一吃罢，阿尔贝托就说，他要走了。在朝着大街的房门口，特莱莎再次问他：

“你真的没有生我的气吗？”

“没有。我向你起誓，真的没有。我为什么要生你的气呢？不过，可能我们会有一段时间不能见面。你每个星期都要给我往学校里写信。将来，我会把一切都跟你说明白。”

看着阿尔贝托已经走远不见，特莱莎觉得心里很乱。最后那番话是什么意思？他为什么就这样走掉了？于是，她得出这样一个结论：他爱上了另外一个姑娘，可是不敢告诉我，因为我请他吃了午饭。

那是我们第一次去拉白尔拉区。瘦子依盖拉斯问我是愿意走路呢，还是愿意乘车。我们在进步路下了公共汽车，一路上什么都谈，就是不谈我们准备去干的事情。瘦子一点也不显得紧张，相反，比往日还要镇静。我想他是要给我打气。由于害怕，我觉得浑身不自在。瘦子脱掉背心说，他觉得很热。我却感到很冷，我身体在发抖，停下来三次去小便。我们走到加里翁医院，从树丛里钻出一个人来。我一下子跳起来，叫道："瘦子，警察！"原来是跟依盖拉斯在一起的伙伴，前一天晚上，他曾经在萨恩斯·培尼亚大街上的酒吧里待过。那家伙却非常严肃，好像很紧张。他用切口和瘦子说话，我不大懂。我们又往前走了一段路，过了一会儿，瘦子说："咱们从这里直插过去。"我们离开公路，走上野地。天很黑，一路上我不断地绊倒。走到棕榈树大街之前，瘦子说："咱们可以在这里等一等，商量一下。"我们都坐下来，瘦子向我说明我应该做些什么。他告诉我那座房子是空的，由他们帮我爬上屋顶，我得自己下到花园里，然后从一扇没有玻璃的小窗户钻到屋子里面去；给外面的人打开一扇面向大街的窗户后，我就出来，回到现在待着的地方。我在这里等候他们。瘦子反复给我交代了任务，非常细致地告诉我那扇没有玻璃的小窗户在花园的什么位置。看来他非常熟悉这座房子，他详尽地给我描绘了各个房间的情况。关于我要去做的事情，我并没有提出什么问题，而关于可能发生的事倒是问了不少："你肯定里面没有人吗？是不是有狗呀？如果让人家抓住怎么办？”瘦子十分耐心地叫我放心。接着他转身对另外一个人说：“你走吧，古莱贝。”古莱贝起身向棕榈树大街走去，过了一会儿我们就看不见他了。这时瘦子问我：“你害怕吗？”我说：“是的，有一点。”他回答说：“我也一样。你不用担心。大家都有点害怕。”不久之后，有人在吹口哨。瘦子站起来对我说：“走吧。这声口哨是说附近没有人。”我开始颤抖起来，说：“瘦子，最好让我回贝亚必斯塔大街吧。”他说：“你别傻啦。半个小时就能结束。”我们走到棕榈树大街，这时古莱贝再次出现。他告诉我们：“周围就像公墓一样，连只猫狗也没有。”这所住宅很大，好像一座古堡，漆黑一团。我们围着院墙转了一圈，走到住宅后面，瘦子和古莱贝把我举起来，送到可以够着屋檐的高度，我于是攀了上去。一到房顶上，恐惧便消失了。我打算尽快把一切都干完。我横过屋顶，看见瘦子事先告诉我的那棵树就在花园里面离墙很近的地方。我顺着树爬下去，一点响动也没有弄出来，也没有划破手脚。没有玻璃的那扇窗户非常小，一看上面有铁丝，我吓了一跳，心里想：“他把我给骗了。”但是铁丝已经长了锈，我刚一推，便碎成几段。费了好大力气我才钻进去，脊背和大腿都被刮伤了。有一刹那，我曾经以为要被抓住。屋子里面什么也看不见，我接连撞在家具和墙壁上。每走进一个房间，我以为就要看见那些面向大街的窗户，结果却只有一片黑暗。由于紧张，我弄出了很大的响声，连方向也辨认不出来。时间一分钟一分钟地过去，可是那些窗户还没有找到。我突然撞到一张桌子上，把一个花瓶之类的东西碰到地上，结果摔得粉碎。当看见有个角落里有一束光线时，我差点高兴得要哭出来。原来，我没发现窗户的原因是一些很厚的窗帘把窗户全部遮住了。我偷偷一看，外面正是棕榈树大街，可是我既没有看见瘦子，也没有看见古莱贝，这可把我吓坏了。我想："警察来了，他们把我一个人扔下跑了。"我又张望了一阵，看看他们会不会露面。这时我感到非常泄气，暗暗在想："这有什么关系。我反正是个小孩子，顶多不过把我送进教养所。"我打开窗户，跳到街上。刚一落地，我就听到有脚步声和瘦子的说话声，他对我说："好小子，你到草地上去吧，就在那里别动。"我拔腿就跑，穿过公路，跑到草地上躺下来。我开始考虑，假若警察突然来了，我该怎么办。一瞬间，我忘记了是在草地上，我觉得这整个是一场梦，我好像在自己床上，特莱莎的面孔出现在我眼前，我十分想见她，想跟她说说话。我想呀，想呀，真是走了神，连瘦子和古莱贝回到这里，都没有听见。我们从旷野回到贝亚必斯塔，没有取道进步路。瘦子弄出来很多东西。在加里翁医院对面的树林里，我们停下来，瘦子和古莱贝打了几个包裹。进城之前，古莱贝和我们分手了。他对我说："伙计，你通过了火线考试。"瘦子给了我几个包裹，我藏在衣服里面带着。我们整理了一下裤子，擦拭了一下鞋上的泥土，就向贝亚必斯塔广场走去。走在路上，我们觉得心安理得。瘦子给我讲笑话，我不断地哈哈直笑。他把我一直送到家门口，他说："你表现得像个好哥儿们。咱们明天再见，我再把你那份给你。"我对他说，我急需用钱，哪怕一点也好。他给了我一张十索尔的钞票，并且告诉我："这只是一部分，如果今天晚上能把弄出来的东西卖掉，明天再给你一些。"我还从来没有过这么多钱呢。我考虑着用十个索尔都能办些什么事情。我想起来有很多事情要办，但是一件事也没有决定下来，只是决定第二天花五个银币去一趟利马。我想："一定得给她带一件礼物。"我用了几个钟头找最合适的东西。我想起一些最不平常的东西，从练习本、粉笔，一直到糖果和金丝雀。第二天放学的时候，我还没有选中一样。这时我想起她有一次曾向面包店老板借过一本滑稽故事书，于是便跑到报亭前，买了三本故事书：两本是冒险的，一本是爱情的。坐在电车上，我心中非常快活，脑袋里冒出很多想法来。我像往常一样在阿方索·乌加特商店里等着她。她一出来，我立刻走上前。我们握握手，开始聊起学校来。我的胳膊底下夹着那三本故事书。当我们穿过波罗内西广场时，她问我："你有故事书啦？真好极了！你看完以后，借给我好吗？"其实她早就瞥见了故事书。我告诉她："我是专门买了送给你的。"她问我："真的吗？"我回答说："当然啦。拿着吧。"她说："太谢谢了。"接着，她就边走边翻阅。我发现她看的第一本书，也是花最长时间的书，就是那本讲爱情的。我于是想："应该给她买三本都是爱情的。她对那些冒险故事是不太感兴趣的。"走到阿里卡大街，她对我说："我一看完，就借给你。"我说那好吧。我们有一阵子工夫没有说话，忽然她说："你太好了。"我笑起来，只是回答说："你别那样想。"

"我本应该把事情告诉她，说不定她能给我出出主意。你以为我要干的事情很糟糕吗？你以为唯一倒霉的人就是我自己吗？我可以肯定吗？谁又能肯定呢？龟儿子，你没有办法欺骗我。我看见你那副嘴脸了。我发誓，你一定要付出代价。可是我应当这样做吗？"阿尔贝托张望着，他吃惊地发现眼前有一大片草地，莱昂西奥·普拉多的士官生曾于七月二十八日独立节在这里集合前去参加阅兵。他怎么会跑到马尔代体育场来了？空空荡荡的草地、略带寒意的微风和降落在城市上的像阴雨一样的夜幕，使他想起了学校。他看看手表：已经漫无目的地走了三个小时。"回家去，上床躺着，去请医生，服下药片，睡上一个月，忘掉一切，忘掉我的名字，忘掉特莱莎，忘掉学校，当一辈子病人。但是只有一个条件：什么都不去回想。”他转过身，又朝着来的方向走去。他在豪尔赫·查维斯①纪念碑前停下来。在黑影里，那坚固的三角形底座以及上面飞翔式的塑像，好像是松脂做成的一样。一条由车辆组成的洪流淹没了整个大街。他和其他行人在便道上等候穿过路口。可是那道车流暂停的时候，他身旁的人已经从那道由汽车缓冲器组成的墙壁前过了街，而他则留在原地，呆呆地看着红灯。“假若时间可以倒退，事情可以重新做过，比如像那天晚上，干吗告诉他‘美洲豹’在什么地方呢？就说不在，拜拜，不就行了？什么鬼东西迷了心窍非要去替他偷军装呢？每个人可以按照他自己的办法解决问题，如此而已。如果那样做，今天我就可以心里平静，毫无问题。我可以听妈妈的那一套了：阿尔贝托，你爸爸和从前一样，总和那些坏女人鬼混，白天黑夜、黑夜白天地跟妓女在一块。好儿子，他还是老样子。”这时他已经到了快车站，站在七月二十八日大街上，那间酒吧已留在身后。从酒吧门前经过时，他扭头瞥了一眼。他还记得那传到街上来的喧闹声、刺眼的光线和团团的轻烟。快车来了，人们争着上下车，司机问他：“您上车吗？”他冷漠地望着司机，后者耸耸肩膀，关上车门开走了。阿尔贝托又兜起圈子来，他已经是第三次围着这片街区转悠了。转到酒吧门前，他走了进去。喧闹声从四面八方向他袭来，刺眼的光线使他睁不开眼睛，又迫使他连连眨动眼皮。他从那些散发着烧酒和烟草气味的人堆中挤过去，最后终于到达柜台前面。他要了一本电话号码簿。“他们正在吃人，正在一小块一小块地嚼他，如果从那柔软的双眼吃起，那么现在已经咬到脖子上了。鼻子和耳

① Jorge Chávez（1887—1910），秘鲁飞行员，民族英雄。

朵早已被他们吞下肚里。他们的手指甲像镐尖一样嵌进肉里。他们在狼吞虎咽地嚼着他的肉。他们正在举行什么样的筵宴呐。我本应当在他们吃人之前大声呼吁，应当在他被埋葬之前疾呼，在他送命之前呐喊。”喧闹声折磨着他，妨碍着他，不让他集中精神在那一行行姓名里寻找那个他所需要的名字。最后，他终于找到了，便马上拿起话筒。可是当他要去拨号码的时候，他的手在离字盘几厘米高的地方停住了。他的耳中这时响起一阵刺耳的哨声。他的眼睛仿佛看到柜台后面一米远的地方有件白色的军服，上面的领子满是皱褶。他拨动了号码，听着话筒里面的动静：寂静，刺耳的铃声，寂静。他向周围扫了一眼：有个人在酒吧的角落里和一个女人碰杯，别的人响应着，重复着一个女人的名字。电话铃继续在响，时断时续。“谁呀?”听筒里有个声音问道。他的声音噎住了，喉咙里好像有块冰在堵着。站在他对面的那个人影在移动，在向他靠近。“请叫一下甘博亚中尉。”阿尔贝托说。“美国威士忌是他妈的臭威士忌，”那个人影说，“英国威士忌是好威士忌。”“请等一下，我去叫他。”电话里的声音说。在他身后，举杯祝酒的那个男人开始发表演说：“她名叫莱蒂霞，我可以毫不羞愧地说，我爱她，小伙子们。结婚是件严肃的事，但是我爱她，所以我和这个姑娘结婚，小伙子们。”那个人影固执地说：“威士忌，苏格兰的，是好威士忌。苏格兰和英国是一回事。不要美国的，要苏格兰或英国的。”阿尔贝托听到话筒里在叫“喂!”他浑身颤抖了一下，把话筒稍微拿开一些。“喂，谁呀?”甘博亚中尉问道。阿尔贝托听见那个举杯祝酒的人在说：“小伙子们，吃喝玩乐的事永远结束了。从今以后，要尽量做个正经人。为了多挣钱，让老婆高兴，一定要苦干。”阿尔贝托问道：“您是甘博亚中尉吗?”“蛇山牌烧酒是坏酒，”那个人影声称，“摩托卡奇牌烧酒是好酒。”“我就是啊。你是谁呀?”“五年级的士官生。”阿尔贝托回答说。“我的老婆万岁！我的朋友们万岁!”“你有什么事吗?”“依我看，世界上最好的烧酒就是摩托卡奇牌烧酒。”那人断言，但是他马上又做了修正，“先生，或者说是最好的烧酒之一。”甘博亚问道：“你叫什么名字?”“我要生十个儿子，一个女的也不要。伙计们，我要用每位朋友的名字给他们命名。我的名字决不用，只用诸位的大名。”阿尔贝托说：“阿拉纳是被杀死的。我知道是谁干的。我可以到您家里去吗?”甘博亚又问：“你叫什么名字?”“您打算捕鲸鱼吗?先生，您就给它喝摩托卡奇牌烧酒吧。”“报告中尉，五年级一班士官生阿尔贝托·费尔南德斯。我可以去吗?”甘博亚回答说：“马上来吧。巴兰科区波罗内西大街三百二十七号。”阿尔贝托把电话挂上了。

大家都变了，也许我同样也变了，只不过我没有察觉罢了。“美洲豹”变得很厉害，说起来令人害怕。他走起路来气势汹汹，简直没法和他说话。如果有人上前问他点什么，或者要支香烟，他马上就变脸，好像人家要脱他的裤子一样。他开口就骂，一点不肯忍让，随便一点小事就动手打人，还一面嘿嘿冷笑，别人不得不极力安慰他：“‘美洲豹’，你怎么啦?我并没有惹你呀，你别生气，别毫无道理就动手打人。”尽管再三劝解，他还是随便为一点小事就动手。最近几天来，我看见他打了好几次人。他不仅对班上的人是这样，对鲁罗斯、对我本人也是如此。他对我们的这种态度简直令人难以置信。因为我们是“圈子”里的人呐！可是由于山里人那件事，“美洲豹”已经变了样，这些情况我都注意到了。他虽然强装笑脸，想表明他满不在乎，可山里人卡瓦被开除的事的确使他变了样。以前我从来也没有见过他像现在这样暴跳如雷。他常常气得浑身发抖，破口大骂："我要把一切都烧光，我要把一切都杀光；总有一天夜里，我要把军官宿舍放火烧掉；我要把上校开膛破肚，掏出他的肠子给我当领带。"自从山里人被关禁闭，我们千方百计想发现谁是告密的人以来，好像有很久很久我们"圈子"剩下的三个人没有开会了。这里的事实在不公平，山里人卡瓦被整得神魂颠倒，最后被打发去和小羊驼做伴，而那个告密的人大概在暗暗得意。我想，要找出这个人来一定非常困难。说不定军官们收买了那个告密者，他才供出来的。"美洲豹"说："最多两个小时，最少一个小时，就能知道是谁干的。你好好闻一闻，马上就能发现告密者。"这纯粹是胡说，用眼睛或鼻子你只能发现山里人，可是那些龟儿子十分善于伪装。这种情况大概使他非常泄气。但是至少他应当跟我们商量一下，因为我们一向是他的伙伴。我不明白他为什么独来独往。只要一有人走近他，他马上就是恶狠狠的样子，好像要跳起来咬人。人家给他起的外号可真好，最合适不过了。我不想再接近他，免得他以为我在拍他的马屁，因为过去我对他说话一向十分友好。昨天我和他差一点打起来，结果没有动手实在是奇迹。我不晓得怎么就克制住了自己，也使他没法动手。我希望他明白自己的处境，我并不怕他。后来，上尉把我们集合起来带到影剧厅去，听他讲"奴隶"的事。他说在军队里犯的任何错误，都要付出高昂的代价。"你们要好好记住，你们是在武装部队里，不是在动物园，否则你们也会发生类似的事情。假如当时是在战场上，那个士官生一定会由于缺乏责任心而成为祖国的叛徒。"他妈的，人死了还要挨整，谁听了以后都会火冒三丈。皮兰涅，你这个狗娘养的，但愿你的脑袋让子弹钻个窟窿。不仅我一个人在生气，大家都是如此。你看看每个人的表情就行。

这时，我对他说：“‘美洲豹’，抓住死人做文章，这可不对。咱们轰他一下，好不好？”但是，他对我说：“你顶好还是闭上嘴巴。你太蠢，就知道说傻话。我如果没问你什么，你对我说话的时候要注意点。”他大概病了，健康的人不会这个样子。一定是脑袋出了毛病，成了不可救药的疯子。“美洲豹”，你不要以为我非得和你在一起不可。过去我跟着你是为了消磨时光，如今我已经不需要了。再过不久，这个乱子就要收场，那时咱们再也不会见面了。将来离开学校以后，这里的人我一个也不想见。不过，我要把玛尔巴贝阿达偷偷带走，我要收养它。

阿尔贝托走在巴兰科区静静的街道上，两旁是一幢幢本世纪初建造的高大房屋，都位于离街道较远的花园深处。枝叶茂密的高大树木在马路上投下蛛网形的阴影。时而驶过一辆满载乘客的电车，车里的人带着厌倦的神情从车窗向外张望。“我本应该把一切都告诉她，想想发生的这件事吧：他爱上了你。我爸爸日日夜夜跟妓女鬼混；我妈妈身背着十字架，整天读经祈祷，向耶稣教士忏悔。普鲁托和贝拜在某某人的家里聊天，在某某客厅听唱片、跳某种舞蹈。你姑妈在厨房里咬头发。那些小虫子在咬他，因为他想出来看看你，可他父亲不让他上街。你想想，这难道还不够吗？”他是在礁湖站下的电车。一对对情侣和一个个家庭聚在树下的草地上乘凉，一团团蚊子在池塘边上飞舞，池塘里停放着木舟。阿尔贝托穿过公园，经过体育场。路灯照在秋千、单杠、双杠上面，滑橇、吊环和轮梯静静地躺在黑影里。走到灯火通明的广场时，他绕了过去，折向通往防波堤的路。他知道离这里不远，就在那座比其他房屋高大的住宅后面，就是大堤。这座高大的住宅，有奶油色的墙壁围着，正沐浴在昏黄的灯光下。到了大堤上，他靠近胸墙，向外眺望：巴兰科区的海面与拉白尔拉区不同，那里总是生机勃勃，整夜愤怒地咆哮着；而这里却是静悄悄的海，没有一丝风浪，好像湖泊一样。“特莱莎，你也有过错，我告诉你他死了，你既不掉泪也不难过。你也是有过错的，假如我告诉你，是‘美洲豹’把他杀了，你顶多会说：‘真可怜呀！真的是“美洲豹”吗?’你仍然不会哭的，可是他为你发过狂呀。你是有过错的，除了我脸色严肃之外，你却什么都不在乎。你的过错就是只想着我的脸色。‘金脚’是个妓女，她比你还有情义呢。”

这是一座两层楼的老式房子，阳台面向花园，但里面没有种花。一条笔直的小路从生锈的栅栏门通向屋门，那是一扇旧式大门，上面雕着模糊不清的图案，看上去像是象形文字。阿尔贝托用手指敲了几下，等了一会儿，发现有电铃，于是按了一下便马上松开手指。听见有脚步声传来，他立正站好。

“请进。”甘博亚说道，并让开门口。

阿尔贝托走进去，听见背后传来关门的声音。中尉从他身旁走过，沿着一条长走廊向前走去，走廊里面黑洞洞的。阿尔贝托踮着脚尖在后边走，他的脸几乎要挨到甘博亚的背脊。假如中尉突然停步，两人一定会撞上。但是中尉并没有停步，到了走廊尽头，他伸手拉开一扇门，走了进去。阿尔贝托在走廊里等着，甘博亚打开一盏灯，两人走进一间客厅。里面的墙壁是浅绿色的，上面挂着带有金框的图画。一个男人从桌子上固执地盯着阿尔贝托——是一张旧照片，相纸已经发黄，那男人有着漂亮的连鬓胡须、一副家长式的外貌和尖尖的髭须。

“请坐。”甘博亚指着一把皮椅对他说。

阿尔贝托坐下来，全身仿佛做梦一样沉陷在椅子里。他忽然想起头上还戴着帽子，便连忙脱下，嘴里低声道了歉。但是中尉并没有听见，他背对着阿尔贝托在关门，随后转身在阿尔贝托对面一把细腿椅子上坐下来，望着士官生问道：

“阿尔贝托·费尔南德斯，你曾经告诉我，你是一班的，对吗?”

“是的，中尉。”阿尔贝托稍稍坐直一些，皮椅的弹簧咯吱咯吱地呻吟起来。

“好了，你说吧。”甘博亚说道。

阿尔贝托眼睛望着地面：地毯上有蓝白二色的图案，四边形中套着小四边形。他数了一下，共有十二个四边形，中间是一个灰色的圆点。一抬头，他看见中尉身后有个五斗橱，橱面镶着大理石，拉手是金属做的。

“士官生，我等着呢。”甘博亚说道。

阿尔贝托重新低头望着地毯，说道：“士官生阿拉纳的死不是意外事故。他是被人杀死的，中尉，那是出于报复。”

他抬起头来。甘博亚没有动静，他的面部显得麻木，既没有露出惊讶或者好奇的表情，也没有提出任何问题。他双手放在膝盖上，两脚分开。阿尔贝托发现中尉坐的椅子下面镶着动物的脚：扁平的蹄掌和猛兽的利爪。

他接着说：“他是被杀害的。是‘圈子’干的。他们都恨他。全班都恨他，但是毫无道理，他从来不惹任何人。可是大家恨他，因为他不喜欢开玩笑，也不喜欢打架。他们把他给整疯了，他们总是欺侮他，最后把他杀害了。”

“你平静一点，”甘博亚说道，“一部分一部分地讲，放心大胆地说吧。”

“是，中尉。”阿尔贝托说道，“军官们一点也不知道宿舍里的情况。大家总是和阿拉纳作对，想办法让他挨整受罚，一时一刻也不让他安静。现在大家都老实了。中尉，那是‘圈子’干的。”

“等一下。”甘博亚打断他的话，阿尔贝托看看中尉，后者这时挪到椅子边缘，用手托着下巴说，“你是说班上有个士官生故意向阿拉纳开枪？是这个意思吗？”

“是的，中尉。”

“在你告诉我这个人的姓名之前，我有几句话要提醒你。”甘博亚温和地接着说，“这种性质的控告是非常严肃的事。我想你会意识到这件事可能导致的后果。我还猜想到你对自己准备做的事情是毫不犹豫的。告发别人可不是儿戏，你明白我的意思吗？”

“明白，中尉，”阿尔贝托说，“这些我都考虑过了。以前我没有对您谈出来，是因为我害怕。可现在已经不怕了。”他本打算张嘴继续说下去，但他并没有那样做。阿尔贝托观察着甘博亚的神色，丝毫也不低头。中尉的脸上线条分明，显得十分沉着。一刹那间，这张神色刚毅的面孔消失了，中尉那微黑的面颊变得苍白起来。阿尔贝托这时闭上了眼睛。立刻，“奴隶”那蜡黄灰白的面孔、那躲躲闪闪的目光、那哆哆嗦嗦的嘴唇出现在他眼前，他只看见“奴隶”的脸，当他重新睁开眼睛的时候，又一次认出那是甘博亚中尉。草地、小羊驼、教堂、宿舍里那张空床，一件件在他脑海里闪过。

“是的，中尉，我承担责任。”他说，“为了替卡瓦报仇，‘美洲豹’把他杀害了。”

“什么？”甘博亚说着放下了那只手，这时眼睛里露出惊奇的神色。

“中尉，一切都是因为处罚不准外出引起的。那次处罚的原因是要追查那块玻璃。对他来说那是很可怕的，要比对任何人都来得沉重。当时他已经有十五天没有外出了。起初，他的睡衣被偷了；接着，第二个星期在考化学的时候，由于偷偷给我提示，您处罚了他。当时他非常焦急，他必须外出。中尉，您明白吗？"

"不明白，"甘博亚说道，"一句也不明白。"

"中尉，我是想说，他当时在谈恋爱。有个姑娘，他很喜欢。'奴隶'当时没有朋友，这一点必须考虑到，他不和任何人在一起。他孤零零一个人在学校里过了三年，他不和任何人说话。人人都欺侮他。当时他想出去看看那个姑娘。您无法想象别人是怎样地整他：偷他的东西，抢走他的香烟。"

"香烟？"甘博亚问道。

"在学校里人人都吸烟，"阿尔贝托咄咄逼人地说，"每人每天一盒烟，有的人还要多。军官们一点也不知道那里发生的事情。人人都欺侮'奴隶'，我也一样。但是，后来我成了他的朋友，他唯一的朋友。他经常把他自己的事讲给我听。大家之所以总是缠着他，是因为他害怕挨揍。中尉，那不是开玩笑。他睡觉的时候，有人往他身上撒尿；有人剪破他的军服，好让他受处罚；有人在他的饭菜里吐痰；有人逼着他站到队尾去，尽管他是头一个站好队的。"

"这些人是谁？"甘博亚问道。

"中尉，人人都有份。"

"士官生，你平静一点。从头到尾讲给我听。"

"他人并不坏，"阿尔贝托打断中尉的话，继续说着，"他唯一痛恨的是受处罚，他一被关在学校里，马上就变得疯疯癫癫。当时他已经有一个月没有外出了。那个姑娘也没有给他写信。我对待他也很不好，中尉，非常不好。"

“说得再慢一点，”甘博亚说道，“士官生，要控制住自己的感情。”

“是，中尉。您还记得在考试的时候由于偷偷提示我，您处罚了他的事吗？那天他本应该跟那个姑娘去看电影。他托我捎个口信，我背后捣了鬼。那姑娘现在是我的情人。”

“啊，现在我有些明白了。”甘博亚说道。

阿尔贝托继续说：“他当时并不知道，不过却急于要去看她；他想弄明白为什么姑娘不给他写信。为了打破玻璃那件事而受到的处罚，可能要延长好几个月，有可能永远不会揪出卡瓦来。中尉，如果我们不打算说出来，军官们永远也发现不了宿舍里面的事情。他与别人不一样，他是不敢跳墙的。”

“跳墙？”

“人人都跳墙，三年级的狗崽子甚至也跳。每天晚上都有人跳墙上街。中尉，只有他不跳，他从来也没跳过。因此他才去瓦里纳那里，我是说瓦里纳中尉那里，把卡瓦给告发了。他并不是告密的人，只不过是为了能够外出上街而已。可是‘圈子’知道了这个情况，可以肯定‘圈子’发现了这件事。”

“这个‘圈子’是怎么回事？”甘博亚说道。

“中尉，是由班上四个士官生组成的。确切地说是三个，因为卡瓦已经离校了。他们偷考试题，偷军服，然后出卖；他们还做买卖，什么东西都卖得很贵，香烟和烧酒。”

“你是在说梦话吗？”

“中尉，他们卖烈性酒和啤酒。我不是对您说了，军官们是一无所知的吗？在学校里喝酒的比大街上的还多。主要是在晚上，甚至有时课间休息也喝。当他们几个知道卡瓦已经被揭发的时候，一个个气得火冒三丈。可是阿拉纳并不是告密者，寝室里从来没有过告密的人。就因为这个，他们把他杀害了，为了报复一下。”

“是谁杀的?”

“是‘美洲豹’，中尉。另外那两个人，博阿和鲁罗斯，也是一对畜生。不过，他们并没有开枪。开枪的人是‘美洲豹’。”

“谁是‘美洲豹’?”甘博亚问道，“我不知道士官生的外号。你把他们的名字告诉我。”

阿尔贝托说出名字，又继续往下讲，但不时地被甘博亚打断。中尉要他说清楚一些事，问了他一些人名和日期。讲了很长时间之后，阿尔贝托沉默了，低头不语。中尉指给他洗脸间的位置。他去了，回来的时候，脸和头发都湿了。甘博亚仍然坐在那把雕有兽爪的椅子上，露出一副沉思的神情。阿尔贝托站着不动。

“现在，你回家去吧。”甘博亚说道，“明天我到警卫室去。你不要回宿舍，直接来找我。你要答应我，这件事暂时不跟任何人讲。对任何人都不讲，对你的父母也不讲。”

“是，中尉，我答应您。”阿尔贝托说道。

四

他说过要来的，但是没有来。我真想把他宰了。吃完饭，我就按照约定，登上了凉亭。我等得都不耐烦了。我一直在吸烟，心里胡思乱想，不知过了多少时间。我不时地站起来，透过玻璃向外张望，院子里总是没有人影。玛尔巴贝阿达也没有跟我来。它一向是跟在我身后的。可是正当我希望它在我身边，待在凉亭里驱散恐惧心理的时候，它却不在。否则我就可以说：狗东西，叫一叫，赶走那些幽灵和鬼怪。忽然，我闪过一个念头：鲁罗斯把我给出卖了。但并非如此，这是我后来才知道的。天已经完全黑了，我仍然浑身紧张地蹲在凉亭的角落里。最后几乎是连蹦带跑地下了凉亭，走向宿舍。我跑到院子里的时候，正赶上吹哨集合。假如我再等下去，又要扣掉我六分。这种情况他一点也不考虑，我真想狠狠揍他一顿。我看见他站在排头，故意扭头装作没有看见我。他张着嘴巴，好像大街上那种和苍蝇说话的白痴。这时我立刻明白了，鲁罗斯之所以没有去凉亭，是因为他害怕了。我想：“这一次我们可真的倒霉了。

最好快去整理行李，自己想办法挣钱糊口，不要等人家来撕领章。我先从体育场逃跑，但是要偷偷带走玛尔巴贝阿达，不会有人发现的。”班长正在点名，人人都在答：“到。”当点到“美洲豹”的时候（我至今还感到背脊发凉，双腿打颤），我看了鲁罗斯一眼，他转过身，睁大了眼睛望着我。这时大家都扭头盯着我，我不得不强打起不知从哪里来的一股精神，克制住自己。班长咳嗽一声，继续点名。后来就是一场混乱：我们刚一回到宿舍，几乎全班的人都向鲁罗斯和我身边拥来，同时还高喊：“出什么事啦？讲呀，讲呀！”谁也不肯相信我们一无所知。鲁罗斯做出一副要哭的样子说：“跟我们毫无关系。请大家相信我的话，别问个没完没了啦！真是活见鬼。”狗东西，到这里来。不要再跑开了，别那么调皮捣蛋。你看我心情很沉重，需要你陪着我。后来，当大家都去上床睡觉的时候，我走到鲁罗斯身边，对他说：“叛徒，你为什么不去凉亭？我等了你好几个钟头。”他显得更害怕，看见他那副样子真令人难受。糟糕的是那种恐惧心理有传染性。他说：“可别让人家看见咱们两个在一起。博阿，你先等大家都睡着了。博阿，一个小时之后，我叫醒你。博阿，我会把一切都告诉你。上床去吧，快离开这里，博阿。”我骂了他一句，并且告诉他：“假如你欺骗我，我就宰了你。”不过我还是上床躺下了。过了一会儿，有人把灯熄掉了。这时我看见黑人巴亚诺从床上下来，走到我身边。这个大滑头，他摆出一副甜言蜜语、亲亲热热的样子。“博阿，我是你们的朋友。告诉我，出什么事情了？”他露出那几颗耗子牙齿来，完全是一副阿谀奉承的模样。我因为心中难过，看见他那副嘴脸也并不觉得好笑。我只是挥挥拳头，摆出难看的脸色，他就嘟嘟囔囔地走了。狗东西，过来，表现好一些。我正处在日子难过的时候，你不要跑开。我心里想：“要是他不来，我就去找他，把他揍扁了。”可是，当大家鼾声大作的时候，他来了。他悄悄走到我的床边说：“咱们到洗脸间去，那里说话方便些。”小狗跟在我身后，不住地用舌头舔我的双脚，它的舌头总是热乎乎的。鲁罗斯在小便，好像永远也完不了似的。我以为他是故意的，就一把抓住他的脖子，摇晃着他说：“快点告诉我，发生什么事情了?”

对“美洲豹”的事我一点也不感到惊讶。我早就知道他这个人没情没义。他要把我们大家都卷进这场乱子里面，对此，谁会惊讶呢？鲁罗斯告诉我，“美洲豹”说过，假如要整到他头上，那么大家都得倒霉。这种话我是不奇怪的。可是鲁罗斯也并不知道什么了不起的大事。狗东西，不要乱跳，你会抓破我的肚皮。我希望他能告诉我很多事情。他说的那些话我甚至可以猜出来。鲁罗斯说，那时他们几个正在拿三年级一个狗崽子的军帽打靶玩，“美洲豹”在二十米之内块块石头都扔中。那个狗崽子哀求说：“士官生们，你们要把我的军帽打烂了。”我想起来了，我当时看见他们待在草地上，还以为他们是去吸烟的，所以没有上前。其实我很喜欢打靶，我的视力比鲁罗斯和“美洲豹”的好。鲁罗斯说，那小子再三抗议，“美洲豹”于是对他说：“你要是再说下去，我就对准你的裤子打靶。你顶好还是安静点吧。”说完，他转过身看着鲁罗斯，并不谈正题，只是说：“诗人还没有回学校，我想他准是死了。今年是死人年。我做了个梦，梦见毕业之前，咱们班又出现死尸了。”鲁罗斯说，听“美洲豹”这样一讲，他心情非常紧张。他正在画十字的时候，看见甘博亚出现了。他一点也没想到中尉是来找“美洲豹”的。我要是在场，也不会想到这点。真是个新闻呀！而鲁罗斯则睁大了眼睛说：“我甚至没有想到他会走过来，博阿。无论如何也没有想到他是来找‘美洲豹’的。我那时一心在想‘美洲豹’那些关于死尸的话，以及诗人的事情，就看见中尉一直向我们走过来，而且拿眼睛盯着我们，博阿。”狗东西，你的舌头为什么总是这么热？你的舌头使我想起当我生病的时候，母亲为了给我治病而在我身上拔的火罐。鲁罗斯说，当中尉走到距离十米远的时候，那个狗崽子立刻站了起来，“美洲豹”也站好了，他本人也立正站好。“博阿，我马上就明白了，并不是因为那个狗崽子没有军帽。任何人都能明白。中尉只盯着我们，不眨眼地看着我们，博阿。”中尉对他们说：“士官生们，早上好。”这时他已经不再看着鲁罗斯，只是盯着“美洲豹”，“美洲豹”这才把手中的石块丢掉。中尉对他说：“到警卫室去见值班军官。带上睡衣、牙刷、毛巾和肥皂。”鲁罗斯说，他自己的脸都吓白了，可是“美洲豹”却非常镇定，竟然装腔作势地问甘博亚：“中尉，是我吗？中尉，为了什么事呀？”那个狗崽子在一旁笑了，但愿能够找到那个小子。甘博亚并没有理睬他，只是说：“马上去吧！”遗憾的是鲁罗斯不记得那个狗崽子的模样了，那小子趁着中尉在场，抓起帽子就溜了。“美洲豹”对鲁罗斯讲的那些话，我一点也不奇怪，他说：“真见鬼！要是因为考卷的事抓我，我向你发誓，很多人会后悔不该出生。”这个人是说得出，也做得到的。鲁罗斯对他说：“你总不会认为我或者博阿是告密分子吧？”“美洲豹”回答说：“为了你们自己好，我希望你们别当胆小鬼。你们别忘了，你们跟我一样，也牵连在内。你要提醒一下博阿，也提醒一下所有买过考卷的人，也提醒一下全班同学。”其余的情况，我都知道了：我看见“美洲豹”从宿舍里走出来，拉着睡衣的一只袖子，拖着在地上走，嘴里叼着牙刷，好像叼着烟斗一样。我当时很奇怪，以为他是去洗澡的。“美洲豹”和巴亚诺不同，他每星期都要淋浴；三年级的时候，大家管他叫

“水栖动物”。玛尔巴贝阿达，你的舌头又长又热。

当母亲告诉我：“不能再上学了，咱们到你教父那里去，让他给你找个工作。”那时我说：“不用退学，我也会挣钱了。您不用操心。”她问我：“你说什么?”我的舌头僵住了，张着嘴巴说不出话来。过了一会儿，我问她是不是认识瘦子依盖拉斯。她很奇怪地望着我，问道：“你是在什么地方认识他的?”我告诉她：“我们两个是朋友。有时我帮他干点活。”她耸耸肩膀对我说：“你已经长大了，你想干什么就干吧。我什么也不想知道。不过，要是你弄不来钞票，那就得找工作。”这时，我明白母亲知道瘦子依盖拉斯和我哥哥干的事情。在这以前我和瘦子还去过另外几个地方，每次都是夜里，每次都捞到二十多个索尔。瘦子对我说：“你跟着我，就要成有钱人啦。”我把钞票都藏在练习本里。我问母亲：“您现在需要钱吗?”她回答说：“总是需要的。把你现有的钱都给我吧。”我留下两个索尔，其余的都给了她。我的钱都花在每天去等特莱莎放学的路费和香烟上，因为近来我开始自己花钱买烟抽了。一盒印加牌香烟我可以抽三四天。有一次我在贝亚必斯塔广场点燃了一支烟，特莱莎从她家门口看见了我。她走过来，我们在长凳上坐下聊起来。她对我说：“教我抽烟吧。”我点燃一支烟，连续吸了几口后递给她。她不会吐烟，呛得喘不过气来。第二天她告诉我，整整一夜她都觉得恶心，以后再也不抽烟了。我清楚地记得那段时光，那是那一年最美好的日子。我们已经到了期末，考试已经开始。我们比从前更用功了，她和我形影不离。当她姑妈不在家，或者睡觉的时候，我们俩就开开玩笑，弄得两个人的头发乱蓬蓬的。每当她和我接触的时候，我就浑身十分紧张。每天我见到她两次，感到心里很快活。因为我身上带着钱，所以经常能给她带点意外的礼物。到了夜里，我就去贝亚必斯塔广场找瘦子，他告诉我："你要准备在某一天行动，咱们有个美差要干。"

最初那几次是我们三个人一起去的：瘦子、我，还有山里人古莱贝。另外一次，我们在奥兰地亚区一个有钱人家下手的时候，有两个陌生人参加进来。但是一般情况下，我们总是单独干。瘦子说："人越少越好，分东西容易，也免得走漏风声。可是有时候做不到，因为饭菜丰富，需要多几张嘴巴去吃。"我们进去的住宅，差不多总是空无一人的。瘦子对那些地方非常熟悉，我不明白他是怎么搞的。他总是给我说明进去的方法：从屋顶，从烟道，或者是窗户。开头我有些害怕，后来就非常镇静地做事了。有一回，我们钻进乔里约斯区一家住宅。瘦子用玻璃刀割开汽车间的一块玻璃，我从那里爬了进去，接着，穿过半个住宅，去给他们打开街门。开门以后，我跑到外面，在拐角的地方等着他们。过了不大一会儿，我看见二楼的灯亮了，瘦子像支箭一样飞跑出来。他跑到我跟前，一把拉住我的手说："快飞吧，锅糊了。"我们一口气跑过大约三个街区，不晓得背后是不是有人追赶。我可是害怕极了。当瘦子告诉我"你从那边跑，拐过街口以后，就放心地走吧"，我那时以为这回可完蛋了。我照着他的话做了，结果总算走运。我从那么远的地方，一直走回家里。我累得要死，浑身冷得发抖。我想瘦子一定让人家抓住了。可是第二天他在广场上等着我呢，一看见我，就笑个不停。他说："真真作弄人呀！我正在打开一个立柜的时候，突然变成大白天了，那么多的灯光，照得我头昏眼花。哎呀呀，咱们总算脱身了，因为上帝是伟大的。"

“还有什么?”阿尔贝托问道。

“没有什么了。”下士回答说,“他刚一开始流血,我就对他说:‘你别装蒜了。’那个木头人却回答说:‘下士,我没有装蒜。可是我痛呀!’这时候,那群兵因为都是一伙的,就开始低声说:‘他痛呀,他痛呀。’起初,我不信他们的话,可是后来一看好像是真的。您知道为什么?士官生,因为他的头发染红了一片。我让他去洗一洗,免得把宿舍的地板弄脏。可是这小子非常死心眼,他不肯去。说得明白点,是个胆小鬼。他一屁股坐在自己的床上,我推他,只不过想让他站起来,士官生。可是旁边那些人就喊叫起来:‘下士,您别虐待他。您没看见他脑袋痛吗?’”

“后来呢?”阿尔贝托问道。

“没有别的了,士官生,没有别的了。后来中士进来问:‘他怎么啦?’我说:‘报告中士,他摔了一下。’我问他:‘你摔了一下,对吗?’那小子却说:‘不对,下士,您把我脑袋打了一棒子。’旁边那些亡命徒也叫喊说:‘对,对,下士把他脑袋打破了。’这群王八蛋!结果中士把我带到警卫室来,把那个野小子送进了医务室。我在这里已经关了四天了。每天是面包加白水。士官生,我饿极了。”

“你为什么打他的脑袋?”阿尔贝托又问。

“呸!”下士摆出轻蔑的神气,说,“我只不过要他快点把垃圾扫出去。我告诉您一件事好吗?这种不公道的事情实在太多了。假如中尉看见宿舍里有垃圾,就要罚我三天公差,要不然就是一顿拳打脚踢。可是如果我打了一个士兵的脑袋,就得蹲禁闭室。士官生,您知道这里面的真相吗?再也没有比当下士更苦的了。军官们经常打骂士兵,可是士兵们都是同伙,他们互相帮助。可是我们这些当下士的,到处受欺侮。军官打我们,士兵恨我们,我们的日子很难过，士官生，我当兵的时候，比现在还要好过一点。”

这两间牢房位于警卫室后面，里面又黑又高，中间有一道栅栏分开，阿尔贝托和下士可以通过栅栏舒舒服服地交谈。每间牢房都有一扇小窗户，位于天花板附近，从那里可以射进一道棱柱形的阳光；此外还有一张破行军床、一个草垫和一条米黄色的毯子。

“士官生，您在这里会待多长时间?”下士问道。

“不知道。”阿尔贝托回答说。前一天夜里，甘博亚没有向他做任何说明，只是简单地告诉他：“你在那里睡吧。我不想让你到宿舍里面去。”那时刚刚十点钟。海岸公路和校园里冷冷清清，阵阵和风徐徐吹来。被罚不准外出的人都待在宿舍里，而外出的士官生要等到十一点才回来。值班的士兵挤在警卫室后面的长凳上，在低声聊天。阿尔贝托走进牢房的时候，他们也不屑一顾。有几分钟，他眼前一片漆黑，后来才看出角落里有张行军床的黑影。他把手提箱放在地上，脱掉军装、皮鞋、帽子，便上了床，把毯子盖在身上，耳边立刻传来某种动物睡觉的鼾声。他几乎立刻就睡着了，但是中间醒来几次，仍然听到那持续不断的震耳鼾声。只是借着黎明的曙光，他才发现在隔壁牢房里的下士：这个人身材高大，面孔瘦长，仿佛一把餐刀；睡在床上，头上还戴着军帽，下面打着绑腿。不久，有个士兵给阿尔贝托送来热咖啡。这时下士醒来，他从床上很友好地向阿尔贝托打了个招呼。吹起床号的时候，他俩正在聊天。

阿尔贝托离开栅栏，走到牢房门口。这道门与值班室相连。他看到甘博亚中尉正在俯身与费雷罗中尉低声交谈。士兵们则揉揉眼睛，伸伸懒腰，拿起步枪，急忙离开警卫室。门外是校园的一部分，可以看到英雄纪念碑四周环绕的一圈白色石阶。士兵们就在那里集合，然后跟着费雷罗中尉去值勤。甘博亚对牢房的方向一眼没看，便离开了警卫室。阿尔贝托听见一连串的哨声，他知道每个年级的院子里都正在整队集合。下士重新躺到床上，闭上了眼睛，但是没有鼾声。当传来队伍向饭厅前进的脚步声时，伍长按着军乐的节拍，轻轻吹着口哨。阿尔贝托看看手表，心里想："亲爱的特莱莎，中尉大概在皮兰涅上尉那里，把事情对他讲，然后他们去找大尉谈，接着三个人去找少校谈，之后四个人去找上校谈。亲爱的特莱莎，现在他们五个人正在谈论我。以后，他们会召来记者，会给我拍照；只要一放我出去，就会有人对我私刑拷打；我母亲会发疯的。只要我在米拉芙洛尔区里一走动，就会有人指着我的脊梁骨。我不得不出国，从此改名换姓，亲爱的特莱莎。"过了几分钟之后，又响起了哨子声。士官生们离开饭厅，穿过草地，去检阅场上集合的脚步声，好像远处沙沙的耳语一样，送到警卫室里来。队伍走向教学楼的前进声则是雄赳赳的、步调整齐的，这阵巨大的响声逐渐减弱，最后完全消失。"亲爱的特莱莎，他们大概已经发现诗人没有回来。阿罗斯毕德大概已经把我的名字写进缺勤表里。他们知道消息以后，一定会抽签，看看让谁来揍我。他们会互相传递纸条。父亲一定会说他的姓氏被玷污了；我的名字会出现在报纸的刑事新闻版上。我的祖父和曾祖父一定会难过死；我们这个家族一向在各个方面都是出类拔萃的，我却堕落到泥坑里去了。亲爱的特莱莎，你和我跑到纽约去吧，咱们一辈子也不回秘鲁。现在已经开始上课，大家一定都在盯着我的书桌。"阿尔贝托看见费雷罗中尉向着牢房走过来的时候，向后退了一步。铁门无声无息地打开了。

"士官生费尔南德斯。"这是个十分年轻的中尉，他管理三年级的一个连队。

"到，中尉。"

“请你去年级办公室见加里多上尉。”

阿尔贝托穿上军装，戴上帽子。这是一个晴朗的早晨，海风里带着鱼和盐的味道。他并没有听到夜来的风雨声，但是院落里是潮湿的。那座英雄塑像仿佛一棵忧郁的老树，身上披满了露珠。在路上和年级宿舍周围，他没有看见任何人。办公室的门是敞开的。他整理了一下武装带，用手擦擦眼睛。甘博亚中尉站着，加里多上尉坐在写字台的角上，两人在望着他。上尉做了个手势，要他进门。阿尔贝托向前跨了几步，立正敬礼。上尉上上下下地十分仔细地打量着他。他那突出的颌骨像两块脓肿似的一动不动地耷拉在耳朵下面；上尉的嘴巴紧闭着，但是那凶恶的鱼那样的雪白牙齿却偶尔露出唇外。他微微点点头，说道：“好吧，士官生，咱们听听这个故事是什么意思。”

阿尔贝托张开嘴巴，觉得身体里面软绵绵的，好像空气进去之后，把里面的器官都给吹散了一样。应该说什么呢？加里多上尉双手放在写字台上，手指紧张地刮着几张纸，他直盯着阿尔贝托的眼睛。甘博亚中尉站在上尉旁边，阿尔贝托无法看到他。小伙子觉得面颊在发烧，一定红得很厉害吧。

“你还等什么？”上尉说，“你的舌头被割掉啦？”

阿尔贝托低下头来，他感到极度疲劳，突然产生疑心：一些毫无根据的谎话已经涌到了唇边，又缩了回去，或者像是香烟一样被咽了下去。甘博亚的声音结束了他这种嗫嚅的状态。

“说吧，士官生，平静一下。上尉等着呢。把星期六你对我讲的那些话，再重复一遍。说吧，不用害怕。”

“是，上尉。”阿尔贝托说道。他深深吸了一口气，开口道：“士官生阿拉纳是被杀害的，因为他告发了‘圈子’。”

“你是亲眼看见的吗?”加里多上尉愤怒地吼起来。阿尔贝托抬头一看：下巴骨已经活动起来，外面的绿色皮肤也同时在颤动。

“不是，上尉。”他说，“但是……”

“但是什么?”上尉喊道，“没有具体的证据，你怎么敢下这样的断言呢?你知道控告某某杀人意味着什么吗?你为什么要编造这种愚蠢的故事呢?”

加里多上尉的前额潮湿了，每只眼睛里都有一个黄色的火星；他的双手愤怒地拍打着写字台的桌面；他的太阳穴在剧烈地跳动着。阿尔贝托突然恢复了镇静，他觉得自己身体里面已经非常充实，他眼睛一眨不眨地迎着上尉的目光，几分钟后，他看到这位军官移开了视线。

“上尉，我没有编造任何东西。”他说。那声音铿锵有力，在耳边回荡。他又重复了一遍：“我没有编造任何东西，上尉。‘圈子’的人一直在找那个告发卡瓦的人。‘美洲豹’不惜任何代价要报复，他最恨的就是告密分子。人人都恨士官生阿拉纳，大家对他就像对待奴隶一样。我可以肯定是‘美洲豹’把他杀害的，上尉。假如我没有把握，我就什么也不说了。”

“等一下，费尔南德斯，”甘博亚说道，“你从头到尾说明白。过来，过来。如果你愿意，坐下讲吧。”

“不必。就待在原地吧，继续讲!”上尉斩钉截铁地说。甘博亚转身看看他，但是加里多上尉却拿眼睛瞅着阿尔贝托。

阿尔贝托咳嗽一声，用手绢擦擦前额，开始用压抑的、略带喘息的声音讲下去，而且常常停顿，但是随着讲到“圈子”的“英雄”作为，讲到“奴隶”的历史，不知不觉又讲到别的士官生，讲到偷运香烟和烧酒的战术，讲到盗窃和贩卖考卷，讲到保林诺那里的晚会，讲到在体育场和“珍珠”小店的跳墙活动，讲到洗脸间里的赌博，讲到抽签、报复、打赌等等活动。班上的秘密生活，好像噩梦中的人物一样，出现在上尉眼前，并且不断地使他的脸色时而变白，时而变红。阿尔贝托的声音则越来越流利，越来越坚定，有时甚至是咄咄逼人的。

“这些又有什么关系呢？”上尉只打断了他一次。

“为了让您相信我的话是真的，上尉。”阿尔贝托说道，“军官们无法知道宿舍里发生的事情。那里好像是另外一个世界。我讲的这些情况是让您相信有关‘奴隶’的事情是真的。”

后来，阿尔贝托停止说话的时候，加里多上尉沉默了几秒钟，一面过分专注地审视着写字台上的全部物品，而他的双手则玩弄着衬衣上的纽扣。

突然，他开口说：“好，你的意思是说应该把全班都开除。有些人是因为偷盗，有些人是因为酗酒，有些人是因为赌博。人人都干了某种坏事，很好，那么您是哪一类呢？”

“我们大家样样都有份。只有阿拉纳是例外。”阿尔贝托说道，“因此没有人跟他在一起。”他的声音变得嘶哑了。“上尉，您应该相信我。‘圈子’一直在找他。他们想找到告发卡瓦的那个人。他们打算报复，上尉。”

“等一等，”上尉慌忙说道，“整个故事是站不住脚的。你在胡说些什么呀？谁也没有告发士官生卡瓦。”

“这不是胡说，上尉。”阿尔贝托说道，“您问问瓦里纳中尉吧，看看是不是‘奴隶’告发了卡瓦。他是唯一看见卡瓦离开宿舍去偷考卷的人，那一夜他在站岗。您问问瓦里纳中尉吧。”

“你说的这些事没头没尾。”上尉说道。但是阿尔贝托发现上尉显得不那么自信了，而且一只手笨拙地悬在空中，牙齿也显得更大了。“没头没尾。”

“对于‘美洲豹’来说，如果被控告的是他本人，事情也会这样，上尉。”阿尔贝托说，“他为开除卡瓦的事气得发疯。‘圈子’那时经常开会，那是为了报复。我了解‘美洲豹’，他是干得出来的……”

“够了，”上尉说道，“你说的是些孩子话。你控告一个同学杀了人，可是没有证据。如果说想报复的是你，那么我是不会感到奇怪的。士官生，在军队里是不许可这类儿戏的，这会让你付出很高的代价。”

“报告中尉，”阿尔贝托说，“向山上冲锋的时候，‘美洲豹’就在阿拉纳的后边。”

但是，他停住不说了。这句话是不假思索脱口而出的，这时他犹豫起来。他的脑海里极力在回忆拉白尔拉区的那片草地、那座杂草丛生的小山、那个周末的早晨和那天的队形。

“你能肯定吗？”甘博亚问道。

“可以肯定，中尉。他就在阿拉纳的后边。我可以肯定。”

加里多上尉望望他们两人，他的目光从这个人跳到那个人身上，疑心重重，满腔愤怒。他的双手握在一起，一只手攥成拳头，另一只手在外面包着，这使他感到发热。

“这说明不了什么，”他说，“绝对说明不了什么。”

三个人都沉默了。突然，上尉站起来，背着双手开始在房间里来回地走。甘博亚在上尉刚才占据的地方坐下来，眼睛望着墙壁，好像在思考什么。

“士官生费尔南德斯，”上尉说道，他已经在房子中央停住，声音比较温和了，“我要像对一个男子汉那样对你谈一谈。你年轻，感情容易冲动。这并不坏，甚至可以算是长处。根据你刚才对我讲的十分之一，就可以把你开除出校。那会使你身败名裂，对你的父母也会是个可怕的打击，是不是呀?”

“是的，上尉。”阿尔贝托说道。甘博亚中尉跷着一条腿在空中摇晃，眼睛瞅着地面。

“那个士官生的死深深打动了你，”上尉继续说道，“我理解你，你是他的朋友嘛。但是，就算你刚才讲的有一部分是事实，那也没有办法证实，永远没有办法证实，因为那些话都是建立在假设上的。我们最多可以查明有某些违反条令的事。有些人会被开除。当然了，你将是其中的一个。假如你答应我永远不再讲这件事，我准备把一切都忘掉。”他很快举起一只手要擦脸，但是没有动手，又放下去了。“对，这是最好的办法：推翻这些捕风捉影的东西。”

甘博亚中尉仍然低垂着脑袋，按照原来的节拍摇晃着那只脚，但是鞋尖常常擦过地面。

“明白了吗?”上尉问道，他的脸上暗暗露出一丝微笑。

“不明白，上尉。”阿尔贝托答道。

“士官生，你不懂我的意思吗?”

“我不能答应您的要求，”阿尔贝托说道，“阿拉纳是被人家杀掉的。”

于是上尉粗暴地说：“那么，我命令你保持沉默，再也不许说那些蠢话。如果你不服从我的命令，那么就让你看看我是谁!”

“对不起，上尉。”甘博亚这时说道。

“甘博亚，我正在讲话，不要打断我。”

“很抱歉，上尉。”中尉说着站了起来。他的身材比上尉高得多，上尉要想看看他的眼睛，就必须抬起头来。“士官生费尔南德斯有权提出这样的控告，上尉，姑且不说它是否真实，但是他有权要求调查。条令里讲得很清楚。”

“甘博亚，您是来给我讲解条令的吗?”

“不是，当然不是，上尉。但是如果您不愿意管这件事，我自己把报告交给大尉。这是个严重事件，我认为应该组织调查。”

考过最后一门功课不久，我看见特莱莎和两个姑娘走在萨恩斯·培尼亚大街上，她们都带着毛巾。我从很远的地方就问她到哪里去。她回答说：“到海滩去。”那天我的心情很不好，母亲向我要钱的时候，我说了一句粗话。她把藏在床下的皮带拿了出来。她有很长时间没有打过我了。我威胁她说：“你要是碰我一下，我就一分钱也不给你了。”这只不过是个警告，我没想到会有效果。看见她把手中的皮带放了下来，我暗暗惊讶。接着，她把皮带扔到地上，咬牙切齿地骂了一句。后来，她一句话没说就钻进厨房里去了。第二天，特莱莎又和那两个姑娘去海滩，连续几天都是这样。一天早晨，我在她们后面跟踪。她们向秋古依多海滩走去，身上已经穿好了游泳衣，所以就在海滩上开始脱衣服。那里有三四个小子在等着她们。我只盯着那个跟特莱莎说话的家伙。整个上午，我都从一处扶梯上监视着她们。后来，她们就在游泳衣外面套上衣服，回贝亚必斯塔去了。我等着那几个小子。过了不大一会儿，有两个家伙走了。可是那个跟特莱莎待过的小子和另外一个人一直在那里玩到将近下午三点。他们随后向彭塔走去。他们走在路当中，一面甩打着毛巾和游泳裤。当他们走进一条没有行人的街道时，我就向他们扔石头。那两个家伙都挨了打。有块石头把特莱莎的朋友打得满脸开花，他“哎哟哎哟”地叫着弯下腰去。正在这时，又一块石头击中了他的背脊。他们两个惊慌地看着我，我没等他们有所反应，就冲了上去。一个小子边跑边喊："疯子!"另外那个吓呆了。我趁势扑了上去。从前我在学校里打过架，而且打得不错，因为我哥哥从小就教我怎样用脚踢用头撞。"发疯似的乱打一气肯定得玩完，"他告诉我说，"光凭蛮力是不行的，除非你非常强壮，一下子就能把对手撂倒。否则这样打会吃亏。因为你要是总打空拳，时间一长，胳膊和腿就没有劲了。人一累，气就消了。过一会儿就想罢手。这时候，如果对方很敏锐，看出来你不行了，就会抓住机会扑上来。"我哥哥教我怎样打掉那些笨家伙的气焰，怎样使他们疲劳，怎样用双脚逼住他们；到最后，趁他们不注意，怎样揪住他们的衬衣用头猛撞。我哥哥教我用卡亚俄港的方式用头撞，既不是用脑门，也不是用脑顶，而是用头发根部的那块最硬的头骨去撞。那块骨头硬极了。向前撞的时候，要放下双手，免得对方抬起膝盖，顶你的肚子。我哥哥说："任何方法也比不上用头撞。只要撞中一下，就足以打昏对方。"那时候，我向他们猛扑过去，很快就把他们打垮了。那个跟特莱莎在一起的小子，还没有还手，就摔倒在地哭起来。他的朋友站在十米以外的地方，冲着我大喊大叫："你别揍他！坏蛋，你别揍他!"可是，我仍然踢那个躺在地上的。然后，我又向另外那个家伙冲过去。他转身拔腿就跑，可我还是追上他了。我一脑袋就把他撞倒了。他并不想打架：因为我刚一松手，他就跑掉了。我又回到头一个小子那里，他正在擦嘴巴。我本想说些什么，可是刚刚站到他跟前，一股怒火就冒了上来，上去就给了他一拳。他立刻像只小鸟似的尖叫。我揪住他的衬衣，警告他："假如你再敢接近特莱莎，我会揍得更狠。"我骂了一声"他妈的"，又踢了他一脚。要不是这时有人揪住了我的耳朵，我还想揍他呢。揪我的人是个老娘儿们，她一边打我的脑袋，一边喊道："野种，你干吗随便打人?"旁边那小子趁机溜掉了。后来，那女人把我放了，我才回到贝亚必斯塔。我的心情和打架前一样，觉得还没有报仇。我从来没有过这样的感觉。以前见不到特莱莎的时候，我心里会很难过，或者很想独自一个人待着。可是现在我感到既恼火又伤心，十分沮丧。可以肯定，如果特莱莎知道了，她会恨我的。我走到贝亚必斯塔广场，可是并没有回家，而是转身向萨恩斯·培尼亚大街那家酒吧走去。我在那里找到了瘦子依盖拉斯。他正坐在吧台前和那个中国人聊天。他问我："出什么事情啦?"我从来没有向任何人谈起过特莱莎，可是那一次需要找个知心人说一说。我就把全部经过都告诉了瘦子：从四年前特莱莎来到我家隔壁居住，我认识了她，直到眼前发生的事为止。瘦子严肃地听着，一次也没笑，只是偶尔说一声"好家伙!"或者"哎呀呀!"或者"真是的"。最后，他对我说："你这是打心眼里爱上她了。我第一次恋爱的时候，也跟你这个年龄差不多，但是来得比较缓和。爱情是最坏不过的东西了。把人弄得像傻瓜，再也不操心自己的事。连事物的意义都变了，可以使人干出最疯狂的事来，可以使人在一分钟里倒霉一辈子。我指的是男人。女人则不同，她们非常狡猾。她们认为有利可图的时候，才会恋爱。如果某个男人不理睬她，她马上翻脸去找别人，好像根本没有那回事一样。你用不着难过。既然有上帝在，今天我就能把你治好。治这种伤风感冒，我有好方法。"他请我喝烧酒和啤酒，我们一直喝到天黑。然后，他又设法叫我呕吐：按摩我的肠胃，帮我吐出来。后来把我领到港口的酒店里，在院子里给我洗了澡，又在一间挤满人的餐厅里请我吃辣菜。接着，我们搭上一辆出租汽车，他给了司机一个地址，随后问我："你去过妓院吗?"我说没有。他说："这能把你治好。你等着瞧吧。不过，也许不让你进门。”果然，我们到了那里以后，一个认识瘦子的老太婆开了门。但是她一看到我，马上就火了：“你发疯啦？我怎么能让你带着这个娃娃进去呢？每隔五分钟，就有密探来揩油喝酒。”他和她大声争论起来。最后，老太婆终于让步。她说：“可以。不过你们要直接进房间，到明天再出来。”瘦子带着我快速穿过一层楼的客厅，以至于我连那里的人都没看清楚。我们登上楼梯，老太婆给我们开了一个房间。我们走进去，在瘦子开灯之前，老太婆说：“我给你送上一打啤酒。我答应让这孩子进来，你可得多喝几瓶才行。姑娘们马上就来。我把桑德拉派来，她喜欢小孩子。”房间很大，但是很脏，正中摆着一张床，上面有条红被单，地上有个小瓦盆。此外，还有两面镜子，一面悬在木床上面的天花板上，另一面在床旁边。四壁都有用铅笔和刀子乱画的男女裸体像。过了片刻，进来两个女人，每人手里端着很多瓶啤酒。她俩是瘦子的老相识，一一上前吻他，拧他，坐在他腿上，说些粗话，什么屁股、婊子、母马、傻瓜之类。那个长得很苗条的女人是个黑白混血儿，嘴里镶着一颗金牙。另外一个长得白些，比较丰满。可是那个混血儿漂亮一些。两个女人都取笑我。她们说瘦子是“教坏孩子”。接着，大家就喝起啤酒来。他们打开一些门，一面听着楼下的音乐，一面跳舞。开头我不肯说话，后来喝了酒才高兴起来。跳舞的时候，那白女人把我的脑袋按在她怀里，紧贴她露出来的胸脯。瘦子喝多了，命令混血儿给我们表演。于是，她穿着内裤跳起曼波舞来。突然，瘦子扑了过去，一把搂住她，把她抱到床上。那白女人拉住我的手，领我到另外一个房间。她问我：“是第一次吗？”我说不是。但是她发现我在撒谎，便非常高兴，脱了衣服走过来，对我说：“但愿你给我带来好运气。”

甘博亚中尉走出自己的房间，快步穿过检阅场，来到教学楼。这时，值班军官皮塔卢加正在吹哨子：上午第一节课结束了。士官生们都在教室里。一种地震般的隆隆声从墙壁那边传过来，好像有个喧闹的魔鬼飘出教室，在院落上空游荡。甘博亚在楼梯旁边停了一下，然后向教务处走去。准尉佩索阿正在里面伸着长嘴巴，眯着多疑的小眼睛，在琢磨一本笔记本。

“佩索阿，你来一下。”

准尉理理稀疏的小胡子，跟在后面走出来。他走起路来大大地叉开腿，好像他是骑兵一样。甘博亚很欣赏他：他在演习中总是表现机敏、动作迅速，很有效率。

“下课以后，你把一班集合起来。让士官生们带着步枪。你把他们带到操场上去。”

“中尉，是检查武器吗?”

“不是。我想让他们按战斗小组站队。佩索阿，你告诉我，最后那次演习时，队形没有改变，对吗?我的意思是说，冲锋是按照规定的次序进行的：一组在前，二组居中，三组殿后。”

“不，中尉，”准尉说，“正相反。根据上级指示，上尉命令让矮个子士官生在第一线。”

“确实，”甘博亚说，“好吧。我在操场上等着你。”

准尉敬个礼，走了。甘博亚朝宿舍方向走去。上午天气非常晴朗，略微有些潮气。海风轻轻吹动着花草，那头小羊驼轻快地奔跑着在草地上兜圈子。夏天马上就要来临，学校即将变冷清，日子会变得懒散而沉闷，值班的时间会缩短，而且也不会那么严格，每星期可以去三次海滩。他老婆到那时身体已经复原，他们可以带着孩子去兜风。此外，还会有些时间用来读书，要准备考试，八个月的时间并不很长。据说上尉衔的空缺只有二十个名额，而报名的人已经有二百个了。

他走进办公室。坐在写字台前的上尉没有抬头看他。片刻之后，甘博亚正在翻阅演习报告的时候，听到上尉说：

“中尉，请您告诉我。”

“什么事，上尉？”

“您的看法如何？”加里多上尉皱着眉头望望甘博亚。后者在回答之前犹豫了一下，说：“上尉，我不晓得。要弄明白是很困难的。我已经开始调查，也许能把一些事情搞清楚。”

“我不是说这个，”上尉说道，“我是说后果会怎么样？这您考虑过吗？”

“考虑过了。后果可能很严重。”甘博亚答道。

“严重吗？”上尉轻轻一笑。“难道您忘了这个营是由我来管的，而第一连是由您指挥的？无论如何，倒霉的人是您和我。”

“上尉，关于这个我也考虑过，”甘博亚说道，“您说得有道理。我并不认为这个主意有什么美妙的地方。”

“什么时候轮到您提升？”

“明年。”

“我也一样，”上尉说道，“空缺越来越少，考试一定很难。甘博亚，咱们打开天窗说亮话吧。您和我的服役档案都是最出色的，一个污点也没有。但是为了这件事可能会追究我们的责任。那个士官生觉得您在支持他。您跟他谈谈，尽量说服他，最好还是忘掉这件事吧。”

甘博亚直视着加里多上尉的眼睛。

“上尉，我可以坦率地说几句吗？”

“甘博亚，现在我正是这样做的呀。我是在和朋友谈话，不是对着一个下级。”

甘博亚把演习报告放在一个架子上，向写字台走近几步。

“上尉，我对晋升的事像您一样关心。我要尽一切努力争取升级。您知道，我并不想在这里出人头地。在这些孩子当中，我觉得与军队里不同。可是如果说我在军事学院学到一些什么东西的话，那就是懂得了纪律的重要性。没有纪律，什么事情都要变坏，都要垮台。我们的国家之所以如此，就是因为既没有纪律也没有秩序。军队由于自己特有的组织和结构，是唯一保持健康和力量的单位。假如那个小伙子果真是被杀害的，假如那些酗酒、贩卖考卷等等事情都是真的，上尉，我感到自己是有责任的。我认为揭穿整个事情的真相是我的职责。”

“甘博亚，您言重了。”上尉有些吃惊地说。他又开始像接见阿尔贝托时那样，在屋子里踱起方步来。“我并不是说把一切都推翻。考卷和酗酒的事当然应该惩罚。但是您也别忘记，在军队里首先要学会的是造就人才。男子汉个个都会吃喝嫖赌。士官生们懂得万一被发现，是要被开除的。已经有几个被赶出去了。那些没有被抓住的人都是机灵鬼。要长大成人，就必须冒险，就要果断勇敢。这就是军队，甘博亚，不仅仅要纪律，还要有勇敢、机智。但是这些问题咱们可以将来再讨论。我现在关心的是另外那个问题，那完全是件蠢事。尽管如此，如果传到上校那里，就会严重地损害我们。”

“对不起，上尉，”甘博亚说道，“只要我没有发现什么，我那个连的士官生当然可以为所欲为，我也可以同意您的话。但是，现在我已经不能假装不知道，否则，我会觉得自己也是同谋犯。现在我明白了，是有某种不正常的东西。士官生费尔南德斯恰恰是来告诉我，三个排总是在当面嘲笑我，他们任意拿我开心。”

“甘博亚，他们已经长大成人。”上尉说道，“入学的时候，他们还都是少年，没有一点男子汉的气概。现在，您看看他们。”

“我会使他们变得更加有男子气概。”甘博亚说道，“调查一结束，如果有必要，我可以把全连的士官生都领到军官会议上去。”

上尉停住脚步，提高嗓门说：“您好像是一个狂热的神父。您打算毁掉自己的前程吗？”

“上尉，如果一个军人履行了自己的职责，是不会毁掉前程的。”

“好吧，”上尉说着又重新踱起方步来，“随您的便吧。不过，我可以告诉您：那结果一定倒霉透顶。因此，您自然不会得到我的任何支持。”

“那是当然的，上尉。请原谅。”

甘博亚敬了礼，走出门去，回到自己的房间里。床头柜上有张女人的照片，那还是他们结婚之前拍摄的。他是在一次舞会上认识她的，那时他正在军事学院读书。照片的背景是一片田野，甘博亚不晓得那是在什么地方。那时她比较纤弱，头发披散着，正在一棵树下微笑，远处可以看见一条大河。甘博亚对着照片注视了一会儿，然后继续翻阅报告和惩戒记录，最后又仔细看了一遍记分册。正午之前，他来到院子里。两个士兵正在打扫一班的宿舍，一看见他走进来，连忙立正。

“稍息。”甘博亚说道，“你们每天都打扫这个宿舍吗？”

“报告中尉，由我打扫。”其中一个士兵说道，又指着另一个士兵说，“他打扫二班。”

“你跟我来。”

到了院子里，中尉转过身来，逼视着那个士兵的眼睛说：“畜生，你在捣鬼呀！”

那个士兵不由得立正站好。他睁大了眼睛；那张脸上没有胡须，皮肤十分粗糙；他什么也不问，好像准备接受某种惩罚。

“你为什么不向上级报告？”

“中尉，我打过报告。”他说，“共有三十二张床，三十二只衣橱。我的报告都交给中士了。”

“我不是指这个。你别装傻。你为什么不报告喝酒、抽烟、赌博、打牌的事？”

士兵更加睁大了眼睛，但是沉默不语。

“在哪些衣橱里边？”甘博亚问道。

“什么东西，中尉？”

“在哪些衣橱里边有烧酒和纸牌？”

“报告中尉，我不知道。大概是别的班里吧。”

“假如你撒谎，就要蹲十五天禁闭。”甘博亚说道，“在哪些衣橱里有香烟？”

“报告中尉，我不知道。”但是他随后低头补充说，“我想，每只衣橱里都有。”

“酒呢？”

“我想只有几个人有。”

“骰子呢？”

“也是只有几个人有。”

“你为什么不报告？”

“报告中尉，我什么也没看见。我不能打开衣橱。那都是上锁的，士官生们带着钥匙。我估计会有，可是没有见过。”

“别的班也是这样吗？”

“报告中尉，我想是的。不过没有一班这么多。”

“好吧。今天下午我值班。你和其他负责清洁卫生的士兵于三点钟到警卫室集合。”

“是，中尉。”士兵说。

五

看来这是在劫难逃，因为有人施了魔法。先是让我们集合站队，随后把我们带回宿舍。这时我说，有个烂舌头在嚼舌根。我并不愿意相信这种事，可是这是明摆着的，就像一碗清水那样："美洲豹"把我们都给揭发了。命令我们打开衣橱的时候，我的心肝都提到嗓子眼上来了。巴亚诺说："抓紧点，世界末日要来啦。"他说得有理。阿罗斯毕德问："准尉，是检查服装吗?"这个可怜虫，脸色像死人一样惨白。佩索阿说："别装蒜，放老实点！闭上嘴，保持安静！"我的腿在抽筋，浑身紧张极了。小伙子们都像患了梦游病。这一切真是不寻常：甘博亚站在衣橱旁边。"老鼠"也是一样。中尉高声吼道："注意，只许打开衣橱，谁也不准把手伸进去！"哪个敢伸手呀！现在事情整到我们头上了。想到先把"美洲豹"给整了，心里还稍稍舒服些。揭发喝酒赌牌的事，不是他干的，又会是谁呢？但是，事情很神秘，直到眼下我还不明白操场和步枪的事。莫非甘博亚心情不好，逼着我们到泥里去打滚，让他出气？有些人竟然还笑呢。

看着他们没心没肺，不晓得什么是灾难的这副样子，实在令人心痛。真正令人笑破肚皮的是“老鼠”钻进衣橱里的姿势。他把整个身子都爬进去，因为他的个子实在太矮，衣服把他埋住了。这个马屁精四肢趴在里面，好让甘博亚看到他是多么卖力地在搜查和翻找。每个口袋他都打开，每个地方他都嗅一嗅，你听他唱得多么高兴呀！“好家伙，这里有印加牌的，这里有高级的。他妈的，抽吉士牌进口香烟。要举办舞会呀？瞧瞧这一大瓶烧酒！”我们的脸都涨得通红。幸亏他们在每只衣橱里都找到一些东西，这还不算太糟。显然，将来最倒霉的人是我们这些有酒的。不过，我那瓶差不多快光了。我要求准尉把这一点记录在案。那个没头脑的家伙吼道：“闭上嘴，混蛋！”甘博亚乐得像头公猪，这从他问话的方式上可以看出来：“你刚才说几包?”“报告中尉，两包印加，两盒火柴。”甘博亚写在记事本上，那股慢腾腾的劲头，好像有意延长那种快活的情绪。“半瓶什么东西?”“报告中尉，半瓶烧酒，太阳神牌的。”每当鲁罗斯向我这边看的时候，我就用力咬紧牙关。是啊，同学，这一回咱们倒霉透顶了。看着其他同学的表现，真让人心酸。谁他妈的想到会搜查衣橱！甘博亚和“老鼠”走了以后，鲁罗斯说：“这一定是‘美洲豹’干的。他曾经起过誓，如果整到他头上，他就让大家都完蛋。他是个懦夫，是叛徒。”他不应该说这种话，这种没有根据的话，尽管也有可能是真的。

我还是不明白为什么要把我们带到操场上去。我猜想，这也是“美洲豹”的过错，他大概对甘博亚说：“我们经常去偷鸡。”中尉于是说：“既然他们这么精力充沛，我就给他们洗洗肠胃。”于是“老鼠”就跑到教室里说：“马上集合！我给你们带来一个意外的消息。”我们一起高喊：“老鼠！”他对我们说：“这是中尉的命令。集合！跑步回宿舍！要不然我把中尉请来？”我们站好队之后，他领我们回到宿舍。走到屋门口，他说：“把枪带上，给你们一分钟的时间，班长，记下最后三名迟到的人。”我们不住口地骂娘，谁也想象不出来到底发生了什么事情。在院子里，别的班的士官生向我们做鬼脸。谁见过大中午带着枪在操场上演习的？莫非甘博亚的脑袋里少了一颗螺丝钉？他正在足球场上等着我们，一面迫不及待地瞪着我们。“老鼠”发令道：“立定！按照演习小组整队。”人人骂不绝口。这简直是一场噩梦，哪里有穿着平常的军服，在午饭前进行演习的？让你妈卧倒在这湿漉漉的草地上吧！哪有刚刚上过三小时的课，浑身累得要命就来演习的？正在这时，甘博亚粗声大气地冲着我们吼起来：“排成三路纵队！三队在前，一队殿后！”“老鼠”极尽溜须拍马之能事，连声催促我们：“快点，懒虫。快点，快点。”这时甘博亚下令说：“按照冲锋的要求，间隔十米散开！”也许有发生战争的危险，所以国防部长决定加紧军事训练。我们将作为士官或军官开赴前线，我愿意一个猛冲就冲进阿里卡城，把秘鲁国旗插到四面八方：插到屋顶上，插到窗户外，插到大街和小巷，插到每一辆车上。据说智利女人是世界上最漂亮的，那是真的吗？我并不认为有发生战争的危险，否则的话就应该全体进行训练，而不单单是一个班。“那是怎么回事？”甘博亚冲着我们在喊叫，“一组和二组的射手是聋子，还是笨蛋？我说的是十米，而不是二十米。那个黑人叫什么名字？”“报告中尉，叫巴亚诺。”甘博亚叫他“黑人”的时候，为了看看他的模样，不得不弯下腰。中尉说：“好的。我下令间隔十米，你为什么间隔二十米？”“报告中尉，我不是射手。问题是这里缺了一个人。”甘博亚说：“啊，原来如此，那么要处罚这个缺席的人，扣他六分。”佩索阿是个头号大混蛋，居然想起要说这样的一句话：“报告中尉，不能处罚这个缺席的人，他已经死了，就是那个士官生阿拉纳。”真把人气坏了，结果更糟糕。甘博亚更恼火了，他说：“好吧，那么后面那排的射手补上这个位置。”过了一会儿，他又喊起来：“为什么他妈的不执行命令？”我们互相望望，这时阿罗斯毕德立正报告说：“因为这个士官生也没有来。他叫‘美洲豹’。”“那么由你补上，不要再说啦！执行命令不能犹豫不决、磨磨蹭蹭。”接着便命令我们进行扇形进攻：哨声一响，冲锋，卧倒，冲锋，卧倒。一搞起这种操练来，便使人失去了时间概念，忘记了全身的疲乏。我们刚操得身体热乎起来的时候，甘博亚却命令我们站成三路纵队，接着把我们带回了宿舍。一进门，中尉就爬到一只衣橱上面，“老鼠”爬上另外一只，由于他个子太矮，出了一身大汗才攀上去。接着他们下令说：“立正站在各自的位置上。”这时，我就猜到是“美洲豹”为了自己逃命，把我们给出卖了。世界上没有硬汉子。谁能想得到他会干出这样的事情。“打开衣橱，向前一步走！”“谁要把手伸进橱里，谁就要倒霉。”好像我们真能当个魔术师，就在中尉的鼻子底下把酒瓶藏起来似的。他们把找到的东西装进一只麻袋带走之后，我们大家一个个哑口无言。我一下子就躺倒在床上了。玛尔巴贝阿达不在屋里，正是吃饭的时间，它大概到厨房里找剩菜去了。小狗不在身边使人难受，否则可以摸摸它的头，可以使人喘一口气，使人心里平静一些。觉得它就是一个小姑娘。人一结婚，大概就是这个情形吧。比如我感到心灰意懒的时候，小姑娘来了，她在我身边躺下，默不作声，安安静静，我也不说话，只是摸摸她，轻轻抓一抓，在她的胳肢窝里搔搔痒，于是她笑起来；我拧她一下，她尖声叫起来；我爱抚她，贴着她的脸蛋，把她的头发弄成鬈儿；我捂住她的鼻子，等她憋得难以呼吸的时候，我再放开她；我摸她的脖子、胸脯、背脊、肩膀、屁股、大腿、肚脐；突然，我吻她，对她说些亲热的话：“小妞儿，小窑姐儿，小媳妇，浪女人。”这时有人喊道：“你们也有过错。”我高声问他：“这个‘你们’是什么意思?”“是‘美洲豹’和你们几个人。”阿罗斯毕德说道。我朝着他待的地方走过去，但是半路上有人把我拦住了。“我说过了，就是你们闹的；我再说一遍，就是你们。”那小子冲着我大叫大嚷，他真是火冒三丈，口沫飞溅，唾液流出来了都没有察觉。他对旁边的人说：“你们放开他，我并不怕他，我两脚就把他踹得躺下，三下五除二我就把他收拾了。”大家把我抱住，使我不能动弹。巴亚诺这时说：“既然事情已经到了这个地步，最好不要打架。应该团结一致，对付事变。”我说：“阿罗斯毕德，你这个家伙最不是东西，我还从来没见过你这种人，事情刚一变坏，你马上就诬蔑战友。”阿罗斯毕德说：“胡说八道！我一向跟你们一道对付中尉。如果需要帮助，我就帮助你们。但是现在发生的事情，显然是‘美洲豹’的过错，是鲁罗斯和你的过错。因为你们的手不干净，一定有什么事情见不得人。‘美洲豹’刚刚被关进牢房，甘博亚就知道了衣橱里的东西，这真是太巧了。”我不知道该说什么好，鲁罗斯是站在他们一边的。大家都说：“对，‘美洲豹’当了奸细。”又说：“报仇是件最痛快的事情。”后来便吹哨吃午饭去了。我这是入学以来第一次什么也吃不下，饭菜一到嗓子眼就噎住。

站岗的哨兵看见甘博亚走过来，连忙站起来掏钥匙，转身准备开门，可是中尉做了一个手势，把他拦住。甘博亚从他手里拿过钥匙说：“你到警卫室去，让我单独和这个士官生谈谈。”士兵禁闭室盖在鸡窝后面，介于操场和校墙之间。这是一座狭窄、低矮的砖坯建筑物，门口总是有一个士兵站岗，牢房里空无一人的时候也是如此。甘博亚等着哨兵从足球场向宿舍的方向走远以后，打开了牢门。屋子里几乎漆黑一团，天开始黑下来，唯一的窗户好像一道裂缝。开始的时候，他没有看见人，所以突然闪过一个念头：那个士官生逃跑了。后来才发现他躺在行军床上。中尉走到床前，看见他正闭着眼睛在睡觉。他仔细审视着这张不动的面孔，极力回忆，但是没有用：这张脸与其他的脸混在一起了。不过他模模糊糊地觉得很熟悉，不是脸上的那些特征，而是那过早成熟的表情：下巴紧缩，眉头皱紧，面颊上现出了皱纹。士兵和士官生站在上级面前，通常是绷紧着脸的，而现在这个士官生并不晓得他在身旁。再说，这张面孔颇不寻常，大部分士官生皮肤黧黑，四方大脸，而甘博亚却看见一张白净面孔，头发和睫毛好像是金黄色的。他伸出手去，在“美洲豹”肩上拍了一下。中尉对自己这一动作感到惊讶：他轻轻一拍，毫不用力，好像在唤醒一位战友一样。他觉得“美洲豹”的身体在他的手下收缩了一下，接着便猛然坐了起来，使他连忙收回手臂。但是他立刻听到鞋后跟的撞击声：中尉已经被认出来。一切又恢复了正常。

甘博亚开口说：“请坐。咱们有很多话要谈一谈。”

“美洲豹”坐下来。中尉这时透过黑影看见他的眼睛虽然不大，但是闪闪发亮，目光犀利。这个士官生一动不动，沉默不语。但是在这种不动声色的严肃态度里，有着某种桀骜不驯的东西，使甘博亚感到不快。

“你为什么要上军事学校？”

没有回答。“美洲豹”的双手抓着床头的木架，脸色丝毫没有变样，依然显得严峻而又平静。

“你是被迫入学的，对吗?”甘博亚说道。

“为什么呢，中尉?”

他的声音与他的眼睛正好一致。话是有礼貌的，讲得也很慢，发音吐字给人以快感，但是声调里流露出一种隐隐的傲气。

“因为我想知道。”甘博亚说道，“你为什么上军事学校?”

“我曾经想当个军人。”

“曾经?”甘博亚问道，“现在已经改变主意了?”

这时中尉发现对方在犹豫。军官们询问士官生未来的打算时，人人都声称想当军人。但是甘博亚知道只有少数几个人准备报考乔里约斯军事学院。

“美洲豹”停了一下，回答说：“还不晓得，中尉。”他又迟疑了片刻说：“我也可能报考空军学院。”

又过去了几分钟。两个人互相望着对方的眼睛，好像都在等待对方开口。突然，甘博亚单刀直入地问道：

“你是知道为什么被关进牢房的，对吗?”

“不，中尉。”

“真的吗?你认为毫无理由吗?”

“我什么事情也没干。”“美洲豹”声称。

“衣橱里的那些东西就足够了。”甘博亚慢腾腾地说道，“香烟，两瓶烧酒，一套撬锁工具。你觉得还少吗?”

中尉仔细地观察着他，但是毫无用处：“美洲豹”仍然不动声色，既不显得吃惊，也没有害怕的样子。

甘博亚接着说：“香烟，还可以说得过去，顶多处罚一次。烧酒就不同了，士官生可以在家里或街上喝醉，但是在这里，一滴烧酒也不许喝。”他停顿了一下，又说：“至于骰子呢?一班成了一个赌场。还有撬锁的工具呢？那是什么意思？盗窃。你撬过多少衣橱？你偷同学的东西已经多久了？”

“我吗？”“美洲豹”嘲讽地望着中尉。这副腔调使甘博亚不免有些困惑。“美洲豹”并不低头，又重复了一句：“我吗？”

“对，不是你还有哪个混蛋？”甘博亚说道，觉得一股怒火冲上心头。

“人人有份，全校都在偷。”“美洲豹”说。

“胡说，”甘博亚说道，“你是一个胆小鬼。”

“我不是胆小鬼，”“美洲豹”说，“中尉，您搞错了。”

甘博亚继续说道：“你是一个小偷、醉鬼、赌棍，再加上胆小鬼。你知道吗，我倒是很希望咱们两个都是老百姓。”

“您想揍我吗？”“美洲豹”问道。

“不，”甘博亚回答说，“我要揪着你的耳朵，把你送进劳改所。你父母本应该把你送到那里去的。现在已经迟了，只好你自己倒霉。你还记得三年前的事吗？我当时命令解散‘圈子’，不让你们再玩那套骑马打仗的游戏。你还记得那天夜里我讲的话吗？”

“不，我不记得了。”“美洲豹”说。

“不，你记得的，”甘博亚说，“不过无所谓。你自以为很机灵，对吗？在军队里，像你这样的机灵鬼迟早要身败名裂。你逃脱在外已经很长时间，可是清算你的日子已经到了。”

“为什么？”“美洲豹”问道，“我什么事情也没有干呀。”

甘博亚说：“搞小团体，偷考卷，盗窃衣物，伏击高年级同学，欺负三年级士官生。你知道你是个什么东西吗？一个罪犯。”

“这不是事实。我什么也没有干。我做的事情大家都在干。”“美洲豹”说。

“谁？谁还偷过考卷？”甘博亚问道。

“人人有份。没有偷的人是因为他们有钱可以买到。但是人人都参加了。”“美洲豹”说。

“名字，告诉我那些人的名字。一班的哪些人？”

“会把我开除吗？”

“对。也许还要糟。”

“好吧。”“美洲豹”声调未变，又接着说，“一班全体都买过考卷。”

“是吗？”甘博亚问道，“士官生阿拉纳也买过吗？”

“中尉，您说什么？”

“阿拉纳，”甘博亚重复道，“士官生里卡多·阿拉纳。”

“没有。我记得他从来没有买过。他是个书呆子，但是别的人都买过。”“美洲豹”说。

“你为什么杀害阿拉纳？”甘博亚问道，“回答！大家都知道了。为什么？”

“您是怎么啦？”“美洲豹”反问道，只眨动了一下眼皮。

“回答我的问题！”

“您算个有种的汉子吗？”“美洲豹”说着已经站了起来，声音在颤抖，“假如您真是有种，就把肩章拿掉。我并不怕您。”

甘博亚像道闪电一样飞起一只胳臂，一把抓住对方的衣领，与此同时，另一只手把对方的身体按到墙上。甘博亚突然感到肩膀一阵刺痛，这时“美洲豹”还没有开始咳嗽。他正要打，“美洲豹”已抓住他的胳膊，让拳头在半空中停住了。甘博亚把他松开，自己后退了一步，说：

“我本可以打死你。我有这个权利。因为我是你的上级，你想动手打人。不过，还是让军官会议收拾你吧。”

“美洲豹”说：“您摘掉肩章吧。也许您的力气大些，可是我并不怕您。”

“你为什么杀死阿拉纳？”甘博亚问道，“不要装疯卖傻，回答问题！”

“我没有杀人。您为什么这样讲话？您认为我是个杀人凶手吗？我干吗要杀掉‘奴隶’呢？”

“有人已经告发了你。你自找倒霉吧。”甘博亚说道。

“谁？”他一下子跳了起来，两只眼睛像火星一样闪光。

“看见吗？你已经不打自招。”

“是谁告发的？对这种人我倒是真的要把他杀掉。”“美洲豹”声称。

甘博亚说：“你从背后开的枪。当时他在你前面二十米远的地方，你把他偷偷暗杀了。你知道这要受到什么样的惩罚吗？”

“我没有杀人。我发誓，中尉。”

“咱们走着瞧吧。你最好彻底坦白。”甘博亚说道。

“我没有什么可坦白的。”“美洲豹”喊起来，“考卷和偷东西的事都是真的。可并不是我一个人干的，人人都这么干。只有那些废物才花钱让别人去给他们偷。可是我没有杀人。我要求知道是谁说的这种话。”

“你将来会知道的。他会当着你的面讲出来。”甘博亚说道。

第二天我回到家里，已经是上午九点钟。母亲正坐在大门口。她看见我回来，并没有起身。我告诉她说：“我在秋古依多的那个朋友家里过的夜。”她没有吭声，只是异样地看看我，好像有些害怕，以为我要动手怎么样对付她。她一点一点地打量着我的全身，这使我感到讨厌。我头疼，喉咙发干，但是我不敢在她面前躺下睡觉。我不知道该做些什么，便打开作业本和教科书。结果白费力气，这些东西已经毫无用处。我把手伸进放破烂的抽屉，她一直跟在我后面，注意着我的行动。我转身问她："你是怎么回事？干吗总是盯着我？"这时她说："你堕落了。你死掉才好呢！"她说完就跑到街上去了。她在台阶上坐了很长时间，胳膊肘支在膝盖上，两手抱着脑袋。我从我的房间里偷看她，发现她的衣服千疮百孔，到处是补丁；她的脖子上满是皱纹，头发乱蓬蓬的。我慢慢走到她身边说："你要是生我的气，那就原谅我。"她再次看看我。她的脸也布满了皱纹，有个鼻孔还长出几根白毛，嘴巴一张开可以看到很多牙齿已经掉落。她对我说："你最好还是求上帝饶恕吧。我不知道是不是还顶用。你已经被定了罪。""你要我保证今后不犯吗？"我问她。她回答说："有什么用处呢？你一脸放荡的样子。你最好还是去睡一会儿，醒醒酒吧。"

我没有去睡，困劲已经过去。过了不大一会儿，我出门向秋古依多海滩走去。走到码头上，看见前天那几个小子正躺在石头上吸烟呢。他们把衣服叠成两堆，脑袋枕在上面。海滩上孩子很多，有些站在水边，用扁平的石头打水漂。过了一会儿，特莱莎和她的女友也来了。她们走到那群小子身边，跟他们握握手，接着便脱掉衣服，坐成一个圆圈。那个小子好像我从来没有碰过他一根汗毛一样，总是待在特莱莎身边。后来，他们就下水了。特莱莎不住叫喊："真冷呀！冻死我啦！"那小子用双手捧着水，往特莱莎身上泼。她尖声叫着，越来越响，但是并不生气。接着她和他就游到浪大的地方去了。特莱莎游得比他好，很轻快，像条小鱼。那小子虚张声势，大手大脚地游着，但是往下沉。后来她和他上了岸，在石头上坐下。特莱莎平躺着，他赶忙用自己的衣服给她做了一个枕头垫上，然后也侧着身体在她身边躺下，大概这样可以看见她的全身。我只能看见特莱莎的两只胳膊扬起来挡住太阳，只能看见那小子的干瘦背脊、明显突出的肋骨和弯曲的双腿。十二点左右，她和他又下水了。那小子装成笨手笨脚的样子，她便朝他身上撩水，他于是大声叫喊。后来他们又游起来。游到深处，她和他踩水，然后装作被水淹死的样子：他沉到水底，特莱莎摇晃着双手，高喊“救命呀”。但是显然是在开玩笑。他突然像个软木塞一样出现在水面，头发湿淋淋地贴在脸上，一面像泰山那样喊叫。他们的笑声很大，我听得很清楚。他们出水的时候，我正在衣服堆旁边等着呢。不晓得特莱莎的女友们到什么地方去了，另外那个小子也不知道在哪里，我根本没去注意，好像周围的人都消失了一样。他和她走了过来，特莱莎首先看见了我，那小子跟在后边，装疯卖傻地在乱蹦。她的脸色没有变，对于我的出现既不显得高兴，也不显得忸怩，她并不跟我握手，只是说：“你好。你也到海滩上来啦？”正在这时，那小子看见了我，并且立刻认出了我，因为他吓得呆住了，接着就后退几步，弯腰抄起一块石头来对准了我。特莱莎大声笑着问他：“你认识他吗？他是我的邻居。”那小子说：“他自吹是个打架的能手。我要敲掉他的心肝，让他别再吹牛是什么能手。”我没有看清地面，确切地说，我忘记了地上的石头，往前一跳，双脚就陷进了沙子里。我还没有冲到一半的距离，就在离他一米的地方摔倒了。这时那小子向前一跃，一石头迎面打在我脸上。当时，好像万道金光射进我的脑袋，我看什么都是白花花的，好像都在飘动。但是这没有持续很长时间。我睁开眼睛的时候，特莱莎好像吓呆了，那小子也是目瞪口呆地站着。

他真是个傻瓜，如果他趁机动手，我早就被他打翻在地，任他作践了。但是由于那石头把我打出血来，他呆住了，想看看我到底怎么样。我从特莱莎身旁跳过，一下子朝他扑去。只要一交手，他就算完蛋。我们两个摔倒在地，他好像是块破布头做的，我每拳都不落空。我们根本就没有来回翻滚，我从一开始就骑在他身上，照准他的脸就打，他只有用双手招架的功夫。我抓起很多碎石子，用来给他擦脸、擦脑袋。他刚一抬起手，我就把石子塞到他的嘴巴里、眼睛里。直到警察来了，才把我们两个分开。警察揪住我的衬衣，把我拉起来，我感到有什么东西被撕坏了。他给了我一个耳光，我马上对准他胸脯敲了一石头。他说："他妈的，我揍扁了你。"他像拿起一片羽毛一样，把我一下子举起来，接连打了我六七个嘴巴。后来他对我说："坏蛋，你看看你干的好事。"那小子躺在地上直哼哼。有些男男女女在旁边安慰他。所有在场的人，都怒气冲冲地对警察说："他把他的脑袋打破了。真是个野人，把他送进劳改所。"那些女人说的话我根本不在乎。但是，这时我看见了特莱莎，她满脸通红，愤恨地望着我说："你真坏！你真野！"我对她说："你这个婊子养的，全都是你闹起来的。"警察给我嘴上一拳，吼道："不许骂这个小姑娘，坏蛋！"她惊慌失措地望望我，我转过身去。警察问我："老实点，你上哪儿去？"我立刻对准他发疯似的连踢带打，最后他强拉硬拽把我从海滩上拖走了。到了警察局，一个中尉命令那个警察说："狠狠给我抽一顿，然后轰出去。很快我们会再见到他的，不过事情还会大一些。他这副长相就是该流放。"那个警察把我拉到院子里，拿出皮带要抽打我。我来回跑动，别的警察在一旁开心地笑着。他们看着那家伙黄豆大的汗珠往下淌，就是打不着我。后来他把皮带一扔，把我逼到一个角落里。别的警察围上前来，对那个家伙说："放开他吧，不能用拳头对待一个小毛孩子。"我从那里一出来，就再也没回家，从此便和瘦子依盖拉斯一起生活。

"我一句话也不懂，"大尉说道，"一点也不懂。"

大尉是个体格肥胖的人，肤色微红，有一撮不超过嘴角的红色短髭。他已经仔细读过这份报告。他从头到尾地读，一面不住地眨眼睛。在抬头看加里多上尉之前，他把这份用打字机打的十页报告中的某些段落重读了一遍。加里多上尉这时面向写字台，背靠窗户站在那里，窗外可以看见那灰色的大海和拉白尔拉区的褐色平原。

"我一点也不明白。上尉，请您给我解释一下。"他重复说道，"这里一定有人发疯了，总不会是我吧。甘博亚中尉那里是怎么回事?"

"我不清楚，大尉，我像您一样也感到很惊讶。关于这件事我同他谈了好几次。我一再给他指出这种报告是荒唐的……"

"荒唐?"大尉打断他的话，说道，"你不应该让他把那几个小伙子关进牢房，也不应该让他用这种措辞写报告。要立即收拾这场乱子，一分钟也不要耽搁。"

"大尉，没有人知道这些情况。两个士官生已经隔离了。"

"去叫甘博亚，让他马上来。"大尉说道。

上尉急急忙忙地走了。大尉再次拿起报告，一边念着，一边想咬住那红色的唇髭，可是由于牙齿太短，只能咬咬嘴唇，刺激一下嘴巴。他的一只脚焦急地敲打着地面。几分钟后上尉回来了，后面跟着甘博亚中尉。

"早晨好。"大尉那抑扬顿挫的声调里充满了恼怒，"甘博亚，我感到非常惊讶。咱们来谈谈。你是一名出色的军官，你的上司都很器重你。你怎么居然想出要递交这样的报告？伙计，你失去理智了吗？这是个炸弹呀！是个真正的炸弹！”

“确实如此，大尉。”甘博亚说道。上尉在一旁看着他，嘴巴里激怒地咕哝着。中尉接着说：“但是事情已经超出了我的职权范围。我尽可能在各方面都做了调查。只有军官会议……”

“什么？”大尉打断了他的话，“你以为会开会研究这件事？伙计，不要再说傻话了。莱昂西奥·普拉多是所学校，我们不能允许出这样的丑闻。甘博亚，看来你脑袋里有什么地方出了毛病。你真的以为我能让这样的报告转到国防部去吗？”

“大尉，这话我已经对中尉说过了，”上尉在一旁暗示说，“但是他再三坚持。”

大尉说：“咱们应该想到，无论如何不能失去控制。在任何时候，保持镇静都是重要的。咱们来看一下，出来检举的那个小伙子是个什么人？”

“大尉，他叫费尔南德斯，是一班的士官生。”

“为什么不等命令就把另外一个关进牢房？”

“大尉，当时我要开始调查。因为要询问他，所以必须把他同别的士官生隔离。否则的话，那个消息早就会在全年级传播出去。由于谨慎，我不想让他们两个对质。”

“这个控告是愚蠢而又荒谬的。”大尉暴跳起来。“你根本不应该理睬。不过是儿戏而已。你怎么能相信那些捕风捉影的故事呢？甘博亚，我真没想到你是这样天真。”

“大尉，可能您说得有道理。但是请允许我讲讲我的看法。以前我也不相信偷考卷的事，不相信有盗窃集团，不相信有人把赌具和烧酒偷偷带进学校。可是，大尉，如今我亲自证实了这一切都是真的。”

“这是另外一回事。”大尉说，“五年级有人嘲弄纪律，这是显而易见的，用不着怀疑。但是对这种情况应该负责的恰恰是你们二位。加里多上尉，您和甘博亚中尉的处境将会十分困难。那群小伙子会把你们活活吃掉。等到上校知道了宿舍里发生的事情，你们看看他的脸色吧。我是无能为力的，我必须转递报告，把事情整顿好。但是，”大尉再次想咬咬胡髭，“另外那件事是不能允许的，也是荒唐可笑的。那个小伙子是自己开枪误伤自己的。事情已经了结了。”

“对不起，大尉，”甘博亚说道，“他自杀的说法并没有证实。”

“没有证实?”大尉恶狠狠地盯着甘博亚，怒吼一声，“你想让我给你看看有关这起事故的报告吗?”

“上校给我们解释过这份报告的理由，大尉，那是为了避免事件复杂化。”

“啊!”大尉以胜利者的姿态叫道，“既然如此，那么为了避免事件复杂化，你为什么还写了一份这么可怕的报告呢?”

“大尉，这是两码事。”甘博亚镇定自若地说，“现在情况整个变了。以前，关于那起事件的假设看起来似乎是真的，确切地说是唯一的判断。医生们说子弹是从后面射过来的。但是当时我和其他的军官认为这是一颗流弹，是偶然的事故。在那种情况下，为了不损害学校的名誉，把错误推到受伤者本人身上是没有关系的。大尉，实际上，我曾经认为士官生阿拉纳本人是有过错的，至少在某些方面是如此，比如位置不对、前进迟缓等等。当时甚至认为子弹是从他自己的步枪里射出来的。但是自从有人声称这是一起凶杀案以后，情况就变了。大尉，这个检举并非都是荒唐的。士官生们的队形……”

“胡说八道!”大尉怒气冲冲地打断了他的话，“甘博亚，你应该去念小说。我们要把这团乱麻马上收拾掉，用不着无谓的争论了。你到警卫室去，让那两个士官生回宿舍。你告诉他们，如果再谈这件事，就要被开除，而且不给任何证书。你再重写一份报告，删去一切有关士官生阿拉纳之死的事。”

“大尉，我不能做这种事，”甘博亚说，“士官生费尔南德斯坚持要检举。在我本人所能证实的范围内，他说的话都是真的。那个被检举的士官生在演习的时候恰好位于被害者的后面。大尉，我不做任何断言。我只是想说，从技术方面来看，检举是可以成立的。只有军官会议对这一点可以做出决定。”

“你的意见我不感兴趣。”大尉极其轻蔑地说，“我正在给你下达命令。收起那些神话给你自己听吧，先执行命令！否则我就把你送交军官会议去处理，怎么样？中尉，命令是不能讨论的。”

“大尉，您随时可以把我送交给军官会议。”甘博亚镇静地说，“但是，我不再重写报告。实在抱歉。此外，我要提醒您，您有责任把报告转交少校。”

大尉的脸色唰地一下变白了。他忘掉了规矩，极力用牙咬住胡髭，做出种种惊讶的怪脸，接着腾地一下从椅子上站起来，两眼变成铁青色。

“好吧。甘博亚，你还不了解我。”他说，“只有你表现好的时候，我才是客客气气的；否则我是个危险的敌人，这一点你很快就会证实。为了这个，你要付出很高的代价。我发誓，我叫你永远记住我。事情没有全部搞清楚以前，你不准离开学校。报告我可以转交，但是我同时要附上一份报告，说明你对待上级的态度，去吧。”

“是，大尉。”甘博亚说罢，不慌不忙地出去了。

“他疯了。他发疯了。不过，我可以把他治好。”大尉说。

“大尉，这份报告，您准备上交吗?”上尉问道。

“我不能不上交啊。”大尉望望上尉，对后者仍然在这里好像有些惊讶。“加里多，你也跟着倒霉了。你的服役档案要有污点了。”

“大尉，这不是我的错。”上尉低声嘟哝道，“事情都发生在第一连，甘博亚那个连里。其他的连队都很出色，运转正常，大尉。上级的指示我一向是句句照办的。”

“甘博亚中尉是你的下级。”大尉冷冷地反驳说，“既然有士官生把你营里发生的事情揭露，就说明你一向高高在上，不了解下情。你们算是哪家的军官？让学校里的娃娃守纪律，你们连这一点都做不到。我奉劝你马上把五年级整顿一下。你可以走了。”

上尉转身向外走去。到了门口，他才想起还没有敬礼。他转回身，碰了一下后跟。他看见大尉正在审阅报告，翕动着嘴唇，前额皱起又展开。加里多上尉急促地走着，几乎在小跑，最后走进年级办公室。他冲着院子用力吹了一声口哨。过了一会儿，准尉莫尔特走进办公室。

“把全体年级军官和准尉都叫来。”上尉对他说道，一只手摸着狂怒的大下巴，“你们大家才是真正有责任的，他妈的，你们要给我付出代价。这都是你们的过错，没有别人什么事。你还张着嘴巴，发什么愣？快去办刚才我说的事情。”

六

甘博亚在决心开门之前，犹豫了一下。他心里很乱：“是因为这些乱子呢，还是这封信引起的?”这封信是几个钟头以前收到的。信上说：“我非常想念你。我不应该出来旅行。我不是对你说过吗，‘我最好还是留在利马’。在飞机上，我无法抑制心中的恶心，大家都看着我，我觉得更难受了。克里斯蒂娜和她的丈夫到飞机场来接我。她的丈夫是个和蔼可亲的人，下面我还会讲到。他们立刻把我带到家里，马上请来医生。医生说这次旅行对我不太好，但是问题不大。可是因为我仍然头痛不舒服，他们又把医生请了来。这时医生说最好还是住院吧。目前我待在观察室里，已经注射了好几针。我一动不动地躺着。由于没有枕头，我很难受，你知道我是喜欢睡高枕头的。我妈妈和克里斯蒂娜整天都在我身边，我的姐夫也是一下班就赶忙来看我。大家都对我很好，但是我希望你能在这里，只有这样我才能安心。现在我觉得好一些了，但是我担心影响胎儿。医生说第一胎会有些困难，不过，一切都会好的。我十分紧张，心里总是想着你。你要多加保重。你也一定想念我吧？对吗？不过，肯定不像我这么想你。”他读着信，心里觉得很难过。刚读到一半，上尉来到他的房间，脸上一副酸溜溜的模样，对他说：“上校已经全都知道了。这都是你任性的结果。少校说把费尔南德斯从牢房里叫出来，你带他去上校办公室。马上执行吧。”甘博亚并不惊慌，但是觉得毫无热情，好像突然整个事件不再与他有关系了。由于心情不快而意志消沉，在他身上是不常见的。他情绪很不好，把信叠起来，藏在皮包里之后，便开门走了。阿尔贝托大概早已从栅栏上看见他，因为他正在那里立正站着，等候中尉到来。这间牢房比“美洲豹”住的那间要明亮一些。甘博亚发现阿尔贝托的卡其军裤短得令人发笑，好像舞蹈演员的紧身衣，整个贴在腿上，而且裤门襟只扣了一半纽扣。衬衣则相反，显得非常肥大，肩章垂在两边，背脊上形成一个大鼓包。

“喂，你在什么地方换的外出制服？”甘博亚问道。

“报告中尉，就在这里。日常穿的军服我放在皮箱里了。每个星期六我都带回家去洗一洗。”

甘博亚看见行军床上有一堆白色的东西，旁边有顶军帽，还有些闪闪发亮的圆圈，那是军服上的纽扣。

“你不懂得军规吗？”他突然问道，“日常穿的军服要在学校里洗，不许带出校外。这身衣服是怎么搞的？你好像是个小丑。”

阿尔贝托的脸上露出惊慌的神色，一只手连忙系上其余的纽扣，一面极力收缩腹部，但是仍然没有完全扣上。

“裤子短了，而衬衣长了。”甘博亚隐晦地讽刺说，“哪一件是偷来的？”

“报告中尉，两件都是。”

甘博亚微微一震，上尉确实说得有道理：这个士官生把自己看成是盟友。

“他妈的。”他好像在自言自语，“你知道吗？耶稣基督也救不了你。你比任何人都肮脏。我告诉你一件事。你把你的问题给我讲了，结果却把我给害了。你为什么不去找瓦里纳，或者皮塔卢加？”

“我不知道，中尉。”阿尔贝托说道。但是他赶快补充说：“我只相信您一个人。”

甘博亚说：“我不是你的朋友，也不是你的伙伴，更不是你的保护人。我只不过尽了自己的职责。现在问题已经转到上校和军官会议手中了。他们知道该如何处置你。跟我来，上校要见你。”

阿尔贝托的脸变白了，眼睛睁得很大。

“你害怕啦？”甘博亚问道。

阿尔贝托没有回答，立正站着，不住地眨眼睛。

“来吧。”甘博亚说道。

他们穿过水泥通道。阿尔贝托惊奇地看到甘博亚不给站岗的士兵回礼。他这是第一次走进这座大楼。如果仅仅从外表上看，它与学校其他建筑十分相像，同样是灰色发霉的高墙。可是一走进门，则整个不同了。门厅里有块大地毯，走起路来可以消音；一盏太阳灯把门厅照耀得如同白昼。阿尔贝托被灯光刺得睁不开眼睛，不断闭上又睁开。墙壁上挂着油画，从画前经过的时候，他好像认出那些在历史书插图上见过的人物，画上表现了他们在关键时刻的姿态：波罗内西在射出最后一颗子弹，圣马丁高举着军旗，阿方索·乌加特英勇跳崖，共和国总统在接受勋章。门厅后边是一间无人的大厅，也照得雪亮，墙上挂满了体育比赛的奖品和奖状。甘博亚向一个拐角走去，从那里走进电梯。中尉按了一下四楼的电钮，毫无疑问那是最高一层。阿尔贝托想到，在校三年，居然不知道这座楼有几层，真是荒唐。这座建筑物对于士官生来说是个禁区，是只灰色的魔鬼，有些妖气，因为这里决定惩罚名单，学校当局的老窝就在这里。办公大楼距离宿舍那么遥远，在士官生心目中，它就像大主教的府邸，或是安贡海滩一样。

“进去吧。”甘博亚说道。

走廊较窄，墙上有灯光。甘博亚推开一扇门，阿尔贝托看见一张写字台，那台子上有张上校的画像，写字台后面坐着一个穿便服的人。

“上校在等您，”穿便服的人对甘博亚说，“您可以进去，中尉。”

“你坐下吧，”甘博亚对阿尔贝托说，“一会儿有人叫你。”

阿尔贝托在那个穿便服的人对面坐下来。那个人翻阅着一沓纸，手里拿着铅笔，轻轻在空中摇晃，仿佛打着某种秘密的节拍。他个子很矮，相貌平庸，穿着却时髦，衬衣的硬领好像使他不舒服，每隔一会儿便摇摇脑袋，喉结在脖子下面像只惊慌的小动物那样上下移动。阿尔贝托极力想听听隔壁的动静，但是什么也听不到，于是便沉思起来：特莱莎站在莱蒙地学校那一站向他微笑。自从他被带进牢房里面以来，她的身影就不断来打扰他。姑娘的面孔不时出现，又不时被那所意大利学校的灰墙所隐没，那所学校挨着阿雷基帕大街，但是他看不见姑娘的身体。他曾经用了几个小时来回忆她的全身。他想象着给她穿上时装，戴上首饰，烫起异样的发型。过了一会儿，他暗暗脸红了：“我像女孩子一样，在玩给洋娃娃穿衣服的游戏。”他翻翻皮箱和口袋，结果没有纸，无法给她写信，于是在脑海里打草稿，让这封想象的信中充满了动听的形象。他谈到军事学校，谈到爱情，谈到“奴隶”之死，谈到内疚的心情，也谈到未来。突然，他听到一阵铃响。那个穿便服的正在打电话，边说边点头，好像对方会看见他一样；他小心翼翼地拿着电话，回头看着阿尔贝托说：

“您是士官生费尔南德斯吗？请到上校办公室去。请进。”

阿尔贝托走到门前，用手指敲了三下，里面没有回答，便推门而入。房间很大，由几盏荧光灯照亮。突然接触到这样强烈的灯光，使他感到非常刺眼。他看到十米开外有三位军官坐在皮椅上。他向四周扫了一眼，看到有写字台、奖状、奖旗、油画、落地灯等等。地板上没有地毯，蜡油在闪光；皮靴走上去打滑，好像走在冰上一样。他走得很慢，害怕滑倒。他一直看着地面，直到眼前看见一条穿着卡其军裤的大腿和一个皮椅扶手时，才抬起头来，立正敬礼。

“费尔南德斯吗？”说话的就是那个在士官生进行队列操演的时候狂吼大叫的人，就是那个在影剧厅里大谈爱国主义和牺牲精神的尖嗓门，当时弄得大家只能僵坐在那里。“费尔南德斯什么？”

“费尔南德斯·特布雷，上校。士官生阿尔贝托·费尔南德斯·特布雷。”

上校在打量着他。上校本人保养得肥头大耳，满面红光；灰白的头发小心翼翼地贴在脑壳上。

“你是特布雷将军的什么人？”上校问道。阿尔贝托极力猜测那声调里的含义。声音是冷淡的，但是并没有威胁的意思。

“什么也不是，上校。我想特布雷将军是比奥拉的特布雷。我们是莫盖瓜的特布雷。”

“是的，他是个外省人。”上校说着转过身来。阿尔贝托顺着他的视线看去，发现在另一把皮椅上坐着阿尔杜纳少校。“就像我一样，就像大部分军界首脑一样。这是个事实：最好的军官都是从外省来的。啊，对了，阿尔杜纳，你是什么地方人？”

“上校，我是利马人。但是我觉得自己是个外省人，因为我的全家都是安卡什人。”

阿尔贝托想看看甘博亚在什么地方，但是没办法，因为中尉坐的那把皮椅背对着阿尔贝托，所以他只能看见一只胳膊、一条不动的大腿、一个轻轻敲打着地板的鞋后跟。

“好吧，士官生费尔南德斯，”上校说道，声音已经带上某些威严的成分，“现在咱们来谈谈一些比较严重的事情，刚刚发生的事情。”到这时，上校才在皮椅上坐下，他向前伸直身体，大肚皮立刻暴露出来，好像在脑袋下面还另外藏着一个人。“你是个真正的士官生吗？是个聪明智慧有教养的人吗？咱们假设是吧。我的意思是说，绝不要为一点毫无意义的事就惊动学校里的全体军官。而甘博亚中尉提出的报告确实说明这件事不仅需要由军官们解决，而且要由国防部和法院来决定。照我的理解，你是控告一个同学杀了人。”

他轻轻咳嗽了一下，显得很优雅。沉默片刻后，他接着又说：

“我立刻想到：一个五年级的士官生已经不是一个小孩子了。在三年的军事学校生活中，他绰绰有余地可以长大成人。一个成年人、一个有理智的人控告他人谋杀的时候，一定会有无可辩驳的铁的证据。除非他丧失了理智，要不然在法律常识方面，他就是个无知的人。一个无知的人是不懂得什么是假见证的，是不懂得诬陷他人也是法律条款上明文规定的犯罪行为，是要受到法律制裁的。按照这种事件的规定，我仔细阅读了报告。但是，不幸，士官生，这里面一点也没谈到证据。于是我心里想：这个士官生是个谨慎的人，他做了戒备和提防，只有等到关键时刻才会拿出证据来当面给我，以便我在会议上给大家看。很好，士官生，因此我派人把你叫来。现在，你拿出证据来吧。”

阿尔贝托的眼睛前面，那只脚还在敲打着地面，一起一落毫不间断。

“报告上校，我只是……”他开口说道。

“对，对，你是个成年人，是莱昂西奥·普拉多军事学校五年级的士官生。你知道该做什么。拿出证据来吧。”上校说道。

“上校，我已经把自己知道的事情都说出来了。‘美洲豹’要对阿拉纳进行报复，因为阿拉纳检举了……”

上校立刻打断了他的话：“这些事咱们以后再谈。这些奇闻轶事都非常有意思。这些假设说明你很有创作才能，有迷人的想象力。”他沉默了一下，又得意地重复说：“迷人的想象力。现在咱们检查一下文件。请你给我必要的法律材料。”

“上校，我没有证据。”阿尔贝托承认说。他的声音是顺从的，并且在颤抖。他咬紧嘴唇，竭力振作精神道：“我只是说出了我知道的事情。但是我可以肯定……”

“什么？”上校摆出一副惊奇的样子说道，“你是想告诉我，你并没有具体确凿的证据吗？士官生，请你严肃一些，现在可不是开玩笑的时候。你真的没有一份证据确凿的东西吗？那么好啦，好啦。”

“上校，我想我的责任……”

上校继续说道：“啊，这么说原来是一场玩笑啰？我觉得很好。你有权消遣娱乐，再说，诙谐反映了精力充沛，是健康的表现。但是任何事情都是有限度的。士官生，你现在是在军队里。不允许嘲笑武装部队。这不仅仅是军队里不许可的，你想想看，在老百姓中间，这种玩笑也要付出很高的代价。假如你想控告某某是杀人犯，你就要有根据，确切地说，要有充分的证据。对，充分的证据。可是你没有任何一种证据。既没有充分的证据，也没有不充分的证据，而是跑到这里来抛出一个捕风捉影毫无根据的控告，来诬陷一个同学，来给培养造就你的学校抹黑。士官生，你难道要我们相信你是个傻瓜吗？你以为我们是什么东西？是笨蛋？是白痴？啊？你知道吗？四名医生和一个由弹道学专家组成的委员会证实，造成那个不幸的士官生死亡的子弹，是从他本人的步枪里射出来的。你难道没有想过，你的上级比你经验丰富而且责任重大，已经就这一死亡事件做了详尽的调查吗？算了，你什么也不要说啦！让我讲完。你以为出事以后，我们会心安理得？我们难道不去调查、研究，寻找产生错误的原因吗？你以为那军衔是从天上掉下来的吗？你以为中尉、上尉、大尉、少校和我本人是一串白痴吗？难道一个士官生在这种情况下死去了，我们会坐视不管吗？这实在太丢脸了，士官生费尔南德斯。你居然说出这样的话，你不觉得很丢脸吗？你想一想，回答我。不是有点丢脸吗？”

“是的，上校。”阿尔贝托说道，他立刻觉得松了一口气。

“遗憾的是在这之前你没有好好思考过，”上校说道，“遗憾的是我不得不加以干预，以便使你明白这种孩子气的任性达到了何等程度。士官生，现在咱们谈谈另外一件事。因为你不知不觉就开动了一架极其有害的机器。第一个受害人就是你自己。你很有想象力，对不对？你刚才就给我们提供了一个有说服力的证据。糟糕的是，杀人的故事不是独一无二的。我这里有你胡思乱想、灵感发作的见证。少校，您把那些纸递给我好吗？”

阿尔贝托看见阿尔杜纳少校站了起来。这是个身量魁梧的人，与上校大不相同。士官生们说他们两个是一胖一瘦。阿尔杜纳是个沉默寡言的人，人们很少在宿舍或教室里看到他。少校走到写字台前，拿了一沓纸走回来。他的皮鞋走起路来像士官生的短靴一样咯吱咯吱响。上校接过那沓纸，翻阅起来。

“士官生，你知道这是什么吗?”

“上校，我不知道。”

“你当然知道啰。士官生，你自己瞧瞧吧。”

阿尔贝托拿过来，刚刚读了几行，立刻就明白了。

“你现在认出这些纸片了吗?”

阿尔贝托看见那条腿缩了回去。旁边的靠背上露出一个脑袋：甘博亚中尉正在望着他。他的脸立刻变得红极了。

上校这时欢快地又说：“你当然认得它们啰。这些材料是确凿的证据。咱们来听听，你给我们念一念那里面说的什么。”

阿尔贝托突然想起三年级当新生时的“洗礼”来。经过三年以后，他第一次感到入学时心中产生过的那种强烈的屈辱与虚弱的感觉。但是现在更糟，因为那时的“洗礼”至少是大家共同分担的。

“我让你念一念。”上校再次说道。

阿尔贝托硬着头皮念起来，他的声音微弱，而且时断时续：“她的大腿很长，而且多毛；臀部是那样肥大，更像动物而不像女人；可她是第四街区里最受欢迎的妓女，因为所有的浪荡公子都往她那里跑。”他闭上嘴巴，紧张地等待着上校命令他继续读下去的声音。但是上校依然默不作声。阿尔贝托感到极度的疲乏，好像在保林诺的地堡里搞的比赛一样，让人感到肌肉乏力、头脑昏黑。

“把这些纸片还给我。”上校说道。阿尔贝托交了出去。上校开始慢慢翻阅起来。每翻过几页，他就翕动着嘴唇低低嘟哝一声。阿尔贝托听到片片断断一些标题，自己几乎记不得了，因为有几篇是一年前写的，比如《路拉，一个不可救药的妓女》《疯女人与公驴》

和《订婚男女》。

“你知道我应该怎样处理这沓纸片吗？”上校问道。他半闭半睁着眼睛，好像十分厌倦这样一件既困难而又不能推卸的工作，声音里流露出烦闷和苦恼的心情。“士官生，我甚至连军官会议都不必召开，就可以立刻把你赶出学校，因为你已经堕落变质；或者把你父亲叫来，让他带你去医院，说不定是去看精神病科的医生。你明白我的意思吗？精神病科！他们可以把你治好。士官生，这才是真正的丑闻呢！写这类东西的人，一定是精神错乱，腐化堕落，一定是个社会渣滓。这沓纸片败坏了学校，侮辱了我们大家。你还有什么要说的吗？说吧，说吧。”

“没有，上校。”

“当然不会有了，”上校说道，“证据就在眼前，你还能说什么呢？一句话也不会有。你坦率地回答我，公平地说一说：你该不该被开除？我们告到你的家里，说你腐化堕落，应该不应该？”

“应该，上校。”

“士官生，这沓纸会使你身败名裂。你想一想，由于道德败坏和精神上有毛病而被开除，别的学校还会收你吗？你一辈子都毁啦，是不是？”

“是的，上校。”

“士官生，假如你处在我的这种情况下，你会怎么办？”

“我不知道，上校。”

“士官生，我却知道。我必须尽到自己的责任。”他停顿了一下，脸色不再那么气势汹汹，而是有所缓和了；他全身缩成一团退到座位上的时候，肚皮缩小了体积，显得像个人样了。上校摸摸下巴，眼神在房间里徘徊不定，仿佛陷入了互相矛盾的想法里。少校和中尉那边没有任何动静。上校在思索的时候，阿尔贝托的注意力集中在那只脚上，只见脚后跟落在打蜡地板上，脚面与地板构成直角。他焦急地盼着脚尖落下，以便开始有节拍地敲打地面。

“士官生费尔南德斯·特布雷，”上校用严肃的声调说道，阿尔贝托立刻抬起头来，“你感到悔恨吗?”

“是的，上校。”阿尔贝托毫不迟疑地回答说。

“我是一个有同情心的人，”上校说道，“这堆纸片使我感到难堪。这是对学校的极大侮辱。士官生，你看着我。你受过军事教育，不是一个普通老百姓。你的表现要像个真正的人。明白我对你说的话吗?”

“明白，上校。”

上校说：“听其言，观其行。我正在犯一个错误，我的职责迫使我立刻将你开除出校。但是，我给你一个最后的机会，这不是冲着你本人，而是为了这所神圣的学校，为了这个由莱昂西奥·普拉多人组成的大家庭。这沓纸片我先收藏起来，观察你一个阶段。如果你的长官到年底的时候告诉我，你没有辜负我的信任，你的表现良好，我就烧掉这沓纸片，忘掉这段丑史。如果情况相反，你违反了一次纪律——只要一次就够了，你明白我的意思吗?——我就毫不客气地照章办事。懂了吗?”

“懂了，上校。”阿尔贝托低下头来又补充了一句，“谢谢您，上校。”

“你能理解我为你做的这件事吗?”

“是的，上校。”

“一句话也不要多说了。回到宿舍去，按照你的本分去做。要当一名守纪律、有负责精神的、真正的莱昂西奥·普拉多的士官生。

你可以走了。”

阿尔贝托敬过礼，转身向门口刚走了三步，上校的声音又把他叫住。

“等一下，士官生。当然啰，今天在这里谈的一切，你要绝对保密，纸片的故事、编造的杀人案等等的一切。既然你晓得猫是四条腿的，那么就再也不要去找三条腿的猫。下一次，在玩侦探游戏的时候，要首先想到你是在军队里，这是由长官严密监护的单位，任何事情都会按规定查清核实的。你可以走了。”

阿尔贝托再次立正敬礼，随后走出门去。那个穿便服的人并没有抬头看他。他没有乘电梯，而是顺着楼梯向下走。像整个这座建筑物那样，每层台阶都像镜子一样地光亮。

走到外面，经过英雄纪念碑的时候，他想起皮箱和外出的军装还在牢房里，便缓步向警卫室走去。值班中尉轻轻点点头。

“报告中尉，我是来取衣服的。”

“为什么？”军官问他，“你是根据甘博亚的命令留在牢房的。”

“现在命令我回宿舍。”

“不行。”中尉说，“难道你不懂规矩吗？甘博亚中尉不给我书面通知，你就不能离开这里。进去吧。”

“是，中尉。”

这位军官叫了一声：“中士，把他跟那个从操场那边牢房里带来的士官生关在一起。我需要给贝萨达上尉惩罚的士兵腾出地方来。”他搔搔头皮，说了一句，“这里变成一座监狱了，不折不扣的监狱。”

中士是个壮实微黑的汉子，他点头答应着，打开牢门的锁，用脚踢开门。

“进去吧，士官生。”他说，接着又低声补充说，“放心吧，换岗的时候，我给你带一包烟来。”

阿尔贝托走进牢里。“美洲豹”正坐在行军床上望着他。

那一次，瘦子依盖拉斯并不想去，那实在是违心的，因为他已经怀疑到事情要糟。几个月以前，腊哈斯派人告诉他：“要么你跟我一块干，要么你就别踏上卡亚俄港这块土地，如果你还想脸上没疤的话。”瘦子对我说：“事情来了，他早就等着我了。”他从小就跟腊哈斯在一起，瘦子和我哥哥都是他的徒弟。后来，腊哈斯被关进监狱，他们两个就继续单独干。过了五年，腊哈斯出来了，又拉起一帮人来。瘦子整天躲着他，直到有一回两个打手在“港口宝库”酒店发现了他，硬把他拉到腊哈斯那里。他告诉我，他们并没有动他。腊哈斯反而拥抱着他说：“我爱你，就像爱自己的儿子一样。”后来，他们喝得酩酊大醉，亲亲热热地分手了。但是就在那一个星期，腊哈斯来了警告。瘦子不愿意成群结伙地干，他说那不是好买卖，可是他也不愿意得罪腊哈斯。他于是对我说：“我要答应他。无论如何，腊哈斯还算正派。但是你用不着这么干。如果你愿意听劝告的话，还是回到母亲那里去，好好念书，当个博士。你大概已经积攒了不少钱吧。”我那时一分钱也没有，就对他说了。他回答说：“你知道你是个什么人吗？是个嫖客，那叫嫖客。你把所有的钱都花到妓院里去啦？”我说，是的。他告诉我：“你还有很多事情要学，犯不上把命扔在婊子身上。你本应该存一点钱。好吧，你打算怎么办？”我说，我跟他在一起。当天晚上我们两个就到腊哈斯那里去了，那是一家肮脏的酒馆，由一个独眼女人照管。腊哈斯是个混血老头，我几乎听不懂他讲的话，他一瓶接一瓶地要烧酒。另外还有五六个人，包括黑白混血种、印第安混血种和山里人，他们都恶狠狠地盯着瘦子。腊哈斯则相反，一开口讲话就看着瘦子，还不断哈哈大笑寻开心。对我，他几乎看都不看一眼。我们开始和他们一起干，起初一切还顺手。我们在马格达莱纳、普塔、圣伊希德罗、奥兰地亚、萨拉贝利和巴兰科的街上大捞了一把，但是没有动卡亚俄港的住户。每次都派我望风，从来也不让我进去开门。分油水的时候，腊哈斯只给我很小一份，可是瘦子又从他那份里送给我一些。我们两个是一个套里的牛，那帮人总是看着我们两个眼红。有一回，瘦子和混血种潘柯拉秋在妓院里为争一个婊子打了起来。潘柯拉秋掏出匕首刺破了我朋友的胳膊。这真把我给气坏了，我一下子扑了上去。另外一个杂种也跳过来，我们就混战起来。腊哈斯给我们两个助威，妓女们在一旁尖叫。我们较量了一番。起初，那个杂种只是撩拨我，嘿嘿地笑着说："你是耗子，我是猫。"可是我狠狠撞了他几脑袋之后，就真的打起来了。后来，腊哈斯请我喝酒，他说："我要脱帽致敬。是谁教会这只小鸽子打架的?"

从那时起，为随便一件小事，我就和腊哈斯手下的混血种和山里人打架。有时他们踢我一脚，我就忍耐着，有时我就打一通。只要一喝醉，我们就动手。我们打呀打呀，最后竟然成了好朋友。他们请我喝酒，带我去逛窑子，去电影院看武打片。那一天，潘柯拉秋、瘦子和我刚刚看完电影。腊哈斯在出口处等着我们，快活得像只花炮。我们走到一家小酒铺，他在那里告诉我们："有件百年未遇的大买卖。"他说，卡拉布尔加叫他去商量一桩生意。这时，瘦子依盖拉斯打断他的话说："腊哈斯，可不要跟那些家伙来往，他们会把我们活活吃掉的，他们是些野心勃勃的人。"腊哈斯没有理睬他，继续解释行动计划。对于卡拉布尔加请他去议事这一点，他非常得意，因为人家是个大集团，人人都羡慕他们。他们像上层社会的人一样生活，有漂亮的住宅和汽车。瘦子还想再争一下，但是别的人制止了他。行动的日子是第二天。一切看来都很容易。我们按照腊哈斯的话，夜里十点来到阿尔门达里斯区的峡谷街，那里有两个卡拉布尔加的人在等着。他们穿得很漂亮，留着小胡子，抽着烟丝金黄的香烟，好像去参加舞会一样。我们等着过了半夜，然后两个两个地向电车道走去。在那里，我们又遇上了另外一个卡拉布尔加的人，他说："一切都准备好了。里面没有人，都刚刚走掉。咱们马上就动手。"腊哈斯派我站在一个街口，躲在墙后面望风。我问瘦子："都有谁进去?"他告诉我："腊哈斯、我，还有卡拉布尔加的人。其余的人都在外边望风。这是他们的干法，据说叫作安全工作法。"我放哨的地方，没有旁的人。住宅里一点灯火也看不见，我心里想，大概很快就会结束了。我想起，在我们来这里的路上，瘦子一直没有开口，脸色非常阴沉。经过那家住宅的时候，潘柯拉秋给我指了一下。那住宅很大，腊哈斯说："这里的钱大概足够武装一支军队。"又过了很长时间。忽然，我听见警笛响起来，接着是枪声和骂人的声音。我急忙向那边跑去，但是我发现他们已经落入圈套，因为街口上有三支巡逻队。我转身撒腿就跑。在玛尔萨诺广场我登上一辆电车，到了利马又改乘出租汽车。我跑到那家小酒馆的时候，只找到潘柯拉秋。他告诉我："那是个陷阱。卡拉布尔加事先找了密探，我想大概都被抓住了。我看见腊哈斯和瘦子被按在地上用警棍打。四个卡拉布尔加的人在一旁哈哈大笑，总有一天他们得偿还这笔债。现在咱们最好躲一躲。"我告诉他，我一个钱也没有。他给了我五个索尔，对我说："换一个地方去住，不要再到这里来了。我要离开利马去躲过这个夏天。"

那天夜里，我跑到贝亚必斯塔区的旷野地里，在一条沟里睡了一夜。说准确点，是背脊朝下，眼望黑天，冻了个半死。第二天一大清早，我向贝亚必斯塔广场走去。我有两年的时间没有来这一带了。一切和从前一样，只不过我家的大门重新油漆过了。我敲了敲门，没有人出来。我又使劲敲了敲。里面有人喊道："别着急！真见鬼。"随后出来一个男人。我向他打听多米蒂拉太太住在哪里。他对我说："我不知道她是谁。这里住的是彼得罗·凯发斯，就是我。"这时有个女人来到他身旁说："多米蒂拉太太吗？一个孤身老太婆？"我说："对，大概是吧。"那女人说："她已经死了。我们搬来之前，她住在这里，可那是很久以前的事了。"我向他们道过谢，就去广场上找了个地方坐下来。整个上午我都在盯着特莱莎家的大门，看她是不是出来。快到十二点的时候，出来了一个姑娘。我走上前，问她："你知道有位太太和姑娘，从前住在这里的，现在到什么地方去了？"她说："我一点也不知道。"我又走到我们老家门前，敲了敲大门。那女人出来了。我问她："您知道多米蒂拉太太埋在什么地方吗？"她回答说："我不晓得，也不认识她。她是你的什么人吗？"我想告诉她，她是我的母亲，但是心里又一想，说不定密探正在到处找我呢，于是便说："不是。只不过打听一下。"

"喂，你好。""美洲豹"说。

阿尔贝托看见他在里面，好像并不吃惊。中士已经关上牢门，里面一片漆黑。

"你好。"阿尔贝托说。

"有烟吗？""美洲豹"问道。他背靠墙壁坐在床上。阿尔贝托可以看清他半张脸，因为正好落在窗外射来的光线内；另外半张脸是一片阴影。

“没有，”阿尔贝托说道，“过一会儿，中士会给我带一包来。”

“为什么把你关进这里？”“美洲豹”问道。

“不知道。你呢？”

“一个婊子养的到甘博亚那里讲了一些事情。”

“谁？什么事情？”

“喂，”“美洲豹”压低嗓音说道，“你肯定要在我前面出去。劳驾帮个忙。来，靠近点，别让人家听见。”

阿尔贝托走了过去，他站在“美洲豹”跟前只有几厘米的地方，两人的膝盖已经碰在一起。

“你告诉博阿和鲁罗斯，宿舍里有个告密分子。我希望他们查一查是谁。你知道他对甘博亚说了些什么吗？”

“不知道。”

“班上的人认为我是因为什么事被关进来的？”

“认为是偷考卷的事。”

“对，”“美洲豹”说，“也因为这个事。那家伙把考卷的事、‘圈子’的事、偷衣服的事、赌钱的事、藏酒的事，统统告诉甘博亚了。一定要弄清楚这个家伙是谁。你告诉他们，假如不查出那个人来，他们也要倒霉。你也要倒霉，整个宿舍都要倒霉。那家伙是班上的人，别人不可能知道这些事情。”

“他们会把你开除的，也许会送进监狱。”阿尔贝托说道。

“甘博亚也是对我这么说的。他们大概也要为‘圈子’的事去整鲁罗斯和博阿。你告诉他们赶快调查，然后从窗户上给我扔一个纸团，上面写上名字。如果把我开除，我就见不到他们了。”

“你这样做又能捞到什么呢？”

“什么也没有，”“美洲豹”说，“他们已经把我给整了。可是我得报仇。”

“‘美洲豹’，你是个混蛋，”阿尔贝托说道，“假如把你关进监狱，我倒是很高兴。”

“美洲豹”微微动了一下。他虽然依旧坐在床上，却已经挺起胸膛不再靠着墙壁。他把脑袋转动了一下，为的是能够仔细看看阿尔贝托。这时，他整个脸部都可以看清楚了。

“你听见我刚才说的话了吗？”

“美洲豹”说：“你别大声嚷嚷。你想让中尉来吗？你是怎么回事？”

“你是一个混蛋，一个杀人犯。你杀死了‘奴隶’。”阿尔贝托低声自语道。

阿尔贝托已经向后退了一步，弓身等着。但是“美洲豹”并没有进攻，甚至没有动弹。阿尔贝托看见黑影里有两只蓝色的眼睛在闪闪发亮。

“胡说，”“美洲豹”也压低了嗓门说道，“那是诬蔑。有人所以这样对甘博亚说，是打算整我。那个告密的人想害我。他是个胆小鬼，你还不明白吗？你告诉我，宿舍里所有的人都认为我杀死了阿拉纳吗？”

阿尔贝托没有回答。

“不可能。谁也不会相信这个，”“美洲豹”说道，“阿拉纳是个可怜虫，随便哪个人都可以一巴掌把他打倒在地。我干吗要杀死他呢？”

“他比你好多了。”阿尔贝托说道。他们两个人悄悄地交谈着。为了压低嗓门，说话时十分吃力，每句话都是僵硬的、矫揉造作的。“你是个暴徒，你才是个可怜虫呢。‘奴隶’是个善良的小伙子，你不懂得这意味着什么。他是个好人，不打搅任何人。你日日夜夜总是欺负他。入学的时候，他是个正常的人。可是你和其他人经常不断地折磨他，把他变成了一个傻瓜，只是因为他不会打架。‘美洲豹’，你真是一个讨厌的人。现在你要被开除了。你知道将来你要过什么生活吗？杀人越货的生活。你迟早要被送进监狱。”

“我母亲也对我说过这样的话。”阿尔贝托吃了一惊，没有料到“美洲豹”会说出这样的心里话。但是他立刻明白了：“美洲豹”是在自言自语。他的声音是愁闷的，丝毫没有生气。“甘博亚也是这么说的。我不知道我的生活跟他们有什么关系。可是欺侮‘奴隶’的并不仅仅是我一个人。人人都欺侮他。诗人，你也在内。在学校里，你整我，我整你，让人家整的人就会自己倒霉。这并非我的过错。如果说别人不敢欺侮我，是因为我比较厉害。这可不是我的错。”

阿尔贝托说：“你并不比别人厉害。你是个杀人凶手，可我不怕你。等咱们从这里出去以后，你再走着瞧吧。”

“你想跟我打架吗？”“美洲豹”问道。

“对。”

“你没有这个本事。”“美洲豹”说道，“告诉我，是不是宿舍里所有的人都对我非常恼火？”

“不是，”阿尔贝托说，“只有我一个人。我并不怕你。”

“嘘！别叫喊！你要是愿意，咱们到街上去打。不过，我预先警告你，你打不过我。你白白发火。我并没有对‘奴隶’怎么样，只不过像大家一样也欺侮过他，可是没有恶意，开开心而已。”

“你以为没有关系？你欺侮他，别人学着你的样子，也欺侮他。你整得他没法生活，最后又把他害死了。”

“混蛋，你别喊！人家会听见的。我并没有害他。出去以后，我一定要找到那个告密的人。我要当着众人的面，让他承认那是一场诬陷。你会看到那是胡说八道。”

“那不是胡说八道，这事我清楚。”阿尔贝托说。

“别叫喊！真见鬼。”

“你是个杀人凶手。”

“嘘!”

“‘美洲豹’，是我告发你的。我知道是你杀死了他。”

这一次，阿尔贝托没有后退。“美洲豹”在床上已经缩成一团。

“是你把那些事情说给甘博亚的吗?”“美洲豹”一字一顿非常缓慢地问道。

“是的。我把你的所作所为，我把宿舍里发生的一切，全都告诉他了。”

“你为什么要这样做?”

“因为我愿意这样做。”

“好吧。我看看你是不是真的有种。”“美洲豹”说着站了起来。

七

甘博亚中尉走出上校办公室。他向那个穿便服的人点头告别后，便去等电梯。可是由于电梯迟迟不到，他就转身向楼道走去，从那里三步并作两步迅速来到楼下。走到庭院里，他才发觉晨光已经破晓。天空明净如洗，只有远处地平线上可以望见几朵白云，飘浮在碧波粼粼的大海上空。他快步向五年级的区域走去，来到办公室里。加里多上尉正坐在写字台前，像头箭猪一样地缩在那里。甘博亚在门口向他敬礼。

“有事情吗？”上尉一跃而起，挺身问道。

“上校让我告诉您，把我送上的报告从登记簿上抹掉，上尉。”

上尉松了一口气，一向神色严厉的眼睛也如释重负地露出微笑。

“当然会这样啦，”说着，他在桌子上猛击一掌，“我根本就没有登记入册。这个我事先就料到了。甘博亚，到底是怎么回事？”

“上尉，那个士官生收回了控告。上校把报告给撕了。他说，必须忘掉这件事，就是指那个假设的杀人案。上尉，至于别的方面，上校命令执行纪律。”

“还有别的吗？”上尉得意地笑起来。“甘博亚，你过来看看。”

他递给中尉厚厚一沓纸片，上面写满了数字和姓名。

“你看见了吗？三天之中比整个上月开的条子还多。六十个学生受处罚，几乎占全年级的三分之一，你好好看看。上校可以放心，我们会把一切纳入正轨，至于考试卷子，我已经采取了预防措施。考试前一直保存在我自己的房间里。谁有胆量，那就到这里来找吧。夜间岗哨和巡逻都增加了一倍。准尉随时会让下面报告情况。每星期检查两次军容风纪，枪支弹药也是一样。你说他们还会调皮捣蛋吗？”

“上尉，但愿他们不会再闹。”

“咱俩谁有道理？是你还是我？”上尉突然问道，摆出一副胜利者的姿态。

“那是我的职责。”甘博亚说道。

“你装了一肚子规章条令，”上尉说道，“甘博亚，我并不是批评你。但是生活里必须实际一些。有些时候，宁可忘掉规章条令，只能见机行事。”

“我相信规章条令，”甘博亚说道，“我坦白告诉你，我能把规章条令背出来。你要知道，我至今不后悔。”

“抽烟吗？”上尉问道。甘博亚接过一支香烟。上尉抽的是进口雪茄烟，点燃以后发出一股浓臭的白烟。中尉把烟送到嘴边之前，轻轻揉揉这支一头细一头粗的雪茄烟。

“我们大家都相信规章条令，”上尉说，“但是必须善于解释它。我们这些当军人的，首先应该是现实主义者，我们一定要根据实际情况办事。不能强迫事物服从法律，而是相反，要让法律适应事物。”上尉的手激动地在空中挥来挥去。“否则的话，就将无法生活。固执不是好品德。为那个士官生抛头露面担风险，你能捞到什么好处？一点好处也没有，无非是害了自己。那时你如果听从了我的劝告，结果和现在一样，但是可以避免很多问题。你别以为我是在幸灾乐祸。你知道我很尊重你。大尉可是生气极了，他一定会找你的麻烦。上校也很恼火。”

甘博亚厌恶地“呸”了一口道：“他们能把我怎么样？再说，我也不在乎。我问心无愧。”

“良心无愧能上天堂，”上尉和蔼地说，“可是不一定能晋升。不管怎样，我一定尽力把这些事控制在我手心里，免得影响你升级。好吧，关于那两只小鸟他是怎么说的？”

“上校命令让他们回宿舍。”

“你去找他们。好好劝一劝。如果他们想安安静静地生活，那就闭上嘴巴。我想大约不会有问题。他们比任何人都愿意忘掉这个故事。不过，你要留心你的那个被保护人，他有些傲慢。”

“我的被保护人？”甘博亚问道，“整整一个星期，我也没有察觉到有这样的一个人。”

中尉没有向上尉告别就出去了。宿舍外面的院落里空无一人。但是一到中午，士官生下课归来时，便像一条奔腾咆哮席卷一切的大河，顷刻间，这个院子就会变成一个吵吵嚷嚷的蚂蚁窝。甘博亚从皮包中掏出那封信来。他拿在手中呆望了片刻，没有打开，又放回去了。他想：“要当丈夫，就不能当兵。”

值班中尉正在警卫室里看报。士兵们在长凳上呆呆地坐着。甘博亚一进门，他们就像机器人一样唰的一声全都站了起来。

“日安。”

"日安，中尉。"

甘博亚对这个年轻的中尉用"你"来称呼。由于小中尉过去是甘博亚的下级，所以比较尊敬中尉。

"我是为五年级那两个士官生的事情来的。"

"好的。"小中尉快活地一笑，但是脸上露出夜间值班留下的倦容。"刚好其中有个士官生要出去，但是命令还没有下来。我把他们带来吗？他们在右边那间牢房里。"

"两个人住在一起？"甘博亚问道。

"是的。因为操场那边的牢房要用。有几个受处罚的士兵要关。他们两个应该分开吗？"

"你给我钥匙。我去和他们谈谈。"

甘博亚慢慢打开牢门，但是马上就跳了进去，仿佛驯兽师跳进兽笼一样。在窗外射进来的圆锥形光线的照射下，他看见四条大腿在地上晃动；他听到两个士官生急促的喘气声；他的眼睛还不习惯室内的黑暗，只能勉强认出他们的身影和脸盘。他向前跨进一步，大喝一声："立正！"

两个人不慌不忙地站了起来。

甘博亚说："长官进屋的时候，下级士官要立正敬礼，难道你们忘了？每个人罚六分。士官生，把手从脸上拿开，立正站好！"

"报告中尉，他不能拿开。""美洲豹"说道。

阿尔贝托放下手，但是立刻又把手掌按在面颊上。甘博亚把他轻轻推到光线底下。颧骨上面肿得非常厉害，鼻子和嘴巴上有不少凝结的血块。

"把手拿开，让我看一看。"甘博亚说道。

阿尔贝托放下手，嘴巴收缩得歪斜了。一个紫色的大疱罩住了一只眼睛，眼皮下垂，青紫一片，好像一块烧伤。甘博亚还看到阿尔贝托的军服上有大片的血污，头发被汗水和污泥粘成一团。

“你过来！”

“美洲豹”服从了。这场恶斗在他脸上没有留下什么痕迹，但是他的鼻翼在颤抖，嘴唇周围有一圈唾沫。

“你们马上到医务室去，”甘博亚说道，“我在我的房间里等着你们。我需要和你们谈谈。”

阿尔贝托和“美洲豹”出去了。值班中尉听见他们的脚步声，急忙转过身来，脸上的模糊笑容变成了惊奇的表情。

“站住！”他惊慌地喊道，“怎么回事？不许动！”

士兵们早已围了过来，他们极力要看个明白。

“让他们出去。”甘博亚说道，又转身对那两个士官生说，“走吧。”

阿尔贝托和“美洲豹”离开了警卫室。中尉和士兵们望着他们在晴朗的天空下肩并肩地向远处走去，两人的脑袋都不动弹，他们互相之间既不说话，也不相望。

“他的脸被打烂了，”小中尉说道，“我真不明白。”

“你什么都没有听到吗？”甘博亚问道。

“没有。”小中尉慌乱地回答说，“我一直没有离开这里。”他扭头问士兵们：“你们听见什么了吗？”

四个黝黑的脑袋摇摇头。

“他们打得居然没有响声，”小中尉已经不再用吃惊的口气评论发生的事情，但是很有些竞技热情地说道，“我应该分开关他们就好了。他们打得可真凶！真是好斗的公鸡！需要过很长时间，那张脸才能复原。他们为什么打架？”

“胡闹，”甘博亚说道，“没有什么了不起的。”

“那个士官生一声不喊怎么能忍受得住?”小中尉问道，“他要破相了。应该把那个黄头发的家伙弄到学校拳击队去。还是已经参加了?”

“没有。我想没有。不过，你说得有理。应该弄进去。”甘博亚说道。

那天我在田野里游逛。在一片庄稼地里，有个女人给了我一些面包和牛奶。天黑的时候，我又在进步路附近的一条沟里睡下来。这一回真的睡着了，太阳已经升得很高的时候，我才睁开眼睛。附近一个人也没有，但是我听见有汽车从大街上经过的声音。我饿极了，头痛，浑身打颤，很像感冒初起的症状。我一直走到利马，十二点左右来到阿方索·乌加特大街。特莱莎没有夹在女学生中间出来。我在市中心转悠，在那些人多的地方来回走动，比如圣马丁广场、联盟大街、格拉乌大街。下午我走到雷塞沃公园的时候，真是筋疲力尽了。我喝了公园里的自来水，呕吐起来，于是便躺在草地上。过了一会儿，我看见有个警察向我走来，从远处向我打手势。我爬起来就跑，他并没有追我。走到我教父家里的时候（他家在弗朗西斯科·皮萨罗大街)，天已经黑下来。我的脑袋涨得要爆炸，全身都在发抖。那时并不是冬天，我想：“我一定是病了。”敲门以前，我心里思量：“如果是那女人出来，又把我堵在门外的话，我就去警察局。至少那里会给我饭吃。”但是出来的不是她，而是我教父。他开门之后，两眼望着我，可能认不出我来。他有两年时间没有看见我了。我说出自己的名字来。当时由于他的身体挡着门，遮住了里面的光线，我只看见他那个圆圆的光秃脑袋。他说：“是你?不可能啊，干儿子，我以为你也死了呢。”他连忙让我进去，到了屋里，他问我：“孩子，你怎么啦？出什么事啦？”我告诉他：“教父，请您原谅，我有两天没吃东西了。”他拉住我一条胳膊，大声喊他女人。他们让我喝了汤，吃了菜豆煎牛排和一碗甜食。饭后，他们问了我许多问题。我给他们编了一段故事：“我从家里跑出来以后，跟一个人在原始森林里干了两年，那是个咖啡种植园，后来由于生意不好，主人把我轰了出来。走到利马，我一个钱都没有了。”接着我向他们问起我的母亲。教父告诉我，她在六个月以前，由于心脏病突然发作而去世了。他告诉我：“丧葬费是我付的，你不必担心。事情办得相当好。”最后他补充说，“今天晚上，你暂时睡在后院。明天再说你怎么办。”那女人给我送来一条毯子和一床褥子。第二天，教父把我领到他的杂货店里，让我在柜台上卖东西。那里只有他和我两个人。他不给我工钱，但是管住、管吃。虽然总是让我拼命干活，可他们待我还不错。我六点钟以前就起床，必须把里里外外打扫干净，准备早点，给他们送到床上。然后我到市场去买东西，按照那女人事前给我的单子去采购。办完之后，到杂货店去，在那里卖一整天东西。开头，教父也总是待在杂货店里，但是后来就留下我一个人，晚上让我报账。回到家里，我给他们做晚饭——她已经教会我怎样做饭，最后，上床睡觉。我虽然非常缺钱，却不想离开，于是就从顾客身上揩油，有时提高价格，有时少给一些找头，这样就有钱买民族牌香烟偷偷抽上几支。另外，我很想出去随便走走，可是因为害怕警察，就克制住了。后来，情况越来越好。教父需要去山区旅行，每次都带上他的女儿。最初当我知道他要出门的时候，心里有些害怕，因为我想起他女人非常讨厌我。但是，自从我和他们住到一起以来，她并没有刁难我，只是派我干活的时候才跟我说话。从我教父出门那一天起，她就变了样。她对我非常亲热，给我讲故事，放声大笑。晚上她到杂货店里来，我给她报账，她说："算了吧。我知道你不是小偷。"一天夜里，还不到九点，她就到店里来了。她好像很紧张。我一看见她进来，就明白了她的企图。她那副表情、笑声和眼神，和卡亚俄港妓院里的婊子喝醉了酒冲动时的模样完全相同。这使我很开心。我记起从前来找教父时，她把我赶走的情形，便暗暗思量："报仇的时候到了。"她长得肥胖难看，身材比我高。她对我说："喂，关上店门，咱们去看电影，我请客。"我们到市中心一家电影院去，因为她说那里正在上演一部非常好的片子，可是，我知道她是害怕别人看见她和我在这条街上行走，因为我教父爱吃醋，在这一带是出了名的。看电影的时候，演的是一部恐怖片，她装成害怕的样子，抓住我的双手，贴在我的身上，用膝盖顶着我。有时，她又装作无意的样子，把手放在我腿上，并且留在那里不动。我真想笑出声来。可是我装傻，不响应她的挑逗。她大概一定很恼火。看完电影，我们步行回家。她开始谈起女人来，给我讲一些色情故事，但是并不说脏话。后来她问我是不是有过情人。我说没有。她接着说："撒谎骗人。所有的男人都一样。"她极力使我明白，她是把我当成一个男子汉对待的。我真想对她说："您像'乐园'的妓女，她的名字叫爱玛。"到了家里，我问她是不是要做晚饭。她说："不用。最好咱们乐一乐。在这个家里，从来也没有过快乐。去开一瓶啤酒。"她开始说起我的教父如何如何不好。她恨他，因为他是个吝啬鬼，是个老傻瓜，还有其他等等事情。她让我一个人把酒喝光，打算把我灌醉，看看那样会不会理睬她。后来，她打开收音机，对我说："我教你跳舞。"她使出全身的力气搂紧我。我让她抱着，可是继续装傻。最后，她问我："从来没有女人吻过你吗？"我说没有过。“你想知道那是怎么回事吗?”她说着就抓住我，开始吻我的嘴唇。她已经冲动起来，把她的脏舌头伸到我的嘴巴里，甚至到了嗓子眼。她还用手掐我，接着便拉着我的手到了她的房间，开始脱衣服。脱掉之后，她显得不那么难看了，皮肤还很光滑。她觉得不好意思，因为我总是瞧着她，也不上前。她就赶忙熄了电灯。只要我教父不在家的日子里，她就拉我跟她睡觉。她对我说：“我喜欢你。你使我非常幸福。”她整天说她丈夫的坏话。她给我钱花，给我买衣服，让我和她们全家一道每星期去看电影。借着黑暗，她抓住我的手，而又不让我教父察觉。当我跟她说，我想上莱昂西奥·普拉多军事学校，让她说服她丈夫给我出钱报名的时候，她几乎要发疯了。她狠狠地揪自己的头发，骂我是忘恩负义的人。我警告她，如果不答应，我就逃走，她这才答应了。有一天早晨，教父告诉我：“孩子，你知道吗，我们决定让你变成一个有用的人。我到军事学校去给你登记报名。”

“哪怕觉得灼痛，也不要动弹，”卫生员说，“因为药水要是弄进眼里，你会看见一个裸体的犹大。”

阿尔贝托看见一块沾过褐色液体的纱布向自己脸上贴来，便赶忙咬紧牙关。一阵剧痛像电流一样传遍全身，使他张开嘴巴尖叫起来。后来，疼痛逐渐局限于面部。他用那只好眼睛，从卫生员的肩膀上看过去，发现“美洲豹”正冷漠地坐在椅子上从屋子的另一头望着他。他的鼻子闻到一股酒精和碘酒的气味，这使他头晕。他感到要呕吐。医务室是雪白的，瓷砖地面把蓝色的日光灯反射到天花板上。卫生员已经拿掉第一块纱布，又沾湿了第二块，嘴里一直在吹口哨。第二次也那么痛吗?当他在牢房的地上和“美洲豹”扭打翻滚的时候，虽然挨了揍，可并不觉得疼痛，只感到屈辱。因为刚刚打了几分钟，他就知道自己打败了：他的拳脚只能勉强触到“美洲豹”的身上，他更多的时间是在极力抵挡对方的打击。他很快就松开了那个进退自如、飘忽不定、难以抓住的结实身体。最厉害的是对方会用头猛撞。他用胳膊肘和膝盖抵挡，身体收缩后退，结果都没有用，“美洲豹”的脑袋像流星一样撞开他的胳膊，一直冲到他的脸上。他惊慌地想到对方是铁锤，自己是铁砧。就这样，为了喘口气，他第一次被迫躺倒在地。但是，“美洲豹”不等他站起来，也不停下来看看是否已经取胜，就一下子扑到他身上，连续不断地用那只铁拳捶打，直到阿尔贝托终于爬起来逃到另一个角落。几秒钟后，他第二次躺倒在地，“美洲豹”第二次骑到他身上，铁拳再次落下来，直到阿尔贝托失去知觉。他睁开眼睛的时候，发现自己坐在床上，旁边是“美洲豹”，耳边只听到他那单调的喘息声。当甘博亚的声音在牢房里响起来的时候，周围的实物才渐渐恢复了原样。

“好啦，”卫生员说，“要等它干一干，然后再包扎。老老实实待着，不要用脏手去摸。”

卫生员总是吹着口哨，他到屋子外边去了。“美洲豹”和阿尔贝托互相望一望。阿尔贝托奇怪地感到自己已经平静下来，灼痛已经消失，怒火也已熄灭，但是他仍然用骂人的口气说话：“你看什么？”

“你是个告密分子，”“美洲豹”说，他那明亮的眼睛毫不动火地望着阿尔贝托，“最卑鄙不过的就是这种人，再也没有比这种人更下流讨厌的了——告密者。真让我恶心。”

“总有一天我要报仇，”阿尔贝托说，“你觉得自己力气大，对吗？我发誓将来要你爬着来见我。你知道你是个什么东西吗？一个凶手。你要去的地方是监狱。”

“像你这样的奸细，就不应该生出来。”“美洲豹”不理睬阿尔贝托的话，继续说下去，“也许由于你的告密，我会挨整。可是我要告诉全班，告诉全校，你是个什么人。你干了这种事之后，应该羞死。”

“我没有什么可羞的，”阿尔贝托说，“离开学校以后，我要告诉警察，你是个杀人凶手。”

“你发疯啦，”“美洲豹”并不激动地说，“你很清楚地知道我并没有杀人。大家都晓得‘奴隶’是由于事故而自杀的。这些你知道得很清楚，臭奸细。”

“你倒是心安理得，对吗？因为上校、上尉、这里所有的人，都跟你是一路货色，是你的帮凶，是一群害人精。你们都不愿意人家说这件事。可是我要告诉全世界，是你杀死了‘奴隶’。”

屋子的门开了。卫生员手里拿着一块新纱布和一卷橡皮膏走进来。他把阿尔贝托的整个面孔都包扎起来，只露出一只眼睛和嘴巴。“美洲豹”放声笑了。

“你是怎么回事？”卫生员问道，“你笑什么？”

“不笑什么。”“美洲豹”说。

“不笑什么？只有精神病患者才无缘无故自己笑呢，你知道吗？”

“真的吗？我不知道。”“美洲豹”说。

卫生员对阿尔贝托说：“好啦。”接着转向“美洲豹”：“现在该你啦。”

“美洲豹”在阿尔贝托刚才坐过的椅子上坐下来。卫生员起劲地吹着口哨，把一块棉球浸上碘酒。“美洲豹”只是前额上有些抓伤，颈部有些不大的肿块。卫生员开始极其小心地擦净他的面部，同时发疯似的吹着口哨。

“混蛋!”“美洲豹”叫道，一面用双手推开卫生员，“蠢人!畜生!”

阿尔贝托和卫生员哈哈笑起来。

“你是故意这么弄的，废物。”“美洲豹”说着捂住一只眼睛。

“你干吗要乱动?”卫生员走近他说，“我早就对你说过了，这个药水要是流到眼睛里，会火辣辣地疼。”他强迫“美洲豹”抬起头说，“把手拿开。让空气进去，就不会那么疼了。”

“美洲豹”放下手，他有一只眼睛变红了，里面充满了眼泪。卫生员轻轻地给他上药，早已停止吹口哨，但是，舌头尖像条粉红色的小蛇一样时时露出在两片嘴唇中间。他给“美洲豹”抹上红药水之后又贴上几块纱布，最后擦了擦手说：“好啦。你们两个签字吧。”

阿尔贝托和“美洲豹”在登记簿上签了字，走出医务室。上午的天空格外地晴朗，如果没有和风吹过草地，可以说夏季终于来临了。湛蓝的晴空显得非常高远。他们两个沿着检阅场向前走去。周围空无一人，但是经过饭厅的时候，他们听到里面士官生的喧闹声和克里奥约华尔兹舞曲。走到军官宿舍楼时，他们遇到了瓦里纳中尉。

“站住。这是怎么回事?”中尉问道。

“报告中尉，我们两个摔倒了。”

“你们这副模样，至少应该在里面待上一个月才行。”

他们一言不发，继续向宿舍楼走去。甘博亚的房门敞开着，但是他们没有进去，而是站在门框前互相望望。

“你不敲门还等什么?”“美洲豹”说，接着又加了一句，“甘博亚是你的朋友哇。”

阿尔贝托敲了一下门。

“请进。”甘博亚说道。

中尉坐在那里，手中拿着一封信，看见他们进来急忙把信藏好，然后起身走到门边，把门关上。他很快用手一指木床，对他们两个说：“坐下吧。”

阿尔贝托和“美洲豹”在床沿上坐下来。甘博亚拉过自己的椅子，放在他们对面。他反着坐下来，双臂搁在椅子靠背上。他脸部湿润，好像刚刚洗过，双眼露出倦容，皮鞋十分肮脏，衬衣也没有系纽扣。他一只手托着面颊，另一只手轻轻敲打着膝盖，两眼仔细打量着他俩。

“好吧，你们大概已经知道是什么事情了。我想用不着再告诉你们该做些什么。”他说完停顿了一下，显得很不耐烦。

他好像十分厌倦：眼神忧郁，声音消沉。

“中尉，我一无所知，”“美洲豹”说道，“除去您昨天对我说的那些话，我什么也不知道。”

中尉用询问的目光望望阿尔贝托。

“报告中尉，我什么也没对他说。”

甘博亚站了起来。他显然感到不自在，这样的会面使他不快。

“士官生费尔南德斯对你提出控告，关于什么事情，你已经知道了。学校当局认为控告缺乏根据。”他讲得很慢，竭力搜索无人称句的表达方式，力求简练。他的嘴巴时而痉挛露出牙齿，两片嘴唇引出两道小小的皱纹。“这件事不许再说了，校内不许，校外当然更不许。对校方来说这是有害的、令人讨厌的。因为事情已经结束，你们从现在起就回到班上去，一定要绝对谨慎。任何疏忽都将受到严厉的惩罚。上校亲自派我警告你们：任何不慎所造成的后果都由你们负责。”

“美洲豹”一直低头听着甘博亚讲话。但是中尉刚一闭上嘴巴，他便抬起头望着他。

“中尉，您看见了吧？我早就说过，那是这个告密分子的诬陷。”他用手轻蔑地指指阿尔贝托。

“那不是诬陷，”阿尔贝托说，“你就是杀人凶手。”

“住口，”甘博亚吼道，“住口，混蛋！”

阿尔贝托和“美洲豹”机械地立正站好。

“士官生费尔南德斯，”甘博亚说，“两个钟头前，你当着我的面，收回了对同学的控告。如果你再讲这件事，就要受到极其严厉的惩罚。我将亲自负责这一惩罚。我认为我已经向你说明白了。”

“报告中尉，”阿尔贝托低声嘟哝说，“在上校面前，我不知道……确切地说，我没有办法不那样做。他一点说话的机会都不给，再说……”

“再说，”甘博亚打断了他的话，“你不能控告任何人，不能审判任何人。假如我是校长，你早就到大街上去了。并且我希望你将来再也别搞那种黄色小说的买卖，如果你希望平安无事毕业的话。”

“是，中尉。但是这和那个根本没有关系。我……”

“你在上校面前已经收回了自己的话。你不要再开口了。”甘博亚转向“美洲豹”说，“至于你，可能与士官生阿拉纳的死没有关系。但是，你的错误是非常严重的。我可以明白地告诉你，你再也不能嘲笑军官了。这件事由我来办。现在你们回去吧，不要忘掉我刚才对你们说的话。”

阿尔贝托和“美洲豹”走了。甘博亚在他们身后把门关上。他们在走廊里听到远处饭厅传来的人声与音乐声，水手舞曲已经代替了华尔兹舞曲。他们下到门外检阅场上。风已经停住，花草悄然直立着。两个人缓步向宿舍走去。

“军官们都是混蛋，”阿尔贝托不望着“美洲豹”说，“统统都是，甘博亚也在内。我原来以为他不大一样。”

“他们发现小说的事啦?”“美洲豹”问道。

“嗯。”

“你可倒霉了。”

“没有，”阿尔贝托说，“他们对我搞了一次讹诈。要我收回对你的控告，他们就忘掉小说的事情。这就是上校极力要我明白的事。他们这样卑鄙，真让人难以相信。”

“美洲豹”哈哈笑起来。他说：“你发疯啦？军官们什么时候保护过我?”

“那不是保护你。他们是保护自己。他们不愿意出问题。他们是些外强中干的家伙。‘奴隶’的死，他们根本就不在乎。”

“美洲豹”赞同说：“这的确是真的。据说他们不让‘奴隶’的家属去医务室探视。你明白这个意思吗？他死的时候，眼前只有几个中尉和医生。他们真是一些卑鄙的东西。”

“你也一样，你也不在乎他的死，”阿尔贝托说道，“你一心要报复，就因为他检举了卡瓦。”

“什么?”“美洲豹”停住脚步，紧盯住阿尔贝托的眼睛问道，“什么事情?”

“什么什么事情?”

“‘奴隶’告发了山里人卡瓦?”“美洲豹”的眼睛在纱布下闪烁着火花。

“你别犯混，用不着装蒜。”阿尔贝托说。

“真见鬼，我并没有装假。我并不知道是他告发了卡瓦。他死得活该。所有的告密分子都该死。”

阿尔贝托通过一只眼睛看不大清楚，无法测准距离，伸手去抓对方的胸膛，但是只捞到一把空气。

“你发誓，以前不知道‘奴隶’检举了卡瓦。对着你母亲起誓。你说：假如你以前知道这件事，你妈就死掉。你起誓!”

“我母亲已经死了，”“美洲豹”说，“但是以前我是不知道。”

“要是你算人，你就发誓。”

“我发誓，我以前不知道。”

“我原来以为你知道，并且认为因为这个，你就把他杀害了，”阿尔贝托说道，“如果你从前真的不知道，那么是我弄错了。‘美洲豹’，我请你原谅。”

“道歉已经晚啦，”“美洲豹”说道，“不过，以后再也别当告密分子啦。没有什么比那个更卑鄙的了。”

八

午饭后，士官生们像潮水一样拥进来。阿尔贝托听到他们越来越近：走过草地，传来草丛被践踏的声音；接着，是像急促的鼓点一样，踩在检阅场上的声音；突然，院子里传来嘈杂的人声、几百双短靴敲击着水泥地面的声音。很快，隆隆声已到耳边，两扇门被推开，门框上出现了熟悉的面孔和身影。他听见有几个声音同时在喊他和“美洲豹”的名字。人流冲进宿舍以后，马上分成两股，一股涌到他身边，另一股向“美洲豹”待的地方奔去。跑到他这里来的人群中，为首的是巴亚诺。人人都在打手势，个个眼里闪烁着好奇的火花。众目睽睽，面对着七嘴八舌的问题，他觉得浑身通上了电流。刹那间，他仿佛觉得大家一定要拷问他。他想微笑一下，但是没有用：大家看不见，因为绷带几乎裹住了整个脸庞。他们说他是“德拉库拉①”

① Drácula，西方民间传说中的吸血鬼。

“魔鬼”“弗兰肯斯坦①”“丽塔·海华丝”。接着，就是一连串的问题。他装作声音嘶哑、说话困难的样子，仿佛他被绷带勒得说不出话来那样。他低声说：“我碰上一场车祸，今天上午才出医院。”巴亚诺友好地说：“我看你要比从前丑了。”其他人也争着预言说：“你要瞎一只眼睛，我们不再叫你诗人了，管你叫独眼龙吧。”大家没有让他解释，谁也没问车祸的细节，都在暗暗地动脑筋，想争着给他起外号，做出怪模怪样，拿他开心。阿尔贝托说：“有辆汽车把我撞倒了。就在五月二日大街上，我摔了一个嘴啃泥。”但是围着他的人已经开始散开，有些人回到自己的床上去，另外一些又走上前来，并且大声嘲笑他脸上的绷带。突然，有人喊道：“我敢打赌，这些都是瞎说八道。‘美洲豹’和诗人一定打架了。”一阵哄堂大笑传遍了宿舍。阿尔贝托心中暗暗感激那位卫生员：脸上缠的绷带成了他的保护伞，谁也无法看到他的面部表情。他坐在自己的床上，那只独眼瞅着站在对面的巴亚诺，望着阿罗斯毕德和蒙特斯；他看着他们，眼前好像有一层浓雾。他可以猜出另外一些人在哪里，他听得到他们对他和“美洲豹”开的玩笑。那些玩笑毫无意义，但是十分幽默。有个人说：“‘美洲豹’，你怎么把诗人弄成那个样子的?”另一个人问他：“诗人，这么说你是像老娘儿们那样，用指甲抓人的啰?”阿尔贝托这时极力要从嘈杂声中认出“美洲豹”的声音来，但是没有办到；他也无法看见“美洲豹”，因为衣橱、床架和同学们的身体挡住了视线。玩笑在继续，巴亚诺的声音最突出，十分刺耳难听；这个黑人心血来潮，唾沫四溅，讲的话既刻薄又诙谐。

① Frankenstein，科幻小说主人公，好莱坞经典形象之一，创造出人形怪物的科学怪人。

突然，“美洲豹”的声音压倒了整个房间的说话声：“够了，别讨厌了。”立刻，喧闹声减弱了，只听见轻轻的、做作的嘲笑声。通过那只不断眨动的独眼，阿尔贝托发现有个人影移到巴亚诺的床边，双臂攀住上铺迅速向上爬去，上身、胳臂、小腿在一节节上升，不久就爬到衣橱上面，渐渐地从他的视线里消失，最后他看见有两条长腿、一截乱七八糟的蓝色袜子和一双巧克力色的短靴，垂在同样颜色的衣橱上面。别的人还什么都没有察觉，仍然在吃吃地假笑。当他听到阿罗斯毕德那震耳欲聋的吼声时，他并没有想到会发生什么不寻常的事情，但是本能地意识到自己很紧张，他的一个肩膀紧紧地靠在墙壁上，甚至感到了疼痛。阿罗斯毕德再一次吼道：“‘美洲豹’，你住嘴！‘美洲豹’，不许你再叫喊！”一刹那间，出现了死一样的寂静。这时，全班的人都转脸看着班长。阿尔贝托却无法看到他的眼睛，绷带妨碍他抬头，那只独眼只能看见两只一动不动的短靴；闭上眼睛再睁开，仍旧是那两只靴子。阿罗斯毕德还在不断地怒吼：“‘美洲豹’，你住嘴！‘美洲豹’，你别开口！”阿尔贝托听到一阵身体活动的声音：原来已经躺在床上的士官生，全都坐了起来，伸长脖子向巴亚诺的衣橱上望去。

最后，“美洲豹”开腔了：“怎么回事？阿罗斯毕德，出什么事情了？你打算干什么？”

阿尔贝托躺在床上没有动，只是看着离他最近的几个士官生：他们的眼睛像钟摆一样，从宿舍的这一头望到另一头，从阿罗斯毕德这里望到“美洲豹”那里。

阿罗斯毕德高声说：“咱们要说个清楚。我们有很多事情要跟你谈一谈。首先，你不要再喊叫了。‘美洲豹’，你明白吗，自从甘博亚把你关进牢房以后，宿舍里发生了很多事情。”

“我不喜欢你们说话的这副腔调。”“美洲豹”沉着地反驳说。但是他的声音并不高，要不是大家都保持肃静，他的话几乎听不清楚。“如果你愿意和我谈谈，最好从衣橱上下来，到我这里来谈。要像个有教养的人。”

“我不是个有教养的人。”阿罗斯毕德尖声说。

阿尔贝托心里想：“他非常生气，一肚子怒火。他不打算跟‘美洲豹’打架，只想当着众人的面使他难堪。”

“你是有教养的，”“美洲豹”说，“当然是啰。所有米拉芙洛尔区的人，像你一样，都是有教养的。”

“‘美洲豹’，我现在以班长的身份讲话。你别想挑衅打架，‘美洲豹’，别当胆小鬼。咱们现在先谈谈，然后，随你的便。这里发生了一些奇怪的事情。你听见了没有？刚刚把你关进牢里，你知道发生什么事情了？这谁都可以告诉你。中尉和准尉突然就发了疯，他们冲进宿舍，翻箱倒柜，把纸牌、烧酒、撬锁工具全搜出来了。又是扣分又是处罚，好一场倾盆大雨。差不多全班的人都要待上很长时间才能外出，‘美洲豹’。”

“那又怎么样？”“美洲豹”问道，“这些事跟我有什么关系？”

“你还问呐？”

“对，我是要问的。”“美洲豹”平静地说。

“你以前对博阿和鲁罗斯说过，如果整到你头上，你就要让全班倒霉。‘美洲豹’，你就是这么干的。你知道你是个什么东西吗？一个告密分子。你把大家都坑害了。你是个叛徒，是个奸细。我以全班的名义告诉你：扇你耳光，我们都嫌脏了手。‘美洲豹’，你是个让人厌恶的东西。没有人怕你。你听见没有？”

阿尔贝托轻轻侧过身去，用力仰着脑袋，这样才能看见阿罗斯毕德：他显得格外高大，头发是乱蓬蓬的，四肢很长，使他更显瘦高；他的两腿是分开的，眼睛睁得很大，露出歇斯底里的神情，两只拳头握得很紧。“美洲豹”在等什么？阿尔贝托不断眨动着眼皮，极力透过那层散不开的浓雾看出去。

“你的意思是说，我是个告密的人，”“美洲豹”说，“是这个意思吧？说呀，阿罗斯毕德，这就是你要说的话，对吗？我是个告密的人，对吗？”

突然，传来一阵急促的脚步声：有人穿过房间中央，绕过衣橱和站在周围不动的士官生们，正好在阿尔贝托的视线内停下来。这个人是博阿。

“下来，下来，草包，”博阿叫道，“下来！”

他站在衣橱旁边，乱蓬蓬的头发像一团羽毛那样在那双穿着蓝袜的短靴下面几厘米的地方晃动。阿尔贝托心里想：“我知道，他要伸手去抓那两只脚，把他拉到地下来。”但是博阿并没有伸手，只是在那里挑战：“下来，下来。”

“走开，博阿。”阿罗斯毕德看也不看他。“我不是和你说话，走开！你别忘记你也怀疑过‘美洲豹’。”

“‘美洲豹’，”博阿说道，一面用那对冒着怒火的小眼睛盯着阿罗斯毕德，“你别相信他的话。我怀疑过那么一阵子，可是现在已经不怀疑了。你告诉他这些都是胡说八道，你把他宰了。阿罗斯毕德，你要是有种，就从那里下来。”

阿尔贝托想：“他是‘美洲豹’的朋友。我从来也不敢像他这样保护‘奴隶’。”

“‘美洲豹’，你是个告密分子，”阿罗斯毕德坚决地说，“我再对你说一遍：你是个肮脏的奸细。”

“‘美洲豹’，那是他个人的看法。”博阿吼道，“‘美洲豹’，你不要相信他的话。谁也不认为你是告密的人。也没有人敢那么想。你告诉他，那是胡说，你过来抽他的嘴巴。”

阿尔贝托已经在床上坐起来，他的脑袋靠在床栏杆上面，那只独眼像一块火红的煤炭，他不得不经常闭上眼睛。当他再次睁开的时候，阿罗斯毕德的双脚和博阿乱蓬蓬的脑袋已经距离很近了。

“博阿，离开那里！”“美洲豹”说道，他的声音一直缓慢而又平静，“我不用任何人为我辩护。”

阿罗斯毕德高声喊道：“同学们，你们都亲眼看见了。事情就是他干的，他连否认的勇气都没有。他是个告密分子，是个胆小鬼。‘美洲豹’，你听见我的话没有？我刚才说了，你是个告密分子，是个胆小鬼。”

“他在等什么？”阿尔贝托心里想。刚才只是绷带下面有些疼痛，现在已经传遍整个脸部。但是他几乎没有感觉，因为他全神贯注地在听着；他焦急地等着“美洲豹”张开嘴巴，向全室喊出他的名字，就像把一堆废物抛给狗群一样；他等着大家吃惊而又愤怒地向他扑来。但是“美洲豹”以嘲讽的口气问道：

“还有谁跟这个米拉芙洛尔人站在一起？别胆怯，真见鬼！我想知道还有谁反对我。”

博阿喊道：“‘美洲豹’，没有人。你别理睬他。你没看见他是个可恶的草包吗？”

阿罗斯毕德说：“大家都反对你。‘美洲豹’，你看看大家的脸色，就明白了。人人都鄙视你。”

“美洲豹”说：“我只看见一群胆小鬼，如此而已，草包加胆小鬼！”

阿尔贝托心里想："他不敢归罪于我，他害怕说出来。"

阿罗斯毕德喊道："奸细！奸细！奸细！"

"来呀，""美洲豹"说，"我讨厌胆小鬼。为什么没有别人也喊呀？用不着那么害怕嘛！"

"同学们，喊呀！"阿罗斯毕德说，"当面告诉他，他是个什么东西。说呀！"

阿尔贝托心里想："他们不会喊的。没有人敢喊。"阿罗斯毕德打着拍子在吼叫："奸细！奸细！"从房间不同的角落里，有几个声音加入进来，他们声音很低，几乎不张嘴地重复着"奸细"二字。低低的抗议声逐渐在增强，好像在上法语课。阿尔贝托开始能够区别出几个声音来：巴亚诺那像细笛一样的嗓音、契克拉约人努涅斯唱歌一样的声音，以及合唱声中其他几个人的声音。抗议声变得强大而普遍了。阿尔贝托挺直身子，向周围扫视一眼：大家的嘴巴整齐一致地张开又合拢。他被这个场面迷住了，刹那间，他的担心消失了，他不再害怕他的名字会在房间里响起来，不再担心这时士官生们对"美洲豹"发泄的全部愤怒会转到他身上来。他自己的嘴巴也在绷带后面开始低语："奸细！奸细！"那只眼睛由于已经变得红肿，他随后就闭上了。周围发生的事暂时看不见了，直到喧闹声达到一定程度他才睁开眼睛。由于碰撞和推搡，衣橱在晃动，木床也在吱吱作响；漫骂声打乱了整齐一致的合唱。但是最先动手的不是"美洲豹"，后来才知道是博阿：他伸手抓住阿罗斯毕德的双脚，一下子把后者拉到地上。只是在这时，"美洲豹"才介入进来，他突然从宿舍那一头拔腿向这边跑来，谁也没有拦阻他，但是人人都在重复那两句歌词；他越是狠狠地盯着人家，人家越是拼命用力地高唱。他一直跑到阿罗斯毕德和博阿所在的地方。他们正在地上翻滚，半个身子已经滚进蒙特斯的床下。甚至当“美洲豹”并不弯腰，就在那里像踢沙袋一样开始野蛮地猛踢班长的时候，大家依然未动。后来，阿尔贝托记得众人在呐喊声中争先恐后地飞跑过来，他们从各个角落向宿舍中间跑来。他连忙卧倒在床上，免得挨揍，双臂也像盾牌一样支了起来。他伏在床上，从那里看到全班的士官生像闪电一样纷纷向“美洲豹”扑去。大家七手八脚地从那里揪起“美洲豹”，把他从阿罗斯毕德和博阿那里分开，扔到通道上。与此同时，呐喊声在狂飙。阿尔贝托在那一大堆人体中看到了巴亚诺、梅萨、巴尔迪维亚和罗梅罗的面孔，听到了他们在互相鼓励：“狠狠地揍！”“打他个满脸花！”“臭奸细！”“这个大草包，他总以为自己非常勇敢。”阿尔贝托心里想：“会把他打死的，博阿也一样。”但是，时间并不很长。忽然，哨子声在宿舍外面响起来，准尉要惩罚那最后迟到的三个人的威胁声也传了进来。喧闹和斗殴好像变魔术般地停止了。阿尔贝托急忙跑出去，站到队伍最前面的几个人中间。接着，他回头寻找阿罗斯毕德、“美洲豹”和博阿，但是，他们都不在。有人说了一句：“他们到洗脸间去了。没有洗干净，最好别出来。可别再闹了。”

甘博亚走出房间，在走廊里站了片刻，用手帕擦擦前额。他头上有汗水。他刚刚给妻子写了一封信，现在要去警卫室，让值班中尉给他当天寄出。走到检阅场上，他不知不觉地向“珍珠”小店走去。他从草地上看到保林诺正在用脏手切开面包，把香肠夹进去，准备课间休息时卖给士官生。他在报告中已经指出这个混血儿私运香烟和烧酒，为什么校方不采取任何措施抵制这个保林诺呢？保林诺的“珍珠”小店是正式得到过官方许可呢，还是仅仅是个屏风？

他烦躁地驱散了这些想法，看了看手表：再有两个小时就可以下班了，然后将有二十四小时的自由时间。到哪里去呢？关在巴兰科大街上的冷清住宅里？这个想法他丝毫没有兴趣，他会感到焦躁和厌烦。他可以去拜访几位亲友，他们一向乐于接待他，总是责备他为什么不经常光临。晚上，可以看一场电影，巴兰科大街上的电影院经常放映战争片或武打片。当他还是士官生的时候，每个星期天他都和罗莎去看日场和晚场，有时还反复看同一部影片。他常常嘲笑罗莎，因为她看墨西哥音乐片时经常落泪，在黑暗中经常摸索他的手掌，好像要求保护似的，但是这种意外的接触使他暗暗激动。他们两个交往了将近八年的时间。几星期前，他还不曾这样追忆过去。闲暇的时光，他总是用来设计未来的蓝图。到目前为止，他的目标已经实现，还没有人夺走过他离开军事学院时所取得的职位。那么，为什么自从出了这许多问题之后，他总是痛苦地怀念那青春时代呢？

“中尉，您用点什么？”保林诺恭敬地点头问道。

“可乐。”

这种饮料里甜腻的苏打气味使他感到恶心。那时候值得花那么多时间去背诵那枯燥乏味的书本吗？值得那样孜孜不倦地攻读条令章程和战略、战术以及军事地理吗？甘博亚嘴边露出一丝苦笑背诵起来：“秩序和纪律构成社会基础，它们是人类集体生活中必不可少的工具。只有把现实生活纳入法律的轨道中，秩序和纪律才是可能的。”门德罗上尉甚至强迫他们熟记条令前言。大家都管上尉叫“律师”，因为他是个引用规章条款的狂热分子。甘博亚心里想：“他是位优秀的教师，一位了不起的军官。难道他要老死在波尔哈的边防军里吗？”从乔里约斯军事学院毕业之后，甘博亚处处模仿着门德罗上尉的举动。他曾经被派往阿亚库乔城，很快就赢得执法严厉的名声。军官们称他是“检察官”，士兵们则说他是“大坏蛋”。大家都笑他行事死板，但是他知道，人们还是怀着某种钦佩的心理暗暗尊敬他。他指挥的连队训练有素，纪律良好。经过严格训练和经常教育之后，他无需惩罚士兵，各项军务即能正常运转。到目前为止，对于甘博亚来说，命令别人守纪律和自己服从纪律是同样地容易。他原来以为军事学校里也理应如此。可是现在他怀疑了。发生了这些事情之后，对上级怎么能盲目相信呢？也许像别人那种做法是明智的。毫无疑问，加里多上尉是对的：条令章程应该用头脑分析一下，应该把个人的安危与前途置于一切之上。他想起自己被派遣到莱昂西奥·普拉多之后不久，同一个下士发生的一起冲突。那是个傲慢的山里人。甘博亚责备他的过失，他居然当面冷笑。中尉于是给了他一个耳光，这时下士咬牙切齿地说：“中尉，如果我是士官生，您就不会打我了。”无论如何，那个下士不是糊涂虫。

他付过可乐的钱，又回到检阅场上。那天上午，他送上四份有关偷窃试卷、发现烧酒、聚赌、越墙外出的新报告。按道理说，一班要有多一半的士官生应该送交军官会议。每个人都可能受到严厉制裁，其中几个会被开除。他的报告只限于一班。检查别的宿舍无济于事，因为士官生们有足够的时间可以销毁或隐藏纸牌和烧酒。报告中，甘博亚丝毫没有影射其他各连。让那些连队里的军官自己去管吧。加里多上尉当着他的面，心不在焉地读过报告，然后问他：“甘博亚，这些报告做什么用？”

“上尉，什么‘做什么用’？我不懂。”

“事情已经了结啦。那件事已经做了处置。”

“上尉，费尔南德斯那件事已经处理了。但是其余的事并没有处理。”

上尉做了一个厌烦的手势，重新拿起报告细细翻阅，下巴骨不知疲倦地蠕动着，那副咀嚼的样子既省力又好看。

“甘博亚，我是说干吗要弄上这么一堆纸张。你已经向我做过口头报告了，何必还都写下来呢？一班差不多全体都挨罚了。你还想走多远呢？”

“假如军官会议召开，可能要求书面报告，上尉。”

“啊！我看什么会议的那种想法，你还没从头脑里去掉。你打算让我们把全年级都整一下？”

“上尉，我只报告本连的事。别的连队我概不负责。”

上尉说：“好吧，报告你已经给我了。现在你就忘掉这件事吧，让我来管。一切由我负责处理。”

甘博亚离开了那里。从这时起，一直纠缠着他的沮丧情绪越发加深了。他下决心再也不管这件事，再也不采取任何积极行动。他想：“今天晚上我最好来个一醉方休。”他走到警卫室，把信交给值班军官，并且请他用挂号发出。出了警卫室，他看见阿尔杜纳少校正站在办公楼门前。少校招手请他过去。

“你好，甘博亚，来，我陪你走走。”少校说。

少校一向对甘博亚非常友好，尽管他们的关系只是严格地限于公务关系。他们两人向军官餐厅走去。

“甘博亚，我不得不告诉你一个坏消息，”少校双手背在身后，边走边说，“这是朋友之间私下互通情况，你明白我说的意思，对吗？”

“明白，少校。”

“甘博亚，大尉对你很恼火。上校也是一样。好家伙，这就足够了。不过，那是另外一回事。我劝你赶快到国防部去活动一下，因为他们已经要求把你立即调离。我担心事情会发展得很快。你的时间不多了。你的服役履历可以保护你，可是在这种情况下，上面有势力是很管用的，这你很明白。”

甘博亚心里想：“现在离开利马，她一定不高兴。无论如何，我要让她在她们家待一段时间，直到找到房子和女佣为止。”他说：“少校，我非常感谢您。您知道会把我调到什么地方去吗?”

“如果让你去某个原始森林里的边防哨所，我是不会感到奇怪的。要不然，就是高寒地带。这种时候，城市里不大有升迁的变化，只有边防哨所有空缺。所以你别错过时机。也许能争取到一个重要城市里去，比如说阿雷基帕或者特鲁希略。啊，对了，千万别忘记，我对你说的这些事，还是保密的，朋友之间谈谈而已。我不希望找麻烦。”

“少校，请您放心，”甘博亚打断对方的话说，“让我再次谢谢您。”

阿尔贝托看见“美洲豹”向宿舍外面走去；看见他穿过两排床中间的过道；看见他丝毫不理睬士官生们愤怒或嘲笑的目光，昂首缓步，直视前方，一直走到门边；看见他用一只手推开房门，然后用力一摔，扬长而去。这时，士官生们正坐在床上吸着烟蒂，把烟灰弹到纸片或空火柴盒里。当阿尔贝托看到“美洲豹”的面孔远远地出现在两只衣橱之间的时候，他再次暗暗思量：发生了这样的事情以后，这张面孔为什么会依然完整无损呢？但实际上他走起路来是一瘸一拐的。打架的当天，乌里奥斯特在饭厅里声称：“是我把他打瘸的。”但是第二天巴亚诺抢走了这份荣誉，接着是努涅斯、雷维亚，甚至连体弱多病的加西亚也来抢这份功劳。他们当着“美洲豹”

的面，高声争论这件事，就像在谈论一个不在场的人一样。相反地，博阿的嘴巴肿了，整个颈部绕着一圈血肉模糊的抓伤。阿尔贝托的目光在寻找博阿，发现他在床上躺着，玛尔巴贝阿达趴在他身上，用粉红的长舌头舔着他的伤口。

阿尔贝托心里想："奇怪的是他也不和博阿说话。他不跟鲁罗斯在一起，是可以理解的，因为那天他跑掉了。但是博阿那天是拼了命的，也是为了他才挨揍的。真是个忘恩负义的东西。"除此之外，班上的人好像已经忘记了博阿参过战。人人都和他说话，像从前那样跟他开玩笑，大家围在一起吸烟的时候，也把香烟传给他。阿尔贝托想："奇怪的是没有人主张冷落他。假如那时冷落了他，现在也许会好一些。"那天课间休息的时候，阿尔贝托从远处盯着博阿。"美洲豹"离开教室下面的院落，向草地上走去，他两手插在衣袋里，一路上踢着小石子。博阿这时走到他身边，一起并肩走着。显然，他们两个在争论什么，只见博阿连连摇头，挥舞着拳头。后来博阿就走开了。第二次课间休息的时候，"美洲豹"依然如故。这一次鲁罗斯走上前，但是刚刚靠近，"美洲豹"就把他一把推开了。鲁罗斯面红耳赤地回到教室里来。上课的时候，士官生们聊天，骂人，吐口水，用纸弹互相射击，不断模仿马嘶、牛叫、猪哼哼、猫儿"喵喵"、小狗"汪汪"来打断老师的讲课——生活又恢复了常规。但是人人都知道，他们中间有个异己分子。"美洲豹"双臂放在书桌上，蓝色的眼睛盯着黑板。他既不开口发言，也不做笔记，更不扭头去看同学，就这样一节又一节课地坐着。阿尔贝托心想："好像是他在冷落我们，是他在惩罚全班，而不是相反。"从那天起，阿尔贝托就时刻等着"美洲豹"找上门来要求他把事情讲清楚，强迫他向大家说明真相。他甚至把检举一事的辩解词都已经考虑好了。但是，这一切，“美洲豹”同其他人一样，是毫无所知的。阿尔贝托还推测“美洲豹”正在准备一次大规模的报复行动。

他下了床，走出宿舍。院子里有很多士官生。这时正是白昼与黑夜交替的朦胧时刻。模糊的阴影损坏了建筑物的外貌，衬托出士官生们身穿的军装的轮廓，但无法看清他们的面目。暮色给他们涂上了一层与院落、墙壁、检阅场和草地相同的深灰色。若明若暗的光线给人们的活动罩上一层假象：在昏暗的灯光下，走起路来显得更快或者格外缓慢；说起话来或者低声细语或者难听刺耳；当两个身影凑到一起时，好像是在拥抱或者像是斗殴。阿尔贝托向草地走去，一面竖起军装翻领。他没有听到海涛声，大海正在安静地休息。他发现有个人躺在草地上，于是开口问道：“是‘美洲豹’吗?”人家既没有回答他，也没有骂他，只是说：“我不是‘美洲豹’。你如果找棍子，我这里有一根。吃吧。”他一直走到教学楼的洗手间，隔壁的厕所里，有几点红光在闪闪发亮。他站在黑洞洞的门口高喊了一声：“‘美洲豹’!”没有人答应。但是，他知道大家都在瞅着他：那几颗火星一动不动地待着。他返回草地上，向“珍珠”小店旁边的厕所走去。那里夜间无人使用，因为老鼠成群地乱窜。他在门口看见里面有一点火星和一团黑影。

“是‘美洲豹’吗?”

“什么事情?”

阿尔贝托走进门去，划着一根火柴。“美洲豹”正站在地上，整理皮带。旁边没有别人。他扔掉火柴棍。

“我想跟你谈谈。”

“咱俩没有什么可谈的。你走开!”“美洲豹”说道。

“你为什么不告诉大家是我到甘博亚那里把他们给告发的?”

“美洲豹”发出一阵轻蔑的冷笑。自从发生这些事情以来，阿尔贝托还没有听见过他这种笑声。黑暗中，他听到一阵急促的沙沙声。“他的笑声吓坏了老鼠。”他心里想。

“你以为人人都跟你一样吗?”“美洲豹”说道，“那你就错了。我不是告密的人，也不和告密分子说话。你走开吧。”

“你让大家继续以为那是你干的吗?”阿尔贝托发现自己说话的口气十分尊敬，几近虔诚，“为什么要这样呢?”

“美洲豹”说：“我教会了他们要当个男子汉。你以为这对我很重要吗？就我个人来讲，人人都可以滚他妈的蛋。他们爱怎么想就怎么想，我不感兴趣。你的想法也是一样。走开吧!”

“‘美洲豹’，”阿尔贝托说道，“我找你为的是告诉你，发生了这样的事，我感到抱歉，非常抱歉。”

“美洲豹”说：“你要哭鼻子吗？你最好不要再找我说话。我对你说过了，我一点也不想和你打交道。”

“你别这样打算，”阿尔贝托说道，“我愿意做你的朋友。我去告诉他们，那不是你干的，那是我干的。咱们做朋友吧。”

“我不愿意做你的朋友，”“美洲豹”说，“你是个可怜的告密分子，你叫我恶心。滚开这里!”

这一回，阿尔贝托服从了，他没有回宿舍，而是躺在草地上，直到吃晚饭的哨声响了，才起身。

尾 声

……每个家族都有自己占据统治地位的衰败期。

——卡洛斯·赫尔曼·贝利[①]

① Carlos Germán Belli（1927— ），秘鲁诗人。

甘博亚中尉走到年级办公室的门口时，加里多上尉正在把一本笔记本放进书柜。他背对着门口，紧绷绷的领带遮住了满是皱纹的脖颈。甘博亚说了一声“早上好”，上尉才转过身来。

“你好，甘博亚，”他微笑着说道，“准备走啦?”

“是的，上尉。”中尉走进屋里，他身上穿着外出的军服。他摘下帽子，一道细印绕在前额、两鬓和后脑，好像一个漂亮的圆圈。“我刚刚向上校、少校和大尉辞过行，只差您这里没来。”

“旅行什么时候启程?”

“明天一早。可是还有很多事情要办。”

“天气已经热了，”上尉说道，“今年夏天一定热得厉害，会把我们烤熟的。”他说着大笑起来，“不过，这些对你已经无关紧要。高原上，夏天冬天都一样。”

“假如您不喜欢热天气，咱们可以换一换，”甘博亚开玩笑地说道，“我留在您这里，您去胡利亚卡。”

“把世界上的金子都给我，也不换，”上尉说着挽起甘博亚的一只胳膊，“走吧，我请你喝一杯。”

他们走出房间，经过一间寝室的门口时，看到一个佩戴绛紫色值日袖章的士官生正在数一叠军装。

“那个士官生为什么不去上课？”甘博亚问道。

“他心情不好。”上尉高兴地说道，“士官生们在做什么，对你来说，还有什么关系呢？”

“您说得对。这几乎成了坏习惯。”

他们走进军官小卖部，上尉要了一瓶啤酒。他亲自斟满了酒杯，两人干杯。

“我从来没有到过布诺省，”上尉说，“可是我想那里一定不坏。从胡利亚卡可以乘火车，也可以乘汽车，还可以经常不断溜到阿雷基帕看看。”

“对，以后就会习惯了。”甘博亚说道。

“对你的事，我感到很抱歉，”上尉说，“也许你不相信，我是很敬佩你的。甘博亚，你知不知道这样一句俗话，‘谁和黄口小儿一块睡，沾上鼻涕泥巴一大堆’？除此以外，将来你别忘记：在军队里只能给下级讲条令，对上级可行不通。”

“上尉，我可不要人家怜悯我。我干上军队这一行，就没打算过舒服日子。胡利亚卡哨所，或军事学校，对我来说都一样。”

“那就更好了。算啦，咱俩不争了。干杯！”

两人喝干了杯里的啤酒，上尉再次斟满。窗外可以看见草地，花草显得更高更绿了。那头小羊驼来回跑过几次，用懂事的眼睛左右张望，惊慌地跑着。

上尉用手指着小羊驼说：“那是天热的缘故。它至今仍然不习惯。去年夏天，它简直要发疯了。”

甘博亚说：“我将要看到很多小羊驼。也许还要学学克楚亚语。”

“胡利亚卡有你的同学吗？”

“只有一个：穆尼奥斯。”

“那个野驴穆尼奥斯吗？他是个好人。不过却是个贪杯的酒鬼！”

“上尉，我想请您帮个忙。”

“当然可以，说吧，没关系。”

“关于一个士官生的事。我要在大街上单独和他谈谈。可以准许他出去一下吗？”

“多长时间？”

“最多半个小时。”

“啊，啊哈！”上尉说着，机灵地一笑。

“是件私事。”

“我明白了。你要揍他吗？”

“不晓得，”甘博亚说道，微微一笑，“也许是吧。”

“是费尔南德斯吗？”上尉低声问道，“用不着。有更好的办法整治他。把他交给我好了。”

“不是他，是另外那个。否则的话，就一点也伤不着他了。”甘博亚说。

“一点也伤不着？”上尉十分严肃地问，“如果他留级呢？你觉得还不够吗？”

“已经迟了，”甘博亚说，“昨天考试已经结束。”

“嗨，那更不在话下。分数册还没有登记呢。”上尉说。

“您此话当真？”

上尉突然又心情好起来。

“甘博亚，我在开玩笑，”他大声笑着说，“你别害怕，我不会干任何不合法的事。你把那个士官生带出去吧。你想拿他怎么样，就只管干好了。不过，可有一点，你别碰他的脸。我可不想再找麻烦了。”

“谢谢您，上尉。”甘博亚戴上军帽说，“现在我得走了。希望很快能再见。”

说罢两人握手道别。甘博亚走到教学楼，和一个准尉说了几句话，返身向警卫室走去，他事先已把手提箱留在那里。值班中尉出来迎接他。

“甘博亚，有你一封电报。”

他马上拆开，迅速看了一遍，然后装进口袋里，接着便在长凳上坐下来。士兵们立刻起立，让他一人独坐。他呆呆地坐在那里，显出一副恍惚的神情。

“是坏消息吗?”值班军官问他。

“不，不是，”甘博亚说，“家务事。”

值班中尉告诉一个士兵去准备咖啡，问甘博亚要不要喝一杯，他点点头。不久，“美洲豹”出现在警卫室门口。甘博亚一口喝干了咖啡，站了起来，他对值班军官说：“这个士官生跟我出去一会儿。上尉已经批准。”

他拎起手提箱，出了校门，向海岸街走去。他沿着平坦的大道向前走，另一侧是海边的悬崖。“美洲豹”在他后面几步远的地方跟着。两人一直走到棕榈树大街，已经看不见学校的地方，甘博亚才把手提箱放在地上，从口袋里掏出一张纸来。他问：“这张纸是什么意思?”

“中尉，那上面说得明明白白。我没有什么可多说的。”“美洲豹”回答说。

甘博亚说：“我已经不是学校的军官。你为什么还要写给我？干吗不去见负责本年级的上尉？”

“我不想和上尉打交道。”“美洲豹”说道。他脸色有些苍白，那对明亮的眼睛躲避着甘博亚的注视。附近一个人也没有。大海的涛声就在耳边回响。甘博亚擦擦前额，把军帽推向脑后，那道细印出现在帽檐下方，它显得比前额上的皱纹更深刻，也更紫更红。他再一次问道：“你为什么要写这个？为什么要这样做？”

“这与您无关，”“美洲豹”声音柔和而又顺从地说道，“您现在唯一该做的事，就是把我带到上校那里去。没有别的什么事。”

“你以为事情会像第一次那样轻易就解决吗？”甘博亚说道，“你是这么想的吗？还是你想拿我开心？”

“我可不是什么傻瓜，”“美洲豹”说道，脸上露出骄傲的神情，“我谁也不怕，中尉，您应该知道这个。我不怕上校，别的人我也不怕。刚一入学，我为他们顶住了四年级的欺侮。他们对‘洗礼’害怕得要死，像老娘儿们那样发抖，我告诉他们做人要有骨气。可是一遇到挫折，他们马上就翻脸不认人了。您说他们算什么东西？真是一群可怜虫，一群叛徒。都是叛徒。中尉，对这所学校，我厌恶透了。”

“别再讲故事了。”甘博亚说，“你坦率地说吧，为什么要写这张字条？”

“美洲豹”说：“他们都认为我是个告密分子。您明白我说的意思吗？他们也不查查事情真相，连想都不肯想。衣橱刚刚被搜查过，这些忘恩负义的东西就转身不再理我了。您看见洗脸间的墙壁上写了一些什么吗？‘“美洲豹”是告密者’‘“美洲豹”是奸细’，这样的话写得到处都是。事情是我替他们办的，结果落得这样的下场。我能捞到什么好处吗？中尉，您说说看。一点也没有。这难道不是事实吗？我干的事情都是为了全班。我是一分钟也不想跟他们待在一起了。以前，他们就好像是我的亲人，所以现在就让我感到格外厌恶。”

“这不是真心话，你在撒谎。既然同学们的意见对你这样重要，你怎么反而愿意他们知道你是杀人的凶手？”甘博亚说道。

“美洲豹”低沉地回答说：“并不是他们的意见对我有什么要紧，而是那种忘恩负义的态度使我难受，原因就在这里。”

“就是这个原因？”甘博亚问道，嘴边露出一丝嘲笑，“我最后一次希望你坦率。你为什么不告诉他们是士官生费尔南德斯把他们告发的呢？”

“美洲豹”的整个身体仿佛蜷缩了起来，好像内脏被什么东西突然刺痛了一样。

“他的情况有所不同，”“美洲豹”声音嘶哑、吐字困难地说，“中尉，那不是一回事。别人对我翻脸，纯粹出于胆小怕事。他是想给‘奴隶’报仇。他是个告密的人，这在男子汉身上总是可悲的。但是，那是为了给朋友报仇。中尉，您还不明白这中间的区别吗？”

甘博亚说：“你回去吧。我不打算再跟你耽误更多的时间。我对你那些忠义、报仇的想法也不感兴趣。”

“我睡不着觉，”“美洲豹”喃喃地说，“中尉，这是真的，我对老天爷发誓。从前，我不懂得什么叫作‘被踩在脚底下生活’。您别生气，请您听我说完，我并不要求您做什么大事。大家都说：‘甘博亚是最倒霉的一个军官，可他是唯一主持公道的。’您为什么不听一听我要说的话呢？”

“好的。我现在就听一听，”甘博亚说，“你为什么要杀害那个小伙子？为什么要给我写这个字条？”

“中尉，因为我以前对别人估计错了。那时我想让大家甩掉那样一个人。您想想当时发生的事情，就会明白任何一个人都会搞错。他为了能够外出几个小时，就使得卡瓦被开除；为了能准假，他不在乎毁掉一个同学。这种事任何人都受不了。”

“那么现在你为什么改变看法了？”中尉问道，“为什么在我问你这件事的时候，你不对我说真话？”

“美洲豹”说：“我没有改变看法。”他犹豫了一下，好像自己对自己表示赞同似的点点头。“现在，我比较理解‘奴隶’了。在他眼里，我们不是他的同学，而是敌人。我刚才不是说过，我从前不懂得什么叫作‘被踩在脚底下生活’吗？大家当时都欺侮他，这的确是真的，甚至都欺侮得厌倦了。我做得比别人更厉害。中尉，我无法忘掉他那张脸。我向您发誓，实际上我不晓得当时怎么就干出来了。我本想揍他一顿，吓唬他一下。可是那天早晨，我看见他在我前面，高昂着脑袋，我就向他瞄准了。我当时想给全班报仇。哪里知道别人会比他更坏呢，中尉。现在我想最好的办法就是把我关进监狱。以前，大家都说，我将来一定是这个结局。我母亲这么说过，您也这么说过。中尉，现在您可以满意了。”

“我想不起他这个人来。”甘博亚说道。“美洲豹”迷惑不解地望着他。中尉说：“我的意思是说，记不得他当士官生时的生活。别的人，我印象很深，我记得他们野外演习时的表现，他们穿着军装时的样子。可是，对阿拉纳，却没有印象。而他在我的连里竟然待了三年。”

“美洲豹”慌乱地说：“您用不着再劝我了。我求您什么也别说了。我不喜欢……”

甘博亚打断他说：“我不是对你说的。你不必多心。我不想给你任何劝告。走吧。回到学校里去吧。你只有半个小时的假。”

“中尉，”“美洲豹”说，他张着嘴巴停了片刻，又叫了一声，“中尉。”

甘博亚说：“阿拉纳的事情已经了结。军事当局再也不想知道任何与这件事有关的话。让士官生阿拉纳起死回生，比劝说当局承认错误，还要容易一些。”

“美洲豹”问道：“您不把我交给上校吗？中尉，那样一来，就不会再派您去胡利亚卡了。您别这个样子，您以为我不知道您为这件事也挨了整吗？您把我交给上校吧！”

甘博亚说：“你知道什么叫无用的目标吗？”“美洲豹”咕哝了一句：“您说什么？”中尉接着说：“你注意听着：敌人缴枪投降以后，一个有责任心的战士是不会向他开枪的。这不仅是出于道义上的原因，也有军事上的道理，就是节约弹药。战争中不应该做无谓的牺牲。你好好想想我的话吧。回学校去吧。将来，从士官生阿拉纳的死，尽量吸取教训吧。”

说罢，他把手中的纸片一撕，抛到地上。

“去吧。”他又添上一句，“吃午饭的时间快到了。”

“中尉，您不回来啦？”

“不了。也许有一天我们会再见面的。再见吧。”甘博亚说道。

中尉拎起手提箱，顺着棕榈树大街向贝亚必斯塔走去。“美洲豹”留在原地，望着中尉渐渐远去的身影。接着，他捡起了脚下的碎纸片。甘博亚是从中间撕坏的，拼在一起，还可以看得很清楚。当他发现除去自己在笔记本上写的那一页之外，还有两张碎片时，吃了一惊。他自己写的是："甘博亚中尉：是我杀死了'奴隶'。您可以向上报告，并把我交给上校。"另外那两张碎片是一封电报，上面写着："两小时前生女。罗莎很好。祝贺。信随后到。安德烈斯。"他一面向悬崖边上走去，一面把纸片撕成小小的碎块，一路撒光。经过一座住宅门前时，他停住脚步张望。这是座大宅第，里面有个很宽敞的花园。他第一次盗窃就是在这个地方。他继续向前走去，最后拐进了海岸街。他朝着脚下的大海望望，看见海水不像往日那样呈深灰色，浪花拍击着海岸，水沫飞溅。

一道刺目的白光仿佛从屋顶上升起，笔直地向无云的天空射去。阿尔贝托有这样的感觉：如果紧盯着某一扇像海绵一样吸收和放射阳光的高大窗户，碰到那反射的光线，眼睛便会热得爆炸。尽管身穿细软的绸衫，他浑身仍然在出汗，于是只好不停地用毛巾擦干。大街上冷冷清清，而且显得陌生。往常这个时候，一串串汽车已开始奔向海滩。他看看手表，眼睛没有注意钟点，而是被金光闪闪的表针、表盘、表垫和表带迷惑住了。这是一块非常漂亮的金壳手表。前天晚上普鲁托在萨拉萨尔公园对他说："它看上去挺像一块精密手表的。"他立刻纠正说："这就是一块精密手表。你以为它里面有四枚表针和两个齿轮是做什么用的？另外，它还防水，也不怕摔。"大家都不大相信，他于是摘下手表对玛尔塞拉说："扔到地上给他们看看。"她不敢伸手，发出一阵阵难以克制的尖叫。普鲁托、埃莱娜、埃米略、贝拜、蒂戈在一旁催促她快摔。"真的？我真的摔啦？"阿尔贝托说："摔吧。一下子摔下去。"她刚一松手，大家就闭上了嘴巴，七双焦急的眼睛等着手表会变成千百块碎片。可是手表只是在地上轻轻弹了一下。阿尔贝托从地上捡起来，只见手表原封未动，连一丝擦痕都没有，依然滴滴答答地在走。接着他自己又把表放进公园里的小水池中，为的是让大家看看的确是防水的。阿尔贝托轻轻笑了。他想：“今天我可以戴着手表在埃拉杜拉海湾里游泳了。”他父亲在平安夜送给他这块表的时候，曾经说过：“因为你考试成绩优秀，你到底达到了与咱们家姓氏相称的水平。你可以满足一下虚荣心了。”果然，前天晚上，这块表成了公园里谈话的主题。阿尔贝托心里想：“父亲很会生活。”

他拐进长春街。走在这条整洁明亮的街道上，置身于花草繁茂的庭院宅第群中，他感到心情愉快，精神振奋；攀附树干和缠绕枝叶的紫藤，造成黑白分明的景象，这使他觉得十分有趣。他想：“夏天真是妙不可言。明天是星期一，对我来说跟今天一样。九点起床，去找玛尔塞拉，然后一起去海滩。下午看电影，晚上去公园。星期二、星期三、星期四，每天都一样，一直到夏天结束为止。以后，就再也不回学校了，而是准备行装。可以肯定，美国会令人喜欢的。”他再次看看手表：九点半。才这个钟点，太阳光就这样强烈，到了十二点会是什么样子呢？他想：“海滩上又是一个盛大节日。”他右手拿着游泳裤，裤子外面裹着一块绿毛巾，用细白绳捆住。普鲁托答应十点钟开车来接他，但他还是提前出来了。进入军事学校念书以前，伙伴们聚在一起玩的时候，他总是迟到。如今则相反，他好像要抢回那失去的时间。不可思议的是，他竟然有两个夏天是关在家里、不见任何人度过的！其实伙伴们聚会的街区就近在咫尺，他本可以随时外出，到科隆和迭戈·费雷街的路口，找几位朋友畅谈一番。“你们好，今年因为住校，我无法去看你们。现在有三个月暑假想和诸位一起消磨时光，再也不去想什么处罚、军人、宿舍等等了。”但是，过去的事有什么要紧呢，明天已经为他展现了一幅光辉可靠的现实图景。阴暗的回忆像堆白雪，炎热的阳光会把它消融。

不行，这是假的。对学校的回忆还时时唤醒那难以回避的忧伤阴郁的感情。在这种感情控制下，他的心好像含羞草遇到别人触摸一样，立刻会收缩。只是这种难过的心情盘踞心头的时间日益缩短，就像一粒偶然落入眼中的小沙子，很快会从心中排除。两个月以前，莱昂西奥·普拉多那一幕幕生活涌上心头的时候，不快的心情便要持续很长时间，惶惑与恼怒的情绪整天烦扰着他。而现在，许多事情回忆起来好像只是些电影里的片段罢了。他可以一整天都不想起“奴隶”的脸。

穿过小图豪斯街之后，他在第二家门前停了下来，吹了一声口哨。庭前的花园里开满了鲜花，潮湿的青草上闪烁着露珠。“马上就下来。”一个姑娘的声音喊道。他向四面望望，一个人也没有。玛尔塞拉大概正在楼梯上。会不会让她出来呀？阿尔贝托打算向她提出十点以前先散步。如果她同意，他们就可以向电车道走去；在街道旁边的树荫里，他可以吻她。玛尔塞拉出现在花园深处，身穿长裤和黑红相间的彩条衬衫。她满面笑容地向他跑来。阿尔贝托心里想：“她真美呀！”她那双黑眼睛和满头乌亮的黑发与洁白如玉的皮肤形成鲜明的对照。

玛尔塞拉说：“喂，你来得太早了。”

他说：“你如果嫌早，我先回去。”他感到心中十分踏实和沉着。起初，特别是在舞会上向玛尔塞拉求爱以后的几天里，他感到有些害怕，因为在他的青少年时期，插进了阴暗的三年，剥夺了他对美好事物的追求。如今他重新自信起来，可以无休止地开玩笑，与旁人平起平坐，有时，甚至还怀着优越感。

“傻瓜。”她说。

“去蹓跶一圈好吗？普鲁托半个小时以后才会来。”

玛尔塞拉说：“好的，走吧。”她用一根手指点点太阳穴。她想起什么来了？“我爸爸和妈妈还在睡觉。昨天晚上他们到安贡去参加宴会，回来的时候晚极了。我可以在九点以前从公园回家。”

他俩刚刚离开家门不远，阿尔贝托就握住她的一只手。

“你看看这太阳多厉害，”他说，“海滩上一定妙极了。”

“我要告诉你一件事。”玛尔塞拉说。

阿尔贝托望着她：姑娘的脸上露出令人喜爱的调皮的微笑，那鼻子是那样小巧、倔强。他想：“她真漂亮！”

“昨天晚上我见到了你的女朋友。”

她是开玩笑吗？他还不能完全适应这个环境。有时有人说了一句影射的话，街道的人都明白是什么，他却感到迷惑不解，有些茫然。他无法回击：怎么能跟他们开宿舍里的那种玩笑呢？一个令人愤慨的景象突然出现在他脑海里：“奴隶”被捆绑在床上，“美洲豹”和博阿向他脸上啐唾沫。

他小心谨慎地问道：“见到了谁？”

“特莱莎，”玛尔塞拉说，“那个住在林塞区的。”

炎热的天气，他本来已经忘却了，这时却突然降临，颇有一些咄咄逼人、压倒一切的气势，令他感到窒息。

“你是说特莱莎？”

玛尔塞拉大声笑起来。

“你想我为什么要问你她住在什么地方？”她用一种胜利者的口气说道，并且对自己这番作为颇为自豪，“从公园散了以后，普鲁托用他的汽车带我去的。”

“去她家？”阿尔贝托口吃地问道。

"对，"玛尔塞拉说道，黑黑的眼睛显得十分激动，"你知道我干了些什么吗？我上前敲了门，结果正好她本人出来了。我问她那里是不是住着一位葛雷约特太太。你知道这位太太是谁吗？是我们的邻居。"她沉默了一下。"当时有足够的时间可以看清楚她。"

他强装微笑，低声说："你是个疯子。"但是那种难过的心情再次涌上心头，使他感到惭愧。

"你告诉我，"玛尔塞拉声音非常甜蜜，但是十分固执地问道，"你当时很爱那个姑娘吗？"

"不是，当然不是。只不过是学校里的玩意儿罢了。"阿尔贝托说。

"她是个丑姑娘，"玛尔塞拉突然十分生气地高声说，"难看极了。"

阿尔贝托虽然有些慌乱，心里却感到快活，他想："她为我发了疯，嫉妒得要死。"于是便说："你知道我只爱你一个人。我从来也没有爱别人像爱你一样。"

玛尔塞拉握住了他的手。他停住脚步，伸出胳膊，要搂住她的肩膀把她拉到怀里来，但是她抗拒着，扭着头，用充满疑虑的目光朝四周张望。一个人也没有。阿尔贝托碰了碰她的双唇，两人便继续向前走去。

"她对你说了些什么？"阿尔贝托问道。

"她吗？"玛尔塞拉银铃般地大声笑起来。"没有说什么。她告诉我那里住的是一位什么太太，那名字怪极了，我没有记住。普鲁托开心得要死。他从汽车里说了几句什么，她就关上了门。没有别的什么了。你没有再见过她吗？"

"没有。当然没有。"阿尔贝托说。

“你说，你跟她在萨拉萨尔公园里散过步吗？”

“那时根本没有时间。我只是在她家里或者利马看见过她几次。我们从来没有在米拉芙洛尔区见面。”

“你怎么会跟她闹翻的？”玛尔塞拉问道。

这个问题出乎意料。阿尔贝托张开嘴巴，但没有说出什么。怎么能向玛尔塞拉解释连他自己都不十分明白的事情呢？特莱莎是三年军事学校生活的一个组成部分，是那些无法起死回生的僵尸之一。

“嗨，我一出学校，就发现我并不喜欢她，就再也没去看她。”他说。

他俩已经走到电车道上，从那里拐进多面堡街。他搂住她的肩膀，手里抚摸着那柔软、微温的皮肤；他小心翼翼地摸着，仿佛害怕碰碎一样。他为什么要给玛尔塞拉讲述特莱莎的故事呢？街道上的人都谈论自己的情人，玛尔塞拉自己就曾经和圣伊西德罗大街上的一个小伙子来往过，他也不想被人看作新手。从莱昂西奥·普拉多学校归来这件事，提高了他在街道上的威望，大家把他看成一个历尽艰险、飘流回家的浪子。如果那天晚上，在迭戈·费雷街街口，他没有遇到街道上的小伙子们，那又会发生什么事情呢？

“一个幽灵。”普鲁托说，“对，一个幽灵，先生！”

贝拜把他拥抱在怀里；埃莱娜对他微笑；蒂戈把他介绍给不相识的人；莫丽说：“咱们有三年的时间没有看见他啦。他把咱们给忘了。”埃米略说他是“忘恩负义的人”，并且亲热地拍拍他的背。

“一个幽灵。”普鲁托又重复了一句，“你们不害怕吗？”

他身上穿着便服，军装放在一把椅子上，军帽已经滚到地上。母亲出门了，空荡荡的屋子使他恼火。他很想抽烟。他刚在两个小时前获得自由。种种打算和安排一齐在脑子里出现，他感到不知所措。他想："先去买盒香烟，然后再去特莱莎那里。"但是，一出了门，买到香烟之后，他并没有去乘快车，而是长时间在米拉芙洛尔区的各条街上闲荡，就像外国游客或是流浪汉那样，沿着拉尔科、防波堤、狄亚格纳尔、萨拉萨尔公园一路走。突然，贝拜、普鲁托、埃莱娜等人出现了，一张张笑脸在欢迎他。

"你来得正好，"莫丽说，"我们还缺一个人一起去乔西卡散步。现在正合适，八对男女。"

大家一直谈到天黑，最后约定第二天集体去海滩。阿尔贝托与众人分手以后，缓步向家中走去，全神贯注地思考着新的问题。玛尔塞拉（姓什么？以前从未见过她，她家是米拉芙洛尔区的新住户，在长春街）对他说："无论如何要来呀，好吗？"他的游泳裤已经旧了，需要说服母亲再给他买一条，明天商店一开门就买好，以便到埃拉杜拉海滩去首次下水。

"妙极了，对不对？"普鲁托说，"一个活生生的幽灵！"

"对，不过请你立刻到上尉那里去。"瓦里纳中尉说。

阿尔贝托心里想："现在他对我不会怎么样了。成绩册已经发下来。我可以当面告诉他，他是个什么东西。"但是他并没有说什么，而是恭恭敬敬地立正、敬礼。上尉向他笑笑，两眼审视着他身上检阅时穿的军装。阿尔贝托想："我这是最后一次穿了。"可是，对即将永远离开学校这样一种前景，他丝毫也不激动。

上尉说："好吧，擦掉皮鞋上的尘土，马上到上校办公室去。"

他怀着灾难即将降临那样的一种预感，登上了楼梯。那个穿便服的人问过他的姓名之后，赶忙给他开了门。上校正坐在写字台前。这一次，整洁明亮的地板、墙壁和各种用具，再次给他留下了深刻的印象，甚至连上校的皮肤和头发都好像打过蜡一样。

“请进，请进，士官生。”上校说。

阿尔贝托仍然感到忐忑不安。这种亲切的语气与和蔼的目光背后，又会隐藏着什么呢？上校对他的考试成绩表示祝贺。他说：“看见吗，只要努力，必有厚报。给你的操行评语很出色嘛。”阿尔贝托一言不发，默默地听着夸奖，心中却在暗暗提防。上校斩钉截铁地说：“军队终究是主持公道的，迟早而已。这是同制度联系在一起的。你从切身体会中应该明白这个道理。士官生费尔南德斯，咱们来回顾一下，你险些毁掉自己的一生，几乎玷辱了你那尊贵的姓氏和有名望的家族，但是军队给了你最后一次机会。我曾经表示信任你，对此我至今不后悔。士官生，过来，握握手吧。”阿尔贝托触到一只软绵绵的小手。上校又补充说：“你已经彻底改正错误，对，彻底改正了。因此，我请你到这里来。告诉我，你将来有什么打算？”阿尔贝托告诉他想当工程师。上校说：“好哇，非常好。祖国需要技术人员。你选得对，这是个有出息的职业。我预祝你好运。”听到这里，阿尔贝托才胆怯地一笑，说：“上校，我不知道该如何感谢您。谢谢，谢谢。”上校说：“你可以走了。啊，别忘记在校友协会登记。士官生们应该同母校保持联系。我们是组成一体的大家庭。”校长起身，送他到门口，只是到了那里好像才想起什么事来，用手在空中画了一条弧线说：“对了，我忘记了一个具体问题。”阿尔贝托立正听着。

“你还记得有那么一沓纸张吗？你知道我说的是什么——一件丑事。”

阿尔贝托低下头，轻声说：“记得，上校。”

上校说：“我履行了我的诺言。我是个说话算数的人。将来丝毫不会有损你的前程。那些东西我已经销毁了。”

阿尔贝托再三向他表示感谢，敬礼之后便走了。上校站在办公室的门口向他微笑。

普鲁托固执地又叫了一声：“一个幽灵，活灵活现的幽灵。”

“够了，够了，”贝拜说，“大家对阿尔贝托的回来都非常高兴。你还是让我们聊一聊吧。”

“咱们应该商量好明天出去玩的事。”莫丽说道。

“当然啦，马上就商量。”埃米略说道。

“跟幽灵一块去玩，真是妙极了！”普鲁托说。

阿尔贝托在回家的路上，边走边想，感到心绪很乱。正当残冬即将告别米拉芙洛尔区的时候，突然下了一场大雾，笼罩了从拉尔科大街树冠到地面的空间。走进这条街，路灯越加微弱，雾气也越加浓了，使景物、行人和往事时隐时现。阿拉纳和“美洲豹”的面孔、宿舍和处罚等等场面都成了往事；而一群被忘却的男女青年则重新回到他的脑海，他和这些梦中的人坐在迭戈·费雷街拐角的四方小草坪上谈天，一切都没有改变，音容笑貌，都是他熟悉的。生活是如此的美好和谐，宽宏大量；时光不慌不忙地流逝，又是那样的甜蜜动人，就像那位陌生姑娘的黑眼睛，友好地在跟他开玩笑。这是一位俏丽而温柔的姑娘，声音明快，头发乌黑。看见他重回故地，已经成人，谁也不感到意外。大家都长大了，仿佛成年男女在世界上又增加了一些，但是气候依然如故。阿尔贝托重温了昔日的喜怒哀乐：体育比赛、舞会、电影、海滩、爱情、善意的戏谑、有礼貌的玩笑。房间里一片漆黑，阿尔贝托仰面躺在床上，睁着两眼在遐想。仅仅只有几秒钟，就使他一度离开的世界又向他敞开了大门，并且不加审查地又接纳他回到了怀抱，仿佛他在他们中间的位置被小心在意地保留了三年。现在他又重新赢得了自己的前程。

“你那时不害臊吗？”

“什么？”

“跟她在大街上散步。”

他感到血液涌上了面颊。这怎么向她解释呢？那时他不仅不感到害羞，反而因为带着特莱莎出现在众人面前而感到自豪。这怎么向她说明呢？那时唯一使他感到惭愧的是不能像特莱莎那样，做一个林塞区或者是下桥区的人，因为他那米拉芙洛尔区人的身份，在莱昂西奥·普拉多军事学校里是令人感到耻辱的。

他说：“不，并不感到害臊。”

“那么你是真的爱上她啦，”玛尔塞拉说，“我恨你。”

他握住她的手。姑娘的臀部与他的髋骨并排挨着，这轻微的身体接触使阿尔贝托感到一种冲动，便停住脚步。

她说：“不，这里不行，阿尔贝托。”

但是她并没有推拒，他长长地在她嘴唇上亲吻了一下。他们分开以后，玛尔塞拉满脸通红，双眼热情地燃烧着。

“你爸爸和妈妈呢？”她问。

“我爸爸和妈妈怎么啦？”

“他们对她的看法怎么样？”

“没有看法，因为他们不知道这件事。”

他们来到里卡多·帕尔马林荫道上，走在路中央的树荫下。高大的树木把路面一块块遮住。那里只有寥寥几个行人；一块布篷下，有个卖花的女人。阿尔贝托放开玛尔塞拉的肩膀，拉起她一只手来。远处，一长串汽车正往拉尔科大街驶去。“是到海滩上去的。”阿尔贝托心里想。

“他们知道我吗?”玛尔塞拉问道。

“知道,”他回答说,“他们高兴极了。爸爸说你非常漂亮。”

“你妈妈呢?”

“也一样。”

“真的吗?”

“真的,当然是真的。你知道有一天我爸爸说什么吗?他说,在我临走以前,找个星期日,请你和我们一起去南方海滩玩一趟。爸爸、妈妈、你和我。”

“好呀,你谈那件事啦。”她说。

“是啊,不过我每年都会回来。每年回这里度过三个月的假期。再说,学习年限很短。美国和这里不同,办事迅速,体制都很完善。”

“阿尔贝托,你答应过不谈那件事,”她不满地说,“我恨你。”

“原谅我吧,”他说,“我是无意中说的。你知道我爸和我妈如今相处得很好。”

“知道,你对我说过了。你爸爸不再往外面跑啦?一切都是他的过错。我不明白你妈妈怎么能忍受得了。”

“现在他比较老实了,”阿尔贝托说,“他们正在找一幢更舒适一些的房子。不过,爸爸有时也往外溜,第二天才露面。真是没有办法。”

“你不会像他那样吧,嗯?”

“不会的,”阿尔贝托说,“我是个很严肃的人。”

她深情地望着他。阿尔贝托心里想:“我一定用功读书,当一名优秀的工程师。回国以后,跟爸爸一起工作,也要有一辆高级轿车、一幢带游泳池的住宅。我要和玛尔塞拉结婚,当一个唐璜。每个周末都去格瑞·玻利瓦尔跳舞，还要到处旅行。几年以后，我一点也不会记得曾经在莱昂西奥·普拉多待过了。”

“你怎么啦？想什么呢？”玛尔塞拉问他。

这时他们已经走到拉尔科大街的拐角，周围有很多人：女人们穿着花花绿绿的裙子和上衣，头上戴着草帽，眼睛上架着墨镜，脚上穿着白色的皮鞋。在敞篷车里，男男女女穿着泳衣泳裤，在高声谈笑。

“没想什么，”阿尔贝托说，“我不喜欢回想军事学校的事。”

“为什么？”

“那时整天挨骂受罚地过日子。不大愉快。”

她说：“有一天，我爸爸问我为什么要把你送进那种学校。”

阿尔贝托说：“为了改造我。爸爸那时说，我可以捉弄神父，但是不能捉弄军官。”

“你爸爸是个不知羞耻的人。”

他们拐进阿雷基帕大街，走到与五月二日大街交叉的路口。一辆红色轿车里有人在向他们高声喊：“喂，喂，阿尔贝托，玛尔塞拉。”他们终于看见有个小伙子在向他们招手，他们也赶忙招手。

玛尔塞拉说：“你知道吗？他和乌尔苏拉闹翻了。”

“啊！真的吗？我不知道。”

玛尔塞拉把闹翻的经过详细讲给他听。他不大明白，却不由自主地想起甘博亚中尉来。“他一定还在高原上，他待我很好，所以他们把他赶出利马了。这都是我临阵脱逃的结果。他的晋升大概也泡汤了，还得当上很多年的中尉，就因为相信了我的话。”

“你在听我讲吗？”玛尔塞拉问道。

“当然在听。后来呢？”阿尔贝托说。

“他给她打了好多好多次电话，可是她刚一听出他的声音，就把电话挂上。做得对。你说呢？”

“当然了。做得很对。”他说。

“你会像他那样做吗？”

“不会，永远也不会。”阿尔贝托说。

“我不相信你的话，男人都是狼心狗肺。”玛尔塞拉说。

他们走进长春街，从远处就看见了普鲁托的小汽车。普鲁托正站在人行道上威胁地向他们挥手。他穿着一件崭新的黄色上衣、一条长及踝骨的卡其裤子、鹿皮鞋和奶油色的袜子。

“你们的脸皮可真厚！”他冲着他们叫道，“脸皮可真厚！”

“他挺漂亮，对吗？”玛尔塞拉说，“我喜欢他。”

她向普鲁托跑去，后者装模作样地要砍掉她的脑袋。玛尔塞拉放声大笑，笑声仿佛一股清泉，使这个炎热的上午也显得凉爽起来。阿尔贝托向普鲁托笑笑，普鲁托友爱地在他肩膀上打了一拳。

“兄弟，我以为你把她拐跑了呢。”普鲁托说道。

“等一下。我去拿游泳衣。”玛尔塞拉说。

“快一点，要不然我们就扔下你啦。”普鲁托说。

“对，快一点，要不然我们就扔下你啦。”阿尔贝托也说道。

“她对你说了些什么？”瘦子依盖拉斯问他。

她一动不动、神情惊讶地站着。刹那间，他忘记了自己的慌乱，心里想：“她还记得我。”阳光像灰蒙蒙的细雨一样落在这条林塞区笔直、宽畅的街道上。周围的一切仿佛都是用灰渣做成的：下午的空气、破旧的房屋、来来往往步履匆忙的行人、整齐一致的电线杆、高低不平的羊肠小道和空中飞舞的灰尘。

“她什么也没有说，只是害怕地瞪大眼睛望着我。大概我把她吓坏了。”

“我不相信，”瘦子依盖拉斯说，“这话我不信。她一定会对你说些什么，至少得问候一句吧。比如说：‘你生活得怎么样？’或者说：‘你身体好吗？’总而言之，得说点什么嘛。”

没有，她什么也没有说。接着，他继续说话了。他的话说得匆忙而又急迫：“特莱莎，你还记得我吗？你生活得怎么样？”“美洲豹”微微一笑，试图向她表示这次相遇并没有什么可惊奇的，只是一个平庸无奇、毫不神秘的生活插曲罢了。但他是做了极大努力才勉强这么一笑的，因为他心头正涌起阵阵不安的感觉，就像那白茎黄冠的香菇忽然在潮湿的木头上长出来一样。这种不安的感觉这时已传到两腿上，迫使他要么后退，要么向前，要么向两侧移动。他的双手则想藏到衣袋里，或者摸摸自己的面颊。奇怪的是，他的心中怀着一种莫名的恐惧，好像这种不安的冲动一旦化为行动，就会引发一场灾难似的。

“那你怎么办呢？”瘦子依盖拉斯问道。

“我又说了一遍：‘你好，特莱莎。你不记得我啦？’”

“当然记得。我刚才没有认出你来。”她说。

他舒了一口气。特莱莎对他笑笑，向他伸出手来。手掌的接触非常短暂。他几乎没有感觉到姑娘手指的摩擦，但是他的全身镇定下来，痛苦、慌乱和恐惧已经全部消失。

“真是动人呀！”瘦子依盖拉斯说道。

那时，他正站在街口，心不在焉地望着周围。与此同时，那个卖冷饮的正在给他配制一份巧克力红豆冰激凌。几步远的地方，利马至乔里约斯的电车随着一阵车轮的轧轧声，在木棚旁边停下。水泥站台上候车的人纷纷挤到铁门前，挡住了下车乘客的去路，下车的乘客只好左推右搡地挤出一条道来。特莱莎这时出现在车梯上面，两个身背包裹的女人站在她前面。在这拥挤不堪的人堆中，她好像是一个处于危险之中的姑娘。卖冷饮的把冰激凌递给他，他伸手去接，用力一握，什么东西被捏碎了，眼巴巴地看着冰激凌在皮鞋上摔得粉碎。“糟糕!”卖冷饮的说，“这是您的过错。我不能再给您补了。”他踢了一脚，冰激凌飞出几米远，然后他转身拐进一条大街，但是几秒钟后，他又停住脚步，回身望去，只见最后一节电车车厢已从街口消失。他连忙往回跑，看见特莱莎在远处独自走路。他躲在行人后面，远远地跟着她。他心中暗暗思量：“她马上会走进门去，那就再也见不到她了。”于是他立即决定：“我绕到前面街口去。到了那里我可以迎面看见她，再上前招呼。”想罢，他拔腿便跑，开头还较慢，后来简直像发了疯。拐进一条大街时，他撞倒了一个人，那个人躺在地上骂他。等到他停下脚步时，他热得喘不过气来，浑身冒汗。他用手擦擦前额，透过指缝，发现特莱莎确实在向他这边走来。

“后来呢?”瘦子依盖拉斯问道。

“我们聊了一会儿。”“美洲豹”说。

“时间长吗?”瘦子依盖拉斯又问，“多长时间?”

“不晓得。我想不长。后来我送她到家门口。”“美洲豹”说道。

她走在便道里侧，他走在马路边缘。特莱莎走得很慢，时而扭头看看他，他发现她的目光比从前自信多了，有时甚至是大胆的，眼睛还闪闪发亮。

“差不多有五年了吧?”特莱莎说，“也许还要长。”

“六年，”“美洲豹”说，接着降低了一点声音又说，“零三个月。”

“日子真是过得飞快，”特莱莎说，“很快我们就要老了。”说完，她笑了。

“美洲豹”想：“她已经是个成年人啦。”

“你妈妈怎么样?”她问。

“你还不知道吗？她死了。”

“这可是个好借口。”瘦子依盖拉斯说，“她怎么样呢?”

“她站住了。”“美洲豹”回答说，嘴上叼着一支香烟，眼睛望着口中喷出来的烟圈冉冉上升，一只手轻轻敲打着肮脏的桌面，“她说：‘真遗憾！她真是可怜。’”

“那时你就该吻吻她，说点什么，”瘦子依盖拉斯说道，“那正是时候呀。”

“美洲豹”说：“是的，她很可怜。”

他和她又沉默了，两人继续向前走去。他双手插在口袋里，偷偷从一旁看她。突然，他开口说道：“我想跟你谈谈，我的意思是说，我早就想跟你谈谈。可是我不知道你住在哪里。”

“啊！你到底敢开口啦!”瘦子依盖拉斯说。

“对，”“美洲豹”紧紧盯住烟圈说，“对。”

“是呀，”特莱莎说，“自从我们搬家以后，我没有回过贝亚必斯塔。已经过了多长时间啦!”

“我想请你原谅，”“美洲豹”说，“我是说那一次在海滩上的事。”

她什么也没有说，但是吃惊地望着他的两眼。“美洲豹”低下头，轻声说：“我的意思是说，原谅我，我不该骂你。”

“那些事我已经忘掉了。”特莱莎说，“那是件小孩子们的事情。

最好不要想起它。再说，警察把你带走以后，我心里非常难过。啊，对了，那是真的。”她直视着前方，“美洲豹”明白她是在回忆往事，那些事正在她脑海里像把扇子一样慢慢展开。“那天下午，我到你家里，把事情讲给你妈妈听。她连忙去警察局找你，人家告诉她你已经被放出去了。她整夜待在我家里哭。出什么事情了？你为什么不回家？”

“这又是一个好时机。”瘦子依盖拉斯说道。他刚刚喝干自己那杯烧酒，两根手指捏着杯子还没有离开嘴边。“照我的看法，是个动感情的好时机。”

“我把一切都讲给她听了。”“美洲豹”说。

“什么一切？”瘦子依盖拉斯问道，“你被打得像只丧家犬，又怎样跑来找我，都讲了？你成了一个惯偷、一个嫖客，也讲了？”

“对，”“美洲豹”说，“我把每桩盗窃都告诉了她，总而言之，反正我记得的事，都讲了。只有那件为了给她送礼去偷的事没讲，但是她立刻就猜到了。”

“原来那些包裹是你寄给我的呀！”特莱莎说。

瘦子依盖拉斯说：“啊，你把弄来的钱只花了一半在妓院里，另一半你给她买了礼物。你这小子！”

“美洲豹”说：“不对。我在妓院里几乎不花钱，那些女人不收我的钱。”

“你为什么要那样做？”特莱莎问他。

“美洲豹”没有回答，他已经把双手从衣袋里伸出来，此时正在玩弄手指头。

“那时候你是爱上我了吗？”特莱莎问道。他望了姑娘一眼。她并没有脸红，神色是平静的，只是稍微有些好奇。

“美洲豹”说：“是的。因此我才和海滩上那个小子打起来。”

“你当时还吃醋啦?”特莱莎问道。她的声音里有某种使他感到慌乱的东西：一种难以确定的姿态，一种出乎意料、捉摸不定而又美好的东西。

“是的，所以我才骂了你。你原谅我吗?”“美洲豹”说。

“原谅。”特莱莎说，“可是你应该回来呀。你为什么不来找我?”

“我感到羞愧。”“美洲豹”说，“不过，瘦子被抓住的时候，我回来过一次。”

“你还对她谈到我啦!”瘦子依盖拉斯颇有些自豪地说道，“那么你把一切真实情况都告诉她啦。”

“你已经不住在那里了，”“美洲豹”说，“另外一些人住在你们那里。我家也是这样。”

“我一直在挂念你。”特莱莎说，接着又聪明地补充说，“你知道，海滩上你揍的那个小伙子，后来我再也没有见他。”

“一直没有见?”“美洲豹”问。

“一直没有见，”特莱莎说，“他再也没有去过海滩。”说着她放声哈哈大笑起来，好像已经忘掉了那些偷盗和嫖妓的故事。她的两眼无忧无虑地开心地笑着。“他一定吓坏了，他大概以为你还会揍他。”

“我当时非常恨他。”“美洲豹”说。

“你还记得你在学校门口等我的事吗?”特莱莎问道。

“美洲豹”点点头，紧挨在她身旁走着，她的胳膊时不时擦到他的身体。

“姑娘们以为你是我的男朋友，”特莱莎说，“她们管你叫‘老头儿’，因为你总是那么一本正经的样子……”

“你呢?”“美洲豹”问道。

“对呀！在这段时间里，她都做了些什么呀?”瘦子依盖拉斯问道。

“美洲豹”回答说：“她没有念完书，就进了一家办事处当了秘书。现在还在那里工作。”

“还有什么？她的生活里遇到过多少个讨厌鬼，多少次爱情?”瘦子依盖拉斯问道。

“我跟一个小伙子来往过一段时间，”特莱莎说，“说不定你又要去揍他一顿吧?”

他和她都笑起来。两人已经围着这条街转了好几圈。他们在街口站了一会儿，谁也没有提议，又开始转起来。

“妙呀!”瘦子说，“从这里开始，事情就好转了。她还给你讲了点别的什么吗?”

“那家伙把她给甩了，”“美洲豹”说，“没有再来找她。有一天，她看见那家伙跟一个有钱人家的姑娘手拉着手在散步。你明白吗，那是个富贵人家的姑娘。她说当天晚上她整宿没睡，想出家去做修女。”

瘦子依盖拉斯哈哈大笑起来。他已经又喝干了一杯烧酒，便打了个手势给侍者，要他再给斟满。

“她已经爱上你了，用不着再费事了，”瘦子依盖拉斯说，“不然的话，她绝对不会给你讲这些事情。因为女人呀，都是顶顶爱虚荣的。你当时怎么办?”

“美洲豹”说：“那家伙把你甩了，我很高兴。他做得对，也让你知道一下，当你跟那个挨了揍的小子去海滩的时候，我心里是什么滋味。”

“她呢？她怎么样？”瘦子问道。

特莱莎说：“你是个爱报复的人。”

她假装要打他，但是那只举起来很可笑的手，并没有落下来，而是停在空中；与此同时，她的两眼突然变得活泼起来，用一种逗人喜爱的傲慢样子挑衅地看着他。“美洲豹”抓住那只威胁他的手。特莱莎顺势倒在他的怀里，脸贴住他的胸膛，用那只空闲的手搂住了他。

“那是我第一次吻她，”“美洲豹”说，“我吻了她几次，我是说亲嘴，她也吻了我。”

“这很明白，伙计，”瘦子说，“这当然很明白。过了多长时间你们就结婚了？”

“过了不久，”“美洲豹”说，“十五天以后，就结婚了。”

“真急呀！”瘦子说道，再次把酒杯拿在手中，巧妙地晃一晃，透明的液体升到杯口，又退了下去。

“第二天她去银行等我。我们蹓跶一阵之后，就去看电影。那天晚上她告诉我，她把一切都说给姑妈听了，老太太气坏了，她不愿意再见我。”

“她的胆子真大呀！”瘦子依盖拉斯说道，他刚刚把半个柠檬榨干喝掉，这时又把酒杯凑近唇边，眼睛热烈而又羡慕地望着他的朋友，“你当时怎么办呀？”

“我在银行里预支了一个月的工资。管行政的是个好人，他准了我一个星期的假，还说：‘我喜欢看人们怎样自杀。结婚吧！下星期一，八点整到这里来上班。’”

“给我讲讲那个可爱的姑妈吧，”瘦子依盖拉斯说，“你去看过她吗？”

“后来去过，”“美洲豹”说，“那天晚上，就在特莱莎给我讲了她姑妈的事以后，我问她是不是愿意和我结婚。”

“是的，我当然愿意。可我姑妈怎么办？”特莱莎说。

“让她见鬼去吧！”“美洲豹”说。

“你发誓，‘见鬼去吧！’你是一字不差这么说的吗？”瘦子依盖拉斯说。

“是的。”“美洲豹”说。

“你不要当着我的面骂人。”特莱莎说。

“她是个可爱的姑娘，”瘦子依盖拉斯说道，“根据你给我讲的情况，我看这姑娘实在可亲。你不应该说她姑妈那种话。”

“如今我跟她相处得很好，”“美洲豹”说，“可是结婚以后，我们去看她的时候，她打了我一记耳光。”

“一定是个厉害女人，”瘦子依盖拉斯说，“你在什么地方结婚的？”

“在瓦桥。神父不愿意给我们举行结婚仪式，因为还缺少证明，还有别的什么东西。我可是吃了一点苦头呢。”

“这可以想象，可以想象。”瘦子依盖拉斯说道。

“您没看见我已经把她带出来了吗？您没看见我的钱差不多都花光了吗？您怎么能让我再等八天呢？”“美洲豹”说。

圣器室的门是敞开着的。“美洲豹”越过神父的秃脑袋，看到一段教堂的墙壁，肮脏破旧的白墙上挂着银制的祭品。神父双臂交叉放在胸前，两手插进腋窝取暖，他的眼神既狡黠又和善。特莱莎站在“美洲豹”身边，焦虑地张着嘴巴，两眼露出害怕的神情。突然，她抽抽搭搭地哭起来。

“我一看见她哭，一股怒火就冒上来了！”“美洲豹”说，“我上去一把揪住了神父的脖子。”

“怎么!”瘦子惊叫起来,“揪住神父的脖子?”

“就是这样。憋得他眼珠子都快出来了。”

“你们知道要花多少钱吗?”神父揉揉脖子说道。

“谢谢,神父,”特莱莎说,“太谢谢您了,神父。”

“要多少钱?”“美洲豹”问道。

“你有多少钱?”神父反问道。

“三百索尔。”“美洲豹”回答说。

“需要一半。不是给我自己,我是给那些穷人的。”神父声称。

“美洲豹”说:“他给我们举行了结婚仪式,表现得还不错。他用自己的钱买了一瓶酒。我们就在圣器室里喝掉了。喝完,特莱莎有点头晕。”

“那位姑妈怎么样?”瘦子问道,“不管你是不是喜欢她,先讲给我听听吧。”

“第二天,我们回到利马去看她。我告诉她,我们已经结婚了。我把神父发的结婚证书拿出来给她看了一下。就在这时,她给了我一巴掌。特莱莎生气了,她对姑妈说:‘你是个自私自利的人,是个不明事理的人。’最后,两个人都哭起来。老太婆说我们要把她扔下了,她会像条没人管的狗一样死掉。我于是请她跟我们一道住。这时她才平静下来。她把邻居都邀请了来,说是必须庆祝一下婚礼。她为人并不坏,有点爱唠叨,可是并不惹我生气。”

“我可不能跟一个老太婆住在一起。”瘦子依盖拉斯说道。突然,他对“美洲豹”的故事不再感兴趣了。“小的时候,我跟奶奶在一起生活。她是个疯婆子,整天自言自语,驱赶一些根本就不存在的母鸡。我很害怕。我一看见老太婆,就常常想起我奶奶来。我可不能跟老太婆生活在一起。她们都有点像疯子。”

“现在你有什么打算?”“美洲豹”问他。

“我吗?”瘦子吃惊地说道,“不知道。暂时先喝个痛快吧。其他的事,以后再说。我想到各处走一走。我有很多日子没有看见大街了。”

“如果你乐意的话,到我家来住吧。同时可以到处看一看。”“美洲豹”说。

“谢谢你,”瘦子依盖拉斯大声笑着说,“不过,我仔细想过了,还是不去为好。我已经对你说过了,我不能跟老太婆在一块生活。再说,你女人一定会恨我的。最好别让她知道我已经出狱。找上一天,我去你工作的分行看你,咱们好好喝上几杯。我很高兴能和老朋友谈谈。不过,今后咱们不能经常见面了。你已经变成一个正派人,我是不能跟正派人在一起的。”

“你打算继续干老行当吗?”“美洲豹”问道。

“你是说偷盗?”瘦子依盖拉斯做了一个鬼脸说,“我想大概是吧。你知道为什么吗?因为山羊要上山,本性难移嘛!古莱贝就是这么说的。眼下我最好还是先离开利马。”

“我是你的朋友,”“美洲豹”说,“如果我能帮你什么忙的话,你只管说话好啦。”

“要是可以的话,你付酒钱吧。我身上连一个子儿也没有。”瘦子说道。